Beautiful Americans

*Lucy Silag*

# BEAUTIFUL *Americans*

*Paris, wir kommen*

Aus dem Amerikanischen von Janka Panskus

Planet Girl

*Für Jeanne*

# SEPTEMBER

# 1 · ALEX

## *Au Revoir, New York*

Vor meinem Fenster glitzert die Skyline von New York und ein laues Sommerlüftchen weht vom East River bis in mein Zimmer im zweiten Stock hoch. Meine Mom ruft mich von der Treppe aus, aber ich kann mich einfach noch nicht von dem Blick auf meine Stadt losreißen, die hell strahlend vor mir liegt, und doch mischt sich schon Wehmut mit hinein, dass der Sommer sich langsam dem Ende zuneigt.

Draußen auf der Straße hupt es. Ich schüttle mich aus meiner Trance und schaue mich ein letztes Mal im Zimmer um. Habe ich auch wirklich nichts vergessen, was noch in meine Vuitton-Duffle-Bags sollte? Auf einmal fällt mir doch noch etwas ein und ich knie mich vor meine unterste Schreibtischschublade.

Ganz hinten liegen meine gesammelten Briefe von Jeremy, die Demo-Bänder, ja sogar ein altes rotes Taschentuch, das er immer bei sich hatte, um sich nach seinen Rockkonzerten übers Gesicht zu wischen. Wenn er im Scheinwerferlicht gespielt hat, war er jedes Mal völlig verschwitzt.

Da liegen noch andere Sachen, die ich schon seit Jahren nicht mehr angeschaut habe, aber vielleicht möchte ich sie irgendwann doch bei mir haben und bin dann ganz weit weg – nein, das kann ich nicht riskieren! »Was Alex will« zum Beispiel – was, wenn ich mir die CD anhören möchte, die er mir gebrannt hat, ein Mix aus Rohschnitten, die er mit

*Garage Band* gemacht hat, gemischt mit lauter alten ironischen Songs, von denen er wusste, dass ich sie mag. Sogar der Titel des Mixes bezieht sich auf einen alten Scherz zwischen uns. Ich hatte ihm wochenlang in den Ohren gelegen, dass er mir ein paar seiner Sachen brennen soll, und am letzten Tag seines zweiten Jahres an der Brooklyn Prep hat er mir dann die CD gegeben.

»Tja, als ob es so einfach wäre, herauszufinden, was Alex will«, witzelte er mit ernstem Gesicht.

Ich werfe einen Blick auf den Kalender neben dem Fenster, auf dem jeden Monat ein besonders schönes Foto einer Pariser Straßenszene zu sehen ist. Im September sind es ein Mann und eine Frau, die die Beine über das Seine-Ufer baumeln lassen. Beide sind barfüßig und die Frau sieht einfach hinreißend aus, mit ihren Pumps neben ihr. Der heutige Tag ist mehrfach mit einem Marker umkringelt. Heute ist nämlich der große Tag meiner Flucht, meines Neubeginns!

»Der Wagen ist da!« Meine Mom kommt in den Raum reingeplatzt.

Schnell schiebe ich das Halstuch und die CD in meine Reisetasche, bevor sie es sieht.

»Bist du denn noch nicht abmarschbereit?«

Plötzlich bleibt sie stehen. »Hallihallo!« Auf ihren flammend roten Lippen breitet sich ein Lächeln aus. »Nein, es ist nicht zu übersehen, dass du nur allzu bereit bist für Paris. Dreh dich mal.«

Gehorsam richte ich mich auf und drehe mich vor ihr um die eigene Achse, zeige ihr meine Thakoon-Hose aus Leinen mit der hohen Taille, die ich mit einem blau-weiß gestreiften Tank-Top und meinen hochhackigen roten Lieblingsschuhen kombiniert habe. »Du siehst umwerfend aus«, sagt meine Mom. »Und jetzt komm! Paris wartet nicht – nicht mal auf dich.«

Wir poltern beide die Treppe hinunter und zur Haustür raus. Dabei mühen wir uns außer Atem mit meinen zwei riesigen Reisetaschen ab und haben unsere liebe Not, in den hohen Schuhen nicht hinzufallen, wir müssen beide wahnsinnig lachen. Eine schwarze Limousine steht in unserer ruhigen, von Bäumen gesäumten Brooklyn Heights Street. In der Ferne kann ich die Stimmen von Menschen hören, die im Sonnenuntergang auf der Promenade spazieren gehen, über den Blick auf Downtown Manhattan reden und darüber, wie schön New York doch sei.

Für mich ist New York im Moment allerdings nur die Stadt, die *nicht* Paris ist. Paris ist nämlich der Ort, der für mich bestimmt ist. Alle Aufs und Abs der letzten Jahre waren nur dazu da, auf Paris hinzuführen, wo alle möglichen großartigen Dinge auf mich warten!

»So, mein Schatz«, unterbricht Mom meine Gedanken. Ich hole tief Luft. Wenn Mom mir jetzt noch sagt, dass sie mich vermissen wird, muss ich weinen. »Zeit zu gehen.« Sie dreht einen der großen Ringe an ihrem Finger herum, eine Angewohnheit von ihr, wenn sie traurig oder nervös ist.

Bei dem Gedanken an meine arme Mom, die in den nächsten neun Monaten ganz allein in diesem großen luftigen Stadthaus umherwandelt, werden meine Louboutins bleischwer. Auf gar keinen Fall kann ich nach Paris, schießt es mir durch den Kopf. Das überlebt meine Mom nie! Wir waren nie auch nur länger als eine Woche getrennt – außer wenn sie für die *Luxe* über die Modeschauen in Rom, Los Angeles, Mailand und Paris berichtet hat und mich nicht mitnehmen konnte.

Doch dann lächelt sie. »Ich kann's kaum erwarten, dass

du endlich nach Paris kommst!« Mom umarmt mich stürmisch und mit wildem Gelächter. Ich vergrabe mein Gesicht in ihren langen dunklen Haaren, in denen der Geruch von Chanel hängt. »Geh und mach, dass ich stolz auf dich sein kann!«

»Aber Mom.« Ich winde mich kurz aus ihrer Umarmung. »Bist du dir sicher, dass es dir auch wirklich nichts ausmacht? Ganz, ganz sicher?«

»Ja, ja, ja, natürlich!« Mom gibt mir einen Klaps auf den Hintern und zeigt auf das Auto. »Und jetzt ab mit dir!« Mit einer letzten Umarmung und einem Kuss schiebt sie mich in Richtung Paris.

Durch ihren Schubs gerate ich kurzzeitig aus dem Gleichgewicht und stolpere ein bisschen. So, wie sie mich geradezu zum Auto drängt, könnte man glatt denken, dass sie sich freut, mich loszuwerden.

»Ach ja, eine Sache noch«, sagt sie, als ich das Fenster herunterlasse und aus dem Auto zu ihr hochschaue. Ich kann es kaum glauben, dass es nun wirklich losgeht: Es ist so weit. Endlich wird Paris wahr!

Meine Mom drückt mir einen dünnen cremefarbenen Umschlag in die Hand. »Für dich. Aber nicht das, was du denkst«, sagt sie mit einem Augenzwinkern. »So, jetzt wird's ernst! Fahr los. Ich liebe dich, Schatz.«

Sie hat recht. Es ist wirklich nicht das, was ich erwartet habe. Normalerweise gibt mir Mom immer ein Geldbündel und ihre American-Express-Black-Card mit. Da die Kreditkarte bereits sicher in meiner kamelfarbenen Hogan-Ledertragetasche verstaut ist, dachte ich, ich würde ein paar Hundert Euro in dem Umschlag finden und dazu noch einen Brief auf ihrem schweren Briefpapier mit Monogramm. Aber stattdessen stehen da nur diese Zeilen:

*Liebste Alex,*
*natürlich wusste ich immer, dass dieser Tag einmal kommen würde, aber irgendwie habe ich gedacht, dass mir bis dahin noch ein paar Jährchen bleiben, wenigstens so lange, bis Du aufs College gehst. Ab heute stehst Du nun auf eigenen Beinen.*

*Deine Liebesgeschichten in diesem Jahr waren – obwohl durchaus nicht ohne Charme und von großem Temperament Deinerseits zeugend – oft nicht gerade vernünftig. Aber junge Menschen machen nun mal Fehler – verdammt, wer macht das nicht?*

*Die Lehre, die Du hoffentlich daraus gezogen hast, ist die: Frauen wie Du und ich dürfen ihr Herz nicht auf der Zunge tragen, mein Schatz. Du entstammst einer langen Reihe leidenschaftlicher Frauen, die sich viel zu schnell verlieben. Was immer Du in Paris tust, lass Dich bitte nicht so fortreißen, wie es Dir im letzten Herbst mit Jeremy passiert ist. Dein Liebeskummer hat mir fast das Herz zerrissen. Ich könnte es nicht ertragen, wenn Du Dich wieder auf so einen Loser einlässt, der auf Deinen Gefühlen herumtrampelt. Sei vorsichtig mit der Liebe in Paris – Du wirst nicht als die zurückkehren, als die Du hingefahren bist. Das weiß ich.*

*Viel Glück und alle Liebe der Welt! Ich bin sehr stolz auf Dich.*

*Bis im November zur Modewoche!*

*Alles Liebe*

Jetzt muss ich doch weinen. Ich blicke aus dem Fenster, aber wir sind bereits auf den Brooklyn-Queens-Expressway abgebogen und haben meine Mom weit hinter uns gelassen. Zu spät, um ihr noch mal zu sagen, wie lieb ich sie habe und wie sehr ich sie vermissen werde. Und auch zu spät, um sie um ein bisschen Kleingeld für die Reise zu bitten! Ich schimpfe mit mir selbst und konzentriere mich dann darauf, den Kajal nachzuziehen, der beim Lesen des Briefs verschmiert ist.

Die hell erleuchtete Halle des Internationalen Terminals des JFK-Flughafens wimmelt von Menschen, die in alle Ecken und Enden der Welt reisen: Peking, Budapest, Buenos Aires. Auf dem Monitor suche ich Paris. Mein Flug ist pünktlich. Erschrocken stelle ich fest, dass ich – obwohl ich schon mehrmals ohne meine Mom geflogen bin – das erste Mal ohne sie nach *Paris* fliege. Seltsam. Es fühlt sich nicht direkt schlecht an, das kann man so nicht sagen, aber ich bin zu abgelenkt und zu nervös, um auf meine neue Unabhängigkeit wirklich stolz zu sein.

In der Schlange vor dem Abfertigungsschalter der französischen Fluglinie geht es nur langsam voran. Also schreibe ich eine nette, kleine SMS an meine Cousine Emily, die gerade angefangen hat, in Georgetown zu studieren. *TSCHÜSSI!!! BIS WEIHNACHTEN! LASS MAL VON DIR HÖREN!!!* Emily ist nämlich todunglücklich, seit sie auf dem College ist. Was hätte sie dafür gegeben, mit mir in diesen Flieger steigen zu können! Stattdessen versucht sie krampfhaft, Kontakt zu anderen Studentinnen zu bekommen, und schafft es einfach nicht, dass ein Typ sie um ein Date bittet.

Es dauert ewig bis ich drankomme, weil vorne ein großes blondes Mädchen mit dem Personal des Check-In-Schalters diskutiert. Sie lächelt nicht, aber ein kurzer Blick reicht, um festzustellen, dass sie verdammt hübsch ist. Ihre dünnen spitzen Hüftknochen schauen über ihrer schlabbrigen verwaschenen Jeans heraus. Das Mädchen dreht sich um und zieht ein dickes Papierbündel aus einem retrobraunen Backpacker-Rucksack, der so aussieht, als hätte man ihn geradewegs aus einer vergrabenen Zeitkapsel der 70er-Jahre zutage gefördert. Leute gibt's! Sie trägt weder Schmuck noch Make-up. Nur die taillenlange ziemlich zerzauste Haarmähne umrahmt ihre strahlend schönen Gesichtszüge – am faszinierendsten ist ihr breiter erdbeerfarbener Mund mit den vollen Lippen, die aber irgendwie einen sonderbar gequälten Zug haben.

Das Mädchen wedelt jetzt mit einem Bündel Hundert-Dollar-Scheine herum, aber die Mitarbeiterin von French Airways schüttelt nur stirnrunzelnd den Kopf.

Normalerweise starre ich andere Leute ja nicht an, aber ich erkenne das beeindruckende Logo des Lycée de Monceau auf den Papieren, die sie der Mitarbeiterin von French Airways zeigt. Überrascht sehe ich noch mal genauer hin. Kann es sein, dass noch eine Schülerin aus meinem Programm im selben Flieger sitzt wie ich?

Wahnsinn!

Ich juchze kurz, sodass mir der ältere Franzose direkt vor mir in der Schlange einen unfreundlichen Blick zuwirft. Geht also noch jemand aus New York mit mir auf das Lycée? Das »Programme Americaine« im Lycée de Monceau ist eines der angesehensten und exklusivsten High-School-Auslands-Programme der Welt. Schüler aus ganz Amerika melden sich für ein Auslandsjahr – ein *ganzes* Jahr! – in Paris an und wohnen in Gastfamilien, während sie an einer sehr strengen, renommierten Privatschule Französisch lernen. Selbst ich wäre fast nicht reingekommen, obwohl ich schon französisch spreche, seit ich fast noch ein Baby war! Bei der Bewerbung spielen sämtliche Noten eine Rolle sowie alle Schülervermerke in punkto Betragen und Disziplin. In meinem Fall hatte ich, um's mal so auszudrücken, Glück, dass meine Mom Reporterin bei der *Luxe* ist und ich dadurch der Schülerschaft dieses Jahr einen gewissen Glamourfaktor bringe.

Ich kann einfach nicht anders – ich drängle mich an dem alten Typen vorbei und sause nach vorne zum Schalter. »*Excusez-moi!*«, protestiert der Franzose, aber ich lächle nur vage in seine Richtung.

»Ich bin Alex!« Ich lege meine Hand auf den knochigen Arm des Mädchens. Durch die Haut schimmern die zarten, langen blauen Äderchen hindurch. »Du gehst zusammen mit mir aufs Lycée!«

»Was?« Als sie sich zu mir umdreht, formen ihre vollen Lippen ein überraschtes O. »Wer bist du?«

»Alex Nuygen«, wiederhole ich. »Wir verbringen das Auslandsjahr zusammen! Ich habe von da hinten in der Schlange deine Zulassungsunterlagen gesehen!«

Verwirrt schaut sie zuerst auf die Papiere in ihrer Hand und dann wieder auf mich. Als ich ihre Reaktion abwarte, fällt mir auf, dass sie dringend einen Abdeckstift bräuchte: Wegen ihrer Tränensäcke sieht sie so aus, als ob sie jede Nacht Aufputschmittel schlucken würde.

Nein, bestimmt nicht! Oder doch? Und ich dachte, *ich* würde im Lycée de Monceau die Rolle des *enfant terrible* besetzen!

»Du warst noch nie wirklich von zu Hause weg, oder?«, frage ich sie. Sie hat dieses nervöse, ruckartige Verhalten, wie es typisch ist für Reiseanfänger.

»Nein, war ich noch nicht«, sagt sie. »Aber das ist im Moment gar nicht mein Problem. Das Problem ist, dass ich keine Reservierung habe und French Airways nur noch Tickets in der ersten Klasse hat. Und für die erste Klasse habe ich nicht genug Geld bei mir, nur für Economy.«

»Es gibt noch einen Platz in der ersten Klasse«, erklärt mir die Mitarbeiterin auf Französisch. »Die Economy Class ist schon seit Wochen ausgebucht.«

»Du hast dir vorher kein Flugticket nach Paris organisiert?«, frage ich total entgeistert. Die Assistentin meiner Mutter bei der *Luxe* hat meine Reise schon im letzten Juni gebucht!

»Können Sie morgen fliegen?«, bietet die Mitarbeiterin an. »Es ist noch ein Mittelplatz frei, wenn Sie den Sechs-Uhr-Flieger morgen Abend nehmen können.«

»Nein, nein, nein«, entgegnet das Mädchen und verpasst ihrem Rucksack frustriert einen Fußtritt. »Ich muss *heute Abend* noch nach Paris!«

»*Oui, oui, oui*«, sagt die Mitarbeiterin. »Haben Sie eine Kreditkarte? Die einzige Möglichkeit, wie French Airways Ihrem Wunsch nachkommen kann, heute Abend noch nach Paris zu fliegen, ist, wenn Sie den letzten verfügbaren Platz in der ersten Klasse buchen.«

»Nein!«, stöhnt das Mädchen.

»Gut, dann treten Sie bitte beiseite, damit ich dem nächsten Passagier *mit* Ticket helfen kann …«

»Warten Sie«, ich halte beide auf und blicke auf die Geldscheine in den Händen des Mädchens. »Ich bezahle. Ich habe meine American-Express-Card dabei. Geht das?«

»Was machst du da?«, fragt das Mädchen.

»Du gibst mir einfach das Bargeld, das du dabeihast, und bekommst meinen Platz. Economy Class ist sowieso nicht mein Ding. Im Prinzip tust du mir also sogar einen Gefallen«, erkläre ich ihr.

»Echt?«

»Klar!« Ich reiche der Mitarbeiterin hinter dem Schalter die American-Express-Black-Card. »Wie heißt du eigentlich?«

»Penelope Jane Fletcher«, antwortet sie und legt ihren Pass auf den Schalter, damit die Mitarbeiterin ihren Namen und alle wichtigen Daten eintippen kann. »Aber du kannst PJ zu mir sagen. Warum tust du das für mich?«

»Na ja«, sage ich mit meinem allercharmantesten, strahlendsten Lächeln und schaue auf die Euro-Scheine in ihren Händen. »Bargeld kann ich immer brauchen. Ich habe vergessen, mir welches zu besorgen, bevor der Chauffeur mich hier abgesetzt hat. Du kannst mir das Geld als Bezahlung für das Ticket geben, das ich gerade für dich gekauft habe.«

PJ schiebt mir die Scheine rüber, als könne sie es gar nicht erwarten, sie loszuwerden. »Hier, nimm. Ich kann echt nicht glauben, dass du das für mich tust.«

Wie schön! Ich freue mich total. Gleichzeitig wird mir aber auch bewusst, dass mit diesem Mädchen irgendetwas nicht stimmt.

PJ ist genau die Sorte Mädchen, die bei dem Programm eigentlich durchs Raster fallen müsste, denke ich, als wir zum Sicherheitscheck gehen. Das Lycée ist für die besten der besten jungen amerikanischen Oberschüler gedacht, diejenigen, die den Sommer an der Riviera verbringen und das Musée d'Orsay so gut kennen wie ihre eigene Westentasche. PJ dagegen sieht so aus, als wäre sie noch nie von ihrer Ranch runtergekommen.

Zum einen ist sie angezogen, als wäre sie auf der Flucht: dreckige, zerrissene Jeans von JC Penney's und ein dünnes eingelaufenes schwarzes T-Shirt mit der abbröckelnden und ausgebleichten Aufschrift »Live free or die« vorne drauf. Ein kurzer Check von oben bis unten und ich merke, dass es nicht nur ihre schmuddelige Kleidung ist, die mir komisch vorkommt. Ihre Hände zittern, als sie ein Stoffportemonnaie auf das Förderband legt. Und sie schaut immer wieder auf ihren Boarding Pass, so als könne sie nicht glauben, dass er wirklich echt ist.

Weil ich meinen Laptop und meine ganzen Kosmetika auspacken, außerdem natürlich meine filigranen Goldkreolen abnehmen und dann auch noch meinen BlackBerry und alles andere für den Metalldetektor rauskramen muss, ist PJ gezwungen, mehrere Minuten lang auf mich zu warten, bis alles durchleuchtet ist.

»Hör mal«, sagt PJ. »Du hast mir gerade echt geholfen. Dafür bin ich dir sehr dankbar. Mein Dad hat mir das ganze Bargeld gegeben … Ich war mir sicher, dass es reichen würde.«

»Ach was!?«, lache ich laut. »Das kommt mir irgendwie bekannt vor. Mein Dad ist ganz genauso. Er glaubt, dass man mit ein paar Hunnis alle Probleme lösen kann.«

PJ sieht mich mit einem eigenartigen Blick an. »Echt? Dein Dad bezahlt auch immer alles bar?«

»Aber klar!« Ich nicke. Das stimmt zwar nicht ganz, aber ihr scheint es so peinlich zu sein, keine Kreditkarte zu besitzen, dass ich sie nicht noch mehr beunruhigen will. Ich bin mir sicher, dass mein Vater sogar mehrere Kreditkarten hat, jede mit einem gigantischen Kreditlimit, das er voll ausschöpft. Mein Vater arbeitet für die Commonwealth Trust Bank in London, wo er die Geschäfte im südostasiatischen Raum beaufsichtigt. Er entstammt einer vietnamesischen Adelsfamilie, die schon vor langer Zeit zu Geld gekommen ist, denn sie war eine der ersten, die in der Kolonialzeit durch den Handel mit Frankreich reich geworden ist. Nachdem er eine Erziehung an den besten Schulen Frankreichs genossen hat, ist mein Vater schließlich an der Wall Street gelandet, dann in die Londoner Ränge aufgestiegen und ist jetzt ein Vorbild für sämtliche Business-School-Absolventen weltweit, mit mehreren Eigenheimen, Autos und Freundinnen in aller Herren Länder.

Ich kenne zwar den Lebenslauf meines Vaters so gut wie Jeremys Songs, aber ihn persönlich eigentlich weniger. Wenn nicht sein Bild im *Wall Street Journal* erscheinen würde, wann immer er gerade irgendein großes Überseegeschäft abschließt, würde ich nicht mal wissen, wie er aussieht. Meine Mutter hat ihn in flagranti mit unserer *Quebecoise* Nanny erwischt, als ich ungefähr fünf war, und seitdem ist er für mich sozusagen der »Unsichtbare«.

»Das ist wirklich gar kein Problem«, sage ich ganz lässig zu PJ. »Hast du Lust, vor dem Abflug mit mir noch kurz durch den Duty-Free-Bereich zu bummeln?«

PJ zögert. »Nein, ich glaube nicht. Ich gehe lieber zu Starbucks. Ich brauche dringend einen Kaffee.« Wieder sehe ich, wie ihre Hände zittern, als sie sich die langen blonden Haare aus dem Gesicht streicht.

»Okay«, sage ich. »Ich komme mit. Einen kleinen Muntermacher könnte ich auch vertragen.«

PJ sieht mich mit ihren blauen Augen an. »Alex, ich kann dir niemals zurückzahlen, was du heute für mich getan hast. In Paris werde ich es natürlich versuchen. Aber im Moment wäre ich gern allein, geht das?«

O Gott! Mir bleibt kurz die Luft weg. Ist meine Gesellschaft denn soooo schrecklich? Es ging doch nur darum, einen Kaffee zusammen zu trinken. Aber ich kenne ihre Sorte Mensch – den Typ der undankbaren, linkischen Einzelgängerin. Ihre äußere Schönheit spiegelt sich ganz eindeutig nicht in ihrer Persönlichkeit wider!

»Ah ja, okay«, sage ich etwas beleidigt. »Dann geh ich eben allein zum Duty Free.«

Kurze Zeit später komme ich mit drei Lipgloss, vier Kaugummipackungen und einem neuen Burberry-Regenhut wieder aus dem Duty-Free-Bereich heraus.

Ich entdecke PJ in der Nähe vom Gate, wo sie im stark heruntergekühlten Terminal fröstelnd auf einem Stuhl sitzt. Ich vermeide den Blickkontakt, aber trotzdem nehme ich sie und jede ihrer Bewegungen die ganze Zeit sehr bewusst wahr. Selbst in ihrer alten, total unmodernen braunen Wolljacke sieht sie noch elegant und relativ selbstsicher aus, obwohl sie nervös auf ihrem Sitz hin- und herrutscht. Dass und vor allem wie sie mich so kühl abserviert und meine Freundschaft zurückgewiesen hat, sogar noch vor unserer Ankunft in Paris, hinterlässt bei mir einen schlechten Nachgeschmack. Nur gut, dass ich so viele Kaugummis gekauft habe!

Aber natürlich kann mir diese blöde Blondine, die ohne Kreditkarte in der Economyklasse sitzt, nicht das Wasser reichen. Wetten, dass PJ nicht mal wirklich aus New York stammt? Kein New Yorker, den *ich* kenne, würde in Birkenstock-Sandalen nach Paris fliegen!

Das Boarding von French Airways für die Erste-Klasse-Passagiere beginnt. Ich stelle mich an, um meinen Boarding-Pass durchzuziehen und dem Gate-Mitarbeiter meinen Pass zu zeigen. Es ist so weit!

Schluss mit Jeremy, New York und den ganzen Misserfolgen! Paris ist meine Chance, noch mal ganz von vorne anzufangen. Endlich!

# 2 · OLIVIA

## *Tanz der Entdeckungen*

Ich versuche, es mir hinten im Kleinbus gemütlich zu machen, während ich Madame Cuchon, die Leiterin des »Programme Americaine« im Lycée de Monceau, anstarre. Sie ist die erste waschechte Französin, die ich treffe, und ganz anders, als ich mir die Franzosen vorgestellt habe. Mme. Cuchon ist exzentrisch angezogen. Sie trägt ein wallendes Rayon-Kleid mit mehreren Schichten und indischem Muster und dazu spitz zulaufende elfenhafte Holzklocks an ihren großen, langen Füßen. Sie sieht eher so aus, als gehöre sie aufs alternative Burning-Man-Festival mitten in der Wüste, als dass sie für das angesehenste High-School-Auslands-Programm zuständig ist.

»Haben Sie eigene Kinder, Madame Cuchon?«, fragt PJ, eine zarte Blondine aus Vermont in einem perfekten Französisch. Ich bin echt neidisch, wie cool und frisch PJs Haut aussieht, und das, obwohl es in dem Kleinbus so stickig und schwül ist. Ich selbst brate vor mich hin und kippe vor Erschöpfung fast um. Außerdem wird mir beim Autofahren immer schlecht wie beim Achterbahnfahren in Disneyland. Als mir dann auch noch so richtig klar wird, dass ich in einem fremden Land bin, fast genau auf der anderen Seite der Weltkugel, weit weg von Kalifornien, bekomme ich totales Herzklopfen.

Nur nicht spucken, nur nicht spucken. Ich nehme einen

großen Schluck Wasser aus der Literflasche, die ich sofort nach der Landung gekauft habe. Die neue Welt draußen vor den Busfenstern nehme ich bloß verschwommen wahr – die schönen Straßen von Paris, von denen ich so lange geträumt habe! Liegt es an meiner Nervösität oder ist Mme. Cuchon wirklich eine miserable Autofahrerin?

Mme. Cuchon redet fast so schnell, wie sie fährt.

»Ob ich Kinder habe – Sie meinen, neben den Hunderten von Amerikanern, die mein Programm im Lycée durchlaufen?«, schmunzelt sie. »Nein, die ganzen Dummheiten der *étudiants* haben mich schon lange davon abgebracht.«

Wie Mme. Cuchon es fertigbringt, unsere vielen Fragen so gekonnt zu beantworten, während sie gleichzeitig einen Fünfzehn-Personen-Bus im Zickzack durch den Pariser Verkehr steuert, werde ich wohl nie begreifen. Sie hat eine so durchdringende Stimme wie ein Nebelhorn und anscheinend hinten Augen im Kopf, versteckt unter dem strengen Nackenknoten ihrer feuerroten Haare.

Der Lycée-Bus, der ruckelnd vom Charles-de-Gaulle-Flughafen über die Schnellstraße braust, ist bis obenhin voll mit Schülern, die gerade frisch aus den USA gelandet sind. Jedes Mal, wenn wir um eine Kurve biegen, hebt sich mein Magen.

Klebrig von Schweiß und der fettigen, abgestandenen Luft im Flugzeug, bin ich eingeklemmt zwischen einem langbeinigen Mädchen aus South Carolina namens Sara-Louise und Mary, die aus L.A. kommt. Mary ist fast so klein und schmal wie ich, sodass wir einen Gurt zusammen benutzen.

Als Mary sich vorbeugt, um Mme. Cuchon besser verstehen zu können, macht Sara-Louise große Augen: Mary hat nämlich eine Anker-Tätowierung im Nacken, knapp über dem Halsausschnitt ihres engen schwarzen T-Shirts. Ich versuche, meinen Ekel nicht zu zeigen – der Gedanke an eine

Nadel, die meinen Körper für immer mit Farbe verunstaltet, ist einfach *viel* zu widerwärtig, um auch nur dran zu denken – selbst wenn das Motiv ziemlich toll ist. Sara-Louise sieht in ihrem rosafarbenen Sommerkleidchen und mit den Shirley-Temple-Locken einerseits schockiert, andererseits aber auch *total* fasziniert aus.

»Hey, der Hammer«, ruft ein Typ namens Zack laut, als er in der Ferne den Eiffelturm entdeckt. Zack hat die ungekämmten Strubbelhaare und das hippe Outfit eines schuhfixierten Emo-Rockers, aber sein schleppender südlicher Dialekt verrät seine Memphis-Wurzeln, noch ehe er uns sagen kann, woher er stammt. Zack ist schon jetzt ganz dicke mit Alex, die aus New York kommt. Bis auf Alex – der das wohl zu blöd ist – beugen sich alle vor, um einen Blick auf *La Tour Eiffel* werfen zu können, ehe der Turm wieder hinter der Skyline verschwindet. PJ, die vorne sitzt, bleibt bei dem Anblick der Mund offen stehen.

»Wow«, haucht sie.

Der Anblick ist wirklich ziemlich spektakulär.

Alex blickt kurz von ihrem BlackBerry hoch, auf dem sie gerade eine SMS schreibt, und grinst mich an. Als ihr Blick dann aber auf PJ fällt, sieht sie plötzlich angewidert aus.

Überhaupt verdrehen Alex und Zack dauernd wegen PJ die Augen. Ich kann schon verstehen, warum sich Alex vielleicht von ihr bedroht fühlt: PJ könnte glatt als Doppelgängerin von Heidi Klum durchgehen. Aber es wäre dumm von Alex so zu denken – sie ist nämlich selbst extrem hübsch. Mit ihrer cremefarbenen Haut und den mandelförmigen Augen mit den schweren Lidern, ihren locker fallenden, stufig geschnittenen schwarzen Haaren und dem großen Busen zieht Alex den Neid aller Mädchen in diesem Bus auf sich und wird mit Sicherheit auch den Neid aller anderen in unserem

Programm, die wir noch nicht kennen, auf sich ziehen. Sie hat sich auch super angezogen. Das figurbetonte Oberteil bringt ihr schönes Dekolleté und ihre schmale Taille ziemlich gut zur Geltung. Auf ihrem Schoß liegt eine riesige lederne Tragetasche, die sie so liebevoll hält wie ein neugeborenes Baby. Sie trägt eine Gucci-Sonnenbrille, die wahrscheinlich mehr gekostet hat als mein gesamtes Outfit von American Eagle. Ich war ja so glücklich, dass ich einen tollen Eindruck machen werde, als meine Mutter mir die Carpenter-Shorts aus Jeansstoff und das weiße geraffte ärmellose Top gekauft hat, aber jetzt falle ich hier damit überhaupt nicht auf. Ich bin ungeschminkt und habe mir wie immer einen einfachen Pferdeschwanz gemacht, damit mir die Haare nicht in die Augen fallen.

Vorhin, bei der Gepäckrückgabe im Charles-de-Gaulle-Flughafen, als wir auf unsere Koffer gewartet haben, hat uns Alex erzählt, dass sie schon ganz oft in Paris war. Ihr Vater ist ein französischer Vietnamese und ihre Mutter hat hier nach dem College mehrere Jahre gelebt. Weil ihre Mutter für eine Zeitschrift arbeitet, kann Alex sie alle Nase lang nach Paris begleiten.

»Ach, schaut mal.« Sie zeigt lässig auf eine Patisserie, in der sie vor ein paar Jahren ein fantastisches *coq au vin* mit einigen Schauspielern aus *Amélie* gegessen hat. »Einer von den Typen hat mir gesagt, dass mein Französisch das beste sei, das er je aus dem Mund eines Amerikaners gehört hat.«

»Ach echt?«, keuche ich und werde mir sofort meines eigenen Französisch bewusst. Mal abgesehen von meiner Ballettlehrerin in San Diego habe ich noch nie versucht, mit einem echten Franzosen französisch zu sprechen. Nicht mal unsere Französischlehrerin zu Hause war eine waschechte Französin, sondern aus Fresno. Es ist echt beneidenswert, wie selbstsicher Alex sich in Paris bewegt. Irgendwie schließe ich sie von Sekunde zu Sekunde mehr in mein Herz.

»Da!«, sagt Alex wieder. »Seht ihr das Moulin Rouge? Das war einer meiner Lieblingsfilme.« Sie zeigt auf die Windmühle oben auf dem berühmten Pariser Cabaret. Ihr Lächeln wirkt ansteckend.

»Meiner auch!«, rufen Zack und ich wie aus einem Mund.

Ich selbst war noch nie in Paris. Kaum sind wir von der Schnellstraße runter, ist die Stadt echt – mit einem Wort – *unglaublich*. Ich habe das Gefühl, in den Universal Studios zu sein: Alles ähnelt einer alten Filmkulisse. Frauen mit zwölf Zentimeter hohen Absätzen und einer Tüte Baguettes unter dem Arm gehen gemütlich mit riesigen Deutschen Doggen spazieren. Die Blumenläden an den Ecken quellen fast über mit Rosen in allen Farben, mit Lilien, Tulpen und anderen wunderschönen, erlesenen Blumen. Männer in ordentlich geschnittenen Anzügen rennen mit Handys und Aktentaschen die Straße entlang und sehen trotz der Eile so geschmeidig aus wie Baryschnikow. Paris wirkt so meisterhaft durchchoreographiert wie ein Grand Ballet. Jeder Tänzer und Darsteller kennt seine Rolle und weiß, wie stark er hervortreten oder sich zurückhalten muss. Es ist echt atemberaubend.

Und ich kann an nichts anderes denken, als dass ich mir wünschte, mein Freund Vince wäre jetzt bei mir, würde den Arm um mich legen und mich beschützen.

»Paris ist *so* schön«, säuselt das texanische Mädchen hinter mir ihrer Zwillingsschwester zu. »Ist das nicht supertoll?«

Wieder rollen Alex und Zack mit den Augen. Die Zwillinge nerven wirklich ein bisschen, das muss ich zugeben. Ihr Gekreische macht einen ganz wild – das erschwert es mir auch ziemlich, das Gefühl des Grauens loszuwerden, das mich überkommen hat, als mein Flugzeug in San Diego von der Startbahn abgehoben hat.

Mir wäre es echt hochnotpeinlich, wenn das jemand wüsste, aber wenn mich noch vor fünf Stunden jemand gefragt hätte, wie ich es finde, nach Paris zu fahren, wäre ich wahrscheinlich in lautes Schluchzen ausgebrochen und hätte mich an dessen Schulter ausgeheult. Vielleicht weil ich über einen unheimlichen dunklen Ozean fliegen musste, den ich noch nie gesehen hatte, oder auch weil ich ganz ausgetrocknet war oder verkrampft vom langen Stillsitzen. Aber ein paar Stunden nach dem Abflug bin ich aufgewacht und zur Toilette geschlurft. Dort habe ich mir dann am kleinen Waschbecken die Augen aus dem Kopf geweint. Am liebsten hätte ich sofort mit dem Flugzeug kehrtgemacht und wäre auf dem direktesten Wege wieder zurückgeflogen nach San Diego, wo ich hingehöre.

Aber jetzt, wieder auf festem Boden und mit dem Adrenalinkick wegen all dem Neuen hier, bin ich aufgeregt und begeistert, wenn auch immer noch etwas unsicher.

Selbst wenn sich irgendwann rausstellt, dass du Alex, Zack und diese Zwillinge, einfach alle, nicht ausstehen kannst, denke ich, während ich tief und entschlossen Luft hole, darfst du nicht vergessen, dass das eine einmalige Chance ist. Du bist hergekommen, um zu tanzen. Und weil du später mal ein Stipendium an der UCLA haben willst. Das musst du dir immer vor Augen halten. An erster Stelle steht das Tanzen. Alles andere ist zweitrangig.

Kurzzeitig kriege ich wieder totale Panik, als mir einfällt, dass ich mich ja – anders als die anderen – auf das Vortanzen vorbereiten muss.

»Das ist das Lycée«, verkündet Mme. Cuchon vom Fahrersitz aus, als wir uns einem beeindruckenden Steingebäude nähern. Ich blicke auf. Mit seinen vielen Stockwerken ähnelt das Lycée eher einer Festung als einer High School. Ich erkenne es von der glänzenden Werbebroschüre des Lycées wieder. Genau wie die Gebäude drum herum und auch alle anderen Häuser, an denen wir auf unserer Fahrt ins Pariser Zentrum mit den vielen gewundenen Sträßchen und Gässchen vorbeikamen, besteht das Lycée aus jahrhundertealtem ausgewaschenem, hellbraunem Sandstein. Jedes Mal, wenn ich in den letzten Monaten nicht schlafen konnte, bin ich aufgestanden, habe Licht gemacht und mir das Infomaterial vom Lycée angesehen. Und doch ist das Lycée in echt noch viel majestätischer, als ich es mir je ausgemalt hätte.

»Hier trefft ihr eure Gastfamilien und fahrt dann mit ihnen zu euren jeweiligen Unterkünften, um auszupacken«, erklärt Mme. Cuchon, während sie mit aller Kraft die Handbremse zieht. »Und morgen früh treffen wir uns dann hier zur Einführung und eurem ersten Schultag.« Mit einem zitternden Ruckeln erstirbt der Motor. Wir strömen in die schwüle Hitze der Straße hinaus und schleppen unsere Koffer und Rucksäcke durch die massiven Eisentore des Lycées.

Im großen Foyer stellen wir unser Gepäck ordentlich ab und begrüßen die Gruppe Franzosen, unsere neuen »Eltern« und »Geschwister«, die auf uns warten und uns zögerlich anlächeln, als wir reinkommen. Mme. Cuchon führt mich zu meiner Gastmutter, einer Frau mittleren Alters, mit einem grauen dichten Pagenschnitt und einem lachsfarbenen Seidenanzug. Sie küsst mich höflich auf jede Wange und ich lache verlegen. Ich wusste ja nicht, dass sie das wirklich so machen! Ob ich wohl in einem Jahr auch jeden, den ich treffe, auf die Wange küssen werde?

»Das ist Mme. Rouille«, sagt Mme. Cuchon. »*C'est Olivia*«, stellt sie mich Mme. Rouille vor.

»*Bonjour, Olivia*«, sagt Mme. Rouille mit einem knappen, förmlichen Lächeln. Aus ihrem Mund klingt mein Name wunderschön und exotisch: Oh-LIIV-ii-AH. Ohne es zu wollen, muss ich kichern.

Ich habe keine Ahnung, ob ich meine Gastmutter immer als *Madame* ansprechen muss, was mir sehr förmlich erscheint, wenn man bedenkt, dass sie quasi meine Mutter ersetzen soll, aber im Moment bietet sie mir keine andere Anrede an.

»Du wirst in einem Apartment unweit von Mademoiselle Penelope im 17. Arrondissement wohnen«, verkündet Mme. Cuchon. »Auch wenn ich ihre Gastmutter noch nicht sehe. *C'est bizarre, n'est-ce pas*?« Sie blickt sich unter den Schülern um, die sich schnell in alle Winde verstreuen. »Das ist wirklich merkwürdig – na ja, wie dem auch sei, ihr zwei könnt dieses Jahr morgens immer zusammen zur Schule laufen.«

Penelope muss PJ sein, denke ich und beobachte das große abseits stehende Mädchen, das auf den Eingangsstufen wartet und sich eine lange blonde Haarsträhne um den Finger wickelt. Bis jetzt hat noch keine Familie sie mitgenommen.

»*Alors*, Olivia, du musst los.« Mme. Cuchon schiebt mich sanft in die Richtung von Mme. Rouilles wartendem cremefarbenem Mercedes. »Du wirst um ein Uhr in der Oper zur Einstufung erwartet.«

»Gleich heute?«, frage ich und versuche, mein Entsetzen zu verbergen. Ist sie denn vollkommen verrückt?

Ich habe kaum ein Auge zugetan – vor Müdigkeit ist mir fast schwindelig. Den gesamten Sommer lang habe ich mich auf dieses Vortanzen vorbereitet – für die fortgeschrittene Klasse in der *Opéra National Paris*, überall auf der Welt nur kurz »die Opéra« genannt. Dort werde ich das nötige Training und die Qualifikation für das Stipendium bekommen, die ich für's nächste Jahr möchte – nein, *brauche*. Aber ich dachte, ich könnte vorher wenigstens noch eine Nacht schlafen!

»*Oui, chérie*«, bestätigt Mme. Cuchon. »Deine Mutter will, dass du sofort, ohne Verzögerung, in der fortgeschrittenen Klasse starten kannst. Viel Glück heute Nachmittag! *Bonne chance!*«

Ah, meine Mutter. Na klar. Was das UCLA-Stipendium angeht, hat meine Mutter recht: Es gilt, keine Zeit zu verschwenden. Sie muss Mme. Cuchon darauf eingeschworen haben, das Vortanzen sofort anzusetzen, wenn ich aus dem Flieger steige – ohne sich klarzumachen, dass ich vielleicht jemanden treffen oder Schlaf nachholen muss.

Mme. Rouille und ich machen auf der Fahrt kurz in ihrem Apartment halt, sodass ich in mein Trikot und in die Strumpfhose schlüpfen und meine Spitzenschuhe in meine Tanztasche werfen kann. Das Apartment befindet sich in einem großen prachtvollen Kalksteingebäude mit einer Treppe, die sich von Stockwerk zu Stockwerk windet, auf dem jeweils ein Apartment liegt. Eine ältere Concierge, mit einer kleinen Bommelmütze, begrüßt uns, nimmt mir meine Taschen ab und verschwindet mit ihnen in einem dunklen Gang.

Da Mme. Rouille im dritten Stock wohnt, fahren wir mit dem kleinen Gitterfahrstuhl hinauf. Oben stehen die Taschen wundersamerweise schon vor der Wohnungstür, aber die Concierge ist bereits wieder verschwunden.

Eine Hausangestellte, ebenfalls in Uniform, öffnet uns die Tür und huscht mit den Taschen hinein, während Mme. Rouille mich schnell in meinem neuen Zuhause herumführt. Wir werden auch von drei zauberhaften Zwergpudeln begrüßt, die zu unseren Füßen bellen.

Wie süß! Ich bin total hin und weg, was ich auch laut äußere. Einen Hund habe ich mir schon immer gewünscht! Als mir einer der Pudel auf den Fuß pinkelt, macht mir das überhaupt nichts aus. Diese Hunde sind einfach die niedlichsten kleinen Welpen auf der ganzen Welt!

»*Elise!*«, ruft Mme. Rouille laut, als sie die kleine Pfütze und die Tropfen auf meinem Flip-Flop sieht. Das Dienstmädchen taucht wieder auf und wischt meinen Fuß und den Boden grob mit einem heißen seifigen Handtuch ab. Lachend blicke ich zu Mme. Rouille hoch. Sie zuckt mit den Schultern. Hoffentlich weiß sie, dass es mir nichts ausmacht. Was ist schon ein bisschen Hundepipi unter neuen Freunden?

»Echt«, erkläre ich ihr. »Ich *liiiiiiiiiebe* Hunde. Aber meine Mutter hat mir leider nie erlaubt, einen zu haben. Ich gehe mit ihnen Gassi, wann immer Sie wollen. Jeden Morgen!«

»*D'accord*«, stimmt Mme. Rouille zu, aber vielleicht mehr, damit ich mit dem Thema aufhöre, als aus irgendeinem anderen Grund. Die Hunde bellen zustimmend und so ist es beschlossene Sache.

Mme. Rouilles Apartment ist nicht groß, aber sehr stilvoll eingerichtet, mit vielen Möbeln, und schon fast barockartig mit den vielen Schnörkeln und Verzierungen. Nirgends ist auch nur ein Stäubchen zu sehen. Das polierte Parkett glänzt, als wäre es noch nass vom Schrubben. In dem riesigen Kronleuchter im Wohnzimmer spiegelt sich in jedem einzelnen Kristallstückchen schimmernd das Licht, das durch die geöffneten Fenster fällt.

Mme. Rouille erklärt mir mit knappen Worten, dass das Apartment eben erst neu gestrichen wurde. Deshalb seien auch die hellgrünen Wände im Zimmer ihres Sohnes – das ist das Zimmer, in dem ich wohnen werde – noch kahl. Sie habe seine Plakate nicht wieder aufgehängt.

»Thomas wohnt jetzt in *le dortoir*«, sagt Mme. Rouille ein wenig traurig. »Er muss zu viel fürs Studium lernen, um später mal *docteur* zu werden, als dass er seine *maman* besuchen kann. Er ist hochintelligent, mein Sohn.« Bei dem französischen Wort für Arzt hellt sich ihre Stimme ein bisschen auf und Stolz schwingt mit. »Du kannst dir das Zimmer gern ein bisschen gemütlicher machen, wenn du magst.« Dann saust sie hinaus. Sie verliert eindeutig nicht gern viele Worte und ist wohl keine Freundin langer Gespräche.

Am liebsten würde ich mich jetzt aufs breite Bett fallen lassen und mindestens für die nächsten zwölf Stunden die Augen zumachen, aber das Vortanzen wartet ja. Mit wachsender Aufregung wähle ich für den großen Augenblick mein Lieblingstrikot, ein neues schwarzes mit Nackenträgern und einem herzförmigen Ausschnitt.

Wir steigen wieder in den Mercedes und fahren zur Ballettschule. Dabei mustere ich unauffällig meine Gastmutter.

Madame Rouille ist wie aus dem Ei gepellt und formvollendet, ganz anders als die Mütter, die ich aus Südkalifornien kenne, die in Schlaghosen und ärmellosen Tops herumlaufen. Sie muss ziemlich viel Geld haben, wenn man an ihr vornehmes Apartment und ihr Dienstmädchen denkt. Als ich sie so ansehe und mir dabei insgeheim wünsche, dass sie mich mag, beschließe ich, so schnell wie möglich meine ganzen absurden amerikanischen Gewohnheiten abzulegen. Meine Füße zum Beispiel. Aus meinen Flip-Flops schauen trockene, schwielige Zehen raus, die mit fleckigem, abgeplatztem knallpinkem Nagellack lackiert sind. Bestimmt trägt kein Pariser Flip-Flops. Durch das Tanzen sind meine Füße natürlich ziemlich in Mitleidenschaft gezogen, aber ich hätte vor meiner Abreise wenigstens eine Pediküre machen können.

Na ja, ich glaube, ich war wohl zu sehr mit dem Abschied von Vince beschäftigt. Da blieb nicht viel Zeit, um mich so richtig auf meinen eleganten neuen Lebensstil vorzubereiten.

»Dieses Viertel heißt *Ternes*«, bemerkt Mme. Rouille mit einer leicht nasalen, arroganten Stimme, als wir eine breite Straße entlangfahren, die *Boulevard de Courcelles* heißt. »Das ist eine sehr elitäre Gegend von Paris. Hier leben viele gut situierte Familien.« Mme. Cuchon hat uns gesagt, dass unsere Gastfamilien französisch mit uns reden würden, aber Mme. Rouille spricht mich nur auf Englisch an. Sie scheint mir sowieso nicht viel zu sagen zu haben, egal in welcher Sprache. In diesem Moment bin ich aber so erschöpft und überwältigt, dass mir das nicht viel ausmacht.

Die Ballettschule der Pariser Oper liegt am Stadtrand und nimmt ausschließlich die besten jungen Tänzer aus aller Welt auf, die nur fürs Ballett leben und bereit sind, alles für den Tanz zu geben.

Heute bewerbe ich mich bei der Ballettschule der Oper für das Programm, bei dem man nicht dort wohnen muss, sondern noch ganz normal zur Schule gehen kann und trotzdem erstklassiges Balletttraining bekommt. Das Beste daran ist, dass der Unterricht in der Opéra Garnier stattfindet, direkt im Zentrum von Paris.

»*Pour les danseuses avancées.*« Die junge Assistentin führt mich zu einer Gruppe Ballerinas, die sich alle auf der einen Seite des Kellerstudios versammelt haben.

Eigentlich war ich ziemlich siegessicher, aber wenn ich jetzt die anderen Mädchen so sehe, werde ich doch nervös. Sie sind total klein – wie Zwölfjährige – und jede trägt ein schlichtes langärmeliges Trikot mit rosafarbenen Strumpfhosen und rosa Spitzenschühchen. Da ich Rosa absolut nicht ausstehen kann (das war schon immer so) und es schrecklich finde, wie helle Farben von der eigentlichen Technik ablenken, die ich beim Trainieren immer weiter verfeinere, komme ich immer ganz in Schwarz zum Ballett. Und weil ich nun mal aus Kalifornien stamme, finde ich lange Ärmel einfach beengend und heiß. Aber es ist unschwer zu erkennen, wie sehr ich in meinem süßen Nackenträger-Trikot, meinen schwarzen Leggings und den schwarzen Spitzenschuhen auffalle, noch bevor ich überhaupt meine Tanzkunst zeigen konnte.

Ich streiche mir über meinen Dutt und stelle mich auf einen Platz ganz vorne in der Gruppe. Ich entspanne meine Gesichtszüge, sodass ich lächle – nur ganz leicht – und neige meinen Kopf erst nach rechts und dann nach links, damit mein Körper eine gerade Linie im Raum bildet. Ich achte darauf, dass meine Finger schön locker bleiben und sich auf meinem Gesicht nie die Anstrengung abzeichnet, die es mich kostet, meine Körpermitte zu halten.

Die ältere Ballettmeisterin macht ein ernstes und strenges Gesicht, als sie meinem Tanz zusieht. Aber dann breitet sich schließlich doch ein Strahlen auf ihrem Gesicht aus, als ich zu meinem letzten *grand jeté* ansetze und beim Sprung einen vollen Spagat in der Luft mache, bevor ich sanft wieder auf dem Holzboden des Studios aufkomme, der ganz weiß ist vom Kolophonium.

Als die Musik verstummt, wische ich mir über die Stirn und warte auf die Entscheidung der Ballettmeisterin. Schon seit Längerem, bei jedem Vortanzen für alles Mögliche – vom *Nussknacker* bis hin zu den Avantgarde-Studenten-Produktionen der San Diego University School of Theatre (meine Mutter ist immer ziemlich hinterher, dass ich keine Gelegenheit für einen Auftritt verpasse) habe ich gelernt ganz ruhig zu bleiben, während man auf das Ergebnis wartet. Nur die allerkleinste Bewegung, das geringste Gezappel, und die anderen Mädchen wissen sofort, wie unglaublich man es sich wünscht und wie unsicher man ist, ob man wirklich gut genug war. Wenn man die Nerven verliert, dauert es ewig, bis man sich wieder gefangen hat. Also warte ich unbewegt und mit teilnahmslosem Gesicht.

»*Oui!*«, ruft sie, zeigt auf mich und lässt ihre Assistentin meinen Namen auf der Liste abhaken. Mme. Rouille, die sich an der Seitenlinie des heißen Studios Luft zufächelt, wirft mir das erste Lächeln zu, das ich bis jetzt bei ihr gesehen habe. Glücklich, dass ich ihr gefallen habe, strahle ich nun auch und lächle zurück. Eine ungeheure Erleichterung und ein tolles Hochgefühl durchströmen mich.

Ich kann's kaum erwarten, Vince zu erzählen, dass ich es geschafft habe! In zwei Jahren werde ich auch in der UCLA sein, direkt an seiner Seite, so wie wir es immer geplant haben! Jetzt ist es in greifbare Nähe gerückt. Es wird wahr!

Zurück im Apartment stelle ich als Erstes (aber natürlich erst nachdem ich ein Cooldown gemacht und meine Muskeln gedehnt habe) die Uhrzeit auf meinem Reisewecker ein. Sobald die Ziffern auf 17.00 Uhr nachmittags stehen – 8.00 Uhr morgens in Kalifornien – möchte ich am liebsten gleich rausrennen und Vince aus einer der öffentlichen Telefonzellen auf der Champs-Élysées anrufen. Als wir vorhin auf dem Weg zur Opéra den berühmten Boulevard entlanggefahren sind, habe ich direkt gegenüber vom Arc de Triomphe einen großen Block mit France-Telekom-Telefonzellen gesehen. Soweit ich das abschätzen kann, ist es nur einen kurzen Fußmarsch von Ternes entfernt. Noch bin ich nicht vertraut genug mit meiner Gastmutter, um sie zu fragen, ob ich ihr Telefon benutzen darf, selbst mit Calling Card. Außerdem möchte ich gern ungestört mit Vince sprechen.

Als Zweites hänge ich mein Plakat von der Martha-Graham-Dance-Company an einer der kahlen Wände in meinem neuen Zimmer auf. Es ist ein altes Schwarz-Weiß-Foto von Martha Graham selbst, bei dem der Rock um sie herumschwingt und sie aussieht wie im Rausch. Danach hänge ich alle Fotos auf, die ich mitgebracht habe, bis mein kleines Zimmerchen voll ist mit Bildern von Vince, meiner Mom, meinem Dad und meinem kleinen Bruder Brian. Nur ein Foto hänge ich nicht auf: eine Nahaufnahme von Vince vom 4. Juli dieses Jahres. Die lege ich in mein Portemonnaie, sodass ich sie anschauen kann, wann immer ich will.

Ich muss es ein paarmal läuten lassen, ehe Vince ans Telefon geht. Ungeduldig wippe ich dabei auf den Zehen vor und zurück und schaue durch das verschmierte Glas der Telefonzelle auf die belebte, wuselige Champs-Élysées. Auf der breiten Prachtstraße, die in beide Richtungen stark befahren ist, liegen rechts und links alle bekannten Modehäuser (Gap, Sephora, Prada und viele, viele andere) sowie große Cafés, deren Tische auf den Bürgersteigen stehen. Irgendwie ist es seltsam tröstlich, hier zu sein, trotz der ganzen Hektik. Ich schnappe viel Englisch von den dahinschlendernden Touristen auf, die den Kreisverkehr überqueren, in Richtung des Arc de Triomphe und dem Grabmal des unbekannten Soldaten. Als die Sonne untergeht, schlüpfen die Touristen in ihre Windjacken, die sie sich um die Taille geschlungen hatten, weil die Luft nun abends doch schon herbstlich kühl wird. Irgendwie sehen sie fehl am Platz aus – genau so, wie ich mich fühle.

»Äh, Baby, wie spät ist es?«, fragt Vince stöhnend, als er endlich rangeht. Beim heiseren Klang seiner Stimme habe ich das Gefühl, als würde ich zusammengerollt neben ihm im Bett liegen und wäre nicht Tausende von Meilen entfernt.

»Ich bin beim Vortanzen heute genommen worden!«, rufe ich. »Ich bin in der Fortgeschrittenen-Klasse!«

»Der was?«, fragt Vince müde. »Du warst beim Tanzen? Warte mal kurz.«

Im Hintergrund höre ich, wie Vince ächzt, und dann, wie eine Tür geschlossen wird. »Hey, bin wieder da«, sagt er. »Mein Zimmernachbar hat gerade ziemlich angepisst geguckt, dass ich ihn so früh wecke. Ich bin jetzt im Badezimmer.«

»Sorry«, sage ich, »ich hab gedacht, du wärst schon wach. Hast du denn heute gar kein Seminar?«

»Doch«, antwortet Vince. »Schon. Aber wir waren gestern ziemlich lang auf so einer Erstsemesterveranstaltung für die Sportstudis. Ist ziemlich abgegangen da. Na ja, sie schikanieren immer die Neuen und so, kennst das ja.«

»Oh, tut mir leid.«

»Nee, das ist cool.« Langsam klingt Vince schon etwas wacher. »Ich freu mich, dass du anrufst. Wie geht es dir?«

»Gut.« Ich lächle vor mich hin. Am liebsten würde ich mich jetzt in seine Arme kuscheln, mich in seinen morgendlichen Männergeruch hüllen, der mich immer sofort beruhigt. »Müde. Ich kann irgendwie noch gar nicht glauben, dass ich wirklich hier bin.«

»Ich auch nicht«, seufzt Vince. »Ich wünschte, wir könnten zum letzten Wochenende zurückspulen.«

Ich bekomme eine Gänsehaut, als er das sagt. Letztes Wochenende habe ich Vince nämlich in der UCLA besucht. Als zukünftige Studentin sollte ich im Studentenwohnheim schlafen, im Zimmer einer Tanzstudentin aus dem zweiten Studienjahr. Aber es war nicht schwer gewesen, sie zu überreden, dass sie mich bei Vince übernachten ließ, natürlich erst nach dem obligatorischen Gute-Nacht-Anruf meiner Mutter. Während Vinces Mitbewohner mit ein paar anderen Typen aus ihrem Basketballteam irgendwo Party gemacht haben, waren Vince und ich die ganze Nacht wach und haben auf seiner Betthälfte rumgeknutscht.

Natürlich kam da zwangsläufig die Sprache auch aufs erste Mal, da Vince ja jetzt im College ist, und ich für ein Jahr weggehen würde. Aber am Ende habe ich ihm gesagt, dass ich lieber warte. Als ich jetzt von so weit weg mit ihm spreche und er so traurig klingt, wünschte ich irgendwie, ich wäre nicht losgefahren, ohne es mit ihm getan zu haben. Vielleicht glaubt Vince ja sogar, dass ich es gar nicht wollte, obwohl ich es ja wollte. Ich hatte nur Angst. Und ich wollte nicht riskieren, dass sein dummer Mitbewohner mitten reinplatzt! Aber Gott, jetzt gerade vermisse ich ihn so sehr, dass ich denke, ich würde *alles* riskieren …

»Oh, ich auch«, sage ich ganz leise. »Ich vermisse dich auch total.«

Ich kann hören, wie Vince am Telefon pinkelt. Der gleichmäßige Strahl hallt im leeren Badezimmer. Ich freue mich zwar, dass er sich mir so nahe fühlt, aber *puh*. Er atmet erleichtert aus. »Ah, schon gleich viel besser. Dann erzähl mal, wie Paris so ist.«

Ich will es ihm gerade beschreiben, da sehe ich ein vertrautes Gesicht in der Menge der vorbeiströmenden Touristen auf dem Champs-Élysées. Es ist PJ aus dem Programm! Wie seltsam. Hoffentlich entdeckt sie mich nicht. Ich habe nämlich gerade keine Lust auf Small Talk. Ich möchte mich lieber mit Vince über meinen heutigen Sieg freuen.

»Ach, es ist ganz okay«, sage ich abgelenkt. »Wie ist das College?«

Vince fängt an, mir von einem Kurs zu erzählen, der wohl ganz besonders schwer ist, während ich beobachte, wie PJ in ein benachbartes Café geht. Mme. Cuchon hat gesagt, dass sie auch hier in der Nähe wohnt. Aber sollte sie jetzt nicht mit ihrer Gastfamilie zu Abend essen? Außerdem sind die Cafés auf der Champs-Élysées absolut überteuert. Nicht mal Alex würde hier essen, da bin ich mir sicher. Das überteuerte Essen, das sie den Touristenfamilien servieren, trieft vor billigem Fett.

»Ah ja«, murmle ich, während Vince weitererzählt.

PJ kommt mit verzweifelter Miene wieder aus dem Café heraus. Anscheinend hat sie gemerkt, wie teuer es ist. Mir kommt es fast so vor, als würde sie mich mit ihren großen verängstigten Augen direkt anschauen! Sofort wende ich mich ab und blicke in die andere Richtung, sodass sie mich nicht erkennt. Sie hat mich bisher ja nur kurz auf der Autofahrt ins Lyceé gesehen.

»Ja, total«, sage ich zu Vince. PJ geht gerade in die benachbarte Telefonzelle.

»Tja«, sage ich, als Vince mit seiner Geschichte fertig ist. »Ich glaube, meine Telefonkarte ist fast alle. Und du solltest jetzt besser zum Unterricht gehen.«

»Okay«, beendet Vince das Gespräch. »Ich liebe dich. Ruf mich morgen wieder an, wenn du kannst.«

»Okay, Schatz, ich liebe dich auch.«

Ich lege auf und lehne mich an die Glaswand der Telefonzelle, überwältigt von Erschöpfung und Heimweh. Es fühlt sich richtig körperlich an, wie ein Stein im Magen. Ich wollte das Telefonat nicht abbrechen, aber so mit Vince zu reden, ist einfach nicht das Gleiche, wie wenn ich zu Hause in meinem Zimmer mit ihm spreche, wo ich mit ihm flirten und ihm sagen kann, wie sehr ich ihn vermisse, und er dann nur das Richtige darauf antwortet. Hier drinnen ist es ungemütlich, so gegen das schmutzige Glas gelehnt, während ich unfreundlich aussehende Fremde beobachte und versuche, Leuten aus meinem Programm aus dem Weg zu gehen, und deswegen Gewissensbisse habe.

»Oh mein Gott!« Das ist mir so rausgeplatzt. Aus dem Augenwinkel sehe ich PJ durch die Trennwand: Sie schläft zusammengesackt auf dem Boden der benachbarten Telefonzelle. Ich gehe aus meiner Telefonzelle raus und reiße schnell die Tür zu ihrer auf. Die Passanten werden langsamer und starren uns an.

»PJ! Ich bin's, Olivia. Ich bin in deinem Programm. Wir haben uns heute kurz gesehen, erinnerst du dich?« Ich rüttle sie wach. Dabei muss ich an meinen Bruder Brian denken, an die Momente, in denen ich nicht wirklich zu ihm durchdringen kann.

PJ reibt sich erschöpft die Augen und blickt zu mir hoch. »Oh, hey.«

»Alles in Ordnung mit dir?« Mir wäre gerade echt fast das Herz aus der Brust gesprungen!

»Ähm, ja«, sagt PJ und blickt sich verlegen um. Sie zieht ihre braune Wolljacke enger um ihren dünnen Körper. »Ich weiß gar nicht genau, was passiert ist ... Ich war so müde ... Ich muss unbedingt telefonieren ...«

»Warum bist du nicht bei deiner Gastfamilie?«

PJ öffnet den Mund, als wolle sie etwas antworten, aber dann presst sie die Lippen aufeinander und bleibt stumm. Sie schüttelt den Kopf, ihr Kinn zittert.

»Was ist?«, frage ich sie aufmunternd. »Was ist los? Du kannst es mir ruhig erzählen.«

Sie schließt die Augen. »Sie sind nicht aufgetaucht. Sie sind nicht ins Lycée gekommen, um mich abzuholen.«

»Das verstehe ich nicht. Was hat denn Mme. Cuchon dazu gesagt?«

»Sie weiß es gar nicht. Es war so ein Trubel, dass ich irgendwann einfach beschlossen habe, zu der Adresse zu gehen, die im Einführungspaket stand, das sie heute ausgeteilt hat. Aber es war keiner zu Hause. Als ich zurück ins Lycée kam, war Mme. Cuchon dann auch schon weg.« PJ setzt sich aufrechter hin und fährt sich mit ihren verdreckten Fingern durch die blonden Haare. Ihre Stimme klingt vielleicht tapfer und schicksalsergeben, aber ihre glasigen blauen Augen verraten eine tief sitzende Furcht.

»Das ist nicht dein Ernst, oder? Mme. Cuchon weiß also gar nicht, dass du kein Dach über dem Kopf hast?«

PJ nickt. »Ich konnte sie nicht finden.«

»Gib mir mal dein Einführungspaket«, weise ich sie an. »Wir rufen Madame jetzt gleich an. Was hattest du denn vor? In der Telefonzelle zu übernachten?«

»Ich war nur so müde vom Flug«, sagt PJ leise. »Und die ganzen Hotels hier in der Gegend sind superteuer ... Ich wollte mir einen Kaffee organisieren, um mich wachzuhalten, aber das ist auch zu teuer ...« Ihr blonder Kopf fällt nach vorne, als sie wieder einnickt. Ich versuche, an ihren Rucksack dranzukommen, um Mme. Cuchons Telefonnummer rauszusuchen.

Erschreckt wacht sie auf und ihr Kopf ruckt wieder hoch. »Ruf Madame *nicht* an. Ich möchte wirklich keine Probleme machen. Bitte ruf sie nicht an. Bitte.« PJs knallblaue Augen füllen sich mit Tränen.

Ich muss sagen, von allen Obdachlosen, die je in einer Telefonzelle schlafen wollten, ist PJ mit Abstand die schönste.

»Ist ja gut, ist ja gut«, sage ich und ziehe kopfschüttelnd die Hand vom Rucksack zurück. »Aber du kommst dann auf jeden Fall mit zu mir. Du bist verrückt, wenn du denkst, dass du hier die ganze Nacht verbringen kannst. Also los, gehen wir.«

Ich ziehe sie hoch – dafür, dass sie so groß ist, ist sie schockierend leicht – und hieve mir ihren übergroßen Leinenrucksack auf den Rücken. »Du siehst so aus, als hättest du das Ding schon lange genug rumgetragen. Dann wollen wir dich mal in mein Apartment bringen.« Ich lächle die Schaulustigen voller Selbstvertrauen an und führe PJ in Richtung Ternes. »Es wird alles gut, das verspreche ich dir.«

»Okay«, sagt PJ, wahrscheinlich zu erschöpft, um noch länger Widerstand zu leisten.

# 3 · PJ

## *Zerbrochene Familien, zerbrochene Herzen*

Eigentlich ist es noch zu frühherbstlich, um die alte braune Wollstrickjacke von meinem Dad zu tragen, meine Lieblingsjacke von ihm, die mit den Ellbogenschonern, den Lederknöpfen und dem Staubgeruch. Ich glaube, die hat sogar schon vor Urzeiten seinem Vater gehört. Ich hole die Wolljacke aus meiner Umhängetasche und ziehe sie an, auch wenn das vielleicht komisch aussieht, aber ich fröstle irgendwie die ganze Zeit in dem Klassenzimmer, in dem wir jetzt gerade am Montagmorgen im Lycée sitzen. Ob ich wohl mal zwischendurch kurz Zeit habe, um Dave anzurufen? Wenn nicht jetzt, wann werde ich dann die Gelegenheit dazu haben? Irgendwie habe ich das Gefühl, dass ich diesen Vormittag nicht überstehen kann, ohne mich für eine Minute rauszuschleichen.

»Und? Wie ist es so in deiner Gastfamilie?«, fragt Olivia Alex. Gleichzeitig streckt und beugt sie im Sitzen dauernd ihre nackten kleinen Füße, die sie vor sich im Gang zwischen den Pulten ausgestreckt hat. Strecken, beugen. Strecken, beugen. Alex mustert erst Olivias ramponierte Füße, dann ihre eigenen perfekt polierten und geschniegelten Zehen, deren dunkelroter Nagellack sich von den goldenen griechischen Sandalen abhebt. Olivia wird rot und zieht schnell die Beine unter den Stuhl.

Es ist unser allererster Schultag im Lycée. Ich sitze zusammen mit Alex und Olivia ganz hinten im Raum 102, dem Raum der Schule, der für das »Programme Americaine« vorgesehen ist, und esse eines der klebrigen gefüllten Gebäckstücke, die von der Schule bereitgestellt worden sind, damit sich die fünfundzwanzig Schüler schon mal ein bisschen mischen können, bevor dann später am Morgen der eigentliche Unterricht losgeht. Alex und Olivia sind die beiden Einzigen, die ich bis jetzt kennengelernt habe, und wahrscheinlich hat keine von ihnen den allerbesten Eindruck von mir. Schließlich musste Alex mir Geld leihen, damit ich überhaupt herkommen konnte, und Olivia hat mich gestern Abend schlafend in einer Telefonzelle gefunden.

Der blättrige *chausson aux pommes* ist die erste Mahlzeit, die ich seit dem aufgewärmten Frühstück gestern Morgen im Flieger zu mir nehme. Eigentlich müsste ich total ausgehungert sein, aber das buttrige Teilchen schmeckt wie Asche. Als ich es nach einem Bissen wieder absetze, schaut mich Alex seltsam an.

»Magst du's nicht?«, fragt sie. Als ich verneinend den Kopf schüttle, steckt sie sich ein Stückchen in den Mund.

»Hmmm«, macht Alex und kaut genüsslich. »Da verpasst du echt was, PJ – dieser *chausson* ist unglaublich!«

Ich trinke schlückchenweise den bitteren Kaffee aus dem Pappbecher und lächle schwach.

Olivia holt aus ihrem hellblauen Jansport-Rucksack zwei Bananen, die sie sich heute Morgen auf dem Weg zur Schule gekauft hat. »Die sind zwar schon ein bisschen angeschlagen, aber sie sehen noch ganz okay aus, finde ich. Möchtest du lieber eine davon haben, PJ?«

Ich würge Olivias matschige Banane hinunter, weil sie einfach so nett ist und ich das Gefühl habe, sie würde mich so lange drängen, etwas zu essen, bis ich es tue.

»Machst du gerade Diät, Olivia?«, fragt Alex und wischt sich die fettigen, buttrigen Finger an einer Papierserviette ab. »Bist du deshalb so dünn?«

Das habe ich mich auch schon gefragt. Als sich vor ein paar Minuten alle auf die süßen Teilchen gestürzt haben, war Olivia zurückhaltend. Ja, sie hat sich nicht mal Tee oder Kaffee genommen, obwohl ich weiß, dass sie sich heute Nacht in dem Bett, in dem wir beide geschlafen haben, herumgewälzt und von einer Seite zur anderen gedreht hat. Das haben wir beide. Darum schenke ich mir ständig neuen Kaffee nach.

Aber auch, weil ich irgendwie nicht still sitzen kann. Ich werde das Gefühl nicht los, dass die anderen Mädchen schon jetzt merken, dass ich ganz anders bin als sie.

Olivia wirkt verlegen. »Nein! Stimmt gar nicht!«, sagt sie mit Nachdruck. »Ich versuche nur, mich so gesund zu ernähren, wie es geht. Keine Kohlenhydrate, keinen raffinierten Zucker. Ich esse nicht gern schwer. Dann tanzt es sich nicht so gut.« Olivia ist total zierlich, ungefähr dreißig Zentimeter kleiner als ich, und jeder Fleck ihres schmalen Körpers ist gebräunt und übersät mit Sommersprossen. Beim Reden wippt ihr blonder Pony auf und ab.

»Also, ich nicht«, schaltet sich Alex fröhlich ein. »Ich liebe Butter und Salz. Französinnen machen nie Diät. Sie glauben an Genuss in Maßen.« Sie lässt sich noch ein Stückchen *chausson* in den Mund fallen.

»Du bist also Tänzerin? Eine Ballerina? *Quelle surprise.* Kein Wunder, dass du überall, wo du gehst und stehst, deine Knochen verbiegst.« Alex schaut mit hochgezogenen Augenbrauen zu Olivia hinüber, die sich tatsächlich gerade wie eine Mini-Brezel auf dem Stuhl zusammengefaltet hat.

»Ich kann einfach nicht anders!«, entgegnet sie. »Ich weiß, es ist schlimm. Das sagen mir alle.«

Gestern Abend konnte ich meine Augen nicht von Olivia losreißen, als sie sich im Schlafanzug vor dem Bett gedehnt hat – das war echt zirkusreif. Olivia ist mit Abstand der freakigste, gelenkigste und biegsamste Mensch, der mir in meinem ganzen Leben je untergekommen ist, und vor allem, mit dem ich je zusammen in einem Zimmer gewohnt habe.

»Ich habe überall Muskelkater«, lachte sie, als sie ausgestreckt auf dem Boden lag, in einem alten UCLA-T-Shirt und einer übergroßen karierten Boxershorts, die wahrscheinlich mal dem Jungen gehört hat, der auf all den Fotos an den Wänden zu sehen ist. Als sie sich im Spagat nach vorne beugte, berührte ihre Nase den Perserteppich. »Diese Pariser Ballettlehrer sind brutal! Ich muss echt aufpassen, dass ich mir nichts tue!«

»Wie kannst du denn weitertanzen, wenn du überall Schmerzen hast?«, habe ich sie gefragt.

Ihre Antwort wurde vom Teppich gedämpft. »Oh, ich könnte nie aufhören«, sagte sie, dann machte sie eine kurze Gedankenpause. »Na ja, aber eines Tages werde ich es wohl müssen.« Sie sah zu ihrem Martha-Graham-Plakat hinauf. »Ich weiß nur, dass es das Einzige ist, worin ich gut bin, und im Moment ist Tanzen für mich der Schlüssel zu allem, was ich im Leben möchte.«

Olivia drehte ihre Hüften wie ein Schlangenmensch, sodass sie den Spagat nun in die andere Richtung machte. Mir wurde fast übel bei dem Anblick, es sah ganz schön qualvoll aus. Olivia schien daran gewöhnt zu sein.

»Anscheinend sprichst du aber auch ziemlich gut französisch«, sagte ich und zweifelte damit ihre vorherige Aussage an, auch wenn ich sie zu dem Zeitpunkt noch gar nicht französisch sprechen gehört hatte.

Olivia hob den Kopf und sah mich an. »Ich will ja nicht

eingebildet klingen«, meinte sie und wurde gleich ganz blass. »Aber ich bin echt *richtig* gut in Ballett. So gut, dass es für ein Stipendium reicht. Wenn da nicht mein Bruder wäre ...« Ihre Stimme erstarb.

»Was wäre dann?«, fragte ich unwillkürlich.

»Ich meine, vielleicht kann ich ja wirklich andere Sachen ganz gut. Aber das kann ich nicht wissen – ich habe nämlich nie was anderes gemacht«, erklärte Olivia. »Es ist nicht so, dass meine Eltern mich unbedingt auf der Bühne sehen wollen – es geht nur darum, dass ich ein Stipendium für die UCLA bekomme. Ich habe eine sehr enge Beziehung zu meiner Familie. Ich kann es kaum erwarten, in den dreiwöchigen Weihnachtsferien nach Hause zu kommen.« Sie blickte sehnsüchtig auf ein Foto, auf dem sie selbst mit ihrer Familie am Strand zu sehen ist.

»Oh, ich wollte nicht neugierig sein.«

Ich änderte meine Sitzposition auf dem Bett, sodass ich sie nicht mehr direkt anschauen musste.

Den Wink verstand Olivia sofort und machte sich wieder an ihre Dehnübungen.

»Meine Gastfamilie?«, schnaubt Alex verächtlich, während sie pinken Lipgloss aufträgt. Wir warten noch immer darauf, dass Mme. Cuchon mit der Einführung anfängt, aber sie steht im Flur und ist in ein ernstes Gespräch mit einer hübschen jungen Geschichtslehrerin namens Mademoiselle Vailland vertieft. Anscheinend handelt es sich nur um eine Sich-Gegenseitig-Kennenlernen-Stunde für die Schüler aus dem »Progamme Americaine«. »Meine Gastfamilie ist ... ach, ist auch egal. Meine Gasteltern sind ziemlich einfach gestrickt – sie gehören zu den Familien, die nach dem Abendessen fernsehen.« Alex macht ein Geräusch, als müsste sie sich übergeben.

»Du bist lustig«, lacht Olivia. »Da hast du doch Glück. Ich dachte, ich würde hier in eine richtige Familie kommen – mit Geschwistern, einem Vater … eben wie zu Hause. Aber da sind nur Mme. Rouille, ihre Hunde und ich! Und natürlich PJ.« Sie berührt mit einer netten Geste meinen Arm. »Na, wenigstens haben wir uns gegenseitig, stimmt's, PJ?«

»Ich werde aber nicht ewig bleiben«, sage ich schnell und weiche zurück. Bestimmt sehe ich aus wie ein verängstigtes Tier.

»Wie meinst du das?« Alex mustert verwirrt Olivias Hand auf meinem Arm. »Seid ihr beide in derselben Familie oder was?«

»Im Moment schon«, erkläre ich und versuche nicht zu bitter zu klingen. Schließlich waren Olivia und Mme. Rouille echt nett zu mir. Ich lasse meine Fingerknöchel knacken, sodass Alex bei dem Geräusch zusammenzuckt. »Meine Gasteltern sind am Samstag nicht aufgetaucht.«

»Ha!«, platzt es aus Alex heraus. »Das ist nicht dein Ernst? Du hast sie also noch gar nicht kennengelernt?«

Ich schüttle den Kopf.

»Ich wette, die sind gerade einfach nur auf ihrem Landhaus oder so«, sinniert Alex. »Die Franzosen haben eine sehr nachlässige Einstellung, was Verabredungen und Termine und so betrifft. Na ja, du kennst das ja.«

Eigentlich wollte ich sagen: Nein, das kenne ich *nicht*. Warum haben sie mich an meinem Ankunftstag in Paris nicht abgeholt? Warum haben sie nicht Mme. Cuchon angerufen, wenn sie ihre Pläne geändert hatten? Kann es sein, dass sie wissen, was alles im Sommer passiert ist und dass sie deshalb nichts mit mir zu tun haben wollen?

Alex kichert. »Wenn du jemals in der Dordogne warst, würdest du auch nicht zurückkommen wollen.«

Da entdeckt Alex ein paar der anderen Mädchen, die wir gestern am Flughafen kennengelernt haben, steht auf und streicht sich die schwarze Shorts und das Jersey-Tank-Top glatt.

»Hi, Ladys!«, ruft sie und geht um die Tische herum, um mit ihnen zu quatschen. Alex strahlt den anderen Schülern gegenüber eine Anziehungskraft aus, als besäße sie einen Zauberschalter: Wenn sie allein sein will, lässt man sie in Ruhe, aber wenn sie gern Kontakt hat, umringen sie alle. Die anderen Mädchen bewundern Alex' Goldsandalen und wollen wissen, ob es sich um echte Jimmy Choos handelt (was auch immer das ist), und die Jungs, die sich als Grüppchen alle auf einer Seite des Raums zusammengerottet haben, werfen ihr verstohlen bewundernde Blicke zu. Bestimmt entgeht ihnen nicht, dass ihr das dünne Top ziemlich sinnlich über die Brüste fällt. Alex ist zwar nicht groß, aber ihre Schuhe und ihre kurzen Shorts verlängern optisch ihre Beine. Ihr glänzend blauschwarzes Haar, das sie mit genau der richtigen Menge an Stylingprodukten in kunstvolle Schichten gelegt hat, ist das i-Tüpfelchen. Sie sieht so geschniegelt aus, als wäre heute Morgen ein ganzes Stylistenteam zu ihr in die Gastfamilie angerollt gekommen und hätte sie für die Schule fertig gemacht.

»Mein BlackBerry hat hier einen total schlechten Empfang«, beklagt sich Alex bei Sara-Louise, dem Mädchen aus South-Carolina, das ich gestern kennengelernt habe, und bei Zack, der ebenfalls aus dem Süden stammt. »Habt ihr Lust, mit rauszukommen und mal zu schauen, ob es im Hof funktioniert?«

»Alex ist lustig, hm?«, bemerkt Olivia, nachdem Alex mit Zack und Sara-Louise den Raum verlassen hat. »Sie ist so erwachsen. Und sie weiß einfach *alles* über Paris!«

»Ja, scheint so.« Dabei entspricht Alex genau meinem Bild einer verhassten Großstädterin. Sie lässt andauernd irgendwelche Namen fallen, weiß alles besser, tut ganz groß und stellt sich echt pausenlos in den Mittelpunkt. Allein heute Morgen hat sie uns schon mindestens viermal erzählt, dass ihre Mutter in New York für die *Luxe* arbeitet. Ich bin in den Wäldern von Vermont aufgewachsen und habe noch nie jemanden aus einer Stadt kennengelernt, die größer ist als Burlington.

»Sie hat es nicht so gemeint«, sagt Olivia und beugt sich dabei zu mir vor.

»Was nicht so gemeint?« Ich zupfe an den kleinen Fusseln an meiner alten Jacke.

»Na, was Alex über deine Gasteltern gesagt hat. Ich bin sicher, sie freuen sich total darauf, nach Paris zurückzukommen und dich kennenzulernen. Ihnen ist wahrscheinlich nur was dazwischengekommen oder sie haben was mit dem Termin durcheinandergebracht. Bestimmt können sie es gar nicht erwarten, dich kennenzulernen«, sagt Olivia. »Außerdem kannst du so lange bei mir wohnen, wie es nötig ist.«

»Ich verstehe es aber einfach nicht. Warum sollte sich jemand als Gasteltern melden, wenn man dann gar nicht wirklich für den jungen Menschen da sein will?«

»Vielleicht gab es in der Familie einen Notfall oder sie haben die Grippe bekommen«, überlegt Olivia. Sie bietet mir einen Schluck aus ihrer Wasserflasche an. Ich lehne dankend ab. Olivia legt den Kopf zurück und trinkt. Als sie fertig ist, wischt sie sich mit ihrer kleinen Hand über den Mund.

»Hast du dich schon mit Mme. Cuchon kurzgeschlossen, um zu fragen, was mit ihnen los ist?«

»Nein«, gebe ich zu. »Ich wollte kein großes Aufheben darum machen.«

»O. k.« Olivia lächelt. »Ich hab dich wirklich gern bei mir im Apartment. Du weißt auch so viel über Paris! Ich hab das Gefühl, von dir und Alex kann ich noch ganz viel lernen! Ich würde liebend gern ein paar der Museen sehen, von denen du gestern beim Abendessen erzählt hast, zum Beispiel das Picasso-Museum. Die Gemälde, die du beschrieben hast, klingen toll!« Ihr sommersprossiges Gesicht ist offen und ehrlich.

Jetzt muss ich doch grinsen. »Auch wenn ich in meine richtige Gastfamilie komme«, verspreche ich, »müssen wir zusammen Paris erkunden.«

In diesem Augenblick tänzelt Alex am Arm vom dunkelhaarigen, gut aussehenden hippen Zack zurück. Im Kleinbus habe ich gehört, wie Zack sie mit dem Spitznamen »Crackberry-Junkie« aufgezogen hat, aber das scheint ihn nicht davon abzuhalten, Alex anzuhimmeln, so wie es auch Olivia augenscheinlich tut. Hoffentlich bedeutet Alex' Rückkehr, dass ich das öffentliche Telefon draußen benutzen kann, ohne dass jemand mithört.

Ich habe für einen total miesen Start in Paris gesorgt, indem ich mir Alex schon zum Feind gemacht habe, noch bevor das Flugzeug überhaupt gestartet war. Jetzt werden sich alle, wahrscheinlich sogar die heilige kleine Olivia, gegen mich wenden, wenn sie das über meine Vergangenheit herausfindet. Ich weiß, dass ich mich total seltsam benehme, aber wie soll ich das Ganze erklären, ohne alles zu verraten?

Mein Kopfweh bringt mich noch um. Ich brauche unbedingt Ruhe. Die neuen Gesichter und Stimmen verschwimmen um mich herum wie in einem sonderbaren Albtraum.

Olivia ist gerade dabei, mir vorzuschlagen, dass wir ja später gemeinsam an der Seine entlangspazieren können, aber genau in diesem Moment klatscht Mme. Cuchon in die Hände und verkündet, dass die Einführung losgeht.

Oh nein. Chance verpasst. Ich muss diesen Anruf aber unbedingt noch tätigen!

Nachdem Mme. Cuchon uns einen Überblick über unseren Stundenplan gegeben hat – Mathe, Chemie und Geschichte auf Englisch, dann Französisch, danach Kunst (ebenfalls auf Französisch und mein Lieblingsfach) und als Letztes Sport –, ist sie eine Weile damit beschäftigt, Alex und Zack wieder und wieder zu sagen, dass Sport tatsächlich ein Pflichtfach ist.

»Außer Sie wollen natürlich lieber einer unserer vielen Sportmannschaften im Lycée beitreten. Das ist eine hervorragende Möglichkeit, um die französischen Mitschüler hier kennenzulernen«, sagt Mme. Cuchon freundlich.

Ich mag Mme. Cuchons starken Akzent, die Art und Weise, wie sich ihr Mund bewegt, wenn sie unsere Namen ausspricht und wenn sie uns erklärt, was wir wissen müssen. Es ist beruhigend, ihr zuzuhören, weil es bedeutet, dass ich endlich hier bin, so viel näher an dem dran, was ich mir gewünscht habe. Ihre schrulligen wallenden Gewänder erinnern mich ein bisschen an meine Mutter, wie ich nicht ohne eine gewisse Wehmut feststellen muss.

»Nur über meine Leiche gehe ich in eine Mannschaft«, flüstert Alex Zack zu.

»*Entendu*«, lacht Zack. »*Je crois que non.* – Das glaube ich auch nicht.« Er kommt mir aber ebenfalls nicht gerade wie eine Sportskanone vor, mit seiner perfekt geschneiderten modischen Kleidung und den trendigen Accessoires, wie beispielsweise den Lederbändern um beide Handgelenke.

»*Eh bien*«, fährt Mme. Cuchon fort. »Sollen wir uns dann gegenseitig vorstellen?«

Die Vorstellrunde bedeutet, dass Mme. Cuchon jetzt aufhört zu reden und wir dran sind. Ich setze mich auf meine Hände, damit sie nicht zittern. Während alle nacheinander erzählen, wer sie sind und woher sie kommen, kann ich mich kaum konzentrieren. Es ist eine Qual still zu bleiben, so als wäre jetzt alles absolut normal.

Ich versuche zuzuhören und mir alle Namen zu merken. Der schicke Typ aus Boston, der Alex zuzwinkert, nachdem er sich vorgestellt hat. Der Surfer, der neben ihm sitzt. Ein Mädchen mit einem Gürtel mit Stacheln und ungleich langen schwarzen Haaren, die jeden Satz mit »oder?« beendet, was ziemlich nervig ist. Immer mehr und mehr Leute, alle glücklich und ausgeglichen, die lediglich ihr Heimweh und der Jetlag plagt. Ob ich wohl jemals wieder in den Genuss dieses Luxus komme?

»Penelope?«, ruft Mme. Cuchon mich auf. Olivia stößt mich in die Seite.

»Es heißt PJ!«, sage ich, zu laut. Alle lachen, nicht zuletzt Alex. »Ich meine, ich bin PJ. Ich komme aus …« Soll ich allen erzählen, woher ich bin? Was, wenn noch jemand aus Vermont kommt? Was, wenn sie etwas davon gehört haben? Dann wissen sie vielleicht, dass ich es bin, und dann wäre ich ruiniert.

»*Je suis malade*. Mir ist nicht gut – ich muss an die frische Luft«, rufe ich, während ich aufspringe. »Tut mir leid!« Ich muss sofort raus hier.

Ich stürme in den Gang. Ich muss unbedingt zum Telefon und mit Dave sprechen. Zum Glück sind die Eingangsstufen menschenleer und das Telefon direkt vor dem Schuleingang frei. Zitternd wähle ich die Calling-Card-Nummer und endlich, nach einer halben Ewigkeit, werde ich mit Davids Handy verbunden.

»Geh ran, geh ran«, murmle ich flehend ins Telefon.

Nach fünfmaligem Läuten antwortet Dave barsch. »Wer ist da?«

»Dave, ich bin's, PJ«, sage ich zu ihm.

»PJ!«, ruft Dave aus. »Mann, du hast hier echt 'ne üble Show verpasst. Aber na ja, klar, genau deshalb bist du ja weggegangen, damit du das nicht mitkriegst.«

»Ich kann leider nicht lange reden«, flüstere ich in die Sprechmuschel und drehe mich dauernd um, um nachzusehen, ob auch wirklich niemand hinter mir steht. »Was ist los?«

»Sieht nicht gut aus, Mann. Deine Eltern wurden hochgenommen, als du in den Bus gestiegen bist. Schwerwiegende Straftat. Werden 'ne Weile sitzen«, erzählt Dave mir widerstrebend. »Ich sag's ja echt nicht gern, aber du solltest sie wahrscheinlich eine ganze Weile lieber nicht kontaktieren. Alle, die mit ihnen sprechen wollen, müssen wohl über ihren Anwalt gehen. Du willst doch nicht in diesen ganzen Schlamassel reingeraten, oder? Das wird hier gerade zu einer Riesensache aufgebauscht.«

Oh nein, das kann doch nicht sein! »Ich kann sie nicht anrufen?«

»Nein, Mann!«, sagt Dave mit Nachdruck. »Deine Eltern haben ja vielleicht versucht, Menschen zu helfen und die Welt zu retten, aber sie haben sich da in einem verrückten Netz verfangen und sind mit einigen finsteren Gestalten erwischt worden. Du und ich, wir haben echt großes Glück, dass wir da heil rausgekommen sind!«

Ich habe das Gefühl, keine Luft mehr zu bekommen.

»Und? Wie ist es in Paris? Hast du die Mona Lisa schon gesehen?«

»Du weißt, dass es mir nicht darum geht, Dave.«

»Na ja, du hast doch immer von Paris geredet. Aber klar, das ist nicht so dein Ding, jedenfalls nicht im Moment. Annabel, ja. Sie wollte schon ihr ganzes Leben lang fort, hat nur auf den richtigen Zeitpunkt gewartet. Ich würde alles dafür geben, um zu wissen, wohin das Mädel verschwunden ist«, sagt Dave. »Aber du? Du müsstest eigentlich deinen Eltern helfen, alles wieder in Ordnung zu bringen, Penny Lane, statt abzuhauen wie deine Schwester.«

»Meine Eltern *wollen* aber, dass ich hier bin«, argumentiere ich. Meine Knie werden weich, als er den alten Spitznamen sagt, den Annabel immer für mich verwendet hat. »Das hat mein Dad mir selbst gesagt. Bitte, Dave, ich –« Ich kämpfe gegen die Tränen an, die hinter meinen geschlossenen Augenlidern hochsteigen.

»PJ?«, fragt da plötzlich jemand schüchtern hinter mir.

Ich wirble mit klopfendem Herzen herum. Vor mir steht ein Junge, den ich vom Frühstück im Klassenzimmer her kenne. Er ist gestern nicht mit uns vom Flughafen hergefahren; er muss später als wir anderen gekommen sein. Er ist gut gebaut, ungefähr gleich groß wie ich, wenn nicht sogar ein bisschen kleiner, mit olivfarbener Haut und dunklen Augen. Sein nahezu schwarzes Haar ist ganz kurz geschoren, fast wie beim Militär. Er trägt übergroße Jeansshorts und ein weißes Hemd mit Kragen. An den Füßen hat er abgelatschte weiße Converse-Turnschuhe, genau wie ich.

»Heilige Scheiße!« Ich schreie fast vor Schreck. »Dave, ich muss los. Ich ruf dich wann anders wieder an. Lass dein Handy an.« Ich knalle den Hörer auf die Gabel.

»Hey, tut mir leid, dass ich dich unterbrochen hab. Ich bin Jay«, sagt der Typ. Er hat einen ganz leichten Akzent, aber nicht französisch; etwas anderes, vielleicht spanisch oder italienisch. »Ich musste aufs Klo. Und auf dem Weg dorthin hab ich dich hier stehen sehen, du sahst echt aufgelöst aus. Ist alles okay? Soll ich vielleicht einem Lehrer Bescheid sagen?« Jay wirkt aufrichtig besorgt.

»Mir geht's gut«, sage ich und versuche, meinen Atem zu beruhigen. Was habe ich preisgegeben, bevor ich gemerkt habe, dass er hinter mir steht? »Ich musste nur schnell jemanden anrufen. Mach dir um mich keine Sorgen.« Was hat der Typ vor? Spioniert er mir etwa nach?

»Hast du mit deinem Freund gesprochen?«, fragt Jay. »Habt ihr zwei gerade Streit oder so?«

Hat er mich etwa *belauscht?*

»Ja«, lüge ich schnell. »Ja, Dave ist mein Freund. Wir haben uns ein bisschen gekabbelt. Ist ziemlich kompliziert.«

»Oh, wow, das ist hart.« Jay verzieht das Gesicht. »Kann ich irgendwas tun? Ich kann einfach nicht mitansehen, wenn so ein hübsches Mädchen so traurig ist.«

Aha, ein Frauenversteher. Ich schnaube. »Ist schon okay. Ich kann auf mich selbst aufpassen.«

»Na ja, wenn du irgendwas brauchst, gib mir einfach Bescheid, ja?«, sagt Jay, und trotz seiner locker-witzigen und charmanten Art merke ich, dass er es ernst meint.

Mir schwirrt aber einfach zu viel im Kopf herum. Meine Eltern sind also *festgenommen* worden? Sagt mir Dave wirklich die Wahrheit, kann das sein? Meine Eltern sind von einer Befragung an einer Tankstelle gleich ins Gefängnis gewandert? Und das nur, weil sie versucht haben, in einem völlig verdrehten unmenschlichen System das Richtige zu tun? Sie wollten nie, dass es so kommt, wie es jetzt gekommen ist. Davon bin ich überzeugt. Das ist das Einzige, dessen ich mir absolut sicher sein kann.

»Danke«, sage ich abgelenkt. Was macht Jay denn immer noch hier?

»Ich hab übrigens gehört, dass du ganz toll Französisch kannst«, sagt er und wechselt damit das Thema.

»Oh, danke, aber nicht wirklich.« Hat er nicht gesagt, er sei auf dem Weg zum Klo?

»Hast du vielleicht Lust, dass wir mal zusammen lernen? Oder einen Kaffee trinken?«, schlägt Jay vor. »Ich hab gesehen, dass du Espresso magst – da drinnen hast du ja gerade mehrere getrunken.«

»Klar, klar«, sage ich. »Hör mal, ist die Einführung schon vorbei? Ich muss nämlich mit Mme. Cuchon sprechen.«

»Ja, sie haben gerade zusammengepackt, als ich rausgegangen bin.«

Dave ist wahrscheinlich eben erst von der Bar heimgekommen, in der er als Barkeeper arbeitet. Schließlich ist es in Vermont gerade vier Uhr früh. Ich kann mir vorstellen, was er wahrscheinlich gerade anhat: ein altes T-Shirt und eine Carhartt-Arbeitshose. Im Geiste sehe ich Daves Bett vor mir und wie er sich zum Handy auf seinem Nachtischchen herumgerollt hat, als es klingelte. Wahrscheinlich hatte er gehofft, es wäre Annabel, zurück aus der Hölle. Aber stattdessen war ich dran, Annabels unbeholfene kleine Schwester.

Jay sieht mich unverwandt an und nickt dabei, als sei ihm gerade etwas klar geworden, über das er schon länger nachgedacht hat. »Also, war toll, dich kennenzulernen, PJ«, sagt er. »Vergiss nicht unsere Lernverabredung.« Als er den Gang entlang in Richtung Toiletten geht, schaut er sich noch einmal um und grinst, als er mich dabei erwischt, wie ich ihm nachsehe. Ich verdrehe die Augen, muss aber ganz tief drinnen doch zugeben, dass er schon ein kleines bisschen süß ist.

»Bis gleich«, sage ich und weiß, dass ich eigentlich schleunigst zurückgehen sollte, um mich mit Alex, Olivia und den anderen anzufreunden, ehe es zu spät ist.

Alex erinnert mich ein bisschen an Annabel, zumindest in einigen Punkten. Beispielsweise hat es mich überrascht, dass Alex sich mit den buttrigen Teilchen vollgestopft hat, statt einen großen Bogen um fettiges Essen zu machen, wie man es bei Mädchen wie ihr eigentlich erwarten würde. Annabel hatte auch einen großen Appetit. Ich war da immer ganz anders. Ich hätte wahrscheinlich sogar völlig vergessen zu essen, wenn meine Mom mich nicht mit ihren selbst gebackenen Kuchen oder frischem Gemüse aus dem Garten dazu verführt hätte.

Für mich und Dave war Annabel immer ein Buch mit sieben Siegeln, das uns fast das Herz gebrochen hat. Unmöglich, mit ihr zu leben und genauso unmöglich, ihr zu widerstehen. Sie schöpft bei allem, was sie macht, aus den Vollen. Ihr Steak war immer blutig. Als sie meiner Mom mal dabei geholfen hat, Plätzchen zu backen, hat sie sie mit Schokolade beträufelt und dann zum Frühstück gegessen. Sie und Dave haben immer zusammen auf der hinteren Veranda Gitarre gespielt und ihre Stimme hat den Garten erfüllt, bis ganz hinten zum Arbeitsschuppen meines Vaters. Sie hatte wirklich eine wunderschöne Gesangsstimme.

Am Tag von Annabels Hochzeit haben wir ihr den ganzen Morgen lang mit dem alten Lockenstab meiner Mutter Locken gedreht und ihre langen dunklen Haare in einen Berg Ringellöckchen verwandelt, in die wir am Haaransatz frisch gepflückte Wildblumen geflochten haben. Ich habe ihre Wangen mit glänzendem rosa Puder bestäubt und ihr durchsichtig schimmernden Lipgloss auf die Lippen getupft. Ihr Gesicht, das sonst meinem so ähnelte, verwandelte sich von einem vertrauten zu einem fast engelsgleichen.

»Ich kann nicht glauben, dass du mich verlässt«, sagte ich zu ihr, als sie fertig war.

»Ich weiß.« Annabel grinste. »Aber du verlässt mich ja auch.«

»Das ist nicht dasselbe. Ich komme in einem Jahr wieder aus Paris zurück. Hast du denn gar keine Angst?«, fragte ich sie. Sie würde jetzt eine richtige Erwachsene sein, verheiratet, mit einem eigenen Haus.

»Nein, Penny Lane«, lachte sie. »Ich habe nie Angst.«

Da war was dran; das hatte sie wirklich nie. Annabel war immer die Erste, die im Frühling in den Bach hinter unserem Haus sprang, sobald das Eis taute. Sie fuhr immer so schnell Auto, wie sie wollte, und zeigte jedem, der sie auf der Straße ausbremste, den Mittelfinger und ein breites Grinsen. Als sie mal in einen Nagel getreten ist, hat sie ihn einfach rausgezogen und ist dann weiter barfuß durch den Garten gelaufen.

Sie muss wegen meiner Eltern weggerannt sein, aber warum ausgerechnet zu diesem Zeitpunkt? Was ist zwischen unseren letzten schönen gemeinsamen Stunden und dem Augenblick passiert, als ich gehört habe, wie die Reifen quietschend auf unserer Kieszufahrt durchdrehten – dem einzigen Abschiedsgruß meiner Schwester? Als wir schließlich alle im kleinen Pavillon versammelt waren, den mein Dad extra für Dave und Annabel gebaut hatte, damit sie darunter getraut würden, war Annabel nirgends zu finden. Ihr Auto bog nie wieder in die Einfahrt ein. Sie tauchte nie auf ihrer eigenen Hochzeit auf.

Das Einzige, was mir blieb, war eine alte Taschenbuchausgabe von Annabels Lieblingsroman *Madame Bovary*, die in unserem gemeinsamen Zimmer auf meinem Bett lag. Auf der Titelinnenseite stand etwas geschrieben:

*Bon voyage! Alles Liebe, Annabel.*

Annabel war immer so begeistert über mein Pariser Abenteuer gewesen. Und das sollte ich auch sein. Also gehe ich eilig ins Klassenzimmer zurück, fest entschlossen, das ganz allein durchzustehen.

Ich muss Mme. Cuchon reinen Wein einschenken und *tout de suite* die Sache mit meiner Gastfamilie klären.

Es ist Zeit, in Paris neu anzufangen. Und ein für alle Mal einen Schlussstrich unter die Vergangenheit zu ziehen.

# 4 · ZACK

## *Vielleicht jetzt, vielleicht auch nie*

»Du und ich, wir gehen erst mal was trinken und treffen uns dann mit den anderen beim Odéon«, schlägt Alex am Freitagnachmittag vor. Dabei wickelt sie sich eine schwarze Haarsträhne um den Finger. Wir stehen auf den Eingangsstufen vor dem Lycée und haben beide Sport sausen lassen – Alex, weil sie shoppen will, und ich, na ja, weil ich Sport einfach total unnötig finde. Außerdem schreit das Outfit, das ich heute anhabe – dunkle Jeans mit umgeschlagenem Saum, grobe Boots und weißer Blazer über einem marineblauen T-Shirt mit V-Ausschnitt – geradezu danach, zum Trocadéro ausgeführt zu werden. Ich möchte gleich nach Unterrichtsschluss zur Grünanlage und Leute beobachten, während ich neben dem großen Brunnen sitze, von dem aus man in ganz Paris die allerbeste Aussicht auf den Eiffelturm hat.

»Wir haben uns noch gar nie *verabredet*«, sagt Alex. »Dabei will ich dich schon kennenlernen, seit wir uns das erste Mal am Flughafen begegnet sind. Deine Haare sind echt toll.« Sie zerzaust mein strubbliges, ziemlich langes dunkles Haar. So trage ich es erst seit Kurzem – im Shabby-Chic-Stil.

»Danke! Ich hole dich ab«, biete ich lachend an. »Du warst immer so umringt, dass ich nicht wusste, ob du überhaupt Zeit für so niederes Gesindel wie unsereins hast.« Ich überlege, Alex zu fragen, ob sie nicht gleich diesen Nachmittag mit mir zum Park gehen will. Aber ich habe den Eindruck, dass sie aus unserer gemeinsamen Zeit gern ein Ereignis machen möchte. Und das ist es ja auch. Es kommt schließlich nicht alle Tage vor, dass ein Mädchen wie Alex einen um ein Date bittet.

»Für dich habe ich doch immer Zeit«, entgegnet Alex zuckersüß. »Dann bis heute Abend um acht. Und sei pünktlich.«

Ich bin total happy und muss grinsen, als ich die Avenue Kléber entlanggehe. Dabei verfolge ich meinen Weg sorgfältig auf der Straßenkarte, um mich nicht zu verlaufen. Dass Alex so scharf darauf ist, mit mir Zeit zu verbringen, ist der Beweis, dass meine Suche nach Liebe vielleicht doch kein so großer Kampf wird, wie ich dachte. Auch wenn Alex nicht gerade … mein Typ ist.

Die glamouröse Alex lebt im gleichen Arrondissement wie ich, im 15., wie ich an diesem Abend feststelle, als ich sie abholen gehe. Das Gebäude, in dem ihre Gastfamilie wohnt, ist leicht zu finden, und in der Dämmerung sehe ich verschwommen, wie sich Alex in einem hellrosa Seidenkimono über den Balkon im zweiten Stock beugt. Sie hackt mit der einen Hand wütend eine SMS in ihren BlackBerry und raucht mit der anderen eine Zigarette. Ein zorniger Ausdruck verfinstert ihr hübsches Gesicht.

»Huhuuu!«, rufe ich ihr leise von unten zu. Als Alex mich sieht, hellt sich ihre Miene sofort auf.

Sie breitet die Hand aus. »Fünf Minuten«, formt sie mit den Lippen in meine Richtung, drückt ihre Zigarette aus und wirft sie über das Geländer. Einen Moment später hüpft Alex auch schon aus der Haustür, mit einem schwarzen Schlauchkleid und roten hochhackigen Schuhen. Ihre Haare werden von einem breiten schwarzen Haarband zurückgehalten und sie trägt ihre kamelfarbene Tote Bag mit dem dicken geflochtenen Griff.

»*Comment ça va?*«, frage ich und küsse sie fröhlich auf beide stark gerougten Wangen.

»*Ça va*«, seufzt Alex. Sie zündet sich die nächste Zigarette an. »Ich brauche ganz dringend einen Drink«, erklärt sie mir und zieht mich schon die Straße entlang. »Meine Mutter macht mir wegen der *lächerlichsten* Dinge den totalen Stress – und wegen ihrer SMS habe ich mich heute Abend schon total *verkrampft*. Sie macht mir die Hölle heiß, dass ich mich dieses Jahr auch ja in der Schule anstrengen soll – und dabei hat das Schuljahr noch nicht mal richtig angefangen.« Alex ist heute Abend ganz offen – sie sprüht geradezu vor Energie.

In der lebhaften Gegend um das berühmte Odéon Theater am linken Flussufer herum schnappen wir uns im ersten Lokal, in dem man draußen sitzen kann, einen Tisch. Alex starrt verträumt den süßen Kellner an, bis er rüberkommt und unsere Bestellung aufnimmt. Ich spüre den Drang, mir Alex' Zigarettenrauch aus den Augen zu wedeln, aber ich habe Angst, sie damit zu kränken. Ich trage zwar nur ein schlichtes militärgrünes langärmeliges T-Shirt und lässige, spitz zulaufende Wesc-Jeans, aber ich habe beides so sorgfältig gestärkt und gebügelt, dass ich es grässlich finde, dass sie schon so früh am Abend vom Rauch im Café durchdrungen werden.

Natürlich ist es, wenn man in Paris versucht, den ekelhaften Gestank von Zigarettenrauch aus der Kleidung und den Haaren rauszuhalten, in etwa so, als würde man Johnny Cash sagen, er solle aufhören, die ganze Zeit seine traurigen alten Songs zu singen, oder als würde man meinen Priester in Memphis dazu bringen wollen, am Sonntagmorgen zu schweigen, statt Gott zu lobpreisen. In diesem Fall muss man, wie so oft, einfach loslassen und auf Gott vertrauen.

Und seine Kleider mit extra starkem Waschmittel waschen, wenn man nach Hause kommt.

»Na ja, egal, reden wir lieber über *toi*«, sagt Alex und wirft ihren BlackBerry auf den Tisch. »Nicht über *moi*. Oder meine *vache* von Mutter, *merci beaucoup*, oder meinen Loser Ex-was-auch-immer-Jeremy daheim in Brooklyn oder meinen nichtsnutzigen Vater, den ich nicht mehr gesehen habe, seit ich klein war, noch von all den anderen Gründen, warum ich mich so wahnsinnig freue, dass mich ein Ozean von all denen trennt, die ich kenne. Überspringen wir einfach meine kleine, rührselige Geschichte und kommen gleich zu *dir*, zu all dem Guten und Schönen.« Sie lächelt flirtend.

Alex hat echt einen Sinn für Dramatik. Das ist mir gleich aufgefallen, als wir uns am Gepäckband kennengelernt haben und sie – der Ohnmacht nahe – mich ihre Taschen zum Kleinbus von Mme. Cuchon schleppen ließ. Abgesehen davon vermittelt sie mir noch zwei andere Dinge: Nummer eins, dass ich für sie mehr bin als nur ein platonischer Freund, und Nummer zwei, dass ihre freche Art ein bisschen gespielt ist, damit sie selbstbewusst rüberkommt. Nicht falsch verstehen – ich *liebe* Alex' Ader für Unfug und Spielereien. Aber ihrer Schwärmerei für mich muss man einen Schusspunkt setzen. Ehe es noch zu peinlich wird.

»Findest du den Kellner nicht schnuckelig?«, sage ich also ganz bewusst und hoffe, dass sie es kapiert.

»Ja, schon«, sagt sie nachdenklich. »Allerdings *très petit*. Zu klein für mich.«

»Also, ich finde ihn schnuckelig«, sage ich ruhig. »Er hat wunderschöne Haut. Was, wenn ich ihm meine Nummer gebe?«, frage ich mit viel mehr Selbstvertrauen, als ich wirklich empfinde. Als ob ich das jemals tun würde! Und als ob er das jemals wollte.

Alex sieht mich einen langen Augenblick an und versucht, aus meinen Worten schlau zu werden. »Klar. Ja, mach das doch.«

Alex macht eine Miene, als hätte man sie betrogen. Irgendwie süß. Sie beginnt zu lachen. Und dann wird ihr plötzlich alles klar: Alex merkt, dass sie gerade einen besten Freund gewonnen hat, wie bei Will und Grace, einen starken Felsen in der Brandung ihrer Neurosen, und glücklich stelle ich fest, dass Alex damit echt viel besser umgeht als die meisten anderen Mädchen, die sich bisher in mich verknallt haben.

Bestimmt zum zehnten Mal, seit ich sie abgeholt habe, zieht sie ihren knallpinken Lipgloss aus der ungeheuer großen Ledertasche. Man braucht Alex nur ein kleines Weilchen zuzugucken und man weiß, dass die Kette nie abreißt: Zigarette, Lipgloss, Zigarette, Lipgloss. Und von Kaugummis ist sie auch echt abhängig.

»Mann, du hast hier doch noch gar keine Nummer«, sagt sie, »aber ich würde meinen BlackBerry verwetten, dass er dich poppen würde, wenn du zu ihm gehst und ihn fragst. Wer würde das nicht?«

Ich strecke ihr die Zunge raus. Sie zeigt mir mit extra lüsterner Miene ihre vollkommen gleichmäßigen Zähne. Unsere kurze einseitige Romanze hat sich offiziell in die neckisch-verspielte Freundschaft verwandelt, auf die ich gehofft hatte.

»Also dann, mein lieber süßer Zack«, fährt Alex fort, »erzähl mir mehr über deine wilde Jugend. Ich verlass mich drauf, dass du dich hier das ganze Jahr lang austobst, und ich will natürlich alles über deine bisherigen Erfahrungen wissen.«

»Pssst!«, zische ich ihr zu. »Tief drinnen, bin ich, na ja, *du weißt schon*. Aber das bleibt im Moment bitte unter uns. Außer dir und mir wissen nur ganz wenige Leute auf der ganzen Welt davon.«

»Das ist nicht dein Ernst!«, entgegnet Alex ungläubig. »Du hast dich noch nicht geoutet?«

»Ja, sozusagen«, erkläre ich ihr. »Ich hatte letztes Jahr mein Coming-Out meinem besten Freund Pierson gegenüber.«

Alex schnaubt. »Haha, du und dein ›bester Freund‹, ja?« Sie hebt vielsagend ihre Augenbrauen.

»So war das nicht gemeint«, protestiere ich erstickt. »Pierson und ich kennen uns schon seit Urzeiten. Wir stehen beide auf Jungs, aber wir könnten nie *zusammen* sein. Das wäre ja so, als würde ich mit meinem *Bruder* ausgehen. Das ist echt zu absurd, um auch nur dran zu denken.«

»Du hast dich bis jetzt nicht mal gegenüber deiner Familie geoutet?«

»Genau deshalb habe ich mich ja am Lycée beworben. In Memphis kann ich nicht wirklich ich selbst sein«, erkläre ich. »Da kann man kaum mit der Hand wedeln, ohne dass man dabei irgendeinen Bauerntrampel trifft, der einem in dem kleinen Vorort, in dem ich wohne, nur allzu gern die schwulen Dämonen austreiben will. Ich komme sonntags mit dieser Frisur in die Kirche und kann sehen, wie es meinen Priester in den Fingern juckt, mir die Bibel auf den Kopf zu knallen. Nein, ich bin bereit für Paris, ich sehne mich danach, mich hier voll und ganz ins Leben zu stürzen.«

»Ja, und hier komme ich ins Spiel«, schaltet sich Alex munter ein. »Zack, es war vorherbestimmt, dass wir uns kennenlernen sollten, das habe ich gleich gemerkt. Ohne meine Hilfe kommst du in Paris nicht weit; so viel steht fest. Warte mal kurz …«

Alex sieht durch die offenen Fenster in das Innere der Bar. »Aha! Ganz ausgezeichnet!«

»Was?«

»Zack, Schätzchen«, sagt Alex, drückt ihre Zigarette aus und verflicht ihre samtweichen, schmalen manikürten Finger mit meinen. »Du und ich, wir schließen einen Pakt. Du willst einen Freund; ich will einen Freund. Das ist exakt der Grund, warum wir beide nach Paris gekommen sind, und das ist genau das, was wir hier finden werden.«

Ohne es zu wollen, strahle ich sie halb benommen an. Bevor ich nach Paris gekommen bin, habe ich nicht mal in meinen kühnsten Träumen zu hoffen gewagt, dass ich mich so schnell mit jemandem wie Alex anfreunden würde. Sie versteht's. Sie versteht mich. Ich kneife ihr in die Wange, um zu sehen, ob sie auch wirklich echt ist. Ja, ist sie. Jeder glamouröse Zentimeter von ihr.

Alex drückt meine Hand und nimmt sie sich dann vom Gesicht. »Und jetzt«, befiehlt sie, »möchte ich, dass du austrinkst und mit mir zu dem Tisch mit den vielen Schwulen da drinnen gehst.«

Ich schaue hinüber. Sie hat recht. In der Ecke sitzen drei junge Kerle – keiner von ihnen ist vermutlich älter als neunzehn oder zwanzig – und alle strahlen etwas sehr, ähm, *Einladendes* aus.

»Was?«, rufe ich erschrocken und versuche, meine Stimme zu dämpfen, aber ohne Erfolg. »Alex, nein!«

»Doch«, beharrt Alex. »Jetzt oder nie.«

»Aber was ist mit dir?«, sage ich nervös. »Keiner von denen kommt für dich infrage. Was ist da für dich drin?«

»Oh.« Alex winkt ab. »Da mach dir mal keine Sorgen. Ich organisiere mir gerade was im Lycée und außerdem – ich will sowieso keinen Franzosen. Meine Mutter hat einen Franzosen geheiratet – du siehst, was es ihr gebracht hat.«

Natürlich verdünnisiert sich Alex, sobald alles nach Plan läuft! Wieso überrascht mich das nicht? Nach einer halben Stunde, in der die Franzosen sich gar nicht mehr einkriegen, wie süß Alex ist und wie toll ihre Tasche und Schuhe seien, packt sie ihre Siebensachen, bindet sich einen großen klassischen Hermès-Schal um den Hals und wirft den Typen Luftküsschen zu.

»Zack, ruf mich morgen an, dann sage ich dir, was wir *nächstes* Wochenende machen. Ich liebe dich über alles.« Alex beugt sich zu mir rüber und balanciert wacklig auf ihren roten Stöckelschuhen, um mich auf die Wange zu küssen.

»Du kannst mich doch nicht einfach mit ihnen alleine lassen!«, flüstere ich ihr protestierend ins Ohr, aber schon ist sie weg, wankt die Rue Saint Sulpicer entlang, plappert munter in ihr BlackBerry und winkt nach einem Taxi. Wütend wische ich den Lipgloss weg, der mir im Gesicht klebt.

»*Alors, Zack, que penses-tu de Paris?*«, fragt mich einer der Jungs, ein Rothaariger mit rötlicher Haut, dessen Name, glaube ich, Martin ist. Er blickt mir dabei tief in die Augen, seine Stimme ist heiser.

»Was ich von Paris halte? Oh, ich liebe Paris«, stammle ich. »Ich finde es hier total toll!«

»Dann muss ich dich irgendwann ein bisschen herumführen«, sagt Martin und legt mir die Hand aufs Knie. »Heute Abend gehen wir in einen echt geilen Klub Tanzen, wenn du mitkommen magst.« Seine zwei Freunde nicken zustimmend.

»Oh ja, vielleicht«, sage ich. Kommt es mir nur so vor, oder haben sie hier drin wirklich die Lichter gedimmt?

Ich wende kurz meinen Blick von Martin ab. Ich sollte in den Klub mitgehen. Ich sollte überhaupt jeden Abend tanzen gehen und Männer kennenlernen. Ich sollte Alex vertrauen. So angelt man sich einen Freund! Aber irgendwie fühlt sich das alles ganz falsch an. Es klingt sogar komisch, wenn ich es nur mir selbst gegenüber zugebe, aber mir wird klar, dass ich noch nie mit Schwulen zusammen war, die ganz offen dazu stehen. Das ist seltsam furchterregend.

Mit einem verlegenen Lächeln wende ich mich wieder an Martin, um seine Einladung abzulehnen. Es geht mir einfach zu schnell. Außerdem ist es schon spät, und ... ich kenne diese Typen doch gar nicht. Vielleicht, wenn Alex hier wäre, aber nicht so ...

Plötzlich beugt sich Martin zu mir, als wolle er mich küssen. Mein erster Kuss mit einem Mann! In nur einer Sekunde werde ich *einen Mann küssen*. In aller Öffentlichkeit. Das ist absolut – unwirklich.

Martins Freunde sind beide ein wenig vom Tisch abgerückt, damit wir etwas ungestörter sind. Es ist offensichtlich, dass sie denken, die Sache mit ihm und mir sei so gut wie gebongt. Wie ist das alles nur so schnell gegangen?

»Oh Gott!«, sage ich hastig. Ich spüre, wie mich eine heiße Röte überzieht, von den Haarwurzeln bis hinunter zu den Zehenspitzen. »Ich muss los – gibt eine Sperrzeit bei uns – sorry – danke für die Getränke!« Ich springe auf und höre noch, wie die Weingläser klirren, die ich blindlings umgeworfen habe. Aber ich bleibe nicht stehen, um das Durcheinander aufzuräumen. Wie der Blitz bin ich schon bei der Tür.

# 5 · ALEX

## *Liebe und Lügen in Le Marais*

»Dieser Scherzkeks denkt echt, dass er sich mit der Pariser Métro auskennt, aber er ist total *durchgeknallt.*« Drew schreit praktisch, als er mit George an unseren Tisch kommt. Beide halten stillos je eine Riesenbierdose aus irgendeinem Supermarkt in der Hand. »Wir waren schon fast an der Porte de Clignancourt, bevor der Kerl gemerkt hat, dass wir in die genau entgegengesetzte Richtung gefahren sind.«

Wir sitzen am Samstagabend als Grüppchen im charmantesten Gartencafé im Trendviertel Le Marais. Das Café ist mit weißen Weihnachtslämpchen geschmückt und ziemlich ruhig, mal abgesehen von dem kleinen Retro-Schallplattenspieler, aus dem Edith Piaf trällert. Die Gäste, Einheimische mit Stil und Niveau, werfen uns sofort genervte Blicke zu, als die Jungs sich Stühle heranziehen.

Ich hole tief Luft. Seit Zack ja nun nicht mehr infrage kommt, ist George der Mann meiner Wahl, der dieses Jahr mein Freund werden soll. Halb entsetzt, halb lachend, schnappe ich den Jungs die fast leeren Dosen aus der Hand und verstecke sie schnell unter dem Tisch, ehe der Keller sich noch umdreht und sie sieht.

»Halt die Klappe, du Idiot! Sonst denken die Mädchen noch, dass ich keinen Spaß verstehe, wenn du nicht damit aufhörst«, entgegnet George, ebenfalls viel zu laut, und gibt Drew einen freundschaftlichen Schubs. »Hört gar nicht auf ihn. Er ist neulich nämlich im Drehkreuz der Métro stecken geblieben. Der Typ in dem kleinen Schalterhäuschen im Bahnhof musste ihm helfen rauszukommen. Das war echt total lustig.«

George und Drew passen von allen wohl am besten ins Programm: Beide sind klar erkennbar Söhne der Oberschicht New Englands. Sie haben sich schon vor dem Lycée gekannt, sind in den letzten vier Jahren aufs gleiche Internat gegangen. Auch wenn Drew echt ziemlich heiß ist, groß und ein bisschen zottelig mit seinen verstrubbelten blonden Haaren, ist mir George von den beiden doch lieber. George ist adretter und ein bisschen stämmiger als sein Freund, mit einem niedlicheren Gesicht und dem gewissen *je ne sais quoi*. Er erinnert mich an einen früheren Charmeur aus meiner Schule oder an einen der reichen Jungs in einem alten John-Hughes-Film. Das, was früher ein Popper gewesen wäre, aber mit einem Herz aus Gold. Oder so ähnlich.

»Es tut mir leid, dass wir so spät dran sind«, sagt George nun etwas ruhiger und schaut mich mit seinen durchdringenden, aufmerksamen Augen direkt an. »Hoffentlich habt ihr nicht gewartet.«

Er macht mir formvollendet den Hof, dank seiner guten Erziehung. Ich kann das zustimmende Nicken meiner Mutter aus dem fernen New York richtiggehend spüren. »Schon okay«, sage ich, ohne den Blick abwenden zu können.

Er ist mir gleich am ersten Schultag aufgefallen. Er hat mich gemustert, als ich in Französisch mein Lipgloss aufgetragen habe. Es hat dann aber noch geschlagene *drei* Wochen gedauert, bevor er mich endlich gefragt hat, was ich am Wochenende vorhabe.

»So, Al«, sagt George und lehnt sich bequem zurück, seine Augen immer noch nur auf mich gerichtet. »Wie sollen wir an neues Bier rankommen, wo du gerade unsere Dosen weggenommen hast?«

Mir gefällt es echt *total*, dass er mich Al nennt. Dass er so schnell einen Spitznamen für mich hat, ist bestimmt ein gutes Zeichen. »Ähm«, sage ich, obwohl ich kaum klar denken kann, aber trotzdem versuche ich, intelligent zu wirken. »Vielleicht einfach beim Kellner bestellen?«

Normalerweise habe ich ein Riesenarsenal an witzigen Flirt-Sprüchen, die mir im Adrenalin-High helfen, wenn ich zum ersten Mal mit einer neuen Flamme zusammen bin, aber heute Abend klappt das irgendwie nicht. Ich muss George mehr mögen, als mir selbst bisher bewusst war.

Als Olivia meine zittrige, nervöse Antwort hört, zieht sie die Augenbrauen hoch und gibt dem Kellner einen Wink, dass er uns allen eine neue Runde bringt.

Ich habe Olivia geraten, das gestreifte Baby-Doll-Kleid, das ich ihr geliehen habe, mit meinen hohen roten Schuhen (die trage ich sowieso nicht mehr gern) und meinem breiten schwarzen Gürtel zu kombinieren, den sie sich um die schmale Taille gebunden hat. Sie sieht heute Abend fantastisch aus, wenn auch nicht ganz so gut wie ich selbst in einem der gemusterten Diane-von-Fürstenberg-Wickelkleider meiner Mom mit dem ziemlich tiefen Ausschnitt. Olivia mag einen Freund zu Hause haben, aber nicht mehr lange, wenn's nach mir geht. Mit Jungs auszugehen macht nur dann Spaß, wenn die Freundinnen mit im Boot sitzen.

»Wieso ist es dir denn so wichtig, was ich heute Abend anhabe?«, hat mich Olivia genervt gefragt, als ich darauf bestanden habe, dass sie ihre Jeans und ihre Lammfellstiefel ausund stattdessen etwas von mir anzieht. »Außerdem wird es langsam kalt draußen. Ich werde mir einen abfrieren, wenn ich das hier trage.«

»Dann zieh das drüber«, sagte ich ihr und gab ihr ein schwarzes Paschminatuch. »Olivia, es ist noch nicht wirklich kalt. Wir haben noch nicht mal Oktober. Warte erst den Januar ab. Da wirst du betteln und flehen, dass du mit dem ersten Flieger zurück nach San Diego darfst.«

»Trotzdem«, meinte Olivia, während sie am Gürtel fummelte. »Ich hab's gern sportlich-lässig.«

»Ja, das ist mir schon aufgefallen«, erklärte ich ihr. »Du und auch alle anderen Amerikaner in unserem Programm. Wie wollt ihr denn hier einen Typen abkriegen, wenn ihr euch immer so anzieht, als wärt ihr gerade aus dem Bett gestiegen?«

»Alex«, sagte Olivia nun bestimmt schon zum millionsten Mal zu mir. »Ich habe einen Freund. Vince, das weißt du doch. Wir sind seit zwei Jahren zusammen. Und ich habe nicht vor, jetzt mit jemand anderem rumzumachen.«

Ja, ja, ja, schon klar, dachte ich bei mir. Die ganze Story geht mir langsam, aber sicher auf den Keks. Olivia kennt den kräftigen Basketballstar Vince schon Zeit ihres Lebens – ihre Eltern sind miteinander befreundet oder so was in der Art. Sie sind schon in vollen Windeln zusammen rumgelaufen. Also, wenn man mich fragt, ist das nur ein Grund mehr, dass sie sich mal dringend mit jemand anderem einlässt!

Ich machte also ein ersticktes Geräusch. »Du bist in Paris, um Himmels willen! In der Stadt der *Liebe*. Das Leben ist zu kurz für eine Fernbeziehung … und außerdem, mit wem kann ich sonst ein Doppel-Date haben?« Olivia wusste, dass ich ihr Drew zugedacht hatte, aber sie nahm das nicht weiter ernst.

Doch als ich gesehen habe, wie sie sich durch ihre blond gesträhnten Haare fuhr (zum Glück trägt sie sie heute offen und nicht wie sonst in ihrem langweiligen ollen Pferdeschwanz), als die Jungs kamen, war ich mir dann doch nicht mehr so sicher.

Links neben Olivia sitzt PJ – ausgerechnet! Ich war *sooo* genervt, als sie vorhin rüberkam, um sich mit uns ausgehfertig zu machen. *Natürlich* hat sich Olivia verpflichtet gefühlt, sie einzuladen, weil PJ nämlich *noch immer* bei ihr wohnt. Olivia ist viel zu gutmütig, um irgendjemanden auszuschließen, selbst jemand so Durchgeknallten wie PJ. Seit sie heute Abend hier im Café angekommen ist, sitzt sie echt nur da. Klar, sie ist schon ziemlich hübsch, aber total schlecht gelaunt. Sie trinkt Mineralwasser und verbreitet einfach *miese* Stimmung. Dauernd zappelt sie rum oder macht irgendwelche unpassenden Bemerkungen. Oder auch, wie sie mir die richtigen Worte souffliert, als ich ein Glas Wein bestellen will. Denkt PJ etwa, ich weiß nicht, wie man »*Je voudrais un verre de vin*« sagt? Es hat eben kurz gedauert, bis es mir eingefallen ist. Ich habe gerade so viele andere Dinge im Kopf. Wie zum Beispiel George, der nicht mal dreißig Zentimeter von mir entfernt sitzt und so verführerisch lächelt wie ein Mädchenschwarm auf dem Cover der *Luxe*.

Der Kellner bringt unsere Getränke. Weißwein für mich, Bier für George und Drew, ein Gin Tonic für Zack und – ganz gesittet – zwei Gläser Perrier für Olivia und PJ. Als Tänzerin hat Olivia ja einen Grund, warum sie keinen Alkohol trinkt. PJ dagegen ist einfach nur eine Spielverderberin.

Ich werfe verstohlen einen Blick auf George, der sein Heineken trinkt (das übrigens in allen Sprachen gleich ausgesprochen wird und somit leicht auf Französisch bestellt werden kann, ohne dass man sich zum Affen macht). Ob er PJ heißer findet als mich? Als er meinem Blick mit einem verliebten Lächeln begegnet, habe ich die Antwort: Im ganzen Programm gibt es keine, die besser zu George passt als ich!

Nicht mal das 1,80 Meter große gertenschlanke Hippie-Mädchen. Erleichtert und glücklich atme ich aus.

»Ich freu mich schon so auf Amsterdam«, sagt George aufgeregt. »Meine Schwester war im Sommer da und meinte, es sei voll *abgefahren*. Man kann die Heineken-Brauerei besichtigen und sich dann am Ende volllaufen lassen, bis man total besoffen ist.«

»Faszinierend«, bemerkt Zack. Bevor die beiden gekommen sind, hat Zack ziemlich lautstark seine Meinung über George und Drew kundgetan: George sei ein verwöhntes Arschloch mit einem schmierigen Bostoner Akzent und Drew mache einen auf blöden gechillten Surfer, um seine Connecticut-Vorort-Spießigkeit zu überdecken. Beide Jungs bekamen bei Zack auch Punkteabzug für ihre hässlichen Schuhe: Slipper ohne Socken beim adretten George und alte, schmutzige Slip-ons von Vans bei Drew.

»Außerdem ziehen sie sich immer so an, als würden ihre Mütter für sie in der Nordstroms-Kinderabteilung im Schlussverkauf kurz vor Schulbeginn einkaufen«, lästerte Zack vorhin. Wenn Zack in dieser Stimmung ist – wenn er über alle nur noch urteilt und dabei vor allem ihre Kleidung im Blick hat –, halte ich es immer für das Beste, ihn zu ignorieren. Ihm sind bis jetzt eben Georges außergewöhnliche Qualitäten entgangen – die Dinge, die George zum absolut perfekten Freund machen.

Georges teure braune Lederslipper entsprechen vielleicht ein bisschen dem Klischee, aber sie stehen auch für alles, was George zum Mann meiner Träume macht: Er ist *verlässlich*, schert sich nicht um Trends oder darum, was die Leute von ihm denken, und obendrein – das ist das Sahnehäubchen – ist er *reich*. Ich weiß, das klingt vielleicht oberflächlich, aber ich finde es unglaublich wichtig zu wissen, was man will.

Verabredungen mit Jungs können soooo lästig sein, wenn man die ganze Zeit nur darüber nachdenkt, wer am Ende zahlt! Echt, das hab ich alles schon durch, mit Jeremy, dem Armen aus dem angesagten Park-Slope-Viertel in Brooklyn, mit Kunststudenten aus dem Pratt Institute und den süßen Typen, die Disc-Golf im Prospect Park spielen. Jetzt ist ein Märchenprinz angesagt!

»Das ist ja großartig!«, sage ich freundlicher zu George. »Ist die Reise denn schon geplant?«

»Verdammt, ja!«, ruft George und Drew klatscht ihn ab. »Mann, wir werden uns in Amsterdam so die Kante geben, dass wir wahrscheinlich gar nie zurückkommen!«

»Das wird super«, stimmt ihm Drew zu. »Marihuana, Nutten, was immer wir wollen und wann immer wir es wollen.« Er trommelt prolomäßig auf den Tisch, ein langes Solo, womit er noch mehr Aufmerksamkeit auf unsere Runde zieht. Dabei blickt er mir die ganze Zeit in die Augen. Abgefahren.

»Drew!«, tadelt ihn Olivia mit einem kleinen Protestschrei, muss dabei aber lachen. Sie schlägt ihm spielerisch auf den Arm. »Nutten? Das ist ja ekelhaft!«

»Hey, Mann«, sagt Drew mutig. »Wenn in Rom ... oder sollte ich besser sagen: Amsterdam? Egal. Ich sage nur ...« Und dann macht er eine anzügliche Handbewegung, sodass Olivia vor Entsetzen wieder ganz hysterisch auflacht.

Selbst Zack, der sich normalerweise in der Öffentlichkeit zu benehmen weiß, macht jetzt ein lautes Kotzgeräusch. Als ich schnell einen Blick auf unseren genervten Kellner werfe, werde ich rot, so peinlich ist mir das Ganze. Wenigstens PJ verhält sich erwachsen. Der Rest der Gruppe ist auf ein Gesprächslevel abgerutscht, das einem Pariser Café einfach nicht angemessen ist, egal *wie* viel wir getrunken haben. Und egal, wie sehr ich George mag.

»Pssst«, schimpfe ich mit ihnen. »Wenn ihr so weitermacht, schmeißt man uns noch raus! Können wir uns nicht wie zivilisierte Menschen unterhalten, ganz normal? Und zwar ohne dass es dabei um alle möglichen illegalen Aktivitäten geht, die ihr beide in meiner unschuldigen Anwesenheit plant?«

Endlich, denke ich erleichtert, kann ich wieder zusammenhängende Sätze bilden, statt nur stumm dazusitzen und George anzuhimmeln. Ich schleudere meine Haare nach hinten. Na bitte!

George sieht mich mit einem schiefen schuldbewussten Lächeln an. »Aber natürlich, Puppe. Worüber willst du denn reden? Jean-Paul Sartre? Sarkozys Außenpolitik? Der Fall des Dollars gegenüber dem Euro? Ist irgendwas davon zivilisiert genug für dich?«

»Nein«, kichere ich. »Das sind alles totale Langweiler-Themen.«

George schüttelt den Kopf. »Alex, ich bin mir absolut sicher, dass du in deinem ganzen Leben noch keine einzige langweilige Bemerkung gemacht hast, egal worum es gerade ging.«

»Und außerdem«, kommentiert Drew, »solltest du dir dein hübsches Köpfchen nicht wegen irgendwelcher illegaler Aktivitäten zerbrechen. In Amsterdam ist es hundert Prozent legal, Marihuana zu rauchen. Die Europäer sind allgemein viel cooler, was diese Sachen angeht.«

»Stimmt«, sagt PJ ruhig. »Hier ist alles viel einfacher.«

Wir drehen uns alle zu ihr um, weil es praktisch das Erste ist, was sie an diesem Abend gesagt hat.

PJ schaut uns nicht mal an, sondern starrt auf ein älteres Pärchen, das mindestens in den Fünfzigern ist und in der Ecke des Gartens beim alten Schallplattenspieler langsam miteinander tanzt. Als der Mann die Dame in seinen Armen sanft nach unten sinken lässt, applaudieren die ringsherum sitzenden Leute.

»Ach, ich liebe diese Stadt«, grinst Olivia. »Zack, komm, tanz mit mir.«

Olivia schlüpft aus den roten Louboutins und zieht Zack hoch. Er wirbelt sie schnell herum, bis sie neben dem älteren französischen Pärchen ebenfalls langsam tanzen. Weitere Paare gesellen sich dazu und genießen einen der wahrscheinlich letzten lauen Abende des Jahres. Überall um uns herum reden Leute aller Altersstufen miteinander, rauchen und prosten sich fröhlich zu. Olivia und Zack sind elegante, lässige Tänzer. Sie sehen so aus, als gehörten sie hierher.

Das ist das Schöne an Paris. Es ist immer Platz für ein spontanes Tänzchen zu zweit. Man muss dazu nur ein paar Tische aus dem Weg räumen.

»Hey«, sagt George ruhig, greift nach meiner Zigarette und nimmt einen langen Zug. »Drew hat's geschafft, einen Joint für mich durch den Flughafen-Sicherheitscheck zu schmuggeln. Glaubst du, dass jemand was dagegen hat, wenn wir den rauchen?«

»Echt?«, sage ich leicht schockiert. »Wow.« Ich bin nicht generell der Riesenfan von Gras, aber natürlich rauche ich mit, wenn das heißt, dass ich mich mit George davonschleichen kann. »Dann gehen wir in das kleine Gässchen da drüben.«

Wir lassen Georges BlackBerry bei Drew, sodass er mich notfalls anrufen kann. Als ich meine Nummer in seine Kontaktliste tippe, beschleunigt sich mein Puls.

Im Dunkeln lehnen wir uns an die Seite des Gebäudes und nehmen ein paar Züge von dem Joint. Das Gras zieht bei mir sofort rein. Plötzlich kommt mir alles verlangsamt vor, ich nehme alles viel bewusster wahr.

George legt mir seine Hand auf den Rücken und reibt den weichen Stoff meines Kleides zwischen seinen Fingern. »Wie schön«, sagt er ruhig.

»Mein Kleid?«, frage ich mit belegter Stimme.

»Das auch«, antwortet er. »Aber ich meinte eigentlich … meinte eigentlich das da.« Er deutet hinter sich.

Ich blicke auf den Müllcontainer, neben dem wir stehen. Es stinkt nach Abfall. Und Pisse.

Hinter dem Container liegt die kleine Rue de Barres und dahinter die schimmernde gotische Rückfront der St. Gervais-Kirche, eine der ältesten Kirchen von Paris. Das war es, was er gemeint hat: die Pracht von Paris und dass hier jeder noch so dunklen Ecke eine romantische und geheimnisvolle Atmosphäre innewohnt.

»Meine Mutter hat mich mal in ein Konzert dorthin mitgenommen«, erzähle ich ihm. »Letztes Jahr, glaube ich. Es war eine Cembi… Cembalo … *Cembalistin*.« Warum um alles in der Welt fällt es mir gerade so verdammt schwer, mich an das Wort zu erinnern?

George lacht schnaubend, als wäre es das Lustigste auf der Welt. Und urplötzlich ist es das auch. Es ist einfach saukomisch. »Sie … sie hat dich *wohin* mitgenommen?«

Ich kann nicht mehr aufhören zu lachen. »Sie wollte es wirklich gern sehen! Sie hat den ganzen Tag darüber gesprochen. Lach nicht!«, sage ich und pruste wieder los.

»Hör du doch auf!«, sagt George. »*Du* bist diejenige, die sich hier totlacht!« Er beugt sich ein wenig zu mir vor. »Und, war das Konzert schön? Hat's dir gefallen, das Cembi… Cembi… wie hieß es noch gleich?«

Ich gebe ihm einen leichten Klapps. »Aber ja! Mir gefällt die Hochkultur sehr, sehr gut.« Dabei nehme ich einen tiefen Zug vom Joint, was George nur noch mehr zum Lachen bringt.

»Na, egal«, kichert er. »Du bist jedenfalls eingeschlafen.«

Jetzt krümme ich mich vor Lachen – er hat nämlich recht! »Stimmt!«, pruste ich. »Woher weißt du das?« Keiner von uns beiden kann noch aufrecht stehen, dafür lachen wir beide einfach zu heftig und sind schon zu stoned. George zieht mich zu sich und nimmt mich in die Arme, während wir uns stumm weiter vor Lachen ausschütten. Auch ich lege meine Arme um ihn. Ob er mich wohl küsst, wenn ich ihn im richtigen Augenblick anschaue?

Da spüre ich auf einmal das hartnäckige Brummen meines BlackBerry in der Tasche.

Bitte lass es aufhören, denke ich ungläubig. Spul zu der Stelle zurück, an der sich George und ich gerade ineinander verlieben.

George wirft den Rest des Joints auf den Boden und tritt ihn mit Gewalt aus. Er schiebt mich in die entgegengesetzte Richtung, aus der wir kamen, auf St. Gervais zu. »Lauf, Alex!«, knurrt er mich an. Ich geh nicht mal an mein BlackBerry ran – ich renne einfach los.

Mir wird ganz flau, als ich meine Beine zwinge, sich zu bewegen. Wenn ich von meinen ganzen Liebesgeschichten letztes Jahr eines gelernt habe, dann, dass man essen soll, bevor man Party macht. Aber natürlich habe ich das Abendessen ausfallen lassen, damit ich mehr Zeit hatte, meine Haare schön locker aufzutoupieren, bevor ich ausging.

Wir gehen um die Kirche herum und gelangen auf den leeren dunklen Platz gegenüber der hinteren Fassade des Hotel de Ville, dem Rathaus von Paris.

»Ruf deinen BlackBerry an«, weise ich ihn an. »Und krieg raus, was passiert ist. Sollen wir zurückgehen?«

George wählt und lauscht eine Sekunde, aber Drew geht nicht ran.

Ich brauche fast meine volle Konzentration dafür, mich nicht zu übergeben und dabei gleichzeitig noch sexy und verführerisch auszusehen. Gar nicht mal so einfach. »Komm, Baby.« George winkt mich zu sich. Obwohl er mich gerade eben noch so lange im Arm gehalten hat, berühren wir uns jetzt nicht mehr, als wir schnell die Rue de Pont entlangehen, Richtung Café.

»Mist!«, flucht George leise. »Was haben sie denn gemacht?« Um den Tisch herum, an dem wir alle gesessen haben, stehen lauter Polizisten. Sie sind mindestens zu viert und alle schauen finster auf Drew, PJ, Olivia und Zack, der zu Boden starrt. Der Schallplattenspieler läuft nicht mehr, und einige Gäste erheben sich, um den Tumult zu verlassen. George und ich bleiben zögernd stehen, unsicher, ob wir lieber warten oder Reißaus nehmen sollen.

»Ein Restaurant ist doch kein Spielplatz«, höre ich einen der Polizisten barsch zu PJ sagen. »Ihr jungen Leute sorgt hier heute Abend für eine Menge Ärger. Das ist eine ruhige Gegend und nicht eure persönliche *discothèque!*«

»Wohin sind die anderen von euch verschwunden? Die mit den Drogen?«, fragt ein zweiter Polizist.

»*Non, monsieurs vous vous trompez.* Sie irren sich!«, sagt da eine glockenhelle, melodiöse Stimme auf Französisch. Das ist PJ!

PJ schlüpft aus ihrer alten übergroßen Wolljacke und richtet sich zu ihrer vollen Größe von 1,80 Metern auf. Sie trägt jetzt nur noch ein dünnes weißes Mieder und einen Wickelrock. Ihre Haare, die ihr in zerzausten Wellen über die Schultern fallen, schimmern im Kerzenschein.

Sie wirft den Polizisten, die um den Tisch herumstehen, ein herzliches, offenes Lächeln zu. Ich halte den Atem an. Selbst mir war klar, dass Mme. Cuchon es absolut ernst meinte, als sie uns sagte, dass Drogen in diesem Programm tabu sind. Wenn uns die Polizisten in dem Gässchen gesehen haben, fliegen George und ich ganz sicher von der Schule!

Einer der Polizeibeamten beugt sich näher zu ihnen, um seinen Worten Nachdruck zu verleihen. »In Frankreich gibt es ernsthafte Strafen für junge Leute, die Ärger machen. Das ist keine leere Drohung.«

»Ach, das ist doch lächerlich! Drogen?«, ruft PJ aus und rümpft die Nase wie ein Playboy-Häschen. Sie benimmt sich fast so, als würde sie diese Polizisten schon seit ihrer Kindheit kennen. »Unsere Freunde? Die sind nur kurz losgegangen, um *Kaugummi* zu kaufen. Sehen Sie? Da sind sie. Alex, *chérie*, zeig ihnen die Kaugummis, die du gerade gekauft hast.« Sie greift nach mir, zieht mich dicht neben sich und legt ihren schlanken Arm fest um meine Schultern.

Als leidenschaftliche Raucherin, die genauso leidenschaftlich frischen Atem liebt, habe ich natürlich zu jeder Tages- und Nachtzeit mehrere Kaugummipackungen dabei. Das weiß jeder, der mich auch nur ansatzweise kennt, sogar PJ. Ich hole also eine ungeöffnete Orbit-Packung aus meiner Tote Bag.

»Ja«, sage ich in naivem Tonfall und höre, wie meine Stimme zittert. »Ich habe die Kaugummis bekommen. Ich sollte nämlich für alle welche organisieren. Und da bin ich los und habe sie geholt. Und mein Freund hier« – ich zeige mit dem Daumen auf George, der erstarrt neben mir steht – »der ist mitgekommen, weil er eben so nett ist.« Die unnachgiebigen Mienen der Polizisten bleiben unverändert. Wir sind echt so was von ruiniert! Ich schließe die Augen und probe innerlich schon mal, wie ich das meiner Mom schonend beibringen kann. Nach allem, was letztes Jahr geschehen ist, wird sie das sicher nicht allzu wohlwollend aufnehmen.

PJ nimmt mir die Packung aus der Hand und steckt sich einen Kaugummi in den sinnlichen Mund. »Hmmm, super Geschmack, Alex. Möchten Sie auch mal?«, bietet sie den Polizisten an. »Die sind echt lecker.«

Die Männer sehen ihr dabei zu, wie sie kaut. Dann schauen sie sich gegenseitig an und ihre Schultern entspannen sich ein kleines bisschen.

Jeder Polizist nimmt sich einen Kaugummi.

Ich schiebe mir einen dicken Klumpen in meinen eigenen Mund, um jeglichen Marihuanageruch zu überdecken. So stehen wir alle da und kauen geräuschvoll auf unseren Kaugummis herum. George, Olivia, Drew und Zack starren PJ und mich an, wohl wissend, dass unser aller Schicksal im Lycée nun an unser beider Geschick hängt, diese Polizisten mit unseren Reizen zu bezirzen. Wenn wir die Sache vermasseln, kann Olivia ihrem Stipendium Lebewohl sagen, Zack wird zu den Bibel-Knallern nach Tennessee zurückgeschickt und George und Drew werden nie wieder auch nur ein Wort mit mir sprechen. Ich bete zum Himmel, dass PJ weiß, was sie tut!

»Gibt es noch irgendwas, das Sie gern über mich wissen würden? Ich meine, über meine Freunde und mich?«, sagt PJ mit einem verführerischen Lachen. Es würde mich nicht wundern, wenn sie als Nächstes einen von ihnen fragt, ob er sich nicht auf ihren Schoß setzen will.

Sie schürzt die vollen Lippen. »Monsieur, es tut uns *so* leid, dass wir Ärger gemacht haben.«

Als wären sie angewurzelt, zucken die Polizisten nur mit den Schultern und verlagern ihr Gewicht. Sie scheinen nicht recht zu wissen, was sie mit uns anstellen sollen.

»*Non, non*«, sagt einer der Polizisten mit einem leichten Lächeln. Ein anderer Polizist blickt erst mich lange an, dann

PJ – die schlagfertige, schöne PJ – und schüttelt den Kopf. Noch immer in die Beuge ihres dünnen blassen Arms geschmiegt, werfe ich den Polizisten meinen unschuldigsten Blick zu.

»Geht jetzt nach Hause«, sagt ein dritter Polizeibeamter mit einer schnellen Handbewegung. »Und vergesst auf dem Weg nach draußen nicht zu zahlen.«

Damit spazieren die Polizisten davon. Ich höre noch, wie einer von ihnen so was sagt wie: »Echt schade, dass die Mädchen so jung waren!« und alle lachen. Würg.

PJ lässt ihren Arm sinken und zieht wieder ihre Wolljacke an.

»PJ! Das war unglaublich!«, quietscht Olivia, kaum dass die Polizisten außer Hörweite sind. Sie vollführt einen triumphierenden Luftsprung und umarmt sich selbst. »Wow!«

»Im Ernst: toll gemacht – diese Polizisten haben nicht gewusst, wie ihnen geschah«, stimmt Drew zu. »Das war echt Hexerei.«

Zack, in dessen Augenbrauen der Angstschweiß hängt, nickt nur nachdrücklich und zerrt am feuchten Kragen seines zugeknöpften Hemds.

George seufzt theatralisch vor Dankbarkeit und wankt in einem übertriebenen Gang mit ausgestreckten Armen auf PJ zu. »Oh Mann, das war echt knapp! Du hast uns allen den Arsch gerettet, Miss PJ. Ich dachte schon, ich müsste postwendend wieder zurück nach Boston. Wie kann ich das jemals wiedergutmachen?«

Mich überkommt ein Brechreiz, als er sie dankbar umarmt. Für meinen Geschmack ist er ein bisschen *zu* freundlich.

»Ja, danke«, sage auch ich leise. Jetzt muss ich dir bis in alle Ewigkeiten dankbar sein, du Freak!

Doch PJ zuckt nur mit den Schultern. »Das passiert mir irgendwie immer, das muss langsam mal aufhören.«

»Was? Ist es quasi deine Vollzeitbeschäftigung, immer alle Ärsche zu retten?«, entgegnet George spöttisch, der noch immer rechts neben mir steht.

»Ja, aber mit unterschiedlichem Erfolg«, bemerkt PJ, und alle lachen. Alle, außer mir.

# OKTOBER

# 6 · OLIVIA

## *Die Treue halten*

»Reden eure Gasteltern eigentlich wirklich französisch mit euch, so wie sie es sollen?«, fragt Zack uns beim Mittagessen im Café Dumont, dem Café in Ternes, in dem man ihn und Alex oft in der Mittagspause und nach der Schule antrifft.

Die Franzosen gehen mittags alle zum Essen nach Hause. (Ein weiterer Grund, warum keiner von uns bis jetzt wirklich die Chance hatte, sie kennenzulernen … Dazu kommt, dass sie uns aus dem Weg gehen, als würde es irgendwie auf sie abfärben, dass wir so gewöhnlich und nicht so gehoben sind.) Ein paar Amerikaner, wie Jay und einige seiner Freunde, aber auch George, Drew und ihre Anhänger essen in diesem Fast-Food-Kebab-Laden an der Hauptstraße, dem Boulevard de Courcelles. Der Rest von uns teilt sich zwischen dem einen oder anderen trüb beleuchteten Café beim Parc de Monceau auf.

Die meisten Amerikaner, die in der noblen Umgebung der Schule wohnen (so wie ich), gehen ebenfalls nach Hause, aber heute habe ich mal Lust auf ein Pariser Café. Dieses mag ich am allerliebsten, denn hier fühlt sich jeder Tag wie ein gemütlicher Regentag an: Im Café ist es dämmrig und ein wenig düster-melancholisch, mit kleinen roten Votivkerzen. Die Luft ist erfüllt vom Dampf der Heißgetränke und dem köstlichen Geruch der Hähnchen, die sich hinter der Bar am Grill drehen. Heute ist einer dieser Tage, an denen ich am liebsten nur faul herumsitzen und die Atmosphäre genießen würde. Anscheinend färbt Paris auf mich ab.

»Ach, Mme. Rouille redet fast überhaupt nicht mit mir!«, sage ich stöhnend. »Und wenn, dann immer auf Englisch. Wie soll ich denn je lernen, ganz normal und frei zu sprechen, wenn wir nur mit unseren Lehrern und anderen Amerikanern französisch reden?«

Die Kellnerin hat schon vor Längerem unser Geschirr abgeräumt. Wir drei breiten uns auf dem Tisch aus und schauen träge in unsere Französischbücher. Was wir wirklich mal üben sollten, ist das Plusquamperfekt, da uns diese Zeitform irgendwie allen nicht ganz klar ist. Was wir allerdings fleißig die ganze Zeit üben, ist die jahrhundertealte Kunst des französischen Müßiggangs.

»Ich weiß. Es ist so frustrierend«, sagt Zack. »Zum Schluss habe ich sie einfach ganz direkt gebeten, mit mir bitte nur französisch zu reden.« Zack wohnt, genau wie Alex, bei einer französischen Familie, die auf gemeinsame Abendessen besteht. Alex und Zack haben jüngere Geschwister in ihren Gastfamilien, die sie aber eigentlich überhaupt nicht interessieren. Zack weiß wenigstens noch ihre Namen. Alex nennt ihren kleinen Gastbruder nur *»le Morceau de Merde«* – das Stück Scheiße.

»Meine Familie ähnelt Trollen«, erzählt Alex mit gelangweilter Stimme Zack und mir. »Es ist einfach nicht rauszukriegen, *was* für eine Sprache sie sprechen. Englisch? Französisch? Wer weiß? Sie brummeln einfach alle hirnlos vor sich hin.« Sie trinkt einen Schluck von ihrem schaumigen Café Crème.

»Alex, du solltest mal versuchen, sie ein bisschen besser kennenzulernen«, dränge ich sie. »Darum bist du doch schließlich hier: um zu sehen, wie die Franzosen leben!«

»Schätzchen, ich *weiß*, wie die Franzosen leben«, entgegnet Alex gereizt. »Ich *bin* eine. Mein Vater ist hier aufgewachsen. Und meine Mutter hat hier ihre wichtigsten Lebensjahre verbracht und lebt nun den frankophilsten Lebensstil, der in New York überhaupt möglich ist. Schon vergessen?«

Zack kichert. »In nicht allzu ferner Zukunft, Alex, werden wir *alle* uns so französisch fühlen wie du. Ich persönlich kann mich kaum noch daran erinnern, wie echter Barbecue schmeckt – keine Ahnung, ob ich mich überhaupt noch Tennesseeaner nennen darf!«

»Na, ich kann nicht behaupten, dass es mir leidtut, das zu hören«, zieht ihn Alex frech auf. »Ich werde es echt vermissen, wenn du nicht mehr über gebratene Okra und Kenney Chesney redest – es war ja so aufregend, alles über dein Leben auf der Farm zu erfahren!« Die beiden kichern sich verschwörerisch zu und ich muss wieder daran denken, wie verblüffend es ist, dass sie sich erst ein paar Wochen kennen. Alex und Zack scheinen sich beide so mühelos in Paris eingelebt zu haben. Sie sprechen fast nie über zu Hause, es sei denn, sie machen sich darüber lustig, was manche geschmacklosen Amerikaner aus Spaß an der Freude gerne tun.

Und ich? Ich kann irgendwie nicht aufhören, an zu Hause zu denken – ob es Vince wohl an der Uni gefällt, wie meine Mom ohne mich zurechtkommt und *vor allem* an Brian. Noch habe ich keinem von meinem Bruder erzählt und wie schrecklich es für mich ist, so weit weg von ihm zu sein. Ich würde schon gern drüber reden, aber ich möchte die anderen nicht runterziehen oder – noch schlimmer –, dass sie mich bemitleiden. So wie jetzt – ich könnte es Alex und Zack natürlich erzählen, da sie ja eigentlich meine beiden neuen Freunde sind, aber es würde ihnen die gute Laune verderben. Sie würden nie verstehen, dass Brian am Telefon nicht reagiert, wenn ich es mal versuche und meine Mom dazu bringe, dass sie ihm den Hörer gibt, wenn ich anrufe. Und dass Brian einfach noch nicht versteht, wozu ein Computer da ist. Das wird er mal eines Tages, aber wahrscheinlich nicht in meiner Zeit in Paris. Und mir fehlt es so, mit ihm zu reden! Mir fehlt, wie er mich an sich ranlässt. Ich vermisse unsere ganz besondere Verbindung zueinander.

Wenn Zack und Alex sich darüber beklagen, was sie aus den USA vermissen, sind es alles Dinge, die ich nachvollziehen kann. Zack vermisst es, mit seinem Freund Pierson in seinem Pickup in Memphis rumzufahren, während sie laut schnulzige Musik hören, wie *The Best of Dolly Parton*, und Alex vermisst es, mit dem Ausweis ihrer Cousine, die ihr nicht mal ähnlich sieht, im East Village in irgendwelche schäbigen Kneipen zu gehen. Ich habe kein Auto – wenn ich irgendwohin will, muss ich es mit meiner Mom verabreden oder Vince bitten, dass er mich fährt. Und bevor ich in dem Café in Le Marais war, in dem Alex fast unsere Leben ruiniert hat, weil sie mit George in der Gasse gekifft hat, war ich in meinem ganzen Leben noch nie in einer Bar gewesen.

Über Zacks rechte Schulter hinweg sehe ich PJ ins Café kommen. Als sie die dicken Samtvorhänge des Windfangs öffnet, lässt sie einen herbstlich kühlen Luftzug herein. Ich bin mir nicht sicher, wo PJ zum Mittagessen hingeht, aber sie kommt nie mit zu Mme. Rouille. Ich wollte sie schon oft fragen, was sie mittags immer macht, aber ich habe das Gefühl, dass sie das Viertel gerne auf eigene Faust erkundet. Als ich sie auf der anderen Seite des Cafés sehe, freue ich mich. Sie wird ganz unbefangen auf Alex' und Zacks Neckereien reagieren. Und wahrscheinlich dafür sorgen, dass sie sich mehr aufs Lernen konzentrieren!

»PJ!«, rufe ich laut. »Hey! Hast du uns gesucht? Wir lernen

gerade – da können wir dich gut brauchen.« Trotz seiner Faulheit ist Zack heute wegen seiner Abschlussprüfung am Ende des Semesters genauso nervös wie ich. Die Final Comp müssen alle Schüler aus dem »Programm Americaine« machen, wenn sie weiter am Lycée bleiben wollen. Wenn wir durchfallen, müssen wir nach Hause fahren. So heißt es jedenfalls – anscheinend ist aber bisher noch nie jemand durchgefallen, weil alle immer bis zum Umfallen lernen.

Alex lässt es ungerührt an sich abprallen, als wir ihr vor Augen halten, wie wichtig es ist, dass wir uns in Französisch anstrengen, und erklärt uns, dass sie bereits fließend spricht und der Test für sie ein Kinderspiel wird.

Ich habe Alex in Aktion erlebt. Wenn sie denkt, dass sie fließend spricht, wird sie bei der Abschlussprüfung eine böse Überraschung erleben! Aber gut, alle sagen ja immer, dass ich perfektionistisch bin, was Noten angeht. Vielleicht sollte ich Alex einfach in Ruhe lassen. Wie sie selbst sagt, ist sie ja praktisch Französin.

PJ kommt eilig zu uns und wickelt sich dabei ihren handgestrickten Schal vom langen, dünnen Schwanenhals. Sie bemerkt nicht die bewundernden Blicke, die ihr ein paar der älteren Männer an der Bar zuwerfen, als sie vorbeigeht. »Hey!« Sie zieht sich einen unbesetzten Stuhl neben meinen heran. »Tolle Neuigkeiten! Meine Gasteltern sind da! Sie haben gerade eben Mme. Cuchon angerufen. Ich muss nicht länger bei dir wohnen, Liv!«

»PJ, das ist ja super!« Ich beuge mich zu ihr und umarme sie. »Ich weiß, wie sehr du dich darauf gefreut hast, sie kennenzulernen.« Sie fühlt sich knochig an unter ihrer Jacke und und dem weiten Wollpulli, den sie immer trägt. Heute Morgen ist mir schon wieder aufgefallen, dass sie zum Frühstück bei Mme. Rouille nur Kaffee getrunken hat.

»Wenn du vom Ballett zurückkommst, bin ich schon weg«, sagt PJ glücklich.

»Wo lebt denn deine Familie?«, fragt Alex. »Die müssen ja stinkreich sein, wenn sie ein zweites Zuhause haben. Immobilien in Frankreich gehören zu den teuersten überhaupt.« Das sagt sie so weltgewandt, als hätte sie gerade den ganzen Immobilienteil von *Le Monde* durchgearbeitet.

»Nur ein Stückchen die Straße runter, nicht weit von Olivia in Ternes entfernt«, antwortet PJ ihr, ohne Alex anzusehen. »Ich war gerade da und habe mir das Gebäude schon mal von außen angesehen, bevor ich hergekommen bin. Es scheint ziemlich schön zu sein.« Selbst wenn Alex meine Freundin ist und PJ auch, sind die beiden bis jetzt einfach nicht miteinander warm geworden, egal wie sehr ich mich bemühe.

»Es wird bestimmt ganz wunderbar, PJ«, sage ich. »Denk nicht zu sehr an den schwierigen Start, den ihr vielleicht hattet. Ich weiß einfach, dass du deine neue Familie lieben wirst.«

»Und sie mich hoffentlich auch. Aber jetzt geh ich besser mal.« Sie schnappt sich ihre Umhängetasche aus Stoff, schon deutlich ruhiger als noch vor wenigen Minuten, als sie ins Café kam. »Bis dann«, sagt PJ beim Hinausgehen, aber ihre Worte werden von der plötzlich ausbrechenden Hektik am Nachbartisch fast übertönt.

Eine Gruppe Mädchen, die ebenfalls in unserem Programm ist – die ebenfalls zu weit weg wohnt, um mittags nach Hause zu fahren –, bricht gleichzeitig auf, um wieder in den Unterricht zu gehen. Als die blonden Zwillinge aus Texas uns sehen, bleiben sie kurz stehen.

»Was macht ihr alle am Wochenende?«, fragt eine der beiden im Plauderton. »Schon irgendwelche Pläne?«

»Komm auf den Punkt, Tina«, sagt Alex und schnippt mit ihren rot lackierten Fingern. »Gibt's irgendwas, das wir wissen müssten?«

Zack schlägt sich seine Hand auf den Mund, um nicht laut loszulachen.

Es treibt Alex nämlich immer fast in den Wahnsinn, wie die Zwillinge jedes Gespräch buchstäblich in die Länge ziehen, besonders wenn sie was Wichtiges zu erzählen haben. Sie reizen jedes Detail aus, um länger im Mittelpunkt zu stehen.

»Ich bin Patty«, fährt das Zwillingsmädchen Alex an.

Grinsend hält Alex mit gespielter Entschuldigungsgeste die Hände hoch. Zack versteckt sich schnell hinter seinem Kaffeebecher, um sein Lachen zu verbergen.

»Wir waren nur neugierig, ob Sara-Louise schon jemanden von euch zu ihrer Party eingeladen hat«, sinniert die echte Tina.

Zack spuckt fast seinen Café au lait aus.

»Wartet mal kurz«, sagt Alex mit blitzenden Augen. »Sara-Louise macht eine Party? In ihrem *Apartment?* In *Paris?* An diesem *Wochenende?* Warum weiß ich nichts davon?«

»Ach so, die ganze Schule redet doch schon darüber«, zwitschert Patty. »Ich habe sogar gehört, dass ein paar Franzosen hingehen. Samstagabend 20 Uhr.« Ihre Schwester Tina sieht uns mit hochgezogenen Augenbrauen an und zerrt Patty zur Tür. »Bis dann.«

»Mist.« Alex ist wie vor den Kopf gestoßen, dass sie es als Letzte erfährt. »Gott sei Dank habe ich noch genug Zeit, um mir zu überlegen, was ich anziehe.« Sofort nimmt sie die überdimensional große Ausgabe der *W* heraus, die Alex heute schon den ganzen Tag mit sich rumgetragen hat, und blättert sie hektisch durch.

»Gottverdammt und halleluja«, sagt Zack mit einem kleinen Aufschrei. »Es wird aber auch langsam Zeit, dass jemand dieses Jahr eine gute, alte Party macht! Ich habe mich schon gefragt, wann wir uns wohl alle mal ordentlich betrinken!«

Selbst ich kann nicht anders, als ein paar Mal aufgeregt auf- und abzuhüpfen. Dabei ist es nicht so, dass ich mich volllaufen lasse wie Alex und Zack, aber ich muss mich auch gar nicht betrinken, um Spaß zu haben. Ich brauche dazu nur gute Musik, nette Gespräche, ein bisschen Ablenkung von dem ganzen Druck …

Zurück in der Schule sehe ich schnell nach, ob ich eine Mail von Vince bekommen habe, bevor ich in den Unterricht muss, aber es ist nur eine von meiner Mom gekommen.

*Hey, längst verloren geglaubte Tochter!*
*Es tut mir leid, dass ich mich nicht öfter melde. Aber ich muss zugeben, dass ich Dich wirklich vermisse, Livvy, und ich weiß mehr und mehr zu schätzen, wie sehr Du zu Hause immer der Lichtblick warst. Jetzt, da Du weg bist, ist es ziemlich öde, immer zwischen Brians Schule und den ganzen Spezialisten und Therapeuten hin- und herzufahren. Na ja, ich denke, man lernt Dinge erst so richtig zu schätzen, wenn man sie nicht mehr hat – aber mir fehlt mein Kopilot. Bist Du dir sicher, dass Du nicht aus der Opéra aussteigen und wieder nach Hause kommen willst? :-)*

*Haha, ist nur Spaß (in gewisser Weise).*

Angehängt an die Nachricht ist ein »inspirierender« YouTube-Link zu einer neuen UCLA-Tanzperformance. Aber ich mach mir nicht die Mühe, sie anzusehen. Stattdessen verbringe ich die letzten drei Minuten der Mittagspause damit, Vinces

Facebook-Seite zu überfliegen, ob es irgendwelche Hinweise darauf gibt, dass er mich genauso vermisst wie ich ihn.

Ich schreibe ihm schnell eine Nachricht.

*An: Vince Palatella*
*1:57 p.m.*
*Thema: French Kiss*
*Ich vermisse dich.*

Nachdem ich die Nachricht abgeschickt habe, fällt mir auf, dass Vince sein Profilbild geändert hat. Früher war er in seinem UCLA-Sweatshirt zu sehen – ein Foto, das ich an dem Tag aufgenommen habe, als er zum ersten Mal zum College gefahren ist. Jetzt ist es ein altes von uns, am selben Tag gemacht wie das Bild von diesem Sommer, das ich in meinem Portemonnaie herumtrage. Er vermisst mich also auch. Manchmal kann ich es noch immer nicht glauben, dass wir wirklich zusammen sind. Ich erinnere mich noch an die Zeit, als ich in seiner Gegenwart so schüchtern war, dass ich ihm gegenüber kein Wort herausbrachte!

Vinces Mutter Liz ist die beste Freundin meiner Mom, schon seit sie in den Siebzigern zusammen in dem La-Jolla-High-School-Champions-Team geschwommen sind. Meine Mutter sagt oft im Spaß, dass eigentlich Liz die *wahre* Liebe ihres Lebens ist, nicht mein Dad.

Liz und meine Mom sind beste Freundinnen, wie ich es sonst noch nie erlebt habe. Sie haben den gleichen Kleiderstil. Sie beenden gegenseitig ihre Sätze. Sie lassen sich beim selben Friseur zu zweit Strähnchen machen. Und während ich für ein paar Stunden auf meinen Bruder aufpasse, gehen sie zusammen im Meer baden und kommen eine Nuance gebräunter zurück, als zu dem Zeitpunkt, als Liz meine Mom abgeholt hat. Wenn meine Mom mal damit überfordert ist, sich um Brian zu kümmern, schaltet sich Liz für ein paar Tage ein und überlässt ihren Mann und ihren Sohn sich selbst. Wenn Vinces Eltern Streit haben, schläft Liz in unserem Wohnzimmer, und meine Mom schläft mit ihr zusammen unten auf der Couch. So war es schon immer; und ich bin mir ziemlich sicher, dass es auch immer so bleiben wird.

Bis zur neunten Klasse hatte ich eine totale Abneigung gegen Vince; vielleicht weil ich nicht Liz' und Moms Traum ausleben wollte, dass sie den Preis für das süßeste Meine-Tochter-und-mein-Sohn-Paar bekommen wollten, aber ich hatte ihn davor irgendwie nicht ausstehen können. Er war frech und eingebildet, gut in Sport und in der Schule und hatte jedes Mal bei Liz' Sommergrillpartys eine andere Freundin dabei. Aber als ich dann zur High School ging, hat sich irgendwie etwas verändert. Am ersten Tag – das werde ich nie vergessen – bog Vince in unsere Einfahrt, als meine Mom gerade damit beschäftigt war, Brian und mich rechtzeitig für die Schule fertig zu kriegen. Brian hatte gerade einen Nervenzusammenbruch, mein Dad war bereits im Büro und ich war schockiert, dass meiner Mom mein Rock beim Waschen eingelaufen war, sodass er nun gut zehn Zentimeter kürzer war und meine nackten Schenkel entblößte.

Vince hatte meiner Mom an dem Tag zugerufen – auch das werde ich nie vergessen: »Ich kümmere mich um Livvy – du hast im Moment genug zu tun.« Und bevor ich etwas weniger Freizügiges anziehen konnte, schob mich meine Mom auch schon auf den Beifahrersitz seines Autos.

»Du bist der Retter in der Not!«, bedankte sie sich bei ihm.

Als er vor der Schule parkte, konnte ich sehen, wie die anderen Neuntklässler auf den Rasen strömten, das Jagdgebiet der Zwölftklässler, die auf der Lauer lagen, um das Frischfleisch zu schikanieren, und Vince begleitete mich ganz lässig ohne Zwischenfälle durch den Seiteneingang hinein. Du bist *wirklich* der Retter in der Not, sagte ich im Stillen zu ihm, als er mich in der Aula bei der Einführungsveranstaltung für die Neuntklässler ablieferte.

»Hey, Livvy«, rief mir Vince zu, als ich mich gerade im Raum nach einem leeren Platz umsah.

»Ja?«, fragte ich schüchtern.

»Toller Rock«, sagte er zu mir, und ich wurde so knallrot, dass ich dachte, ich müsste im Erdboden versinken. Einen Monat später war ich sein Date fürs Homecoming-Fest, und jetzt, zwei Jahre später, sind wir noch immer das perfekte Paar.

Na ja, wir *wären* das perfekte Paar, wenn wir in derselben Stadt wohnen würden!

Mal abgesehen davon, dass ich Vince vermisse – egal, ob in Paris oder San Diego –, merkt man eigentlich keinen Unterschied, wenn man die gesamte freie Zeit in denselben schwarzen Trikots und Strumpfhosen verbringt. Bei meinem völlig zugepflasterten Zeitplan in der Schule und beim Tanzen habe ich das Gefühl, nie auch nur einen einzigen Moment für mich selbst zu haben, in dem ich mal genießen kann, wo ich eigentlich bin!

Heute Abend bin ich total k. o. von einer ganz *besonders* brutalen Unterrichtseinheit in der Opéra und beschließe, nicht wie üblich zu duschen, sondern einfach gleich ins Bett zu plumpsen und zu pennen. Als ich die Tür aufreiße, schließe ich die Augen, erleichtert, endlich nach dem Wahnsinn eines weiteren Tages in Paris heimzukommen, so weit weg von allem und allen, die ich liebe: Vince, Brian, dem Strand, mexikanischem Essen, einfach *alles*. Ich mache nicht mal das Licht an; ich lasse mich einfach auf mein Bett fallen.

»Ach du liebe Güte!«, kreische ich und springe sofort wieder auf, als ich merke, dass ich nicht auf meiner Decke liege, sondern auf dem großen Körper eines echten, lebendigen Menschen.

Ein Mann – guter Gott, da liegt irgendein wildfremder *Typ* in meinem Bett!

Ein junger wildfremder und auch noch *unglaublich gut aussehender* Typ!

# 7 · PJ

## *Ein Reich, das an Glanz verliert*

»PJ!«, ruft jemand hinter mir. »PJ, warte doch!«

Oh Gott, warum ausgerechnet jetzt? Widerwillig drehe ich mich um. Ich bin *so* in Eile. Ich kann *unmöglich* zu spät zu meinem ersten Treffen mit meiner Gastfamilie kommen, das nun *endlich* – nach Ewigkeiten – stattfindet!

»Ja?«, frage ich kurz angebunden Jay, der in seinem Adidas-Oberteil und seiner Shorts über den Boulevard de Courcelles auf mich zujoggt. Er muss heimlich aus dem Fußball-Training abgehauen sein, um mit mir zu sprechen. Was um alles in der Welt will er von mir?

»PJ, hey.« Jay lächelt schnaufend. Seine Stollenschuhe sind feucht und voll frischer Erde vom Fußballfeld.

»Hey«, entgegne ich. »Was ist los?«

»Ach, nichts Weltbewegendes«, sagt Jay lässig. Er hat eine Gänsehaut an den muskulösen Armen und Beinen, wegen der Kälte draußen. »Ich lebe mich in meiner Gastfamilie ein und lerne sie immer besser kennen.«

»Ach nein, wie toll«, sage ich ungeduldig. »Ich meine, worüber wolltest du mit mir sprechen?«

»Hast du dich von deinem Freund getrennt?«, fragt Jay leicht verschmitzt. »Der, mit dem du neulich telefoniert hast.«

Ich werde rot. »Oh!«, stammle ich. »Ja. Es hat nicht funktioniert. Deshalb sind wir … nicht mehr … zusammen.«

»Oh, gut. Dann wird er nichts dagegen haben, wenn ich dich frage, ob du schon einen Partner für das Louvre-Projekt hast.«

Das Louvre-Projekt? »Ach so, ja. Nein, ich habe noch keinen Partner. Hast du Lust, mit mir zusammenzuarbeiten?« Das Louvre-Projekt ist ein interdisziplinäres Projekt, das sich Mme. Cuchon ausgedacht hat. Die amerikanischen Schüler aus dem Lycée sollen dabei paarweise zusammenarbeiten und auf Französisch einen Bericht schreiben über das Leben und die Zeit von einem der vielen Künstler, die in dem riesigen Musée du Louvre, dem Kronjuwel aller Kunstmuseen in Paris, ausgestellt sind. Um einen Sonderbonus zu bekommen, können wir auch ein Gemälde oder Kunstwerk einreichen, das wir im Stil des jeweiligen Künstlers, den wir gewählt haben, gestalten. Als eine große Kunstgeschichtsliebhaberin und Möchte-Gern-Künstlerin freue ich mich echt darauf, daran zu arbeiten! Aber doch nicht gerade jetzt!

»Okay, cool«, sagt Jay aufgemuntert. »Gibt's einen Künstler, den du besonders magst? Wie findest du zum Beispiel Ingres? Ich finde ihn ziemlich cool, mit seinen ganzen Porträts der verschiedenen Leute. Aber wenn du gern jemand anders nehmen würdest …«

»Ich liebe Ingres«, unterbreche ich ihn und wende mich zum Gehen, noch bevor er ausgeredet hat. Und es stimmt, ich liebe sein Werk wirklich. Er ist ein verhältnismäßig unbekannter Maler aus dem 19. Jahrhundert. Mich überrascht, dass Jay überhaupt weiß, wer er ist. Von seinen ratzekurzen Haaren und seiner kräftigen Statur her hätte ich ihn eher für einen Sportler gehalten und weniger für einen Kenner französischer Künstler. »Tolle Wahl. Aber jetzt muss ich ganz dringend weg. Ruf mich am Wochenende an, dann können wir mit dem Projekt anfangen.«

»Auf jeden Fall«, sagt Jay. Als er lächelt, sehe ich, dass sich um seine Augenwinkel Fältchen bilden, wie bei einem kleinen Kind. »Ich freu mich schon.«

»*Bonjour!*«, rufe ich einem älteren Paar zu, das aus der Tür der Adresse gleich beim Place de Ternes tritt, die ich als die Anschrift von Monsieur und Madame Marquet genannt bekommen habe. »*Je suis Penelope! Vos filles!*« In der ruhigen, schmalen Seitenstraße hallt meine Stimme.

»Unsere Tochter?«, fragt ein gebräunter gut aussehender Mann verwirrt und mustert mein offenes, ungebändigtes Haar, das vom Laufen durch den breiten windigen Boulevard de Courcelles ganz zerzaust ist. Meine Wangen sind erhitzt. Ich nehme meine Mütze ab und versuche, meine Haare glatt zu streichen und ein bisschen abzukühlen. Ich hatte gehofft, etwas frischer zu sein, wenn ich meine neue Familie kennenlerne.

»Ah ja! *Bonjour!*«, sagt der Mann, beugt sich zu mir und gibt mir einen warmen feuchten Kuss auf jede meiner Wangen. Er ist ziemlich groß, mit recht langem silbernem Haar, das mit Gel zurückgekämmt ist. Ich bin sofort ziemlich angetan von ihm. Mein Gastvater sieht aus wie ein früherer Filmstar.

»Du musst Penelope sein«, sagt eine zierliche Frau mit hohen Wangenknochen und schimmernd weißen Zähnen. Ich überrage sie bei Weitem. »Ich erkenne dich vom Bewerbungsfoto.«

»Ah, *oui*«, scherzt der Mann. »Dein Foto war der Grund, warum wir dich ausgewählt haben und du bei uns wohnen darfst, während du aufs Lycée gehst. Du warst einfach so viel hübscher als all die anderen zukünftigen Schüler!« Er neigt seinen Kopf in meine Richtung. »*Je suis Monsieur Marquet.*

Unser tiefstes Bedauern, dass wir bei deiner Ankunft in Paris nicht da waren und dich in Empfang nehmen konnten. Uns haben so viele Dinge in der Dordogne aufgehalten, mein neuer Job und so weiter.« Er erwähnt seinen Beruf so, als wäre der nur etwas, womit man seine Zeit zwischen Partys und irgendwelchen Benefizveranstaltungen ausfüllt.

Mme. Marquet richtet sich auf. »Nun gut. Aber jetzt sind wir ja da, nicht wahr?«

»Ich bin so froh, Sie endlich kennenzulernen!«, sage ich begeistert und widerstehe dem Drang, sie beide ungestüm und dankbar zu umarmen.

»Penelope, *ma belle*, wir sind gerade auf dem Weg zu einer Gala für *Médecins sans Frontières* – wir haben die Karten schon seit mehreren Monaten, aber gerade erst bemerkt, dass die Benefizveranstaltung ausgerechnet heute Abend stattfindet.« M. Marquet schnalzt bedauernd mit der Zunge. »Es wird sicher spät.« Er fasst Mme. Marquet am Ellbogen und führt sie zu der wartenden Limousine.

»Oh«, sage ich und hoffe, meine bittere Enttäuschung überspielen zu können. »Mir war nicht klar ... «

»*Chérie*, lauf doch einfach hoch und mach dich selbst mit der Haushälterin Sonia bekannt«, sagt M. Marquet. »Wir werden uns dann alle am Wochenende kennenlernen, wenn du mit uns zu unserem Haus in der Dordogne fährst. Es sei denn, du hast andere Pläne.«

»Echt?«, quieke ich ungläubig. Wir kennen uns erst wenige Minuten und schon laden sie mich für das gesamte Wochenende in ihr Haus in der Dordogne ein? Vielleicht ist es ja doch einfacher, als ich dachte, mich in ihre Herzen zu schleichen. »Nein, ich habe noch nichts anderes vor!«

»*Oui*, Schätzchen, natürlich nicht«, sagt Mme. Marquet. Ihr Mund bildet eine strenge, harte Linie, während die beiden darauf warten, dass ich hineingehe. Mme. Marquet klopft auf ihre goldene Armbanduhr.

»Bis Freitag«, sagt M. Marquet und winkt mir mit seinen langen Fingern zu, während Mme. Marquet vorsichtig in die Limo einsteigt und dabei sorgsam auf ihr perlenbesetztes dunkelrotes Kleid achtet. Seine Augen funkeln, als würden wir ein Geheimnis miteinander teilen. Ich lächle zurück, auch wenn ich noch immer gekränkt bin, dass sie mich so schnell allein lassen. »*Bonne soirée!*«

Ich freue mich, dass ihre Haushälterin Sonia genauso warmherzig und freundlich ist wie die Marquets gehetzt und abgelenkt sind. Sonia, eine mollige hochgewachsene karibische Frau, spricht ein abgehacktes, akzentuiertes Französisch, das mich von dem Moment an, als ich durch die Eingangstür trete, beruhigt.

Wie bei Olivias Apartment ein Stück die Straße hinunter leben die Marquets in einem Glanz, von dem die meisten Menschen nur träumen können. Der Hauptunterschied besteht allerdings darin, dass das Apartment der Marquets fast dreimal so groß ist wie das von Mme. Rouille. Mme. Rouille hat nur zwei Schlafzimmer und eine Bedienstetenkammer, aber als Sonia mich herumführt, zähle ich mindestens drei Schlafzimmer zusätzlich zu einer herrschaftlichen Schlafsuite und meinem eigenen großen Raum am anderen Ende der Wohnung. Mit den dicken Brokatvorhängen, die zugezogen sind, ist das Apartment auch viel dunkler und schmuddeliger als meine bisherige Bleibe. Elise hält Mme. Rouilles Apartment peinlich sauber, während hier alles mit einer gewissen Staubschicht bedeckt ist. Es ist offensichtlich, dass die Marquets in der letzten Zeit nicht oft in Paris waren.

»Das ist saisonabhängig«, erklärt Sonia. »Der Herbst ist in Paris die Jahreszeit der Menschenliebe. Aber an den Wochenenden fahren sie trotzdem in die Dordogne. Sie können einfach nicht anders. Du wirst es ja kennen- und sicher auch lieben lernen.«

Am Freitagnachmittag bin ich innerlich unruhig, als ich im TGV-Hochgeschwindigkeitszug sitze, der durch die französische Stadt Bordeaux an der Südküste braust. Am Bahnhof von Bordeaux muss ich in einen Zug nach Périgueux umsteigen, wo mich dann M. Marquet abholen und zum Château der Marquets in der Dordogne fahren wird.

Allein schon die französischen Lautsprecheransagen im Zug lassen mich vor Aufregung erschaudern. Frankreich habe ich schon immer geliebt – die Sprache, die Kultur, das künstlerische Erbe. Annabel hat Frankreich ebenfalls geliebt, aber aus anderen Gründen: Ihr gefiel die Romantik, der Gedanke, dass Paris die Stadt sei, in der man sich selbst finde. Aber Dave hat ihr immer gesagt, dass sie all die Romantik, die sie bräuchten, doch schon direkt in Vermont hätten.

Annabel und ich hatten immer eine riesengroße Weltkarte an der Wand im Kinderzimmer hängen, das wir beide uns teilten. Manchmal haben wir nur so aus Spaß die Augen zugemacht und uns um die eigene Achse gedreht, dann mit dem Finger auf eine Stelle auf der Landkarte gezeigt und so getan, als wäre das der Ort, an den das Schicksal uns eines Tages hinverschlagen würde. Wir hatten immer versucht, Frankreich zu erwischen, waren aber normalerweise irgendwo vor der spanischen Küste im Atlantik rausgekommen, wenn wir die Augen wieder aufmachten. Wir kamen auch in Afrika, England, Russland oder Israel raus … aber nie in Frankreich.

An dem Abend, an dem Dave Annabel einen Heiratsantrag gemacht hatte, kam sie ganz beschwingt und aufgekratzt nach Hause. Sie drehte sich mit geschlossenen Augen im Kreis, während ich sie, bereits eingemummelt, von meinem Bett aus beobachtete.

»Aha!«, rief sie, als sie mit ihrem Finger auf eine Stelle zeigte. »Ich hab's!« Bei der Erinnerung daran muss ich lächeln.

Bis jetzt war das kurze Treffen mit den Marquets, als sie gerade zur Benefizgala aufbrechen wollten, das einzige Mal, dass ich sie gesehen habe. Am Tag danach sind sie schon in die Dordogne gefahren, während ich noch in der Schule war. Tagsüber ist Sonia da, aber nachts bin ich ganz allein in dem palastartigen Apartment. Sonia scheint sich nicht allzu sehr für Haushaltsarbeiten zu interessieren. Meistens telefoniert sie mit ihrem Handy oder liest in der Küche Boulevardzeitungen und Klatschzeitschriften.

Einmal ist Olivia auf einen Sprung vorbeigekommen, um nachzusehen, ob es mir auch gut geht, aber sie musste gleich wieder weiter, um mit Sara-Louise und Mary zu lernen. Olivia ist wie besessen vom Final Comp, falls das noch keinem aufgefallen sein sollte.

»Ich habe herausgefunden, dass dein Gastvater Magistrat ist«, erzählte mir Olivia, bevor sie aufbrach.

»Ach echt?« Ich hatte mich schon gewundert, worum es sich bei M. Marquets scheinbar so vernachlässigbarem Job handelt. Nur dass ein Magistrat gar nicht so vernachlässigbar klingt. »Was ist ein Magistrat denn genau?«

»So was Ähnliches wie ein Richter, aber gleichzeitig ist es auch ein politisches Amt. Mme. Rouille hat mir erzählt, dass dein Gastvater erst kürzlich ins Amtsgericht in der Dordogne gewählt wurde, was auch erklärt, warum sie so lange nicht hier waren. Aber man munkelt wohl«, flüsterte Olivia in einem für sie ganz untypisch klatschhaften Ton, »dass er gern für ein Amt auf Staatsebene kandidieren würde.«

»Ooooh, Olivia, nein, wie skandalös!«, neckte ich sie.

Sie lachte. »Na ja, das hat mir Mme. Rouille gesagt! Wahrscheinlich ist das alles gar keine so große Sache. Trotzdem klingt es so, als würdest du hier bei der High Society leben.«

Die letzten Tage, in denen ich hier gewohnt habe, erinnerten ein bisschen an *Eloise in Paris*: samtene Louis-XIV-Stühle, funkelnde Lüster, zwei Meter hohe Spiegel mit vergoldeten Rahmen. Bisher kannte ich keinen – außer vielleicht Marie Antoinette –, der jemals so gelebt hat – und ganz bestimmt habe ich nicht erwartet, selbst einmal in so einem Luxus zu schwelgen. Und ganz sicher nicht nach allem, was ich getan habe.

Gestern Abend habe ich mir auf dem Heimweg von der Schule ein Baguette und etwas Gruyère gekauft und, nachdem Sonia gegangen war, ein Sandwich gemacht und mitten auf dem eleganten Wohnzimmerboden gegessen, mit Blick auf die verschnörkelten Terrassentüren. Die Sonne ging unter und ich habe die schweren Vorhänge aufgezogen, damit ich beobachten konnte, wie sich die Abenddämmerung auf den Place de Ternes legte. Der belebte Montmartre-Hügel, den die Sacré Cœur an diesem nebligen Abend krönte wie ein weißer Stern, erhebt sich direkt hinter der sicheren und friedlichen Wohngegend der Marquets. Nachdenklich aß ich – vorsichtig, damit ich nicht auf den Teppich krümelte – und sinnierte über das seltsame achterbahnmäßige Auf und Ab der letzten Monate. Als ich fertig war, benutzte ich Zahnseide und putzte mir die Zähne – dann lag ich mehrere Stunden hellwach im Bett.

So allein hatte ich mich noch nie gefühlt.

Der Zug ist gerammelt voll mit Wochenendausflüglern, aber mein Sitznachbar ist schon in Poitiers ausgestiegen. Familien und Pärchen drängeln sich um mich herum, ganz unruhig vor Freude auf das bevorstehende Wochenende, während der Zug durch die Täler und Hügel in Südfrankreich tuckert. Die Atmosphäre ist freundlich, aber ich fühle mich trotzdem wie aus einer anderen Welt.

Ich schlage mein Notizbuch auf und denke (wie so oft in den letzten Wochen) an Annabel. Ich weiß, dass meine Schwester diesen Brief nie erhalten wird, aber ich schreibe ihn ihr trotzdem.

*Liebe Annabel,*
*Du würdest es nicht glauben, wenn Du mich jetzt sehen könntest. Du wärst so stolz auf mich. Die Marquets kennen mich kaum, und doch wollen sie schon, dass ich sie in ihrem Landhaus besuche.*

*Du bist der einzige Mensch, der verstehen könnte, wie sehr ich mir das gewünscht habe. Wie wichtig es mir ist, dass sie mich mögen und mich nicht nur fragen, ob ich an den Wochenenden kommen, sondern auch über die Winterferien hierbleiben will, sodass ich in der nächsten Zeit nicht nach Vermont muss. Das war die einzige Schwachstelle in meinem Plan, das Einzige, woran ich erst gedacht habe, als ich in den Flieger gestiegen bin. Im Programm heißt es ausdrücklich, dass alle Schüler ihre Gastfamilien während der dreiwöchigen Winterferien verlassen müssen, sofern sie von ihren französischen Familien nicht offiziell zu den Feiertagen eingeladen werden. Ich habe also nur drei Monate Zeit, um mir diese Einladung zu sichern. Nur drei Monate Zeit, um mein Schicksal zu sichern.*

Mal abgesehen von den Dingen, die ich Annabel gern über mein neues Leben in Frankreich erzählen würde, habe ich natürlich eine Million Fragen, die ich ihr in Bezug auf ihres stellen würde. Meine Schwester war schon immer ein Rätsel, aber jetzt, nach dieser langen Trennung, ist sie für mich ein totales Mysterium. Immer, wenn ich sie vor meinem geistigen Auge sehe, rennt sie gerade und ihre Haare wehen wie ein dunkler Schweif hinter ihr her. Da sie noch längere Beine hat als ich, konnte ich nie mit ihr Schritt halten.

Ich liebe Züge. Ich wünschte, wir würden in den USA mehr Zug fahren. Es ist traumhaft, in einem Zug zu sitzen und aus dem Fenster zu schauen. Selbst Einsamkeit und Melancholie wirken in einem Zug, der pfeifend im Dunkeln durch die französische Landschaft fährt, tröstlich und beruhigend.

Wo bist du da draußen, Annabel?, frage ich mein schwach erleuchtetes Spiegelbild im Fenster. Werde ich dich jemals wiedersehen?

Ganz plötzlich muss ich an Jay denken – wie er meine Kaffeegewohnheiten registriert hat und dass er mit mir zusammen an dem Louvre-Projekt arbeiten will. Ich verpasse unsere Lernverabredung! Und auch die Party bei Sara-Louise!

Oh nein, denke ich einen Augenblick lang verzweifelt. Doch dann verdränge ich alle Gedanken an Jay. Damit werde ich mich später beschäftigen. Nichts ist wichtiger als dieser Ausflug.

In Périgueux wartet ein quietschvergnügter M. Marquet auf mich. Er hebt mich hoch und wirbelt mich herum, als wäre ich ein kleines Mädchen. Ich lache, aber zu laut.

»Äh, ich hätte ja Charles geschickt – das ist der Hausmeister und Verwalter, der sich um die Tiere und den Garten kümmert –, aber ich wollte, dass du dich willkommen fühlst, wie zu Hause«, erzählt mir M. Marquet, als wir die gewundenen Straßen entlangkurven, die zu ihrem Anwesen führen. »Marie, die Haushälterin hier, wird dir Abendessen machen, und morgen früh führen Mme. Marquet und ich dich herum. Es ist etwas ganz Besonderes. Dieser Grund und Boden gehört meiner Familie schon seit Urzeiten.«

Das Château ist wirklich etwas ganz Besonderes. Es ist so düster, wie ich es mir eher in einer alten Burg vorstelle, und knarrt und ächzt in der windigen Nacht. Ich schlafe augenblicklich in dem riesigen Federbett ein, in das ich geschickt werde, nachdem ich im großen Esszimmer gebratene Wachtel mit *haricots verts*, grünen Bohnen, gegessen habe.

Adrett mit rustikalen Gummistiefeln und steifen, gestärkten Jeans gekleidet, nehmen mich die Marquets am nächsten Morgen mit auf eine stramme Wanderung um ihr Grundstück herum. Ich muss praktisch neben ihnen herjoggen, um mit ihnen mitzuhalten, und denke dabei dauernd daran, was ich sie fragen könnte, um sie besser kennenzulernen.

Das Haus selbst ist aus Backstein erbaut, der heimelig rosarot ist, und es wird von zwei kegelförmigen Türmen zu beiden Seiten der rückwärtigen Ecken flankiert. Während in nächster Nähe des Gebäudes noch alles wunderbar grün ist, wird die Landschaft immer karger, je weiter man sich vom Château entfernt. Alle Außentüren sind überdimensional groß und majestätisch, wie es sich für Könige und Königinnen mitsamt Gefolge, Fahnen und Flaggen gehört. Kieswege durchziehen die sanften Hügel kilometerweit in jede Richtung und führen zu Scheunen, Feldern und Weiden, auf denen die Schafe und Pferde der Marquets grasen.

Mein eigenes lückenhaftes Wissen über die französische Geschichte basiert ausschließlich auf den alten Porträts, die ich in den wenigen Kunstbüchern in der Bücherei meiner alten Schule in Vermont gesehen habe. Dieses Haus ähnelt den Häusern auf diesen Gemälden. Es muss mindestens dreihundert Jahre alt sein.

»Fünfhundert sogar, um genau zu sein«, sagt Mme. Marquet schnaubend. »Wenn man mal die Anbauten, die unsere Familie über die Jahrhunderte vorgenommen hat, außen vorlässt.«

Ich versuche, aufrichtig beeindruckt auszusehen. Aber sie reagiert gar nicht darauf, sondern bewundert weiter ihr eigenes Haus.

Der Vordereingang des Châteaus liegt mehrere Stufen erhöht, ungefähr so hoch wie ein Pferderücken.

»Damit man einfach auf sein Pferd steigen konnte, ohne jemals Kontakt zum Boden zu haben«, erklärt M. Marquet. »Die Vorfahren haben sich nur höchst ungern schmutzig gemacht.«

Ich kichere. Im Gegensatz zu ihrem etwas heruntergekommenen, verstaubten Haus sind die Stiefel, Jeans und Reitjacken der Marquets fleckenlos sauber. Ich dagegen habe es während unseres anstrengenden Marschs geschafft, ganz durchnässt und verdreckt zu sein.

M. Marquet führt mich auf die Weide, eine grüne Wiese, auf der hier und da Rappen stehen. Langsam wird es kühler, selbst tagsüber, wenn die Sonne noch hoch am Himmel steht. Ich bin froh, dass ich den alten Schlabberpulli meines Dads mitgebracht habe, auch wenn Mme. Marquet mich deswegen vorhin schräg angesehen hat.

»Reitest du gerne?«, fragt mich M. Marquet.

»Klar«, sage ich. »Ich meine, ich hab's zwar noch nicht ausprobiert, aber ich würde es gern tun.« Das stimmt nicht ganz. Daves Eltern haben ein altes Pony, und als ich klein war, bin ich ohne Sattel darauf am Bach entlanggeritten, während meine Schwester und Dave hinter einem Baum geknutscht haben. Irgendwie denke ich nicht, dass die Marquets das unter Reiten verstehen.

Mme. Marquet schaut auf meine Converse-Turnschuhe.

»Aber in denen kannst du unmöglich reiten. Die haben zu weiche Sohlen. Das Pferd würde deine Befehle nicht verstehen.«

»*Pas de problème*«, sagt M. Marquet und gibt Charles einen Wink, dass dieser die Pferde in den Stall bringen und satteln soll. »Frag Marie nach einem Paar alter Stiefel. Bei der Garderobe stehen mehrere rum. Da sind sicher auch welche in deiner Größe dabei.«

Mme. Marquet seufzt. »*Dépêche-toi, Penelope.*«

»Ich beeile mich«, verspreche ich und renne hügelabwärts auf das Haus zu.

Ich stoße die Hintertür auf und sehe mich suchend nach Marie um. Mir fällt ein, dass sie heute Morgen, als sie mir das Frühstück serviert hat, irgendwas davon gesagt hat, dass sie zum Gottesdienst gehen wolle. Die Garderobe direkt neben der Küche ist aber auch ohne sie nicht schwer zu finden, genau wie der Schrank, in dem die gesamte Außenbekleidung aufbewahrt wird. Es macht nicht den Anschein, als würden die Sachen darin allzu oft getragen. Spinnweben überziehen die fünf oder sechs Paar Schuhe. Ich knie mich auf den Boden und schaue hektisch die Stiefel durch, damit ich schnell ein Paar finde, das passt. Im Geist sehe ich Mme. Marquet vor mir: die eine Hand in die Hüfte gestemmt, mit der anderen klopft sie auf ihre goldene Armbanduhr.

Aus der Ferne höre ich ein Geräusch, das so klingt, als würden die Fensterläden knallen.

»Marie?« Ich richte mich auf. Aber es kommt keine Antwort.

So lange war ich doch gar nicht weg. Ist es vielleicht die ungeduldige Mme. Marquet, die endlich unseren Ausritt starten will? Ich gehe durch die Küche zurück in den Gang, der diese alten Haushaltsräume – die Küche, den Wäscheraum, die

Treppe zum Weinkeller und die Garderobe – mit dem Rest des Châteaus verbindet.

Sogar am helllichten Tag ist das Château düster und muffig, weil kein Sonnenlicht hineindringt. In der Dunkelheit fühle ich mich unsicher und ängstlich. Es ist so finster, dass ich wünschte, ich hätte eine Taschenlampe. Natürlich ist keiner im Gang. Aber dieses Kribbeln im Nacken, dieses unheilvolle Gefühl ist das Gleiche, das mich überkommen hat, als ich in der Nähe der kanadischen Grenze im Sommer an der Tankstelle den Kaffee für meine Eltern organisiert habe. An dem Abend musste ich nicht erst rausgehen, um zu wissen, dass etwas nicht stimmte. Ich konnte es spüren.

Ich schleiche mich leise ins Wohnzimmer. Genau wie im Pariser Apartment sind die Möbel im Château alt und schon leicht schäbig. Die gelben Vorhänge im Wohnzimmer verfärben sich an den Rändern und Kanten bereits bräunlich, und das alte Klavier in der Ecke ist trotz Maries Anwesenheit mit einer dicken Staubschicht bedeckt. Während die Marquets selbst im absoluten Prunk leben, lassen sie ihre Wohnorte ein klein wenig verwahrlosen, sodass sie langsam aber sicher verfallen. In dem Kronleuchter, der über den im Halbkreis aufgestellten kleinen Sesseln hängt, sind mehrere Glühbirnen kaputt. Der majestätische Kamin ist rußbedeckt.

Das Gefühl, beobachtet zu werden, ist so stark, dass ich kaum atmen kann. Ich ziehe die gelben Vorhänge erst einen Zentimeter zurück, dann mehr. Als ich ein Gesicht vor dem Fenster sehe, stoße ich einen markerschütternden Schrei aus. Sofort weicht das Gesicht zurück. Mehrere Lichter blitzen direkt hintereinander auf, und dann ertönt auf Französisch der Ruf: Lauf.

Ich merke erst nach einer Weile, dass ich meine Augen ganz fest zugekniffen habe. Ich öffne sie und schaue aus dem

Fenster, auf die Kieszufahrt, die zur Hauptstraße zurück nach Périgueux führt. Zwei Männer stürmen auf die Hecktür eines Peugeot zu, während die Kameras und Blitzlichter, die ihnen um den Hals hängen, auf- und abhüpfen.

Von der Weide her kommt der Verwalter Charles angeritten. Er schreit die Männer mit den Fotokameras barsch an. In einer Hand hält er eine Pferdepeitsche hoch über dem Kopf, als wolle er sie schlagen, sollten sie es jemals wagen, zum Château zurückzukehren.

»Wie ich sehe, hast du schon unsere Freunde kennengelernt«, sagt plötzlich hinter mir leise eine tiefe Stimme.

»M. Marquet!« Ich springe vom Fenster zurück und bewege dabei den Vorhang so ruckartig, dass ein Staubregen auf mich niedergeht. »Sie haben mich total erschreckt!«

»Bonjour, Penelope«, sagt M. Marquet müde. »Adele! Sie ist im Wohnzimmer!«, ruft er hinter sich.

»Hast du ihnen irgendwas gesagt?«, fragt mich Mme. Marquet scharf. »Haben sie dich irgendwas gefragt?«

»Nein!«, antworte ich ihr. »Es tut mir total leid, dass ich so lang gebraucht habe. Ich hatte plötzlich das Gefühl, als würde mich jemand beobachten, und deshalb bin ich hergekommen ... Wer waren diese Männer?«

»Du kannst hier doch nicht einfach herumschleichen«, sagt Mme. Marquet streng. »Du musst vorsichtiger sein! Haben sie diesen Raum fotografiert?«

Ich zucke mit den Schultern. »Ich habe nur mitbekommen, dass sie mir mit der Kamera direkt ins Gesicht geblitzt haben.«

»Fotos von dir wären nicht schlimm«, sagt Mme. Marquet, fast wie zu sich selbst. »Aber dieser Raum – mit all den alten Dingen darin, dem ganzen alten Plunder –, das wäre eine Schande für den Namen Marquet.«

Ich verstehe das alles nicht. Mit einem Mal, noch bevor ich es unterdrücken kann, fange ich an zu weinen.

»Ach Penelope«, durchbricht M. Marquet die angespannte Atmosphäre und legt liebevoll den Arm um mich. »Ab mit dir. Marie, fahr mit Penelope in die Stadt, um dort zu Mittag zu essen. Penelope, um diese Jahreszeit ist Périgueux *très, très belle*. Eigentlich zu jeder Jahreszeit! Marie geht mit dir mittagessen, und dann reiten wir vielleicht morgen aus.«

»Aber diese Männer«, sage ich, noch immer verwirrt und eingeschüchtert, weil Mme. Marquet die Hände in die Hüften stemmt, als hätte ich totalen Mist gebaut. »Was haben sie fotografiert?«

Mme. Marquet seufzt. »Sie wollen nur Bilder vom Haus des neuen Magistrats. Seit M. Marquet im Blickpunkt der Öffentlichkeit steht, gehört die Boulevardpresse zu unserem Leben. Aber was immer du tust, Penelope, du darfst niemals mit ihnen reden. Hast du mich verstanden?«

»Aber sie haben *mich* fotografiert!«

»Ja«, sagt Mme. Marquet mit Verbitterung in der Stimme. »Keine Ahnung, warum.«

Ich nicke. Ich habe das Gefühl, nicht richtig atmen zu können. Die Marquets sind Personen von öffentlichem Interesse. Wenn sie herausfinden, wer ich wirklich bin und was meine Familie getan hat, werden sie nichts mehr mit mir zu tun haben wollen.

»Braves Mädchen«, sagt M. Marquet, tätschelt mir den Kopf und schiebt mich zu Marie hinüber. »Und jetzt geh mit Marie los. Zerbrich dir nicht mehr den Kopf über diese dummen Männer.«

Marie läuft mit mir eilig den Gang entlang und zu einem alten Kombi, der in der Garage steht. Ich helfe ihr dabei, auf dem Markt am Rathausplatz einzukaufen und Gemüse für das *diner* auszusuchen. Als wir ins Château zurückkehren, freue ich mich darauf, mit den Marquets zu essen, aber wie sich herausstellt, speisen sie bei Freunden. Ich bin nicht eingeladen. Unwillkürlich frage ich mich, ob sie mir absichtlich aus dem Weg gehen, ob ich sie irgendwie beleidigt habe. Glauben sie etwa, ich hätte im Wohnzimmer herumschnüffeln wollen?

Es stimmt schon, ich kann nicht erklären, warum mich dieser Raum angezogen hat, denke ich beim Einschlafen, oder warum ich wusste, dass jemand hereingeschaut hat. Aber es war nicht so, dass ich mich heimlich umsehen wollte.

Am darauffolgenden Morgen läuft Mme. Marquet in der Küche an mir vorbei. Sie trägt einen raffinierten Morgenmantel mit Zobelsaum.

»Penelope«, sagt sie, deutlich herzlicher als gestern. »M. Marquet muss ohne dich ausgeritten sein. Komisch, dass er nicht gewartet hat. Er muss wohl gedacht haben, du hättest kein Interesse.«

Ich bin völlig durcheinander. »Wirklich? Aber wieso?«

»Hmm, keine Ahnung«, entgegnet Mme. Marquet. »Hast du Lust, mit mir oben Tee zu trinken? Ich muss mich für einen Brunch fertig machen, zu dem wir im Château der Lafontants eingeladen sind. Es ist für uns von großer Bedeutung, dass sie uns wohlgesonnen sind.«

»Einen Tee hätte ich sehr gern«, sage ich zu ihr und folge ihr ins Zimmer. Mme. Marquet hat wie in ihrem Pariser Apartment auch hier ein großes Ankleidezimmer, in dem sie sich ausgehfertig macht. Auf dem Schminktisch stehen lauter Fläschchen, Puderdöschen, Bürsten und Pinsel sowie Stifte aufgereiht. Ich pfeife leise angesichts der schieren Menge an Kosmetika, die sie hat.

»Setz dich«, befiehlt sie mir und deutet auf einen leeren Stuhl gegenüber vom Bett. Ich nehme mir eine Tasse mit Untertasse vom Tablett und gieße mir selbst etwas heißen Tee mit Zitrone ein. Das hilft gegen das ewige Frösteln, das ich in diesem großen alten Haus irgendwie nicht loswerde.

Mme. Marquet entspricht dem, was die Franzosen *jolie-laide* nennen: »pretty ugly«. Das heißt, dass ihrem breiten Gesicht, ihrem ausgeprägten Überbiss und ihren tief liegenden Augen eine gewisse Schönheit innewohnt, die weit mehr ist als die Summe ihrer Einzelteile. Viele französische Adelige haben dieses Aussehen, wie ich beim Durchblättern der alten *Paris-Match*-Ausgaben im Pariser Apartment der Marquets festgestellt habe. Madame wie Monsieur Marquet haben beide starke Ähnlichkeit mit den alten Gemälden, die in französischen Geschichtsbüchern abgedruckt sind mit ihren mittelalterlich empfindsamen Gesichtern. Obwohl sie keine natürliche Schönheit ist, nimmt Mme. Marquet ihre Bürde eindeutig sehr ernst.

»Ich habe es nicht so leicht wie eine natürliche Schönheit wie du, Penelope«, kommentiert Mme. Marquet, der mein Blick auf all ihre Schminke und Parfüms nicht entgangen ist. »Das brauche ich alles.« Sie macht mit dem Kajalstift eine ausladende Geste.

Angesichts des Kompliments schüttle ich den Kopf. Mme. Marquet hat ein Aussehen und ein Auftreten, das ein Mädchen wie ich nie imitieren könnte: selbstsicher, elegant, etabliert. Neben ihr fühle ich mich wie eine Landpomeranze, die auf eine Weide gehört, wo ich den Pferden den Dreck aus den Hufen kratze.

Eine Zeit lang sehe ich zu, wie Mme. Marquet sich schweigend fertig macht, unsicher, warum sie mich überhaupt zu sich gebeten hat.

»M. Marquet ist also der Magistrat in Périgueux?«, frage ich, um ein Gespräch anzufangen.

»*Oui*«, antwortet Mme. Marquet. »Seine Stelle ist in dieser Region von großer Bedeutung.«

»Oh«, sage ich.

»Und diese Region wiederum ist in Frankreich von großer Bedeutung«, fährt Mme. Marquet fort.

»Denkt er denn wirklich daran, ein Amt auf Staatsebene anzunehmen?«, frage ich und gebe etwas Zucker in meinen bitteren Tee. Schade, dass sie mich nicht gefragt hat, ob ich Kaffee möchte. Tee macht mich leider nicht so wach, wie ich es gern hätte.

Mme. Marquet setzt ihren Kajal ab und starrt mich an. »Wer hat dir denn das erzählt?«

Ich beiße mir auf die Lippe. Vielleicht war es ja doch so eine Riesensache, wie Olivia vermutet hatte. »Meine Freundin Olivia aus dem Lycée. Sie wohnt bei Mme. Rouille, auf dem, ähm, Boulevard de Courcelles ...«

»Ha!« Mme. Marquet spuckt den Namen geradezu aus. »Clotilde Rouille! Diese verwitwete Hexe. Sie bezieht ihr gesamtes Wissen doch nur aus Klatschspalten. Sag deiner Freundin, dass M. Marquet nichts anderes im Sinn hat, als der Dordogne Gerechtigkeit und Frieden zu bringen. Staatsebene! Wie unverschämt. Nie und nimmer!«

Mme. Marquet steht auf und verschränkt die Arme vor der Brust. »Was hast du noch über uns gehört? Dass wir unser ganzes Geld verloren haben? Dass wir das Château verkaufen? Die Lokalzeitungen würden alles schreiben, wenn sie damit nur ein paar Exemplare mehr verkaufen können.«

Das nehme ich als Stichwort, um mich zu entschuldigen. »Ich lasse Sie dann besser allein, damit Sie sich für den Brunch fertig machen können«, sage ich. Ich verstehe nicht, wie ich es schon wieder geschafft habe, sie zu verärgern. Als Reaktion auf meine Worte winkt sie ab.

Im Zug zurück nach Paris lese ich mir noch einmal den Brief durch, den ich auf dem Hinweg an Annabel geschrieben habe. Jetzt bin ich nicht mehr ganz so glücklich über meine Gastfamilie, wie noch zu dem Zeitpunkt, als ich den Brief geschrieben habe, und ich bin zudem noch unsicherer in Bezug auf meine Zukunft in Paris als zuvor.

»Wo ist sie nur hin?«, fragte mich Dave, nachdem schließlich alle Hochzeitsgäste nach Hause gegangen waren, ohne das Büfett anzurühren. »Hat sie dir denn gar nichts gesagt, bevor sie weggegangen ist?«

Ich schüttelte den Kopf. Annabel hatte mir nichts erzählt. Alles, was ich hatte, war eine Weltkarte mit ein paar schwachen Fingerabdrücken überall – die einzigen Hinweise, wo sie vielleicht sein könnte.

Dave machte den Vorschlag, dass wir nach Montreal fahren und dort nach ihr herumfragen sollten. Da ich ja Französisch konnte, sollte ich mitkommen. Meine Eltern schlossen sich uns an.

»Halte hier mal an«, sagte meine Mom zu meinem Dad, der in Daves Wagen am Steuer saß. »Das sieht ganz gut aus.«

Wir hielten also an einer Tankstelle gegenüber des Zolls an, sodass ich Pipi machen konnte. Mein Dad hatte mich gebeten, noch so lange zu warten, bis wir über der Grenze waren. Ihn machte irgendetwas zunehmend nervös, aber ich konnte es einfach nicht länger aushalten. Ich musste schon seit St. Albans ganz dringend aufs Klo.

Da entdeckte ich plötzlich die Autobahnpolizei. In einer langen Schlange fuhren mehrere Streifenwagen von der Autobahn runter und in unsere Richtung.

Meine Eltern sagten mir, ich sollte schnell aufs Klo gehen. Dave holte hörbar Luft. »Echt?«, fragte er meine Eltern.

»Du warst dir doch sicher, wenn wir Daves Auto nehmen …«, sagte mein Dad zu meiner Mom.

»Bring mir einen Kaffee mit, mit viel Milch und Zucker«, meinte meine Mom zu mir, ohne den Blick von den näher kommenden Streifenwagen abzuwenden. Ich ließ mir Zeit, um den Kaffee auch wirklich mild zu machen, damit sie so spät am Abend keine Verdauungsprobleme bekäme. Als ich aus dem Tankstellenkiosk trat, standen lauter Polizisten um unser Auto herum.

Es geht mir noch immer sehr nah, wenn ich daran denke, selbst jetzt im Zug, nach so vielen Monaten. Noch immer tut es weh, mir den Gesichtsausdruck meiner Eltern an jenem Abend zu vergegenwärtigen: Es lag keine Fassungslosigkeit darin, sondern Kapitulation.

# 8 · ZACK

## *Fliegender Fall*

»Mensch, Zack, du hättest echt deinen Blick sehen sollen, als ich dich neulich abends in dem Café allein gelassen habe. Wenn Blicke töten könnten …«, sagt Alex hämisch, als sie sich eine Flasche Stella Artois aus Sara-Louises Kühlschrank nimmt. »Ich habe dir das perfekte romantische Setting mit diesen Jungs geschaffen – und du bist immer noch so jungfräulich wie an dem Tag, an dem wir uns zum ersten Mal begegnet sind. Ts, ts, was machen wir denn bloß mit dir, mein Lieber? Ich muss dich doch nicht etwa selbst entjungfern?«

Klar war ich früher schon ein paarmal nahe dran gewesen, mit einem Mädchen zu schlafen. Manchmal will man es eben einfach hinter sich bringen. Aber doch nicht *so* verzweifelt.

»Hör auf damit, Alex«, sage ich. Ich schaue mich um, um mich zu vergewissern, dass keiner ihre Bemerkung über meine Vorliebe für Jungs mitbekommen hat – oder ihre Anspielung auf meine Jungfräulichkeit. »Es ist ja schließlich nicht so, als hättest du George schon klargemacht. Wir stehen also beide noch bei null.«

»Ach, ist das jetzt also ein Wettbewerb, ja?« Alex knetet ihr lockiges, wildes schwarzes Haar vor dem Spiegel in der Diele. Ich betrachte mein eigenes Spiegelbild: Meine Haare sind wie immer leicht verstrubbelt. Ich lasse sie hier in Paris ein bisschen länger wachsen. Heute Abend trage ich meine

Brille, ein hippes dickes schwarzes Gestell mit viereckigen Gläsern. Das perfekte Accessoire für die kleine karierte Weste, die ich über eines meiner durchgeknöpften Hemden und meine Lieblingsjeans gezogen habe.

Bevor die Party richtig losgeht, machen wir noch eine kurze Besichtigungstour durch Sara-Louises Unterkunft. Die dauert allerdings nicht lange. Sara-Louise wohnt nämlich in einer kleinen Drei-Zimmer-Wohnung in einer uninteressanten Wohnsiedlung mit lauter identischen Wohnungen. Aber egal, wie wenig Charme diese Wohnung hat – heute Abend ist das hier der angesagteste Ort überhaupt. Es ist die erste Privatparty des Jahres!

Sara-Louises Gasteltern verbringen das Wochenende in Brügge. Ihre achtzehnjährige Tochter, die ebenfalls ins Lycée geht, und Sara-Louise haben somit sturmfrei. Wir waren peinlich früh da. Sara-Louise und ihre Gastschwester Anouk waren gerade noch dabei, den Käse und die Cracker anzurichten und den ganzen Alk, den sie extra für die Party gekauft hatten, in den Kühlschrank zu räumen. Aber egal, es wäre sinnlos gewesen zu versuchen, Alex davon abzuhalten, heute Abend so früh herzukommen. Sie wollte keine einzige Sekunde der Feier verpassen.

Wir hocken an Sara-Louises winzigem Küchentisch auf kleinen Schemeln und Alex nutzt die Ruhe vor dem Sturm, sich entweder darüber lustig zu machen, dass ich so prüde bin, oder vor dem Spiegel zu posieren. Sie sieht heute Abend ganz ungewohnt konservativ und ordentlich aus, in einem weißen Polohemd, einem dunklen Jeans-Minirock und einer grünen Militärjacke aus Segeltuch von Marc Jacobs. An den Füßen hat sie hellgelbe Jack-Purcell-Turnschuhe. Anscheinend denkt sie, dass der Weg zu Georges Herz mit Klamotten zu erobern ist, und zwar indem sie sich genauso anzieht wie seine Mitschüler aus dem Internat in New England. Trotzdem sieht Alex umwerfend aus. Wie immer.

»Du könntest echt in einer Seifenwerbung mitspielen«, sage ich zu ihr. »George wird ganz hin und weg sein.«

»Ja? Glaubst du echt?«, fragt Alex und trinkt einen Schluck Weißwein aus einem richtigen Glas. Sie hat darauf bestanden, dass Sara-Louise ihr ein richtiges Glas gibt und keinen der Plastikbecher, die sie und Anouk eigentlich für die Party gekauft hatten. Sie probt im Spiegel ihren verführerischsten Blick. »Ich bin zu allem bereit. Drück mir die Daumen!«

Genau in diesem Augenblick kommt eine große Gruppe Franzosen auf der Party an – Anouks Freunde. Sie stellen die Musik lauter und sehen uns Amerikaner wütend an. Aber Alex strahlt bloß zurück – was würde sie nicht dafür geben, auch nur mit *einem* von ihnen befreundet zu sein, um wenigstens einen Franzosen zu ihrer Fangemeinde zählen zu können. Auch ich wünsche mir sehnlichst, mich mit ihnen anzufreunden. Aber sie sind einfach was Besseres und das wissen sie auch.

»Teeeexxaaas!«, dringt da plötzlich ein wilder, fast schon barbarischer Schrei vom Eingang herüber. Die Zwillinge.

Ich drehe mich zu ihnen um, total entsetzt über den furchtbaren Krach, dem meine armen Ohren ausgesetzt sind. Mitten im Türrahmen stehen Patty und Tina, aufgedonnert mit bauchfreien, schlauchförmigen schwarzen Oberteilen, dazu passenden A-linienförmigen Mini-Röcken und bunten Perlenkettchen à la Mardi Gras. Wie man es von Tina gewohnt ist, trägt sie einen cheerleadermäßig hohen Pferdeschwanz und Pattys Haare sind um ihr kleines Gesichtchen in Außenwellen aufgeplustert wie bei Farrah Fawcett. Übrigens die einzige Möglichkeit, wie man die Zwillinge auseinanderhalten kann: Sie tragen zwar jeden Tag das gleiche

Outfit, aber immer unterschiedliche Frisuren. Mit Champagnerflaschen in der Hand posieren beide wie Rockstars in der Tür, so, als würde gerade eine Gruppe Paparazzi sie fotografieren. Sie werden von deutlich mehr Partygästen mit lautem »Hallo« begrüßt als wir. Mit großem Showgehabe verteilen die Zwillinge Küsschen in der Luft und klatschen auf dem Weg zum Kühlschrank, wo sie den Champagner kalt stellen wollen, die Leute ab.

Direkt hinter den Zwillingen kommen George und Drew zur Tür rein. Und dahinter wiederum Olivia, die die Zwillinge eine Weile anstarrt.

»Ihr erratet nie, was mir passiert ist!«, sagt Olivia mit einem Stöhnen, als sie sich durch die Menge kämpft, die sich rings um die beiden texanischen Zwillinge gebildet hat.

»Ach du meine Güte!«, höre ich eine von ihnen kreischend zu George sagen. »Du siehst heute aber *klasse* aus!«

»Was ist?«, fragt Alex, ein Auge auf George, das andere auf die beiden Zwillinge gerichtet. »Raus damit.« Genau wie Mme. Rouilles bellende Zwergpudel tänzeln die beiden Zwillinge um George und Drew herum, ganz wild darauf, gestreichelt zu werden. Bei dem Anblick speit Alex fast Feuer.

»Leute.« Olivia schüttelt sich aus ihrer Jacke. Darunter kommt ein typisch cooles kalifornisches Outfit zum Vorschein: ein weißes Bauernkleid, eine schlichte rosafarbene Wolljacke und Flip-Flops. »Das muss ich euch unbedingt erzählen – ich brauche nämlich euren Rat! Also, neulich bin ich spätabends nach Hause gekommen und da habe ich buchstäblich – ich kann gar nicht beschreiben, *wie* buchstäblich – also, da habe ich *buchstäblich* einen fremden Typen besprungen, der in meinem Bett lag.«

»Was?«, lache ich. »Wie ist das denn passiert?«

»Er heißt Thomas«, erklärt sie. »Er ist der Sohn von Mme.

Rouille. Er wollte nur kurz von der Sorbonne heimkommen, um sich ein paar Bücher aus seinem Zimmer zu holen, und dann hat er sich so in Rilkes *Briefe an einen armen Dichter* vertieft, dass er mich erst bemerkt hat, als ich schon auf ihm drauf lag, die Beine in der Luft. Oh mein Gott! Das ist mir echt so peinlich!«

»Livvy, das ist ja eine total heiße Geschichte!«, sage ich. »Wie ging's dann weiter? Und lass ja keine schmutzigen Details aus!«

»Ach, Zack.« Olivia verdreht lachend die Augen. »Was denkst du wohl, was ich getan habe? Ich bin schnellstens ins Bad gerannt! Ich war ja ganz verschwitzt und stinkig vom Ballett. Als ich dann wieder rausgekommen bin, hat er sich entschuldigt und ist gegangen. Mme. Rouille war völlig entsetzt über das Ganze – es ist so *unanständig*.«

»Und inwiefern brauchst du jetzt unseren Rat?«, frage ich.

»Na ja, meint ihr, ich soll es Vince erzählen?« Olivia wird rot.

»Du liebe Güte, du bist echt so was von prüde«, entgegnet Alex flapsig. »Hol dir lieber ein Bier und dann stürmen wir die Tanzfläche.«

»Auf das Bier verzichte ich«, antwortet Olivia fröhlich, »aber tanzen würde ich sehr gern.«

Geduldig wartet Olivia, bis Alex und ich mit Sara-Louise und ihrer Busenfreundin Mary, dem punkigen Mädchen aus L.A., unsere Bierflaschen auf ex geleert haben. Als alle schon leicht angetrunken sind, schleppt uns Alex zu der provisorischen Tanzfläche in Sara-Louises kleinem Wohnzimmer. Das Apartment ist gerammelt voll mit jungen Leuten. Anscheinend ist jeder Schüler aus dem »Programme Americaine« gekommen und dazu noch ziemlich viele Freunde von Anouk. Alex tänzelt zur Stereoanlage und dreht noch lauter.

Natürlich ist Olivia eine phänomenale Tänzerin – das war ja klar. Aber Alex schlägt sich auch nicht gerade schlecht. Man braucht nur zuzusehen, wie die beiden verführerisch ihre Hüften zum französischen Hip-Hop aus der Stereoanlage bewegen, und schon drängen sich immer mehr Jugendliche neben sie, drehen und wiegen sich im Takt.

Alex und Olivia tanzen rechts und links von mir. Dabei steht Alex mir zugewandt und krault mir den Nacken. Olivia reibt ihren Rücken an mir. Im Moment ist mir wahrscheinlich der Neid fast aller Jungs in diesem Raum gewiss.

Das wird mir dann doch zu viel. Dauernd habe ich Alex' Haare in den Augen und Olivia bringt mich immer wieder aus dem Gleichgewicht, wenn sie mich mit ihrem kleinen Hintern anstubst. Ich befreie mich aus Alex' Umklammerung und überlasse die beiden sich selbst.

»*Salut!*«, ruft mir eine von Anouks französischen Freundinnen zu und winkt mich zu sich auf die Couch. Ich setze mich neben sie auf die Lehne.

»Hi«, grüße ich sie und zwinge mich zu einem Lächeln. Sie ist sehr zierlich, mit einer süßen elfenhaften Frisur und Grübchen in den Wangen.

»Wie heißt du?«, fragt sie.

»Ich bin Zack«, sage ich und bemühe mich, freundlich zu klingen.

»Ah, also ein Amerikaner«, stellt sie fest. »Das habe ich gar nicht gemerkt.«

»Echt?« Wie schmeichelhaft.

»Du siehst ziemlich gut aus«, sagt sie und streichelt mir über das Gesicht. Dann nimmt sie einen großen Schluck Bier. »*Voulez-vous danser avec moi?*« Sie legt ihre Hand auf mein Knie.

Am liebsten würde ich über die Ironie des Schicksals lachen: Ein schönes Mädchen wirft sich mir an den Hals und will mit mir tanzen, während ich mir nichts sehnlicher wünsche, als dass sich mir ein schöner *Junge* an den Hals wirft.

»Nein danke. Ich hab im Moment nicht so Lust zu tanzen.« Oje, gerade ist wieder mein Südstaatenakzent durchgekommen. Passiert mir oft, wenn ich nervös bin, ohne dass ich es will.

Inmitten des ganzen Trubels im Wohnzimmer springen Olivia und Alex auf den Couchtisch. In glückseliger Trance dreht sich Olivia im Kreis, die Arme über dem Kopf. Ihr Kleid ist verrutscht und man sieht ihre gebräunten Schultern – ziemlich sexy. Alex, die wie eine Stripperin neben ihr kreisende Bewegungen macht, könnte man glatt für ein Rap-Video casten. Ihr Rock ist von ihrem Tanz so weit nach oben gerutscht, dass sie genauso gut in Unterwäsche weitermachen könnte.

»Kommt schon, küsst euch«, höre ich Drew rufen. »Nur ein Mal! Wir geben euch auch fünf Euro! Zehn!« Ein paar Typen um ihn herum lachen laut. Aber Alex und Olivia bekommen das gar nicht mit.

Die texanischen Zwillinge haben sich schmollend in die Ecke verzogen. Alex und Olivia machen die heißeste Show der Stadt. Trotz Pattys und Tinas frechem Anfangsauftritt (nicht zu vergessen, dass sie mit den zwei begehrtesten Typen aus dem Lycée gekommen sind) beachtet sie jetzt keiner mehr.

»Ich bin Tallis«, haucht mir das Elfenmädchen ins Ohr. Schnell und anmutig hievt sie sich auf meinen Schoß, ein Bein rechts und eins links von mir. Dann beugt sie sich hinunter und küsst mich auf die Lippen. Sanft zwar, aber sie will eindeutig mehr.

Holla. Mein Herz klopft. Ich sitze in der Falle!

»Tut mir leid – ich muss mal eben kurz weg – da drüben ist jemand, mit dem ich gern reden würde«, presse ich hervor.

Tallis ist so klein, dass ich sie mühelos hochheben und wieder zurück auf die Couch setzen kann. Sie reagiert total eingeschnappt und verschränkt wütend die Arme.

»Keine Sorge, *chérie*«, sage ich im Weggehen, auch wenn sie mich nicht hören kann. »Heute Abend gibt's noch jede Menge andere Kandidaten. Du wirst schon drüber wegkommen.«

Im Esszimmer trinkt Jay ganz allein ein Bier und schaut sich ein paar Bücher im Regal an.

»Hey Mann, wie geht's?«, sage ich und boxe Jay freundschaftlich in die Seite.

»Was läuft, Mann?«, entgegnet Jay und schüttelt mir die Hand. »Ich hab ja schon gedacht, du würdest eine Weile lang nicht mehr zum Luftholen kommen.« Er zeigt mit einem Kopfnicken hinter mich, auf Tallis. Hat er uns beobachtet?

»Ach so«, sage ich. Ich habe keine Ahnung, wie ich davon ablenken soll, warum ich mich nicht mit ihr einlassen konnte. »Sie war ziemlich heiß, aber ...« Aber was?

»Es ging einfach nicht?«, fragt Jay. »Ja, ich weiß, was du meinst.« Er lehnt sich mit dem Rücken ans Bücherregal.

»Ja?«, sage ich. Fast hätte ich mein Bier ausgespuckt. Kann das sein?

»Na klar, Mann. Ist mir auch schon passiert«, meint Jay lässig. »Falsche Person, falsche Zeit. Schon bald kommt jemand Besseres – garantiert.«

Ich habe ja eigentlich gedacht, dass Jay hetero ist, aber das hier ist einfach zu seltsam. Wäre es möglich, dass Jay auch schwul ist? Hat er deshalb »falsche Person« gesagt und nicht »falsches Mädchen«? Weil er weiß, wie es ist, wenn einen ein

Mädchen anmacht und man sich wünscht, es wäre ein Typ? Aber vielleicht habe ich auch nur ein Bier zu viel intus. Ich suche in seinem glatten kantigen Gesicht nach irgendeinem Hinweis.

Da ertönt urplötzlich ein lauter Knall aus dem Wohnzimmer. »Ach du Scheiße«, sage ich, bevor ich weiß, was überhaupt passiert ist. Das muss Alex sein – sie war schon betrunken, bevor die Party überhaupt losging. Und kurz bevor Tallis mich geküsst hat, habe ich gesehen, wie jemand Shots auf der Tanzfläche verteilt hat. Und wenn Shots rausgeholt werden, ist Alex immer so gut wie erledigt.

Ich schiebe mich durch das dichte Gedränge. Schockiert sehe ich Olivia – Olivia, die sich normalerweise immer unter Kontrolle hat – auf dem Wohnzimmerboden sitzen und hemmungslos weinen. Die meisten Tänzer sind zur Seite gewichen.

»Was ist passiert?«, frage ich. »Wo ist Alex?«

Schluchzend schüttelt Olivia den Kopf. »Ich bin – ich bin umgeknickt – bitte hilf mir auf, Zack ...«

Ich bücke mich und ziehe Olivia hoch, aber sie sackt sofort wieder in sich zusammen. Sie hat totale Schmerzen und kann ihren Fuß nicht belasten.

Jay, der direkt hinter mir steht, hilft mir, Olivia in die Küche zu bugsieren, um ihr dort eine kühle Eispackung zu verpassen. »Sieht so aus, als hättest du dir den Fuß verstaucht«, erklärt er mitfühlend.

»Das kann nicht sein! Neeeeeeeeeeeeeeeeiiin!«, heult sie.

»Ich bringe dich besser nach Hause«, sage ich und bete zu Gott, dass Jay mitbekommt, wie stark und toll ich aussehe, als ich Olivia auf die Straße trage, um dort ein Taxi anzuhalten.

Im Taxi döst Olivia weg. Als ich sie aufwecke, um mit ihr in ihr Zimmer hochzugehen, beginnt sie sofort wieder zu weinen. »Oh, Zack, jetzt werde ich mein Stipendium nicht schaffen«, sagt sie besorgt. »Und Brian ... und meine Zukunft ... ich hab euch das noch gar nicht erzählt, aber Brian ist Autist ... Und ich muss unbedingt dieses Stipendium bekommen, und zwar vor allem wegen ihm.«

Autist? Olivia hat noch nie erwähnt, dass ihr Bruder Autist ist. Und was hat das mit ihrem Stipendium zu tun?

»Livvy«, sage ich tröstend zu ihr, während wir in den Aufzug humpeln, »bald ist alles wieder in Ordnung. Morgen früh fühlst du dich bestimmt schon viel besser. Ich wette, dass nächste Woche alles wieder gut ist und du weitertanzen kannst!«

Aber eigentlich denke ich, dass sie den Fuß mindestens einen Monat lang schonen muss. Ich verwette die Taxikosten, dass sie einen guten Teil des Vormittags bei einem Arzt verbringen und sich alles andere als toll fühlen wird.

»Echt?«, fragt sie mich schläfrig, gibt mir ihren Schlüsselbund und lässt zu, dass ich sie in ihr Zimmer trage und aufs Bett lege.

Als ich ihr die Flip-Flops ausziehe und sie zudecke, schaue ich sehnsüchtig auf all die Bilder von Olivia und Vince an den Wänden.

Natürlich ist es furchtbar, sich gegenseitig so sehr zu vermissen, aber Vince und Olivia wissen gar nicht, wie gut sie es haben. Zu wissen, wirklich tief im Herzen zu *wissen*, dass es jemanden gibt, der einen mehr liebt als alles andere auf der ganzen Welt – wie sich das wohl anfühlt? Ganz sicher zu sein, dass man mit diesem Menschen im College und für den ganzen Rest seines Lebens zusammen sein will? Das übersteigt meine Vorstellungskraft.

Als ich wieder zum wartenden Taxi hinunterrenne, frage ich mich, ob Jay wohl gut nach Hause gekommen ist. Jetzt konnte ich mich nicht mal richtig von ihm verabschieden.

# 9 · ALEX

## *Alles minutiös geplant*

Ich war echt so erleichtert, als ich von Olivia gehört habe, dass PJ nicht zu Sara-Louises Party kommen kann, weil sie in der Dordogne ist. Aber jetzt, als Patty und Tina genüsslich alle mitgebrachten Zutaten für die Shots auspacken – Salz, Limonen, Tequila –, merke ich, wie blödsinnig es war, mir wegen PJs Sexappeal Sorgen zu machen. Es ist nämlich *Patty*, die gerade Salz auf Georges Hals streut. Patty ist hier die Konkurrentin.

Vielleicht ist mein Sehvermögen von den vielen Shots, die ich heute Abend gekippt habe, etwas getrübt, aber ich bekomme durchaus noch mit, dass George Patty nicht gerade von sich stößt.

Schnell gehe ich zu ihnen hinüber, noch bevor Patty ihre Zunge auch nur in die Nähe von *meinem* George bringen kann. Tina punktet deutlich bei Drew – die traut sich was! Dabei ist Drew doch ganz klar für *Olivia* vorgesehen – aber im Moment kann ich da leider nichts tun. Ich habe andere, weit wichtigere Dinge, um die ich mich kümmern muss. Und je mehr Zeit ich mit Drew verbringe, desto weniger finde ich, dass er als potenzieller Freund taugt. Er kann zum Beispiel einfach nicht mit diesem ewigen Getrommel aufhören. Auch jetzt hämmert er wieder auf die Küchenplatte. Tina scheint es total cool und irrsinnig spannend zu finden.

»Hey, Babe«, sage ich zu George und streiche zur Begrüßung über seinen Hals. Er riecht nach Old Spice – einem meiner Lieblingsdüfte. »Von dir habe ich heute Abend ja noch nicht viel zu sehen bekommen.«

Ist das zu fassen? Das war ja wohl ein Wink mit dem Zaunpfahl, aber Patty checkt es einfach nicht. Nachdem sie ihren Tequila nun ohne Salz gekippt hat, reibt sie ihren Hintern – oh, sorry, ist das etwa ihre Art zu tanzen? – zu schamlos an George, als dass ich dem noch länger tatenlos zusehen kann.

»Al!«, sagt George und schaut mich bewundernd an. »Du siehst heute Abend echt heiß aus. Was ist der Anlass?«

»Brauche ich einen Anlass, um dich anzutörnen?«, sage ich und drehe ihn so herum, dass Pattys Hinterteil seinen Abercrombie-Cargos nicht mehr so nahe kommt.

In Georges Augen blitzt leichte Überraschung auf, weil ich heute viel stärker rangehe als sonst: Bisher habe ich den Ball ja immer flach gehalten. Bei Jungs wie George muss man vorsichtig sein – mit so direkten Typen wie ihm mag vielleicht weniger Mist passieren, aber ich muss trotzdem darauf achten, mich immer wie eine Dame zu benehmen. Eine ordinäre Schlampe zieht seine Aufmerksamkeit vielleicht auf einer Party auf sich (siehe Beispiel A: der texanische Zwilling Patty reibt sich in Sara-Louises Küche an ihm), aber das ist nicht der Typ Mädchen (Beispiel B: ich), mit dem George in Paris seine Zeit verbringen möchte. Er braucht jemand *Kultiviertes,* mit *Klasse,* der sich ihm nicht auf einer Party an den Hals schmeißt.

Aber außergewöhnliche Umstände erfordern außergewöhnliche Maßnahmen. Je mehr Shots Patty und ihre nuttige Schwester trinken, desto wahrscheinlicher schmeißen sie gleich ihre Keuschheitsgürtel zum Fenster raus und verwickeln George und Drew in einen Sexskandal, den ich im Moment einfach nicht dulden kann.

Ich lege George meinen Arm um den Hals. »Was machst du denn hier mit Patty?«, frage ich in einem sinnlichen Flüsterton. »Ohne dich ist es so einsam auf der Party! Und dieses Apartment ist echt der Wahnsinn. Willst du mal die Aussicht aus dem Schlafzimmer sehen?«

Sara-Louises Apartment ist alles, nur nicht der Wahnsinn – es ist so eng und trist, dass ich mir gar nicht richtig vorstellen kann, wie hier vier Leute wohnen können, ohne dass sie sich gegenseitig an die Gurgel gehen. Aber vom Schlafzimmer von Sara-Louises Gasteltern aus blickt man auf den hell erleuchteten Eiffelturm.

»Das wäre es ja fast wert, sich das Schlafzimmer mit jemand anders teilen zu müssen, nur damit man den ganzen Tag und die ganze Nacht diese Aussicht hat«, scherzt George, als wir auf dem Bett hocken und den Blick auf uns wirken lassen. Die hellblaue Bettwäsche, auf der wir sitzen, ist von Ikea. Ich war noch nie bei Ikea, bis meine Cousine Emily aufs College wechselte und ich mit ihr und ihrer Mutter in einen Ikea in Elizabeth, New Jersey, gefahren bin. Emily wollte sich für das Studentenwohnheim ausstatten. Ich streiche mit meinen Fingerspitzen über den bedruckten Stoff und frage mich, wie es wohl wäre, mit George unter die Decke zu schlüpfen.

»Stell dir nur mal vor, hier am französischen Nationalfeiertag aus dem Fenster zu schauen«, sage ich. »Wenn das große Feuerwerk über der Seine zu sehen ist. Das muss himmlisch sein.«

»Total geil«, stimmt mir George zu. Er ist nur wenige Zentimeter von meinem Gesicht entfernt. Ich bin betrunken, klar, aber ich kann mich einfach nicht mehr beherrschen. Sein Moschusgeruch zieht mich magisch an. Ich drehe ihm mein Gesicht zu und setze meine Lippen auf seine, küsse ihn zärtlich und langsam.

George erwidert meinen Kuss genauso zärtlich. Wahnsinn, wie selbstsicher er ist, wie gut sich seine Lippen auf meinen anfühlen!

»Hey«, murmelt er, als unsere Lippen sich kurz voneinander lösen. »Nutzt du's gerade aus, dass ich betrunken bin? Hast du mich deshalb hierhergebracht?«

Ich kichere. Er ist echt so süß. »Na ja, schließlich war es ja nicht so, dass ich lange betteln musste. Du bist mir aus freien Stücken gefolgt.«

George trinkt einen Schluck von dem Whiskey Sour, den er sich in der Küche gemixt hat. »Stimmt«, sagt er. »Richtig.« Er küsst mich wieder, diesmal schon leidenschaftlicher. Ganz eindeutig: Er will zur nächsten Stufe übergehen.

Ich will nicht als Schlampe gelten, denke ich im Stillen, als wir uns zurücklegen. Ich starre auf die dimmbare Lampe und den Ventilator an der Zimmerdecke über uns und versuche, mir darüber klar zu werden, wie weit ich gehen soll. Da küsst George meinen Hals. Das fühlt sich irre an – endlich bekomme ich, was ich will. Und wenn ich es nicht tue, findet er ein anderes Mädchen, das es tut. Plötzlich sehe ich Pattys zu stark geschminktes Gesicht vor mir. Patty wird ihn kriegen, wenn ich es nicht tue.

Auch wenn ich natürlich keine bin, die sofort mit jedem Kerl ins Bett springt, habe ich doch stets sorgfältig ausgewählte Unterwäsche an – schließlich kann man nie wissen, wann einen die Leidenschaft übermannt. Unter meinem Poloshirt trage ich einen hellgelben sehr mädchenhaften BH. George fummelt unbeholfen vorne daran herum. Schließlich gibt er auf und lupft meinen Rock, sodass er meinen dazu passenden gelben Tanga enthüllt. Ich ziehe ihm das Shirt aus und streiche mit meinen Händen seinen glatten Rücken hoch und runter, dann lege ich ihm meine

Hände um die Taille, öffne seinen Gürtel und seine Cargohose.

»Mann, Alex, du bist echt *sexy*«, flüstert George, während er sich von seinen Boxershorts befreit.

»Warte«, sage ich, obwohl ich ihn nur höchst ungern unterbreche. »Wir brauchen ein Kondom.« Ich springe auf, um meine Tasche zu holen. Vor Aufregung bin ich ganz kribbelig.

Ich kann Georges Blick auf mir spüren und lasse mir extra Zeit bei der Suche nach dem Kondom, damit er ein bisschen warten muss – nur jene wenigen schmerzvoll-süßen Augenblicke, in denen sein Verlangen nach mir so übermächtig wird, dass er es einfach nicht länger aushalten kann.

Ich bin etwas zittrig und aufgeregt. Sei mutig, rede ich mir selbst gut zu, als ich zurück ins Bett krabble. Ich küsse ihn wieder, um meine Nervosität zu unterdrücken.

»Al«, sagt George und umfasst meine Taille. »Lass uns noch warten. Lass es uns noch nicht jetzt tun.«

Über uns drehen sich surrend die Rotorblätter des Ventilators. Durch die Tür dringen die Rufe und die Musik der Party. Es klingt so, als würden die Zwillinge versuchen, ein Beer-Pong-Spiel zu organisieren, und die jungen Franzosen – zumindest die, die noch auf dieser blöden, überfüllten Party geblieben sind – verstehen die Regeln nicht.

»Warum?«, frage ich beunruhigt. »Willst du warten, weil du mich magst … oder weil du im Moment einfach zu betrunken bist?«

George lächelt mit geschlossenen Augen. »Beides. Und jetzt komm her.« Er zieht mich zu sich und nimmt mich in die Arme.

»Oh«, flüstere ich zurück. Schon nach wenigen Sekunden schnarcht er mir ins Ohr.

Als ich aufwache, ist George verschwunden, und nur die Falten neben mir im Bett zeugen davon, dass er dagewesen ist. Einen Moment lang starre ich auf das blaue Bettzeug. Dann wickle ich mich in die Decke und humple im Zimmer herum, um mein Poloshirt, meinen Jeansrock und die zierlichen gelben Schuhe einzusammeln, die ich angezogen habe, um bodenständig und ungekünstelt zu wirken.

Na, wenigstens ist ein »Walk of Shame« in Paris besser als in New York. Die Sonne geht gerade auf, alle Bäckereien öffnen ihre Pforten, der köstliche Duft nach frisch gebackenem Brot und Croissants liegt in der Luft und ich kann mich *fast* selbst davon überzeugen, dass mit George alles so gelaufen ist, wie es sein sollte.

Wieder zurück in meiner eigenen Gastfamilie beim Place Cambronne versuche ich, meine Mom auf dem Handy anzurufen. In ihrer letzten E-Mail hat sie mir geschrieben, dass sie nach San Francisco fährt, um für eine Story für die *Luxe* in der kommenden Woche zu recherchieren. In San Francisco ist es noch früher Abend – sie dürfte eigentlich noch nicht schlafen –, aber sie muss bereits ausgegangen sein, denn sie geht nicht ran.

Nach dem Desaster der letzten Nacht – George ist eingeschlafen und zu allem Übel schnarcht er auch noch –, brauche ich unbedingt etwas Zuwendung und das sorglose Lachen meiner Mutter im Ohr. Außerdem hätte ich gern irgendeinen supertollen Rat, so was wie: Du wirst noch viele Liebhaber haben, Alex-Schatz. Aber manche von ihnen werden eben eine Enttäuschung sein.

Nachdem ich mir zum vierten Mal die Mailbox-Ansage meiner Mom angehört habe, wähle ich Zacks Handynummer.

»Was machst du gerade?«, frage ich ihn, als er gähnend

rangeht. »Ich habe ein Lokal ausfindig gemacht, in dem es sonntags amerikanischen Brunch gibt, genau, wie du es dir neulich gewünscht hast. Ich schick dir die Adresse per SMS – treffen wir uns gleich dort?«

Das Restaurant heißt lustigerweise Thanksgiving und ist so kitschig, wie es für amerikanische Diner typisch ist. Zack erzählt fröhlich plaudernd von lauter witzigen Episoden der Party: von Tallis, dem Elfenmädchen, wie Tinas Polyester-Minirock sich dauernd statisch aufgeladen hat und an ihr klebte, wie wild Olivia irgendwann mit mir auf dem Tisch getanzt hat, obwohl sie stocknüchtern war.

Zack brüllt vor Lachen. »Vor dem gestrigen Abend hatte ich ja keine Ahnung, wie sehr Patty George an die Wäsche will, aber jetzt – also, genauso gut könnte sie es in den Abendnachrichten von France 2 verkünden! Wie ist es denn eigentlich mit George weitergegangen, nachdem du ihn von ihr losgeeist hattest?«

»Hmm«, sage ich munter. »Wir haben's getan.«

»Nein!«, sagt Zack. »Wie *skandalös*, dass ich die ganze Zeit hier sitze, auf meine Pancakes warte und dir dabei zusehe, wie du diese schrecklichen Gauloises rauchst, ohne zu wissen, dass du und George es also *getan* habt! Wie konntest du mich nur so lange im Dunkeln lassen? Und, schwebst du jetzt im siebten Himmel?« Er sieht mich gespannt an. Seine dunkelbraunen Augen glänzen.

»Ach, Zack«, sage ich schwermütig. »Ich glaube, ich habe gestern meine Karten zu offen auf den Tisch gelegt.«

»Aber hallo!« Zack lacht laut auf. »Das klingt ja so, als hättest du *alles* offen auf den Tisch gelegt.«

»Klappe!«, sage ich mürrisch, auch wenn er recht hat. »Wir haben nicht mal miteinander geschlafen. Wir wollen … wir wollen warten.«

»Auf was denn?«, fragt Zack etwas verwirrt. »Warte mal kurz ... Fährt George nun auf dich ab oder nicht? Warum zum Teufel seid ihr dann diesen Schritt nicht gegangen?«

Ich kann ihm unmöglich die Wahrheit erzählen. »George mag mich sehr. Das weiß ich. Wir werden es auch irgendwann tun, aber das ist im Moment gar nicht so wichtig. Vielleicht – vielleicht liebt er mich sogar zu sehr, um schon jetzt aufs Ganze zu gehen.« Ich weiß nicht, warum ich das alles sage. Es klingt aber absolut stimmig, als es so aus mir rausprudelt. Ich nehme meinen Sekt Orange und trinke einen Schluck.

»Okay«, sagt Zack skeptisch. »Du weißt ...«

»Was?«, frage ich forsch. Ich drücke meine Zigarette aus und zünde mir sofort die nächste an.

»Pass auf dich auf. Ich meine, alles was du hattest, war ein bisschen betrunkenes Gefummel im Dunkeln. Du hast ein Herz, das man leicht brechen kann, *ma poupette*. Sei vorsichtig damit. O. k.?«

Mit einem abrupten Klappern stellt der Kellner unsere Teller mit Pancakes und Eiern vor uns ab.

Ich starre Zack wütend an. Was will er damit sagen? Ach, höchstwahrscheinlich ist er nur eifersüchtig.

Aber so leicht lasse ich bei George nicht locker, nur weil es mir vielleicht peinlich ist, dass er neben mir eingeschlafen ist – nicht jetzt, wo wir so kurz davor sind, ein Paar zu werden. Das alte Ich, das Brooklyn-Ich, wäre nach diesem Zwischenfall zu verlegen gewesen, aber das Pariser – ich weiß, dass es nicht vorbei ist. Es wird passieren, komme, was wolle.

# 10 · PJ

## *Versprechen und Verbrechen, Partys und Probleme*

»Also, *ich* an deiner Stelle hätte ja Sara-Louises Party nicht verpasst – nicht für alle Châteaus in Frankreich«, sagt Alex am Montagmorgen arrogant. Sie lehnt neben meinem Spind und gleich haben wir in der ersten Stunde M. Patons Algebra-2-Klasse (zum Glück – für uns alle – in englischer Sprache). Obwohl Alex noch ihre Sonnenbrille aufhat, sehe ich ihre kritisch hochgezogenen Augenbrauen.

Zack nickt zustimmend, während er in seiner Ledertasche nach seinem Algebra-2-Buch sucht. »Es war einfach fantastisch. Stell dir vor, *Olivia* hat auf den *Tischen* getanzt. Wie kannst du dir nur jemals verzeihen, dass du das hast sausen lassen?«

»Und wir haben Franzosen kennengelernt«, verkündet Alex angeberisch. »Wir haben Shots mit ihnen getrunken. Es war echt der absolute *Wahnsinn.*«

Ich schnappe mir mein eigenes Mathebuch sowie ein paar Bücher über Ingres, die ich Jay für unser Projekt zeigen wollte. Wir sollten erst mal ein bisschen was über unseren Künstler recherchieren, bevor wir dann in ein paar Wochen unseren Louvre-Ausflug machen. Außerdem möchte ich wirklich gern versuchen, ein Bild zu malen, um Sonderpunkte zu bekommen. Schon lange habe ich nicht mehr an einem Kunstprojekt gearbeitet – jedenfalls nicht mehr seit der abgeblasenen Hochzeit und unserer Fahrt nach Kanada.

Ich knalle meine Spindtür zu. »Klingt so. Aber wo ist Olivia denn dann heute Morgen? Ist sie von ihrem Tanz auf den Tischen am Wochenende so erschöpft, dass sie nicht zur Schule kommen kann?«

Zack spitzt seine Lippen. »Na, das würdest du wohl gern wissen, was?« Kommt es mir nur so vor oder wird Zack tatsächlich immer ein bisschen feminin, wenn er mit Alex zusammen ist? »Olivia – das musst du dir mal geben! – ist während ihrer kleinen Show-Einlage am Samstagabend vom Tisch *gefallen* und hat einen Bänderriss am Fuß. Sie wird für ein paar Tage nicht außer Haus können.«

»Oh nein!« Ich bleibe stehen und starre sie an. »Das ist nicht euer Ernst?«

Aber Zack nickt und legt seine Hand auf seinen hellblauen Pulli, dorthin, wo sein Herz ist. »Ich schwöre. Bei Gott.«

»Die arme Liv«, sage ich und werde ganz traurig. Dass so was Schlimmes ausgerechnet jemand so Nettem und Liebem passieren muss! Viel eher müsste doch Alex, die so gern Party macht, vom Tisch fallen. »Wie lange darf sie den Fuß denn nicht mehr belasten?«

»Sechs Wochen Minimum«, informiert mich Alex lässig und schiebt endlich ihre Gucci-Brille hoch. »Diese Woche muss sie auch nicht zur Schule, die Glückliche. Sie ist total mit Schmerzmitteln zugedröhnt. Na, du hättest jedenfalls echt dabei sein müssen. Hat sich der Ausflug in die Dordogne denn gelohnt?«

Als sie die Arzneimittel erwähnt, setzt mein Herz einen Schlag lang aus. Jedes Mal aufs Neue.

Wie können Alex und Zack nur so tun, als wäre das einfach eine neue Klatsch-und-Tratsch-Geschichte? Olivia muss am Boden zerstört sein – und außerdem zu Tode erschrocken. Was, wenn sie sich ihren Fuß für immer kaputt gemacht hat und sich nun nicht mehr für ihr Stipendium an der UCLA bewerben kann?

Ich will ja nicht egoistisch klingen, aber bei dem Gedanken an eine ganze Schulwoche ohne Olivia wird mir schwindelig. Sie ist hier meine einzige Verbündete. Außerdem wollte ich sie eigentlich fragen, ob sie nicht zu einem afrikanischen Volkstanz- und Trommelauftritt, von dem ich gehört habe, mitkommen möchte. Wenn überhaupt jemand von den Schülern im Lycée Interesse hätte, eine Band zu sehen, die nicht alle paar Minuten auf MTV gezeigt wird, dann sie.

»In der Dordogne war's schön«, antworte ich Alex vorsichtig, aber sie reagiert gar nicht. Sie trägt gerade neuen Lipgloss auf.

Die ganze Samstagnacht habe ich mich im Bett herumgewälzt und mich gefragt, ob ich wohl am Sonntagmorgen als Erstes mit einem Enthüllungsbericht über das geheimnisvolle amerikanische Pflegekind konfrontiert werde, das beim Magistrat von Périgueux wohnt. Ich war mir absolut sicher, dass ein Reporter Profit aus einer großen Story über mich und meine Eltern schlagen wollte und darüber, wie der gute Namen der Marquets dadurch für immer beschmutzt würde. Am Sonntagnachmittag hatte ich am Bahnhof von Périgueux alle Sonntagszeitungen überflogen, um sicherzugehen, dass keine Fotos von mir veröffentlicht worden waren, die die Paparazzi am Vortag geschossen hatten. Aber da war nichts, natürlich nicht. Ich lachte über mich selbst. Langsam werde ich echt paranoid.

»Es war sogar ganz toll«, erzähle ich Alex und ermahne mich innerlich, mich immer möglichst normal zu benehmen. »Das Château ist einfach unglaublich.«

Ich setze mich auf meinen Platz und suche meine Hausaufgaben heraus, um sie bei M. Paton abzugeben. Gestern Abend hatte ich allerdings Probleme, mich darauf zu konzentrieren. Ich weiß, dass es nicht gerade meine glorreichsten Hausaufgaben sind. Mir ging unaufhörlich im Kopf herum, dass ich dringend mit Dave sprechen muss. Das geht mir noch immer so. Die letzten Male, als ich versucht habe, ihn auf seinem Handy anzurufen, ist er nicht rangegangen.

»Olivia hat uns erzählt, dass dein Apartment sie total umgehauen hat, als sie mal bei dir zu Besuch war«, meint Alex und schnappt sich in der ersten Stunde den Stuhl direkt neben mir. Das macht sie sonst nie. »Es ist wohl total groß und beeindruckend.«

Zack setzt sich ebenfalls neben mich, auf die andere Seite. »Ich bin ja so gespannt, es mal zu sehen!«, sprudelt es aus ihm heraus. »Olivia hat uns erzählt, es wäre wie Klein-Versailles. Dort zu wohnen muss doch himmlisch sein. Wer hat es eingerichtet? Ist schon mal in irgendeiner Zeitschrift ein Bericht darüber erschienen?« Er schlägt die Beine übereinander, umfasst sein oberes Knie und ist ganz Ohr.

Kein Zweifel: Heute empfange ich schwule Schwingungen.

»Klein-Versailles?«, wiederhole ich zweifelnd. »Nein. Es gleicht eher einem ...«

»Einem Reich, das an Glanz verloren hat?«, sagt Zack fast schon atemlos.

»Ja, stimmt«, sage ich. Das trifft es genau. Das Apartment hat etwas von einem Museum, einem Relikt aus alten Zeiten.

Für das Château gilt eigentlich das Gleiche, wenn nicht sogar noch extremer. Die vielen Räume dort sind unterschiedlich gut instandgesetzt und in Schuss. Bestimmte Flügel in dem Haus waren tabu. Als Mme. Marquet mich am Freitagabend herumgeführt hat, haben wir alle Zimmer ausgelassen, die sie gerade renoviert – und das waren nicht wenige.

»Ich weiß genau, was du meinst«, sagt Zack. »Ich wette, das ist alles total göttlich. Ich bin echt so gespannt, es mal mit eigenen Augen zu sehen.«

»Fährst du denn dieses Wochenende wieder raus?«, fragt Alex direkt. »Wäre doch ziemlich blöd, wenn du dich schon wieder von uns abkapselst. Ich meine, wir haben uns ja noch nicht wirklich alle zusammengefunden. Manche denken wahrscheinlich schon, dass du gar nicht mit ihnen befreundet sein *willst.*«

»Das stimmt nicht«, protestiere ich. »Ich möchte nur einfach meine Gastfamilie kennenlernen. Aber nein, ich fahre nicht wieder übers Wochenende weg. Selbst wenn sie mich einladen, denke ich nicht, dass ich bis zum Louvre-Ausflug noch mal hinfahre. Ich glaube, ich sollte ganz viel für die Schule nachholen. Ich hinke bei fast allem hinterher.«

»Ah ja, das ist sehr gut«, sagt Alex. »Ich meine, alle bemühen sich im Moment so, sich gegenseitig kennenzulernen, dass sie dich nach einer Weile vielleicht sogar komplett vergessen würden. Und das willst du doch nicht riskieren, oder, PJ?«

Zack schüttelt den Kopf. »Nein, das willst du nicht, Mädchen. Wir sind ja gerade mitten im Gruppenbildungsprozess. Ich wette, du weißt noch nicht mal alle Namen.«

Ich blicke mich im Klassenzimmer um. Er hat recht. Ich kenne wirklich noch nicht alle Namen.

»Das da ist Katie Dinkus«, sagt er mit leiser Stimme und deutet auf ein gelocktes Mädchen in Jeans und einem lavendelfarbenen Pulli mit rundem Ausschnitt. »Katie kommt aus Ohio. Letztes Jahr hat sie in ihrer Schule eine Nonprofit-Organisation aufgebaut, die sich um minderjährige Mütter kümmert. Sie ist eine ziemliche Feministin.«

»Ach ja?«, frage ich. Klingt so, als wäre diese Katie sehr nett und als würde ich sie gern näher kennenlernen. Ich verstehe nicht, warum Zack so einen vorwurfsvollen Unterton hat.

»Na ja, auf der Party habe ich, als wir mit Sara-Louise Bierdosen gekippt haben, herausgefunden«, fährt Zack fort, »dass Katie Dinkus total auf diesen Doppelgänger von Justin Timberlake aus Orlando da drüben abfährt.« Er zeigt mit dem Kopf auf einen Jungen mit Bubigesicht, der in meinem Französischkurs ist und Robbie heißt.

»Das ist Robbie«, sage ich, um zu beweisen, dass ich nicht völlig ahnungslos bin. »Ich habe in Französisch mal bei den mündlichen Übungen mit ihm zusammengearbeitet.« Und darum weiß ich auch, dass Robbie davon träumt, eines Tages in einer Band zu spielen, und dass er früher in seiner alten Schule immer bei den Musicals mitgemacht hat. Ich weiß auch, dass er findet, Frauen sollten nicht arbeiten, sondern zu Hause bleiben und sich um die Kinder kümmern. Das hat er mir während einer merkwürdigen Übung, die unsere Französischlehrerin erfunden hatte, verraten. Da sollten wir alle unsere politische Haltung auf Französisch darlegen, damit wir irgendwann in der Lage wären, mit den französischen Schülern zu diskutieren, die uns vermutlich für unsere Überzeugung angreifen würden, falls sie sich jemals dazu herabließen, überhaupt mit uns zu reden. Diese Übung führte natürlich zum Ausbruch allgemeiner Anfeindungen.

»Na ja, er und Katie sind total sexgeil. Sie treiben es jeden Abend miteinander, weil Katies Gastmutter Krankenschwester ist und immer bis kurz vor Mitternacht arbeitet. Wetten, das hast du nicht von ihnen gewusst«, erzählt er mir.

Alex sieht mich an. »Es stimmt«, sagt sie ernst. »Sie treiben es jeden Tag. Aber in der Schule reden sie kein Wort miteinander. Sie tun so, als würden sie sich nicht mal kennen!«

Ich muss laut lachen. Ich schaue von Katie zu Robbie und

wieder zurück zu Katie. Unmöglich, dass die beiden ein Paar sind. »Das ist doch völliger Unsinn. Das glaubt ihr doch selbst nicht«, sage ich.

»PJ!«, schimpft Alex. Sie trägt frischen Lipgloss auf und presst danach ihre Lippen aufeinander. »Zack würde nie etwas weitererzählen, das nicht stimmt. Nicht wahr, Zack?«

»Ich schwöre auf das Grab des Vaters meines Vaters«, verkündet Zack mit einem albernen Näseln, »ich kann nicht lügen.«

Ich lache und lache – ich kann einfach nicht aufhören. »Was haben Robbie und Katie eigentlich damit zu tun, ob ich Party mache?«

»PJ«, sagt Alex und steckt ihre Schminktasche zurück in ihre Ledertragetasche, dann hängt sie sie über die Rückenlehne des Stuhls. »Wir erzählen dir das alles, weil wir deine Freunde sein wollen.«

Ich starre sie an. Vom ersten Tag an war Alex mir gegenüber eisig. Woher kommt dieser plötzliche Stimmungsumschwung?

»Ja, wirklich, Miss Penelope Jane«, unterstützt Zack sie. »Wir möchten, dass du weißt, dass wir dich nicht ausschließen wollen. Und am einfachsten könntest du dich integrieren, indem du ein geiles Willkommensfest in deinem Apartment organisierst. Alle besaufen sich bis zum Umfallen und werden miteinander warm und alles wird gut. Hast du nicht Lust?«

»Danke«, sage ich und meine es auch so. »Also, dass ihr mich nicht ausschließen wollt. Aber vor dem Louvre-Trip muss ich noch so viel aufholen.«

»Jetzt klingst du schon genauso wie Olivia, die auch immer alles *aufholen* will«, spottet Alex. »Was muss man hier schon lernen? In Paris dreht sich alles ums Leben. Um die

Liebe. Ums Lachen. Ums Spaßhaben. Und nicht um irgendeinen blöden Ausflug in den Louvre.«

»Louvre, Schmu-vre«, schaltet sich Zack ein. »Museen kann ich echt nicht mehr sehen.«

Wieder muss ich lachen. »Dabei waren wir doch mit der Schule noch in keinem einzigen. Habt ihr euch denn schon so viele auf eigene Faust angesehen?«

»Na ja, eigentlich nicht«, plaudert Zack aus. »Aber Alex war ja schon überall und außerdem ist mir das *echte* Paris lieber. Das Paris, das außerhalb von irgendwelchen ehrwürdigen *Institutionen* existiert.« Auch wenn er gerade überheblich tut, merke ich, dass Zack sich selbst auf die Schippe nimmt. In solchen Augenblicken bekomme ich immer Lust, ihn besser kennenzulernen – und sogar Alex. Beide sind wirklich witzig und ich beneide sie darum, wie sie Paris im Sturm erobern, ausgehen, in großen Restaurants essen und einfach aufspringen und tanzen gehen, wenn sie die Lust überkommt.

Genau genommen gehören sie sogar zu der Sorte Menschen, die ich gehofft hatte, hier kennenzulernen, sorglos und so begeistert von Paris wie ich. Aber bis jetzt war ich zu aufgewühlt wegen meiner Eltern und Annabel, um mir wirklich Mühe zu geben.

»Der Tag, an dem wir in den Louvre fahren, wäre perfekt!«, sagt Alex und die Armreifen an ihren schmalen Handgelenken klappern, als sie begeistert in die Hände klatscht. »Da können wir feiern, dass wir die schreckliche Exkursion überlebt haben.«

»Nein!«, keuche ich entsetzt. »Alex, *das geht nicht.*« Erst in diesem Moment wird mir klar, wie ernst die beiden es meinen. Es war ja gut und schön, mit ihnen rumzuflachsen, aber bei dem Gedanken, dass unsere gesamte Klasse kommt und das Apartment der Marquets womöglich in Trümmer legt, wird mir ganz schwindelig.

»Und warum nicht, zum Teufel? Es sind doch nur ein paar Leute und Zack und ich helfen dir auch hinterher beim Aufräumen«, beschwatzt mich Alex.

Genau in diesem Augenblick kommt Jay in die Klasse und setzt sich vor mich. Er dreht sich zu mir herum.

»Hey, Jay«, sage ich, bevor er mich wieder an unsere Lern-Verabredung erinnern kann. »Das mit diesem Wochenende tut mir total leid – ich war gar nicht in Paris.«

Ich sehe zu Zack und Alex hinüber, die noch immer gespannt auf meine Antwort warten.

Aus einer nervösen Anwandlung heraus beschließe ich plötzlich, aufs Ganze zu gehen. »Am Abend nach der Louvre-Exkursion kommen ein paar Leute zu mir, wenn du auch kommen möchtest? Also, um zu feiern, dass wir diesen Teil des Projekts geschafft haben.«

Jetzt klinge ich schon genau wie Alex, so als würde ich ihr alles nachplappern. Ich kann es selbst kaum fassen.

»Jay! Du musst unbedingt kommen«, sagt Zack, der den letzten Teil anscheinend mitbekommen hat, auch wenn er sich kurz einen Styroporbecher mit dampfendem Espresso geholt hat.

»PJ – super Idee. Jay, es wird bestimmt eine tolle kleine Party. Alex und ich helfen PJ dabei, das Ganze zu organisieren.«

Jay strahlt. Vielleicht mache ich ja langsam doch alles richtig. Vielleicht habe ich doch noch eine Chance auf ein ganz normales Leben.

Während M. Paton irgendeinen Lehrsatz erklärt, steckt mir Alex ein Zettelchen zu. *Du machst das Richtige,* steht darauf. *Stell dir vor, welche Geschichten sich Zack sonst über dich aus-*

*denken muss, wenn du nicht dabei bist und dich verteidigen kannst, so wie bei Robbie und Katie.*

Ich schaue sie an und verdrehe die Augen. Ich *wusste*, dass Robbie und Katie kein Paar sind. Das wusste ich einfach.

Und außerdem, wenn jemand Gerüchte über mich verbreiten wollte, müsste Zack sich gar keine ausdenken. Er müsste nur wissen, wo er suchen soll.

Bevor ich in der Mittagspause eilig nach Hause laufe, gehe ich noch auf einen Sprung im Computerraum vorbei, um meine E-Mails zu checken.

Es ist eine neue aus Vermont gekommen! Ich öffne sie sofort, nachdem ich mich vergewissert habe, dass keiner hinter mir steht. Sie stammt von Dave!

*PJ –*
*ganz schlechte Neuigkeiten. Es ist mir unangenehm, aber ich dachte, es ist besser, wenn Du es von einem Freund erfährst. Am besten sage ich es ganz direkt: Es geht um Euer Haus. Es wurde von der Bank beschlagnahmt. Ich nehme an, dass Deine Eltern mit der Hypothekenzahlung schon länger hinterherhinken. Gestern Morgen habe ich gesehen, wie lauter Sachen rausgetragen wurden – der Schaukelstuhl, den Dein Vater für Deine Mutter gebaut hat, und all so was. Übel, ich weiß. Wenn Du in diesem ganzen abgefahrenen Durcheinander mal was von Annabel hören solltest, sag ihr bitte, dass ich Euer Abiball-Foto von der Kommode aus Eurem Zimmer gerettet habe.*

*Wenn ich Deine Eltern mal spreche, sage ich ihnen, dass Du's von mir erfahren hast.*

*Tut mir leid, Dir so schlechte Neuigkeiten übermitteln zu müssen.*

*Peace,*
*Dave*

Ich starre auf den Bildschirm. Das muss ein schlechter Scherz sein – bestimmt war er mit seinen Freunden high und dachte, er spielt mir einen kleinen Streich oder so was. Mein Dad hat unser Haus mit seinen eigenen Händen aus Holzstämmen erbaut, auf einer Lichtung in der Nähe eines Bachs. Seit ihrer Hochzeit haben meine Mutter und er in der Hütte gelebt und dann, als wir für unsere Kinderbettchen auf der Sonnenveranda zu groß geworden waren, hat er einen Raum für Annabel und mich angebaut. Meine Eltern sprachen immer davon, dort zusammen alt zu werden, vielleicht noch weiter anzubauen und mir dann unter die Arme zu greifen, wenn ich dort eines Tages mal meine eigene Familie großziehen würde.

Wie auch immer, dieses Haus gehört meinen Eltern. Ehrlich und rechtschaffen ... Und doch sieht es jetzt so aus, als würde das gar nicht stimmen. Zu irgendeinem Zeitpunkt müssen sie wohl eine Hypothek aufgenommen haben. Vielleicht als sie wussten, dass die Kacke bald am Dampfen sein würde ...

Wie konnten sie nur so einen schrecklichen Fehler machen?

Ich war eigentlich immer stolz auf meine Eltern. Aber jetzt sitzen sie schmählich und mitleiderregend hinter Gittern, von der einen Tochter gemieden, von der anderen verlassen.

Ich achte darauf, mich ordentlich auszuloggen, dann stehe ich auf und gehe traurig zum öffentlichen Telefon an den Eingangsstufen des Lycées. Dave geht beim ersten Klingeln ran.

»Hast du schon was von Annabel gehört?«, fragt er gleichzeitig, als ich sage: »Ich habe deine E-Mail bekommen.«

»Nein«, sage ich. »Von Annabel habe ich nichts gehört.«

»Oh«, sagt er. »Na ja, ich hab dir alles, was ich weiß, in der

E-Mail geschrieben. Mehr kann ich dir nicht sagen, kein Silberstreif am Horizont. Ich hatte gehofft, dass *du* vielleicht gute Neuigkeiten hast.«

»Dann lass ich dich mal weiterschlafen«, sage ich und lege auf.

Als ich zu Fuß nach Ternes gehe, schwirrt mir die Frage im Kopf herum, was Annabel wohl mit ihrem Verlobungsring gemacht hat, dem kleinen Diamanten in der Goldfassung. Er war nicht genug wert, um ihn zu verkaufen. Ob sie ihn noch trägt? Ich wette, Dave denkt die ganze Zeit über dieselbe Frage nach.

Als ich die Tür zum Apartment aufschließe, rufe ich nach Sonia. Aber sie ist nicht da. Da ich keinen Hunger habe, gehe ich schnurstracks ins Wohnzimmer und lege mich auf den herrlichen Perserteppich, der den gesamten Wohnzimmerboden bedeckt, und starre zur Stuckdecke hinauf. Dies ist jetzt dein Zuhause, sage ich mir. Das alte Haus – egal, welche Erinnerungen daran hängen – ist nicht mehr wichtig. Es ist ein Haus voller Lügen.

Ich rolle mich auf den Bauch und streife dabei mit dem Arm über eine leichte Erhöhung im Teppich, in der Nähe von einem der Beistelltische. Ist mein Notizbuch vielleicht irgendwie unter den Teppich gerutscht?, frage ich mich beunruhigt. Schrecklich, wenn es irgendwie Sonia in die Hände gelangen und sie es den Marquets zeigen würde, ohne zu wissen, was für Dinge ich in meinen fiktiven Briefen an Annabel geschrieben habe. Aber auch alles andere, was ich Annabel geschrieben habe, sollten die Marquets lieber nicht zu Gesicht bekommen.

Ich greife nach der Teppichkante und ziehe den dünnen Gegenstand hervor. Als mir klar wird, was es ist, lasse ich es sofort entsetzt zu Boden fallen.

Es ist eine Porno-Zeitschrift mit dem Titel *18*. Unten auf dem Cover steht quer die Garantie, dass alle Mädchen, die in der Zeitschrift vorkommen, schon 18 sind und es damit legal sei, aber gerade mal so. Eines dieser Mädchen lächelt mich vom Umschlag aus an. Sie hat große Brüste, die aus einer kurzen karierten Schulmädchenuniform herausschauen.

Was soll ich tun? Unsicher springe ich auf. Ich kicke die Zeitschrift schnell wieder unter den Teppich und setze mich wie ein ganz normaler Mensch auf die Couch. Warum liege ich auch dauernd auf dem Boden? Wenn mich Mme. Marquet sehen würde, würde sie mich für einen noch größeren Freak halten als ohnehin schon.

Ich blicke zu einem Porträt von M. Marquets Ur-Ur-Ur-Großvater hoch, das über dem Kaminsims hängt. Mir dreht sich der Magen um, als ich mir plötzlich vorstelle, wie Alex es mit einem Filzstift verschandelt und eine Zunge hinmalt, die aus dem strengen Mund des alten Patriarchen hervorschaut.

Mir wird bewusst, dass ich die Marquets eigentlich überhaupt nicht kenne. Ich habe keine Ahnung, was für Menschen sie sind. Aber wer weiß, woher das Schundmagazin kommt? Wahrscheinlich ist die Sache gar nicht so seltsam, wie ich jetzt denke. Sagen das nicht immer alle über uns Amerikaner? Dass wir prüde sind und uns für den menschlichen Körper schämen? Und das Magazin lag ja schließlich nicht offen herum, sondern gut versteckt.

Trotzdem fühle ich mich nicht sonderlich wohl bei dem Gedanken, dass M. Marquet diese Zeitschrift besitzt. Ich bin siebzehn und werde dieses Jahr noch achtzehn. Habe also fast das Alter der Mädchen in der Zeitschrift. Ich habe einen Kloß im Hals. Soll ich wirklich alles aufs Spiel setzen – das einzige Zuhause, die einzige Familie und den einzigen

Schutz, den ich auf der Welt noch habe –, um eine blöde Party zu schmeißen? Nur damit ich kein so schlechtes Gewissen habe, dass ich Jay versetzt habe, obwohl ich es mit ihm ohnehin bloß halbherzig angegangen bin? Nur um zu Alex' Freunden zu gehören statt zu ihren Feinden?

Was würde meine ältere Schwester jetzt wohl an meiner Stelle tun?

Natürlich würde Annabel die Party geben. Und es würde die beste Party werden, die alle je erlebt haben. Und am nächsten Tag würde Annabel den ganzen Müll zusammenkehren, das Haus schrubben, bis alles glänzt, und keiner würde je etwas davon erfahren.

Denn wenn es etwas gab, worin meine Schwester gut war, dann darin, Anzeichen und Beweise zu verbergen.

# 11 · OLIVIA

## *Raison d'être – oder der Sinn des Lebens*

»*Bonjour!*«, begrüßt mich eine freundliche Stimme, als ich gerade aus dem Gitterfahrstuhl humple. »Olivia!«

Na toll, denke ich finster. Das hat mir gerade noch gefehlt! Ich bin müde vom Fußmarsch von der Schule nach Hause, müde von der vergangenen Woche, in der ich nun wieder in die Schule gehe und versucht habe, den witzig gemeinten Kommentaren darüber, wie ich mir meine Verletzung zugezogen habe, auszuweichen. Ich habe mich dazu gezwungen, gute Miene zum bösen Spiel zu machen, und habe die Scherze über mich ergehen lassen, aber innerlich koche ich vor Ärger und Schmach.

Es ist der Junge aus meinem Bett – Mme. Rouilles Sohn aus der Sorbonne. Ein abgegriffenes Notizbuch unter den Arm geklemmt, trägt er sein Fahrrad die Wendeltreppe hoch und schnalzt mitfühlend mit der Zunge, als er meine Krücken sieht.

Durch meinen Unfall auf Sara-Louises Party habe ich mir einen Bänderriss zugezogen, aber noch schlimmer als die hämmernden Schmerzen ist die erzwungene Ruhe.

Seit ich zehn war, tanze ich täglich mindestens vier Stunden nach der Schule. Als sich herausgestellt hat, dass Brian autistisch ist, haben mich meine Eltern gewarnt, dass sie mich vielleicht nicht mehr in den Ballettunterricht schicken könnten. Dann bemerkte der Tanzlehrer aber eines Tages, als meine Mom mit Brian auf mein Trainingsende wartete, dass Brian im Takt der Musik mit dem Fuß auf den Boden klopfte. Seine Betreuer dachten, dass nicht nur die Musik, sondern auch der soziale Aspekt, in meiner Klasse zu sein und sie zu beobachten, Brian half. Und so erlaubte mir meine Mom, so viele Klassen zu besuchen, wie ich wollte, und als ich schließlich so weit war, auf Spitze zu tanzen, war es um mich geschehen.

Es gibt nichts Beruhigenderes als *degagés* am *barre* zu zählen, keinen besseren Seelenbalsam als diesen Sekundenbruchteil bei einem *tour jeté,* wenn man wirklich fliegt. Das ist eine Freude, ohne die ich nicht mehr leben kann.

Aber in den letzten Wochen war ich dazu gezwungen.

»*Maman* hat mir erzählt, dass du dich verletztest«, sagt er besorgt und schiebt sein Fahrrad auf mich zu. Sein Englisch ist immer nur ein kleines bisschen daneben, genau wie bei seiner Mutter. »Ich glaube, ich habe mich noch gar nicht richtig vorgestellt: *Je suis Thomas Rouille.*«

»*Bonjour, Thomas*«, sage ich und beuge mich vor, damit er mich auf die Wangen küssen kann. »*Enchantée.*«

Natürlich gibt es jede Menge Fotos von Thomas in dem Apartment, aber was auf den Schulbildern wie schüchterne Trotteligkeit aussieht, scheint in Wirklichkeit genau Thomas' Charme auszumachen. In seinem grauen Dufflecoat und der pechschwarzen Cordhose entspricht er dem typischen Bild eines Wissenschaftlers: zerstreut, praxisfern, süß. Sein Gesicht ist so zart und niedlich, dass es fast schon hübsch ist. Seine lockigen Haare lassen ihn etwas jünger aussehen als einen Uni-Studenten, eher so, als wäre er in meinem Alter. Mit der freien Hand, in der er nicht das Fahrrad trägt, nimmt er meine Bücher.

»So. Wollen wir einen Tee zusammen trinken, ja?«, bietet er an und hält mir galant die Tür zu meinem – na ja, *unserem* Apartment auf.

* * *

Wie sich herausstellt, würde Thomas lieber zu Hause lernen als in der Uni. »Im Studentenwohnheim kann ich mich einfach nicht konzentrieren«, vertraut er mir an. »Wir diskutieren dort die ganze Zeit nur über Philosophie und schreiben nie an unseren Seminararbeiten. Ich komme hierher, damit ich endlich mal in Ruhe lernen kann!«

Ich lächle höflich. In Wahrheit habe ich mich noch nie sehr für die Schule interessiert, im Prinzip eigentlich immer nur dafür, dass ich die 3,6 GPA bekomme, die ich für mein Stipendium brauche. Wertvollen Schlaf zu verlieren, nur um über den Sinn des Lebens zu diskutieren, erscheint mir völlig überflüssig.

»*Maman* sagt, dass du eine wundervolle Tänzerin bist. Sie hat mir erzählt, dass sie bei deinem ersten Vortanzen damals zugesehen hat«, sagt er, als er Wasser für den Pfefferminztee aufsetzt. »*Elle m'a dit que tu es très douée.*«

Sie hat ihm wirklich erzählt, dass ich sehr begabt bin? Bei diesem Kompliment werde ich ganz rot. Dabei weiß ich eigentlich gar nicht, warum es mir so viel bedeutet, schließlich kommt es von jemandem, den ich kaum kenne. Ich fühle mich so seltsam, ich kann irgendwie gar nicht aufhören, auf seinen Mund zu schauen. Aber er ist der erste Mensch – abgesehen von unseren Lehrern –, der ab und zu französisch mit mir spricht!

An diesem Abend zieht mich Thomas auf, als ich aus meinem – seinem – Zimmer komme, um aufs Klo zu gehen.

»Es war so ruhig in der Wohnung, dass ich schon dachte,

du wärst eingeschlafen!«, neckt er mich von der Couch aus, wo er sich gemütlich eingerichtet hat. »Deine Freitagabende sind echt ziemlich aufregend, Olivia.«

»Ich habe gelernt«, informiere ich ihn. »Wir haben zum Halbjahresende einen großen Test, wegen dem ich ziemlich nervös bin. Und da habe ich mir noch mal alle unregelmäßigen Verben angesehen und die ganzen Tempi und alles –«

»Du lernst still in deinem Kämmerlein Französisch, ganz allein, wenn doch direkt vor deiner Tür Frankreich liegt? Du hast mit dir selbst französisch gesprochen, statt mit allen französischen Bürgern, die du kennenlernen könntest? Dazu bräuchtest du nur deine Bücher zuzuschlagen und dich ins Leben zu stürzen.« Thomas' Französisch klingt melodiös, als er mich so liebevoll aufzieht.

»Du findest also, ich sollte an einem Freitagabend ausgehen, um den Test zu bestehen?«, frage ich in meinem besten Französisch. Dann füge ich auf Englisch hinzu: »Von wegen! Du spinnst ja.«

»Ich sag doch bloß, dass es nicht schaden könnte, es ein bisschen mehr zu praktizieren«, entgegnet er.

Unsicher, was ich darauf erwidern soll, gehe ich zurück in mein Zimmer.

Mme. Rouille, mit ihrer herben, liebevoll-strengen französischen Art mir gegenüber, hat mich seit meiner Verletzung nicht allzu sehr verwöhnt. Ich hatte ihr erzählt, ich wäre die Treppe runtergefallen, als ich mit Zack im Kino war, aber ich merke, dass sie mir das nicht abnimmt. Mal abgesehen davon, dass sie mir meine Gassigänge mit den Zwergpudeln erlässt, bedient sie mich nicht gerade von vorn bis hinten. Ganz im Gegensatz dazu, wie sie es macht, wenn ihr geliebter Thomas kommt. Dann weist sie Elise immer sofort an, *sablés au citron* zu backen, Thomas' Lieblingsgebäck, und jeden Abend, bevor er wieder zur Sorbonne aufs linke Seine-Ufer rüberfährt, reichhaltige und nahrhafte *pot-au-feu* zu kochen.

Während seiner einwöchigen Semesterferien kommt Thomas täglich im Apartment vorbei. Ich frage ihn nicht, warum er nicht einfach in die Bibliothek der Sorbonne geht. Vielleicht ist die ja in den Ferien geschlossen. Aber so, wie Mme. Rouille um ihn herumwuselt, ist es auch kein Wunder, dass er die Bücher lieber an Mamas Küchentisch aufschlägt. Sie ist ganz aus dem Häuschen, Thomas wieder bei sich zu Hause zu haben, und sei es auch nur jeweils für ein paar Stunden. Statt mittags auswärts essen zu gehen und mit ihren High-Society-Freundinnen zu shoppen, lädt sie dauernd Leute zum Tee oder zu Cocktailpartys ein, damit die ihren genialen Sohn bewundern. Bis auf ein paar unbeholfene Fragen nach meinem Fuß kümmern sich Mme. Rouilles elegante Freunde nicht um mich.

Mittwochnachmittag sitzen wir in behaglicher Stille in der großen altmodischen Küche, er liest ein Medizinlehrbuch am massiven Holztisch und ich trinke einen meiner Karotten-Smoothies auf einem Hocker in der Frühstücksecke, während mein linkes Bein – das gesunde – unruhig zuckt. Auch wenn es noch einen Monat hin ist, schiebe ich totale Panik, wie schlecht ich auf den Final Comp vorbereitet bin. Beim Final Comp gibt es Fragen zu all unseren Fächern. Und den Ehemaligen des Programms zufolge, die mich wegen meiner Lycée-Bewerbung befragt haben, wird es das Härteste, was ich in meinen ganzen sechzehn Jahren jemals in Angriff genommen habe.

»Ich schreibe für mein Leben gern«, offenbart mir Thomas plötzlich aus dem Nichts heraus.

Fragend schaue ich ihn an. »*C'est bon*«, sage ich etwas zögernd. »Das ist ja toll.«

»Ich habe immer und überall mein Notizbuch dabei«, sagt er und hebt es hoch, damit ich es sehen kann. »Ganz egal, wo ich hingehe, den ganzen Tag über gibt es immer etwas, was ich aufschreiben möchte. Der Gesichtsausdruck der Kassiererin auf dem Fischmarkt – der Chor, der unten in der Saint-Germain-des-Prés probt – die Art, wie es sich anfühlt, im tiefsten Winter an der Seine entlangzuspazieren. Nicht mehr schreiben zu können – das wäre die Hölle für mich. So muss es für dich ... muss es für dich ohne das Tanzen sein, *non?*«

Ich starre Thomas an.

Kein einziges Mal in den letzten zwei Jahren mit Vince konnte er jemals so kurz und knapp zusammenfassen, was ich für das Tanzen empfinde, so wie Thomas es eben getan hat.

»Olivia!«, ruft mich Mme. Rouilles Hausangestellte Elisa aus der Eingangsdiele. »Alex ist da und möchte dich sehen!«

Während mir noch immer im Kopf herumgeht, was Thomas gerade gesagt hat, rufe ich zu Alex hinaus, dass wir in der Küche sind.

»Hey«, sagt sie und küsst mich auf beide Wangen. »Ich liebe Elises Outfit, echt.«

Elise trägt immer diese typisch schwarz-weiße Tracht eines französischen Dienstmädchens. Am Anfang konnte ich mich deswegen auch nicht mehr einkriegen.

»Aber hallooooo«, sagt Alex gedehnt, als sie Thomas entdeckt. »Du musst der geheimnisvolle Junge sein, den Olivia vor mehreren Wochen mal aus Versehen besprungen hat. Schön, dich endlich mal leibhaftig kennenzulernen. Dein Ruf für wilde Nächte eilt dir voraus.«

»Oh, Alex«, sage ich ungeduldig. »Setz dich. Magst du einen Tee?« Ich greife zu den dunklen Mahagonifächern über dem Waschbecken, um eine saubere Tasse und eine Untertasse runterzuholen.

»Wenn nur das im Angebot ist«, sagt Alex scherzend. Kaugummi kauend beugt sie sich über die Granittheke und starrt Thomas ganz offen an. »Auch wenn ich mehr Lust auf einen verruchten Martini hätte.« Alex wickelt sich ihren überdimensional großen Schal vom Hals. »Hör mal, ich bin hergekommen, um dir zu sagen, dass PJ am Wochenende eine Party gibt.«

»*PJ* gibt eine Party?«, frage ich ungläubig. »Du nimmst mich doch auf den Arm.«

»Ich schwöre auf meinen Hermès«, sagt Alex und berührt in gespielter Verehrung kurz ihren Schal. Das ist eine Ehrenbezeugung an ihre Heldin, die einzigartige Carrie Bradshaw. Sie schaut Thomas an. »So, und du bist also ...?«

»*Je m'appelle Thomas*«, antwortet Thomas mit einem amüsierten Lächeln.

»Na dann, Thomas«, sagt Alex mit einem unwiderstehlichen Strahlen. »Hoffentlich bis Samstagabend. Hör mal, vergiss den Tee. Ich kann nicht bleiben. In zehn Minuten treffe ich Zack in der Galeries Lafayette. Wir wollen uns was Neues für die Party aussuchen. *Au revoir*, ihr zwei Süßen!«

Als Alex auf dem Weg zur Tür die Eingangsdiele durchquert, knabbern die Zwergpudel an ihren Fersen.

»Tschau, Wau-waus!« Als Reaktion bellen die Pudel.

Ich höre, wie Elise Alex die Tür aufhält. Da sie anscheinend zu ungeduldig ist, um auf den Aufzug zu warten, hallt das Geklacker ihrer hochhackigen Chloé-Stiefel die marmorne Wendeltreppe hinunter bis zur Eingangshalle des Gebäudes.

»Olivia, hättest du was dagegen, wenn ich euch beide zur Party begleite? Ich würde gern deine Freunde kennenlernen«, sagt Thomas vorsichtig. Ich blicke erst aus dem Küchenfenster, dann wieder auf ihn. Dass er mitgehen, sich aber eigentlich nicht einmischen oder aufdrängen will, rührt mich. Was Vince wohl davon halten würde, dass Thomas mit zur Party kommt? Aber schließlich ist es ja nicht so, dass ich ihn eingeladen hätte.

»Ja klar«, entgegne ich, weil ich ihn nicht verletzen will. »Natürlich. Aber es sind bloß Leute aus der High School da. Unmengen von Amerikanern. Bist du dir wirklich ganz sicher, dass du mitkommen willst?«

»*Bien sûr!* Natürlich!«, bekräftigt Thomas. »Klingt so, als könnte es lustig werden.«

Es klingt tatsächlich so, als könnte es lustig werden. Ach, wenn doch Vince dabei sein könnte! Den Schulalltag und den Ballettunterricht ohne Vince zu überstehen, fällt mir nicht wirklich schwer, aber wenn ich mal was mit Freunden unternehme, fehlt er mir sehr. Vince ist auf Partys so witzig und immer mittendrin im Geschehen. Ich kann mich noch gut daran erinnern, als ich in der neunten Klasse seine Freundin geworden bin, wie stolz und glücklich ich war, dass mein Freund so bekannt und beliebt ist. Er lässt mich auch nie links liegen, wenn wir zusammen ausgehen, außerdem versucht er nie, mich dazu zu überreden, Alkohol zu trinken. Um elf hat er mich immer heimgefahren und ist dann noch kurz mit reingekommen, um meine Eltern zu begrüßen. Als ich so an ihn denke, wie er immer ums Auto herumgelaufen ist, um mir die Beifahrertür aufzumachen und mir beim Aussteigen zu helfen, wie er dann Händchen haltend mit mir den Fußweg zu unserem Haus entlanggegangen ist, und wie sicher und geborgen ich mich bei ihm gefühlt habe, überkommt mich große Sehnsucht und Traurigkeit.

Nach dem Abendessen begleite ich Thomas zur Villiers-

Metro-Station, weil ich vor dem Zubettgehen gern noch Vince anrufen möchte.

Auf dem Weg kommen wir am Lycée vorbei, auf dem Thomas anscheinend auch mal war, wie er mir erzählt. »Lass dich von ihnen nicht täuschen«, sagt er über die französischen Schüler. Ich habe mich ein bisschen bei ihm darüber beklagt, dass sie uns immer ignorieren und uns das Gefühl geben, Vollidioten zu sein. »Wir waren immer fasziniert von *les Américains*. Die werden schon noch auftauen.«

Hinter dem Parc Monceau wird das 17. Arrondissement, in Clichy, ein bisschen schäbiger. Hier geht es viel lebendiger zu als in Ternes, der Boulevard ist zu jeder Tages- und Nachtzeit belebt und voller Menschen. Als wir uns trennen, bekomme ich einen kleinen Schreck, als in einer Bar laute Jubelschreie ertönen. Die Menge ist begeistert von einem Fußballspiel, das gerade im Fernsehen läuft.

»Olivia«, ruft Thomas mir noch zu, bevor er die Treppe zur Metro hinuntergeht. »*Ça va bien?*«

»*Oui, bien*«, versichere ich ihm. Ja, mir geht es gut.

Ganz kurz huscht ein spitzbübisches Lächeln über sein Gesicht, ehe er in der U-Bahn verschwindet.

Ich bleibe kurz stehen, dann drehe ich mich umständlich mit meinen Krücken um und gehe zurück, wobei ich nach einem öffentlichen Telefon Ausschau halte. Noch immer kommt es mir komisch vor, Vince von Mme. Rouilles Telefon aus anzurufen.

Ich finde eines in der Nähe der Bar mit den Fußball-Fans.

Als Vince rangeht, kann ich ihn nur mit Mühe und Not über den Lärm aus der Bar hinweg verstehen.

»Bitte?«, frage ich und wende mich von der Bar ab zur Straße hin. »Kannst du das noch mal wiederholen?«

»Ich hab gefragt, wie es dir geht«, sagt Vince.

»Gut. Ich habe gerade erfahren, dass PJ am Wochenende eine Party gibt. Ist das nicht unglaublich?«

»Wer ist PJ?«, fragt Vince. »Ist das ein Typ?«

»Nein, Vince«, sage ich. Es nervt mich ein bisschen, dass er das vergessen hat. »PJ ist meine Freundin, weißt du nicht mehr? Die, von der ich dir erzählt habe, weil sie eine Zeit lang bei mir gewohnt hat?«

»Ach, das Hippiemädchen?«, fragt Vince. »Das ist cool. Wirst du was trinken?«

»Nein, Vince«, fahre ich ihn an. »Ich darf mich im Moment nicht betrinken. Mein Körper muss sich noch von dem Unfall im Kino erholen.«

Genau wie Mme. Rouille habe ich auch Vince erzählt, ich wäre beim Kinobesuch mit Zack gestolpert. Aus irgendeinem Grund dachte ich, er würde es sicher nicht allzu positiv aufnehmen, wenn er hörte, dass ich auf den Tischen getanzt habe. Und dann habe ich natürlich gleich hintergeschoben, dass Zack schwul ist, damit er sich keine Sorgen macht, warum ich mit einem anderen Typen ins Kino gehe. Dabei hat mir Zack eigentlich nie wirklich *gesagt,* dass er schwul ist, aber ich denke es mir einfach. Wenn man mit so vielen männlichen Balletttänzern Kontakt hat wie ich, bekommt man eine ziemliche Antenne dafür.

Dass ich diese Lüge wiederhole, macht mir mehr Gewissensbisse, als dass ich Vince so angefahren habe. In leichterem Ton fahre ich fort: »Ich finde es nur so überraschend! PJ ist einfach nicht der Partytyp.«

»Die Party klingt cool«, sagt Vince, ohne zu verstehen, worauf ich hinauswollte. Im Hintergrund höre ich Lärm und frage mich, was los ist.

»Ja, na ja«, entgegne ich. »Meine Telefonkarte ist fast alle. Ich mach besser mal Schluss. Lieb dich.«

Ich lege auf und humple nach Hause, wobei ich den ganzen Weg lang fröstle. Jetzt, nach Sonnenuntergang, ist die Herbstluft beißend kalt und ziemlich unangenehm.

Ich wünschte, ich könnte mit meiner Mom über alles reden. Früher haben wir immer alles zusammen gemacht: vom Nachtönen der Strähnchen bis hin zum Einkaufen. Jedes Mal, wenn ich einen Rat brauchte, konnten meine Mom und ich es besprechen. Sie war immer für mich da.

Am Freitagmorgen geht es mir zum ersten Mal, seit Sara-Louises Party – nein, sogar seit meiner Ankunft in Paris – so richtig gut. Ich schwinge meine Beine schon lange vor dem Weckerklingeln aus dem Bett, und als ich auf dem rechten Fuß auftrete, fühlt sich mein Gelenk stabil an. Es tut auch fast überhaupt nicht mehr weh.

Den ganzen Tag über gehe ich zwar noch auf Krücken, aber am Ende des Schultags belaste ich meinen Fuß mal probehalber ohne. Ich könnte wieder tanzen, denke ich. Ich sollte es zumindest versuchen.

Leicht verspätet schlüpfe ich in die Klasse, in einem schwarzen Trikot mit tiefem Rückenausschnitt und mit einem straffen Dutt hoch oben am Kopf. Als ich zusammen mit den anderen Ballerinas die *barre*-Übungen durchmache, sind meine Muskeln im Glücksrausch. Endlich wieder bewegen!

Trotz meines dreiwöchigen Fehlens in der Ballettklasse der Opéra, fühlen sich meine Arme leicht und anmutig an, meine Beine stark und kräftig.

»*Bon, bon, Olivia!*«, ruft die Lehrerin, als ich eine einfache Serie von Sprüngen ausprobiere, während ich mich mit beiden Händen am *barre* festhalte. Als wir in einer Reihe hintereinander schnell *piqué*-Drehungen quer über den glänzenden Holzboden machen, bin ich selbst überrascht, wie geschmeidig und gleichmäßig sich das nach so langer Zeit ohne Training anfühlt. Ich bin total fokussiert; mir wird überhaupt nicht schwindelig.

Am Ende des Unterrichts sehe ich zwar im Studiospiegel, dass mein Knöchel anschwillt, aber ich bin viel zu euphorisch, um zu merken, ob er wehtut oder nicht. Die Musik reißt mich mit, treibt mich an, immer weiter und immer weiter. Die Schlusskombination wäre sogar bei bester Gesundheit hart – es ist auch nicht ganz ungefährlich, wie sehr ich mich anstrenge.

Ein amerikanischer Lehrer hätte mir das nie so schnell nach einer Verletzung erlaubt, geht es mir durch den Kopf, während ich mich fröhlich immer rundherum drehe, genau wie ich es mir erträumt habe. Und zum ersten Mal, seit ich in Paris bin, tanze ich mit der ganzen Freude, mit der man Ballett eigentlich tanzen muss. Hier existiert kein Brian, kein Vince, kein Stipendium mehr. Es gibt nur noch mich und das wunderbare Paris – die Gesichter von Fremden, die Lieder, die aus geöffneten Fenstern dringen, der Wind von der Seine –, genau wie Thomas es gesagt hat. Während ich meine Beine in der Luft spreize und meine ganzen Sprünge und Drehungen ohne Fehler ausführe, bewegt mich dieses Erlebnis so tief, dass mir sogar ein paar Tränen über die Wange kullern.

Ganz plötzlich hört der Klavierspieler auf zu spielen und ich erstarre in der letzten Position. Schwer atmend merke ich, dass Thomas hinter mir steht, seine Hand am Gesicht, als hätte er ein Gespenst gesehen oder vielleicht auch einen Engel.

»Thomas!«, sage ich völlig entgeistert. »Was machst du denn hier?«

»*Maman* hat mich gebeten, hierherzukommen und dich

zu suchen«, entgegnet er. »Sie meinte, du darfst noch nicht tanzen.« Seine Miene ist streng und ernst. Es ist ihm anzumerken, dass er in ziemlicher Eile aus dem Haus gegangen ist. Trotz des windigen, regnerischen Tages draußen trägt er nur eine Windjacke über seinem zerknitterten T-Shirt und der langen Hose. Bei seiner Hetzjagd ins Tanzstudio ist Thomas ziemlich nass geworden. Ich habe ein ganz schlechtes Gewissen, dass ich mich heimlich in den Ballettunterricht geschlichen habe und Mme. Rouille ihn hinter mir hergeschickt hat. Genau wie ich atmet er schwer vor lauter körperlicher Anstrengung.

»Ich konnte nicht anders«, sage ich schlicht.

»Das war nicht zu übersehen«, entgegnet Thomas. Auf seinem Gesicht spiegelt sich eine Mischung aus Schreck, Staunen und Stolz. »*Tu es ravissante*. Wow.« Ich bin bezaubernd? Endlich breitet sich ein Lächeln auf seinem Gesicht aus und seine netten schiefen Zähne kommen zum Vorschein. »Als Medizinstudent sollte ich dir das aber eigentlich besser nicht sagen, oder?«

Ich schüttle den Kopf und lehne mich an ihn. »Ich freue mich so, dass du da bist«, sage ich. Es ist das erste Mal, dass ich Thomas berühre. Aus irgendeinem Grund erscheint es mir stimmig. Und mein Fuß beginnt nun wirklich wehzutun.

»*Allons-y*. Lass uns gehen.« Thomas führt mich zur Tür. »Ich glaube, du hast dein Gelenk für heute genug traumatisiert.« Auf seine Schulter gestützt, lasse ich zu, dass er mir die Treppen hinaufhilft und hinaus zum wartenden Mercedes.

# NOVEMBER

# 12 · ZACK

## *Vom Wünschen und Hoffen*

*AN: Chandler, Zachariah*
*VON: Randall, Pierson*

*Hey, Junge! Ist es nicht total abgefahren, endlich in Europa zu sein? Ich hab das Gefühl, eine Million Meilen von M-Stadt entfernt zu sein. Du nicht auch?*

*Sorry, dass ich bis jetzt noch keine Gelegenheit hatte, Dir auf Deine E-Mails zu antworten. Ich war hier in Amsterdam so beschäftigt … vor allem wegen meinem neuen Freund!*

*Ach, Zack, ich hab Dir bis jetzt noch nicht erzählt, was los ist, weil ich zu abergläubisch war, dass es vielleicht doch nicht klappt. Ich meine, ich und ein richtiger, echter, lebender Freund? Und doch habe ich Hannes vor ein paar Wochen in einem Klub kennengelernt … und er ist unglaublich … er ist 23 … total bodenständig, umwerfend UND er hat nichts dagegen, es langsam angehen zu lassen. Ich schwebe im siebten Himmel, Zack. Das kannst Du Dir nicht mal annähernd vorstellen. Außer … Du hast auch jemanden kennengelernt? Wenn nicht, dann kann ich Dir nur eins sagen: Probier's aus! Das ist unsere letzte Chance bis zum College, Bruder.*

*Organisier Dir einen Euro-Freund, solange Du noch kannst!*

Ich lese Piersons Mail ein zweites Mal, um sicherzugehen, dass ich auch alles richtig verstanden habe.

Bin ich in ein Paralleluniversum eingetreten? Ist Pierson Randall – der kleine pummelige Pierson, den ich schon kenne, seit wir uns in der Kinderkrippe der Christ's-Message-Baptist-Kirche kennengelernt haben – tatsächlich ausgezogen und hat einen Freund und Liebe und Sex gefunden, bevor ich jemanden getroffen habe, der auch nur annähernd für eine Verabredung infrage kommt?

Was mich so umhaut, ist, dass Pierson und ich immer alles zusammen gemacht haben. Wir sind gemeinsam zur Schule und zur Bibelklasse gegangen. Wir sind zusammen in der Kirche getauft worden, sogar zwei Mal. (Damals dachten wir beide noch, wir könnten vor dem Schwulsein davonlaufen. Ha!) Wir sind beide in der JV-Schwimmmannschaft. Wir haben am selben Tag unseren Führerschein gemacht und uns sogar gegenüber dem jeweils anderen geoutet, wohingegen wir es unseren Familien nicht erzählt haben. Wir sind wie Brüder. Das bedeutet natürlich, dass man Dinge, die vielleicht besonders nahe liegen, dass man sie gemeinsam macht – wie, *ähm*, die Jungfräulichkeit zu verlieren –, überhaupt nicht infrage kommen. Zumindest nicht *wortwörtlich* gemeinsam. Aber das heißt doch noch lange nicht, dass er mir nichts dir nichts nach Amsterdam flüchten und dort seine Jungfräulichkeit an irgendeinen dreiundzwanzigjährigen Sexgott verlieren kann, ohne dass ich hier in Paris das Gleiche tue!

Das entspricht einfach nicht dem natürlichen Gang der Dinge.

Vor allem, wo *ich* doch immer derjenige war, der mehr Selbstvertrauen hatte, der, den die Mädchen immer anriefen (natürlich erfolglos), der, den die ganzen Mütter der Schwimmmannschaft sich gern als Schwiegersohn gewünscht hätten. Pierson ist auf eine niedliche Art rundlich, mit dicken Brillengläsern und einem leichten Lispeln. Seine Kleidung ist immer zu groß, er ist ein hoffnungslos schlechter Tänzer und er hätte es auch nicht in die Schwimmmannschaft geschafft, wenn ich mir beim Probe-Staffelschwimmen nicht den Arsch aufgerissen hätte, um sein Schneckentempo auszugleichen. Ohne mich wäre er nicht mal in Amsterdam! Gleich nachdem ich mich im Lycée angemeldet hatte, ging Pierson los und hat irgendein zweitrangiges Programm in Amsterdam aufgetan, für das kein bestimmtes Sprachniveau erforderlich war!

Nicht falsch verstehen. Für diesen Jungen würde ich durchs Feuer gehen. Er ist mein ältester Freund und der Mensch, der mich nie enttäuscht oder im Stich gelassen hat. Aber es versteht sich von selbst, dass, wenn Pierson oder ich mal einen Schritt ohne den anderen machen, ich derjenige sein müsste, der vorangeht.

Zum dritten Mal lese ich Piersons Mail, ganz grün vor Neid, und logge mich dann schließlich genervt aus meinem G-Mail-Account aus. Als ich zu Alex rüberstampfe, die in der Ecke des Computerlabors auf der staubigen alten Couch fläzt, blickt sie vom Nägelfeilen hoch.

»Was ist?«, fragt Alex und springt auf. »Hast du eine Briefbombe bekommen?«, keucht sie erschrocken.

Eine *Briefbombe* wird von den Schülern des amerikanischen Programms eine E-Mail mit schlechten Neuigkeiten genannt, die umso schlimmer ist, da man ja eine Million Meilen von zu Hause entfernt ist. In einer Briefbombe hat Katie aus Cleveland erfahren, dass ihre Katze von einem Auto überfahren wurde und gestorben ist. In einer Briefbombe hat Drews Mom ihm mitgeteilt, dass sie seine Glasbong ganz hinten im Schrank gefunden und in Scherben zerschlagen hat, ehe sie sie weggeworfen hat. Andere Schüler sind von ihren festen Freunden oder Freundinnen verlassen worden, haben gehört, dass ihre Großeltern Krebs haben, oder haben sich ganz allgemein die Laune verdorben, indem sie ganz naiv ihre E-Mails gecheckt haben. Alex hat totale Panik davor, auch einmal so eine Briefbombe zu bekommen. In ihren Augen ist der einzige Nachteil, in Paris zu leben, der, dass es die Chance erhöht, aus heiterem Himmel und völlig unvorbereitet von schlechten Nachrichten aus der Heimat getroffen zu werden (statt eben alles auf ganz natürliche Weise mitzubekommen). Und wenn es etwas gibt, was ich über Alex gelernt habe, dann dass sie lieber sterben würde, als Dinge als Letzte zu erfahren.

»Nein«, seufze ich. »Keine Briefbombe. Jedenfalls nicht wirklich. Nur Pierson ... und sein neuer holländischer Freund Hannes.« Ich spreche den hässlichen Namen superhart aus, während ich mir vorstelle, wie Pierson ihn mit seinem gewollt holländischen Akzent artikuliert.

»Ach, Süßer«, sagt Alex und umarmt mich. »Klingt so, als sollten wir ein bisschen in die Galeries Lafayette gehen, um uns aufzuheitern.« Unlustig zucke ich mit den Schultern. »Ach komm schon.« Alex dreht meinen Arm und neigt kokett den Kopf. »Ich lade dich auch auf eine Latte oder eine heiße Schokolade im Maxim's ein.« Das Maxim's ist für Alex in der Galeries Lafayette ein Muss für Getränke aller Art.

Widerwillig lasse ich mich drauf ein, auch wenn ich weiß, dass es im berühmtesten Kaufhaus von Paris wieder total voll sein und es lange Schlangen vor den Kassen geben wird. Aber Zucker und viel Sahne sind im Augenblick vielleicht wirklich das Einzige, was mir guttut.

Auf dem Weg redet Alex nervös fast ohne Punkt und Komma über George. Das lenkt mich allerdings nur wenig ab, auch wenn es mein Ego ein bisschen aufbaut, dass, wenn nicht mal die fabelhafte Alex Nguyen sich nach zwei Monaten in Paris einen Freund angeln konnte, das dann wohl auch keiner von mir erwarten kann.

»Ich meine, gestern Morgen hat er den Rest von seinem *chocolat au pain* Patty angeboten!«, stöhnt Alex. »Und ich stand direkt daneben! Und an La Cinémateque Française darf ich gar nicht denken ...«

Letzte Woche ist Mme. Cuchon mit uns an einem Nachmittag ins berühmte französische Filmzentrum gegangen, um eine Vorführung des alten Films *Außer Atem* von Jean-Luc Godard anzusehen. Das war einer der seltenen außerschulischen Ausflüge, den Alex und ich mehr als die anderen genossen haben. Im Gegensatz zur Notre Dame, die überfüllt war und voller wichtigtuerischer Deppen, die sofort »Pssst!« machten, wenn man auch nur einen Mucks von sich gegeben hat, oder beim *Tour Eiffel*, wo Madame uns gezwungen hat, bis ganz nach oben zu laufen und ich Alex in ihren Stöckelschuhen praktisch tragen musste. Nein, *Außer Atem* zu sehen im kühlen, nüchternen Kinosaal im imposanten neuen Gebäude von La Cinémathèque Française, erbaut von Frank Gehry, war eine willkommene Abwechslung und endlich mal anspruchsvoll. Alex und ich saßen ziemlich aufgekratzt in der ersten Reihe. George setzte sich ganz nach hinten, um besser pennen zu können. Alex war fuchsteufelswild, jedenfalls so lange, bis sie von Jean Seberg abgelenkt wurde und es vorübergehend vergaß.

Ich denke kurz nach. »Wahrscheinlich hat George einfach gedacht, dass jemand wie du, der so dünn ist, seine Kaloriensünden verachten würde«, überlege ich laut. »Und Alex – macht das nicht sogar genau Georges Reiz aus, dass er eben wegen Godard und so weiter nicht ausflippt? Würdest du ihn nicht weniger mögen, wenn er sich nach der Nouvelle Vague verzehren würde?«

Wir hetzen an modischen Französinnen vorbei, an Verkäufern, die Touristen bescheuerte Souvenirs verkaufen, und an den ersten Weihnachtskäufern, die die kitschige Glitzerware durchsehen. Na ja, wenn man als Land nicht Thanksgiving feiert, kann man wohl auch nicht wissen, dass Weihnachtsdeko in der ersten Novemberwoche einfach geschmacklos ist.

»Du hast recht«, ruft mir Alex fröhlich im Weitereilen zu. »Echt total recht!« Sie fröstelt in ihrer leichten Marc-Jacobs-Militärjacke und der dünnen Jeans. »Okay«, sagt sie entschlossen, als wir das Kaufhaus betreten und die Menge anschauen, als wären wir Torreros, die in die Arena kommen. »Lass uns mal kurz bei den Jacken und Mänteln vorbeigehen, bevor wir ins Maxim's hochfahren. Ich brauche dringend noch was für den Winter, ehe ich mich zu Tode friere.«

Die Galeries Lafayette ist ein riesiges Kaufhaus, viel größer und edler als alles in Memphis. Alex lässt sich sogar dazu hinreißen, zu sagen, dass es besser sei als alle Geschäfte in New York. Von außen sieht die Galeries Lafayette aus wie ein Palast oder Museum, wenn man mal von den grellen Lichtern und der Werbung an der gemeißelten Fassade absieht. Drinnen ragen viele Boutiquen – Chanel, Gucci, Louis Vuitton – zur hohen Decke hinauf, einer großen runden, kathedralenähnlichen Glaskuppel. Alex flachst rum, dass sie hier sogar leben könnte, mit den ganzen Restaurants, dem Schönheitssalon und Spa, dem Reisebüro und allen anderen Serviceleistungen und Diensten, die den Kunden angeboten werden. Ich erwidere scherzend, dass sie ja praktisch schon hier wohnt – sie schlendert so oft hier durch, dass man das getrost behaupten kann.

»Der einzige Ort, der das übertrifft, ist nur Harrods«, erklärte mir Alex bei unserem ersten Ausflug hierher mit Nachdruck. Natürlich habe ich ihr lieber nicht erzählt, dass ich »Harrods« googeln musste, um herauszufinden, dass sich das Kaufhaus in London befindet.

»Ehrlich«, sagt Alex, als sie sich gerade eine kleine dunkelrote Reisetasche von Longchamp mit dazu passendem Schminkbeutel ansieht. »Wegen George und mir mache ich mir gar keine Sorgen. Es entwickelt sich toll zwischen uns. Wir lassen es langsam angehen, um uns erst mal kennenzulernen. Außerdem hatte ich wegen der Geburtstagsfeier, die ich im L'Atelier plane, auch kaum Zeit, mir große Gedanken wegen George zu machen. Möchtest du das haben?«, fragt sie plötzlich und zeigt auf die glatte schwarze Lederhülle für Pässe, die ich auf der Theke befingere.

»Natürlich! Die ist super!«, sage ich mit einem Lachen. »Aber sie kostet achtzig Euro.«

»Na und, was sind schon achtzig Euro? Du hast einen harten Tag hinter dir.« Alex tut den Betrag mit einem Schulterzucken ab und nimmt mir die Lederhülle aus der Hand. »Hey, gefällt dir das?«

Alex hält eine lange Strickjacke mit kleinem Kragen und Lederknöpfen hoch. Die perfekte Kombi zu Jeans und Stiefeln, im Gisele-Stil, um in der Stadt rumzulaufen, wenn man was besorgen muss und trotzdem gut angezogen sein will. Alex dreht die Jacke um, sodass wir sie von hinten sehen. Sie hat opahafte Ellbogenschoner aus Wildleder.

»Oh mein Gott!«, kreischt Alex. »Die sieht ja genauso aus wie die von PJ. Fort mit ihr – aus meinen Augen!« Sie wirft sie ins Regal zurück, als würde sie von Läusen wimmeln.

»Ach was«, sage ich. »Die Jacke ist doch süß. Du bist nur sauer, weil PJ den Trend gesetzt hat und nicht du.« Alle Mädchen im Lycée tragen in letzter Zeit lange, übergroße Opa-Strickjacken, genau wie die, in die sich PJ immer einwickelt. Mit Ellbogenschonern ist man zurzeit on top der Raffinesse.

Wir haben es noch kaum übers Erdgeschoss hinaus geschafft, da hat mir Alex schon die Longchamp-Passhülle gekauft, einen glitzernden neuen Camogürtel und eine sehr teure Haarcreme für meinen kunstvollen Strubbel-Look. Und das sind nur die Sachen für mich! Alex kauft sich das komplette Set Longchamp-Taschen (das sie, wie sie sagt, ganz dringend für die Klassenfahrt später im Jahr braucht), einen schwarzen Kaschmirschal mitsamt Mütze und Fäustlingen und mehrere Gesichtskosmetika vom Clinque-Stand für zu Hause.

»Aber Alex«, wende ich ein, als die Verkäuferin die letzte Ware abfertigt. »Du gehst doch jeden Monat zu Gesichtsbehandlungen in den Kosmetiksalon. Was willst du denn da mit den ganzen Kosmetika für zu Hause?«

Ungeduldig verdreht Alex die Augen. »Na, für zwischendurch!«, erklärt sie.

Als wir dann endlich auf der Rolltreppe sind, stopft mir Alex alle Taschen auf die Arme und widmet sich voll und ganz der Aufgabe, einen neuen Wintermantel zu finden.

»Hab ich dir eigentlich schon erzählt, dass ich rausgefunden habe, dass Jay ein Stipendium für das Lycée hat?«, frage ich Alex. Ob sie das wohl schon weiß?

»Ach echt?«, fragt Alex, ohne richtig zuzuhören.

»Ja«, sage ich, während ich zur Männerabteilung schlendere, angelockt vom weichen Wollgabardine der Winteranzüge an den Schaufensterpuppen. Was ist an Anzügen nur dran, dass sie jeden Mann einfach so viel attraktiver machen? »Nach der Winterpause darf er nicht wiederkommen, wenn er beim Final Comp nicht mindestens 90 Punkte schafft.«

Ein Verkäufer kommt langsam auf mich zu, aber ich schüttle kurz den Kopf, damit er weiß, dass ich mich nur umschaue und keine Hilfe brauche. Im Geiste sehe ich mich in einem dieser Anzüge: Ein eng sitzender Hugo Boss mit flotten kreidegrauen Streifen würde sicher *traumhaft* an mir aussehen, wenn ich das so sagen darf.

»Jay scheint irgendwie gar keine Mädels aus dem Programm anzubaggern«, rufe ich Alex zu, die noch immer zwischen den Gestellen mit Mänteln vergraben ist. »Ist dir das auch schon aufgefallen?« Aber sie antwortet nicht.

Ich gehe wieder zu Alex rüber, die gerade vor einem Spiegel steht und einen Stapel infrage kommender Einkäufe anprobiert. Alex meidet Umkleidekabinen – selbst wenn sie nicht nur einen Mantel einkauft. Einmal hat sie sogar einen BH mitten im Geschäft anprobiert! »Das macht man in Frankreich so«, erzählt sie mir immer, aber die französischen Verkäuferinnen wirken meistens ziemlich genervt.

Ich atme geräuschvoll aus. »Was macht so ein Junge? Als Single in Paris, ganz allein auf der Welt …« Ich versuche, fröhlich zu klingen, aber trotzdem schwingt ein harter Unterton mit – die Realität der Situation –, sodass ich etwas bitter und nörgelig klinge. Alex dreht sich weg und schiebt den Berg Wintermäntel, den sie nicht will, in die Arme der wartenden jungen Verkäuferin.

»Zack«, sagt sie mit einem schelmischen Glitzern in den braunen Augen. »L'Atelier ist furchtbar prachtvoll. Für die Party, die ich dort gebe, wirst du einen neuen Anzug brauchen.« Alex' Geburtstagsfeier ist in ein paar Wochen.

»Aber ich habe doch einen Anzug, Alex«, sage ich verlegen, weil ich plötzlich im Mittelpunkt stehe.

»Ich habe diesen Anzug gesehen, Zack, und wir wissen beide, dass du ihn gebraucht von deinem Dad bekommen hast, und er vielleicht für ein Rehabilitationszentrum oder Reintegrationsprogramm geeignet wäre. Schon allein vom Stoff kriege ich Ausschlag – vom Schnitt wollen wir erst gar nicht reden«, sagt Alex stirnrunzelnd. Sie zieht mich wieder zur Schaufensterpuppe im Hugo-Boss-Anzug und schnippt den Verkäufer herbei, den ich gerade verscheucht hatte.

»*Je voudrais que vous lui fassiez un costume Hugo Boss*«, weist Alex ihn an. Er soll mir einen Boss-Anzug anpassen? Mich schockt, wie gut ihr Französisch klingt. Muss mit den Luxuswaren zu tun haben, die uns umgeben. »Die Hose sollte eng geschnitten sein.« Der Verkäufer, ein junger etwas femininer Dandytyp, führt mich zu den Umkleiden und stellt mich auf das Schneiderpodest.

»Sehr eng«, betont Alex vielsagend mit einem Augenzwinkern, als der Verkäufer beginnt, meine Beininnenlänge abzumessen.

»*Je m'appelle Matthieu*«, sagt der Junge mit hoher, schriller Stimme. »In diesem Anzug werden Sie toll aussehen.«

Matthieu hüpft wie ein junges Fohlen um mich herum, nimmt meine Maße und schreibt sie auf. »*Très, très, très beau*«, säuselt er in meine Richtung, sodass kleine Tröpfchen von seinen Lippen spritzen. »Hehe«, kichert er, als er näher und näher an meinen Schritt kommt. »*Vous êtes nerveux*? Don't be!«

Ob ich nervös bin? In meiner Kehle bildet sich ein Kloß.

»Alex?«, rufe ich in Richtung des eigentlichen Verkaufsraums. »Alex, kannst du mich hören?«

Das findet Matthieu anscheinend urkomisch. »Alex?«, ahmt er mich nach. »*Où est Alex?*«

Im selben Augenblick, als Alex in der Tür zur Männerprobe erscheint, lässt Matthieu seine Hand geschickt zwischen meine Beine gleiten und zwickt schnell in meine Eier.

»Hilfe, Alex!«, schreie ich und krümme mich. So was Lustiges hat Matthieu wohl sein Lebtag noch nicht gesehen. Er schlägt sich auf die Oberschenkel und hält sich den Bauch, lacht sein entsetzlich schrilles mädchenhaftes Lachen.

Schnell schnappe ich unsere Taschen und verziehe mich wieder zur Oberbekleidung.

»Was war denn das?«, zischt Alex mit amüsierter Verwirrung. »Du hättest mit diesem Typ doch wenigstens ein bisschen fummeln können – gleich hier und jetzt. Er hat dich die ganze Zeit, seit wir hier sind, nicht aus den Augen gelassen. Ich dachte, du wolltest Action hier in Paris – ich dachte, du wolltest mit deinem Freund in Amsterdam gleichziehen!«

»Alex«, sage ich und versuche, den Frust in meiner Stimme zu unterdrücken. »Ich habe kein Interesse, auf diese Art Leute kennenzulernen. Danke für deine ... *Fürsorge*, aber so etwas hat mir nicht vorgeschwebt, als wir beschlossen haben, uns Pariser Freunde zu suchen!«

Doch wie immer hört sie gar nicht richtig hin. Sie springt auf eine Kleiderstange zu, die sie bisher übersehen hat, und hält sich die Mäntel vor, die daran hängen. »Zack ... oh mein Gott ... ich glaube, ich habe ihn gefunden«, stöhnt sie inmitten des Stoffbergs.

Und es stimmt: Alex hat *wirklich* den perfekten Wintermantel gefunden. Es ist ein himmlischer beerenroter Wollmantel von Dior mit großen runden schwarzen Knöpfen. Der Mantel ist fast im Retro-Look. Das Oberteil ist figurbetont, mit einem runden Kragen und einem gebundenen Gürtel um die Taille. Der untere Teil öffnet sich in mehrere Falten, betont dadurch ihre weiblichen Kurven und lässt sie wie eine leuchtend rote Sanduhr aussehen. Daraus ergibt sich eine Mischung aus skurrilem, trendigem und gutem Geschmack – mit anderen Worten: Alex pur.

»Wie viel kostet er?«, will ich wissen. Ich bin wirklich neugierig. Alex gibt regelmäßig mehr Geld in der Galeries Lafayette aus, als ich bei der Anzahlung für meinen Pickup letzten Herbst hingeblättert habe, als ich sechzehn geworden bin.

Ich starre auf den Mantel und warte auf Alex' Antwort. Plötzlich überkommen mich Gedanken, die absolut nichts mit dem Dior-Mantel zu tun haben. Etwas an Matthieu, die Art, wie mein Magen sich hob, als er mich berührte, ließ mich daran denken, wie es gewesen wäre, wenn Jay das gesehen hätte. Meine Gedanken sind automatisch zu Jay gewandert, zu seinen kurzen Haaren und seinem leicht verlegenen Lächeln. Ich habe mir ausgemalt, wie er eine Grimasse zieht à la: »Matthieu ist verrückt. Was kann man da schon machen? *C'est la vie.*« So ist Jay: total entspannt und selbstsicher.

Ich öffne meinen Mund und will gerade zögernd formulieren, was mir klar geworden ist. »Alex ... «

Doch sie denkt irrtümlich, dass ich sie vom Mantelkauf abbringen will. »Ich kann dir nicht sagen, was der Mantel kostet. Aber ich muss ihn unbedingt haben.« Eine Verkäuferin kommt zu uns und fragt Alex, ob sie den Mantel nehmen möchte.

»*Oui* – natürlich!«, sagt Alex und tätschelt liebevoll den roten Wollstoff in ihren Armen. »*Je le voudrais. C'est parfait* – der ist absolut perfekt.«

Die Verkäuferin führt sie zur Kasse. Während Alex darauf wartet, ihre Kreditkartenquittung zu unterschreiben, zieht sie sich gelangweilt einen Swarovski-Kristallreif über und bewundert ihn einen Augenblick lang.

Plötzlich schaut Alex zu mir herüber – ich schlendere noch immer bei den Mänteln herum. In ihren Augen liegt Panik, aber auch Verärgerung.

»Komm mal her«, sagt sie mit lauter Stimme. »Ich brauch dich. Diese Frau hier quasselt einfach viel zu schnell.«

Die Verkäuferin wendet sich ruhig an mich. »*Parlez-vous français?*«, fragt sie mich.

Ob ich Französisch spreche? »*Oui*«, sage ich. »Um was geht es denn?«

»Ihre Karte wurde nicht akzeptiert«, erklärt die Frau auf Französisch. »Hat sie vielleicht noch eine andere?«

»Hast du noch eine andere Karte?«, frage ich Alex. »Aus irgendeinem Grund funktioniert die nicht.«

Alex ist auf hundertachtzig. »Nein, ich habe keine andere Karte!«, brüllt sie mich an. Sie verschränkt die Arme vor der Brust und pustet sich den Pony, der ihr ins Gesicht gefallen ist, aus den Augen. »Die funktioniert aber, du Idiot! Wir haben sie schließlich schon die ganze Zeit hier benutzt!«

»Hmm«, sage ich. Ich sehe deutlich, dass Alex kurz vor einem Nervenzusammenbruch steht. Und das ist etwas, was man unter allen Umständen vermeiden sollte, koste es, was es wolle. Zum Wohle aller. »Manchmal sperrt die Bank eine Karte, wenn man zu viel an einem Tag ausgibt – dann denken sie, dass man sie gestohlen hat und gerade einen Großeinkauf tätigt. Du solltest den Mantel zurücklegen lassen und noch mal wiederkommen, wenn du das mit deiner Bank geklärt hast. Und, klingt doch gut, oder?«

Alex schiebt die Hände in ihre Taschen. »Fein«, sagt sie kurz angebunden. »Dann lass uns gehen.« Auf eine heiße Schokolade hat sie anscheinend keine Lust mehr.

Die Verkäuferin wirft uns ein gezwungen höfliches Lächeln zu und wickelt den Mantel in Seidenpapier, um ihn auf dem Regal mit den zurückgelegten Sachen zu platzieren. »*Au revoir*«, ruft sie uns hinterher, bis zuletzt auf gute Manieren bedacht. Wie alle Franzosen.

Zurück auf dem Boulevard Hausmann, unter den blinkenden Lichtern der Schaufensterauslagen, lacht Alex plötzlich laut auf und hält mir ihr Handgelenk unter die Nase. »Schau mal!«

»Alex!«, platzt es aus mir heraus. »Das ist nicht dein Ernst! Hast du den etwa *geklaut*?« Dabei sieht der Armreif gar nicht so aus, als würde Alex ihn unter normalen Umständen tragen. Er glänzt und wirkt billig, so als würde eine Cheerleaderin aus der 9. Klasse ihn zu ihrem Macy's Ballkleid zum Winterfest tragen.

»Und zwar direkt vor ihren Augen!«, kichert Alex. »Geschieht ihr recht. Ich meine, wie ungeschickt, oder? Sie ist zu doof, um rauszufinden, wie die Kreditkartenmaschine funktioniert – während ich es kaum erwarten kann, meinen neuen Mantel in Empfang zu nehmen! Wenn ich wieder hingehe, hoffe ich echt, dass ihr Vorgesetzter da ist. Dann sorge ich dafür, dass sie gefeuert wird.« Alex starrt wütend geradeaus und hat in ihrem hübschen Gesicht eine böse Stirnfalte.

Genau so sah sie auch aus, als sie früher am Nachmittag über George geredet hat – total in Aufruhr und ein bisschen durchgeknallt.

»Hey«, sage ich und zeige auf das Weihnachtsschaufenster. »Da ist dein Mantel.« Auf unserem Weg hinein haben wir ihn gar nicht bemerkt, aber die Schaufensterpuppe trägt den roten Dior-Mantel zu glänzend silbernen Schlittschuhen. Die Rückwand des Schaufensters ist mit altmodischen Schwarz-Weiß-Aufnahmen von Pärchen tapeziert: schemenhafte Silhouetten von Männern und Frauen, die sich küssen, Händchen halten und durch die Pariser Straßen tanzen.

Es gibt kein einziges Foto von zwei Männern oder zwei Frauen. Die ganze Romantik, alle luxuriöse Glückseligkeit ist Hetero-Pärchen vorbehalten.

Alex faltet die Hände vor der Brust, wie ein kleines Mädchen, das inbrünstig betet. »Ich möchte ihn so gern haben«, flüstert sie.

»Ich auch«, flüstere ich zurück, selbst wenn ich gar nicht genau sagen kann, was wir beide jeweils wollen. Und noch habe ich auch keine Idee, wie lange es dauern könnte, es zu bekommen.

Als die ersten winterlichen Schneeflocken auf die dunkler werdenden Pariser Straßen fallen, wimmert Alex und schlingt ihre dünne Jacke enger um sich. Es schneit nur ganz leicht, aber ich ziehe sie an mich heran, als wäre sie meine Freundin wie auf all diesen alten Fotos im Schaufenster, und umarme sie beschützend, während wir zur Metro-Station in der Nähe der Opéra gehen, deren Lichter hell in der trüben Nacht funkeln.

# 13 · ALEX

## *Auf dem Champs de Mars das Schicksal herausfordern*

Ich möchte sterben. Ganz im Ernst. Am liebsten würde ich mich von der Pont du Neuf hinunterstürzen. Im Computerraum, nach der Schule, zerstöre ich meine schöne Maniküre, zupfe und beiße zornig an meinen roten Fingernägeln herum und lese wieder und wieder die schreckliche E-Mail meiner Mom.

*AN: Nguyen, Alexandra*
*VON: Braun, Caroline*

*Liebe Alex,*
*stell Dir meinen Schock vor, als mich American Express anrief, um mir mitzuteilen, dass meine Karte gestohlen worden wäre. Stell Dir meine Scham vor, als ich ihnen erklärte: Nein, die Kosten sind nicht durch irgendeinen kleinen Dieb auf Einkaufstour verursacht worden, sondern vielmehr durch meine Teenie-Tochter, die man auf den Boulevard Hausmann, die Rue de Rivoli und nicht zu vergessen die Avenue Montaigne losgelassen hat. Richten die anderen 16-Jährigen in Deinem Programm genauso viel Schaden bei Colette an wie Du? Irgendwie werde ich das Gefühl nicht los, dass dem nicht so ist. Wie könnten sie auch? Wahrscheinlich ist nichts mehr zum Kaufen übrig, nachdem Du alle Regale durchstöbert hast.*

*Ich habe das Kreditkartenkonto sperren lassen, bis Du Dich im Umgang mit Geld als verantwortungsvoller erweist. Was Dein mageres Girokonto angeht, das zu meiner Überraschung fast abgeräumt ist, seit Du in Paris bist, werde ich Dir da nicht den Zugang sperren. Also wirklich, Alex! Wie konntest Du nur Dein Geld für das gesamte Jahr so schnell ausgeben?*

*Ich bin extrem enttäuscht von Dir. Ich hatte mehr von Dir erwartet.*

*CAB*

Ist sie geistesgestört? Ich kapiere das nicht. Meine Mom ist doch *selbst* schon in Paris gewesen. Sie hat hier mal *gelebt!* Wie kann sie so begriffsstutzig sein und nicht verstehen, wie viel man nun mal für ein Leben in Paris notwendigerweise braucht?

Bei Colette war ich nur ein Mal! Und das auch nur deshalb, weil *sie* mir davon erzählt hat. Und ich hab nicht mal alles bekommen, was ich wollte. Nur das Allernötigste, die zweifarbigen flachen Repetto-Ballerinas und die kleine Halskette in Form eines Totenkopfs, die ich für *Toussaint* wollte, den französischen Feiertag nach Halloween. Zack und ich hatten den Tag auf dem Friedhof *Père-Lachaise* verbracht, auf dem wir herumgestreift sind und uns gegenseitig hinter Gräbern aufgelauert und uns erschreckt haben. Da waren doch gute Accessoires wichtig!

*Also wirklich, Alex!*, äffe ich sie im Kopf nach, als ich mir zum hundersten Mal, seit ich sie gelesen habe, ihre E-Mail vergegenwärtige. Seit wann kümmert ausgerechnet sie sich um zu hohe Geldausgaben? So lief es nun mal: Mein abwesender Vater schickt einen lächerlich hohen Alimente-Scheck an meine Mom, den sie dann wiederum an ihren Bankfritzen gibt, um meine Rechnungen zu bezahlen. So war es schon immer. Ich habe keinen Vater und kein richtiges Familienleben. Stattdessen kriege ich eine riesige Garderobe und sämtliche Kosmetikbehandlungen, die ich will. Mit diesem Arrangement war ich immer sehr glücklich, und jetzt möchte meine Mom ganz plötzlich, zu so einem späten Zeitpunkt, wieder ihre Autorität in meinem Leben geltend machen?

Und wie sie ihre E-Mail mit ihren Initialen CAB unterschreibt, als wäre ich nur irgendeine ferne Bekannte und nicht ihre einzige Tochter! Als ich klein war, musste ich immer darüber lachen, dass meine Mom ein »Cab« war, ein gelbes Taxi, das uns nach einem langen Shoppingtag von Bloomingdales nach Hause fuhr. Caroline Ann Braun, die ihren Namen mit der Heirat nicht in Nguyen änderte, sodass sie ihn auch nicht rückändern musste, als ihr Ehemann sie verließ.

Zack spricht von meiner Mom immer in ganz respektvollem Ton – er nennt sie *die Gräfin, die Königin, deine ehrwürdige Mutter* und zwar stets mit seinem weibischsten künstlich-britischen Akzent. Was er wohl davon halten würde, dass die Grande Dame mir meine Lebensgrundlage gestrichen hat? Ich male mir aus, wie er mit vorgetäuschtem Mitgefühl mein Gesicht in seine Hände nimmt.

»Schätzchen!«, würde er schreien, sodass alle es hören könnten. »Was machen wir denn jetzt bloß? Wie können wir nur ohne die schwarze Amex mit den Joneses Schritt halten?«

Angesichts dieses möglichen Fortgangs verdrehe ich die Augen. Aber so weit wird es nie kommen, denn ich werde die ganze Sache geheim halten, bis sich alles wieder in Wohlgefallen aufgelöst hat.

Das sieht meiner Mom echt *so* was von ähnlich. Sie ist total sprunghaft und leidet unter extremen Stimmungsschwankungen. Wahrscheinlich ist das auch der Grund, warum mein

Vater sie verlassen hat. Ich muss es wohl einfach aussitzen und den Mund halten.

Also schlucke ich meinen Stolz runter und hacke eine Erwiderung in meinen BlackBerry.

*TUT MIR LEID, DASS DU UNANNEHMLICHKEITEN MIT AMEX HATTEST. LASS UNS DRÜBER REDEN, WENN DU ZUR MODEWOCHE NACH FRANKREICH KOMMST. HDL, AGN*

* * *

Es macht mich rasend, daran zu denken, wenn die American-Express-Faschisten nur *zehn* Minuten länger mit der Sperrung meines Kontos gewartet hätten, ich den Dior-Mantel schon in den Händen gehalten hätte ... dass ich ihn jetzt tragen könnte, während ich gerade die Rue du Faubourg-St. Honoré in Richtung des Chloé-Ladens hetze. Mir wäre *warm*. Aber so trage ich stattdessen ein Sweatshirt, das meinem achtjährigen Gastbruder gehört, unter meiner Marc-Jacobs-Jacke. Ich bete zu Gott, dass ich unterwegs niemanden treffe, den ich kenne!

Dabei bin ich diesmal gar nicht richtig auf Shoppingtour, sondern ich will versuchen, frühere Käufe zu Kapital zu machen.

An diesem Nachmittag habe ich Zack im Computerraum sitzen lassen und bin auf kürzestem Wege nach Hause gegangen, wo ich auf dem Bett lag und die Mix-CD anhörte, die mir Jeremy gebrannt hatte. Darauf ist auch mein liebster Abhänge-Song: *Just Like Jesse James* von Cher. Jeremy hat ihn eher aus Spaß draufgebrannt, aber Chers schwülstige Musik passt öfter zu meiner Stimmung, als man vielleicht meinen könnte.

Mit meinen riesigen Bose-Kopfhörern auf dem Kopf habe ich nicht gehört, wie mein BlackBerry anging – erst als ich aufstand, um mich auf Zigarettensuche durch den ganzen Kram zu wühlen, der in meinem Zimmer verstreut ist, habe ich das rote Blinken entdeckt, das immer eine neue SMS ankündigt.

Fast hätte ich einen Salto rückwärts gemacht, als ich gesehen habe, dass die SMS von George kam!

*Sollen wir uns treffen?*, lautete der Text – ziemlich schlicht und ergreifend. Als ich meine Zigaretten endlich oben auf meinem Bücherregal fand, zündete ich mir eine mit der einen Hand an, während ich mit der anderen George eine SMS zurückschrieb.

*Klar,* hackte ich mit dem Daumen in meinen BlackBerry. *Champs de Mars, 17 Uhr?*

*Cool,* kam fünf Minuten später die Antwort, als ich gerade verzweifelt meinen ganzen Kleiderschrank auf den Kopf stellte, um etwas zu finden, was schön – und warm genug – wäre, um es draußen zu tragen, da ich ja den Champs de Mars vorgeschlagen hatte. Der Park liegt nur ein paar Minuten von meiner Wohnung entfernt – also der perfekte Treffpunkt, damit mir viel Zeit blieb, um mich fertig zu machen.

Als ich meinen Schrank inspizierte, merkte ich, dass es darin ganz offensichtlich nichts gab, was für mein erstes richtiges Date mit George passte.

Hinten in meinem Schrank stand ein Paar schwarzer Chloé-Stiefel mit Lederabsätzen und einer bezaubernden Schnalle. Das Problem war, dass es sie in meiner Größe nur noch in Schwarz gab – und wann immer ich sie anzog, kam mir dauernd Aldo's in den Sinn. Keine Ahnung, warum mich meine Achthundert-Dollar-Stiefel irgendwie an die gefürchtete Kaufhauskette erinnerten, die von Vorstädtern und texanischen Zwillingen allerorten heiß geliebt wird, aber so war's.

Ich zog an meiner Zigarette und dachte fieberhaft nach. Wenn ich bis um 16 Uhr bei Chloé bin, die Stiefel zurückgebe und dafür einen Gutschein bekomme, bis 16.30 Uhr ein neues Kleid ausgewählt habe, es dort gleich in der Umkleide anziehe, und mir an einem der Straßenstände einen Paschmina greife, um ihn über Kleid und Jacke zu tragen, kann ich um 17.05 Uhr sexy auf einem Karussellpferdchen mitten auf dem Champs de Mars sitzen, wenn George, wie fast alle Jungs, ein paar Minuten zu spät aufkreuzt.

Als ich unter meinem Bett wühlte (wo ich für Notfälle wie diesen meine Quittungen in einer Kiste aufbewahre – meine Mom hat mich gelehrt, niemals, wirklich niemals eine Quittung wegzuwerfen), fand ich das braune Sweatshirt des kleinen achtjährigen Sébastien. Wie war *das* denn da hingekommen? Fleckig, aber doch irgendwie auch ganz süß in seinem Boho-Stil, das bei diesem herbstlichen Kälteeinbruch ganz nützlich sein könnte. Ich schnappte es mir, rief meiner Gastmutter nervös ein Tschüs zu und rannte dann zur Cambronne-Metro-Station. Bitte, bitte, bitte mach, dass Chloé diese blöden Made-in-China-Stiefel zurücknimmt!

Um Zeit an der Kasse zu sparen, wähle ich erst das Kleid aus, das ich im Austausch für die Stiefel haben will, bevor ich sie zurückzugeben versuche. Es ist ein kurzes schwarzes Etuikleid aus echter Wolle, das nicht zu eng sitzt, mit einer Binde um den Hals. Dazu schnappe ich mir eine cremefarbene Spitzenstrumpfhose aus Wolle, dann stürze ich schnurstracks zur Kasse, damit ich hier endlich rauskomme – ich habe schon viel zu viel Zeit damit vertan, mich zwischen dem schwarzen und dem braunen Kleid zu entscheiden …

Plötzlich knallt mir etwas gegen die rechte Wange und ich

merke, dass ich gegen Sara-Louise geprallt bin, die einfach so, ganz unschuldig, mitten im Chloé-Laden steht, als würde sie dort jeden Tag einkaufen. Bei ihr sind Mary, das tätowierte punkige Mädchen aus L.A. mit den kurzen, zuppeligen schwarzen Haaren, und Sara-Louises Gastschwester Anouk, die ich von ihrer Party her kenne.

»Na, hallo, Alex!«, begrüßt mich Sara-Louise fröhlich und füllt mit ihrem schleppenden South-Carolina-Akzent die ansonsten stille Boutique. Mary lächelt mich höflich an und die Gastschwester mustert mich leicht argwöhnisch von oben bis unten.

»Was macht ihr denn hier?«, frage ich völlig überrascht. »Ihr kauft doch hier nicht etwa ein!?«

Mary schnaubt. Dabei wollte ich gar nicht so frech klingen.

Sara-Louise schaut zu ihrer Gastschwester hinüber. »Anouk bewirbt sich nächstes Jahr bei Modeschulen. Wir sind hergekommen, um Anregungen für ihr Portfolio zu kriegen. Was holst du dir denn da?« Sara-Louise verschwindet fast in der großen Tüte mit den Stiefeln, die ich in der Hand halte. »Sind das nicht die Stiefel, die du letzte Woche in der Schule getragen hast?«, fragt sie. »Gibst du sie zurück? Und tauscht sie gegen dieses Kleid um?« Sie hält das Kleid hoch, damit sie es besser begutachten kann. »Oh, Alex, aber die beiden Sachen würden so gut zusammenpassen. Bring die Stiefel nicht zurück – kauf nur das Kleid und trag sie dann zusammen!«

Mary und Anouk nicken zustimmend.

»Pssst!« Nervös sehe ich zur Verkäuferin hinüber, vor der sich langsam eine kleine Schlange bildet. »Nein!«, sage ich und reiße mich abrupt von ihnen los. »Ich muss diese Stiefel zurückgeben. Ich brauche keine Stiefel mehr.« Ich strecke mein eines Bein aus, um ihnen die Reitstiefel von French Connection zu zeigen, die ich anhabe. »Seht ihr?«

Zum Glück ist die Verkäuferin zu sehr im Stress, um sich wegen der bereits getragenen Stiefel herumzustreiten. Kurzzeitig bringt sie mich völlig aus dem Konzept, als sie etwas auf Französisch sagt, das ich nicht verstehe. Aus Angst, herauszufinden, was sie von mir wollte, und weil ich auch nicht in der Verfassung bin, zuzugeben, dass ich es nicht verstanden habe, lächle ich nur und nicke. Aber was immer es auch war, sie wickelt die Transaktion schnell ab und scheucht mich in eine Umkleide, als ich schon dabei bin, mitten im Laden aus meiner Jeans zu schlüpfen, um das Kleid über mein dünnes graues langärmeliges C+C-California-T-Shirt überzustreifen, die Strumpfhose und am Schluss auch meine Stiefel wieder anzuziehen. Sébastiens Sweatshirt, das ich mit offenem Reißverschluss über dem Kleid trage, verleiht mir den niedlichen zerzaust-verstrubbelten Look eines Abercrombie-Models. Meine Mom würde das »high-low« nennen, der Terminus der Modefans für die Art und Weise, wie Französinnen Haute Couture zusammen mit heruntergesetzter Kleidung von der Stange tragen. Der Stil ist gar nicht so einfach zu beherrschen.

Um genau 17.03 Uhr steige ich aus dem Taxi, das ich mir geleistet habe, damit ich schneller bin (wodurch ich die zwanzig Euro ausgegeben habe, die ich eigentlich bräuchte, um für den Rest der Woche meinen Zigaretten- und Kaffeekonsum zu finanzieren) und rase zum Champs de Mars, während der Eiffelturm hoch über meinem Kopf aufragt.

Das Karussell steht ein ganzes Stück weiter hinten im Park, der sich vom *Tour Eiffel* bis zur *École Militaire* erstreckt, als ich es in Erinnerung habe. Während ich die sandigen Wege entlangrenne, die die Grünanlage im Stil des achtzehnten

Jahrhunderts gliedern, schlucke ich schwer und erinnere mich an die Zeiten, als ich als kleines Kind hier war, so klein, dass ich sogar das Gefühl habe, mal mit meinem Dad hier gewesen zu sein, von dem ich immer so tue, als hätte ich keinerlei Erinnerung an ihn. Ausgerechnet das Karussell … warum nur habe ich das Karussell für ein Rendezvous mit George gewählt? Hier bin ich nicht mehr gewesen, seit ich ein zweisprachig aufwachsendes Kleinkind mit Zöpfchen in einem rosa Sonntagskleidchen war, umringt von bewundernden französischen Großeltern, Tanten und Onkeln. Die ganze Flirtlaune und Wiedersehensfreude ist plötzlich dahin – ich fühle mich wieder wie ein kleines schüchternes Mädchen.

»Al«, dringt da Georges tiefe, bedächtige Stimme von einer schattigen Bank in der Nähe des Karussells zu mir. »Du bist zu spät.«

Ich schnelle herum.

»Hey«, sage ich und beiße mir auf die Lippe. Ich hatte gewollt, dass er mich anders sieht – nicht so erschöpft, nicht so abgehetzt.

George klopft mit der Hand neben sich. Im schwindenden Abendlicht kann ich sehen, dass er in einem dunkelblauen Dufflecoat mit Kapuze und einer grauen Mütze mit Krempe über den dunklen Augen eingemummelt ist. Sein fachmännisch gebundener gerippter Schal lässt ihn ziemlich französisch wirken.

Er sieht einfach wahnsinnig gut aus. Ich kann mich fast nicht neben ihn setzen, aus Angst, dass ich diesen perfekten Augenblick, in dem er mich will, ruiniere. Vorsichtig trete ich einen Schritt nach vorne und mustere ihn, er wiederum mustert mich.

»Ich beiße schon nicht«, versichert mir George. »Na ja, jedenfalls nicht *fest*.«

Noch immer nervös und angespannt, stehe ich vor ihm.

»Versprichst du's?«, frage ich. »Ich komme nicht näher, ehe du es nicht versprichst.«

»Na komm schon her«, drängt mich George.

»Los«, sage ich. »Erst musst du mir versprechen, dass du mir nicht wehtust.« Eigentlich ist es nur Spaß, aber es kommt seltsam rüber. Was ich gesagt habe und wie ich es gesagt habe, hängt noch eine Weile zwischen uns.

Urplötzlich springt George auf, packt mich und wirft mich über seine Schulter. Vor Freude kreischend, trommle ich kopfüber hängend mit den Fäusten auf seinen Rücken. »Lass mich runter!«, heule ich.

Er dreht mich herum. »Sag mir erst, dass es dir leidtut, dass du zu spät gekommen bist!«, ruft er neckend. »Du hast mich so lange warten lassen!« Langsam lässt er mich von der Schulter rutschen, bis wir einander, noch immer umschlungen, aufrecht gegenüberstehen. »Ich hab dich vermisst«, sagt er, als unsere Augen schließlich auf derselben Höhe sind.

Während er noch immer seine Arme um mich gelegt hat, setzen wir uns auf die Bank. Ich schmiege meinen Kopf in seine Schulterbeuge. »Was hast du denn gemacht, während du auf mich gewartet hast?«

»Ich habe nachgedacht«, witzelt George mit ernster Miene. »Über den Sinn des Lebens.«

»Und was ist dabei rausgekommen?« Ich kann dem sauberen, seifigen Geruch seines Nackens nicht widerstehen.

»Sex«, flüstert mir George ins Haar. »Das ist das Einzige, was in dieser verkorksten Welt Sinn macht.« George lässt seine eiskalte nackte Hand unter meinen Rock gleiten und auf meinem Oberschenkel liegen.

Ich hatte gerade meine Augen geschlossen, um die Ereignisse des Nachmittags davongleiten zu lassen und zu spüren, wie mein Körper sich an George schmiegt und wie schön es ist, neben ihm zu sitzen. Aber George scheint anderes im Kopf zu haben. Ich blicke auf. Seine braunen Augen schauen in meine, funkeln vor Wärme, guter Laune und Sexappeal.

Gott, er ist echt der Knaller!

Ich sehe mich nach Schaulustigen um, erblicke aber niemanden, der Interesse an uns hat, und rutsche auf Georges Schoß, während er seine Hände fest um meine Hüften legt. Ich küsse ihn mit der vollen Wucht meiner Leidenschaft. Wortlos versuche ich, ihm so viele Dinge zu sagen – dass er lieb zu mir sein soll, dass ich weiß, dass er mich am meisten von allen mag, dass ich wieder und wieder mit ihm schlafen möchte, aber niemals betrunken in einem fremden Schlafzimmer.

Langsam wird es ruhig auf dem Champs de Mars – das Karussell stellt seine unheimliche Zirkusmusik ab, die Dunkelheit gleitet über den Park auf den glitzernden *Tour Eiffel* zu.

George, der an meinen Lippen knabbert, versteht alles. Doch, ja. Er verspricht, alles zu sein, was er für mich sein soll. Während er mit seinen Fingern leicht über meine Schenkel und meine Unterwäsche streicht, stöhnt er ein bisschen, weil er mich so sehr begehrt wie ich ihn. Ich habe das Gefühl, als wären wir in unserer eigenen kleinen Welt.

Da blitzt plötzlich der grelle Strahl einer Taschenlampe auf und ich merke, dass eben doch nicht nur er und ich auf der Welt existieren.

Ein Parkwächter steht vor uns und brüllt uns unvermittelt an, dass wir abhauen sollen.

»*Soyez prudents!*«, sagt er und besprüht uns angeekelt mit einer Speicheldusche.

Ich kreische vor Angst, pruste aber gleich darauf los, als George unter mir zu lachen beginnt. Wir sollen uns zurückhalten? George hebt mich vom Schoß und zusammen rennen wir zum Eingangstor des Parks, vorwärtsgetrieben durch unser atemloses Gelächter.

# 14 · PJ

## *Jeder braucht einen anderen Menschen*

»Wir vertrauen dir, Penelope«, sagt Mme. Marquet, als sie mir am Freitagmorgen, bevor ich ins Lycée gehe, den Hausschlüssel übergibt. Fast kommt es mir so vor, als *wüsste* sie, dass ich am Wochenende eine Party gebe. Und das nach den letzten Wochen, in denen ich partout keine Idee hatte, wie ich aus der Sache mit Zack und Alex rauskommen soll – sie haben auch bereits ganz viele Leute eingeladen. Ein kleines Treffen, korrigiere ich mich selbst und hoffe, dass diese Unterscheidung für die Marquets eine Rolle spielt, sollte ich je erwischt werden – auch wenn ich niemals erwischt werde. Das Schicksal könnte nie so grausam zu mir sein.

Den ganzen Freitag denke ich zwanghaft daran, auf welche verschiedenen Arten die Marquets die Sache mit der Party herausfinden könnten. In Sport bin ich so überdreht, dass ich wieder und wieder die Bahn entlanglaufe, damit ich meinen Kopf frei bekomme und mich beruhige.

Am Freitagabend ruft mich wie so oft Olivia an, bevor sie ins Bett geht. »Du errätst nie, was ich heute Nachmittag gemacht habe.«

»Was denn?«

»Ich war beim Tanzen«, flüstert sie. »Mme. Rouille war total sauer.«

»Olivia!«, schimpfe ich. »Du sollst doch dein Fußgelenk noch nicht belasten!«

»Ich weiß«, sagt sie und klingt zerknirscht. »Ich habe im Moment höllische Schmerzen. Meine Mutter würde ausrasten, wenn sie es erfahren würde. Sie weiß noch nicht mal, dass ich mir durch meine eigene Dummheit den Bänderriss zugezogen habe. Vince musste mir versprechen, dass er ihr nichts erzählt.«

Ich lache. »Ich kann nicht glauben, dass ich morgen Abend eine Party gebe. Kann ich die nicht einfach absagen?«

»Nein!«, protestiert Olivia. »Kannst du nicht. Das ist ganz und gar unmöglich. Alle würden trotzdem kommen.«

Ich kann kaum schlafen. Ich stecke fest. Diese Party wird stattfinden, egal was ich tue.

»Es ist schon nach zehn, Penelope«, schimpft Mme. Cuchon am darauffolgenden Morgen vor der Glaspyramide, die den Eingang zum Louvre bildet. »Dir wurde doch gesagt, dass du um 9.30 Uhr hier sein sollst.«

»Ja, tut mir wirklich leid«, sage ich ihr, außer Atem, weil ich den ganzen Weg von der Metro-Station Les Halles gerannt bin. Ich schaue zu Olivia hinüber, die wie immer pünktlich war.

»RER«, forme ich stumm mit den Lippen in ihre Richtung. Um die Fahrt heute Morgen zu verkürzen, hatte ich an der Etoile-Station, direkt neben dem Arc de Triomphe, einen extra Zuschlag für die RER-Regionalbahn gezahlt. Allerdings war mir entgangen, dass an Wochenenden einige Züge nur ein- oder zweimal pro Stunde kommen. Also hatte ich im zugigen Schacht gewartet und mich fast vierzig Minuten lang innerlich selbst in den Hintern gebissen. Ich bin echt so ein Wrack, gestresst und vom Schlafmangel völlig übermüdet.

»*Alors*«, fährt Mme. Cuchon fort. »Nun, da Penelope ja endlich da ist, können wir mit dem Rundgang durch das berühmte Musée du Louvre beginnen.«

Mme. Cuchons Stellvertreterin im Lycée ist Mlle. Vailland, die quasi eine Doppelrolle übernommen hat, nämlich als extrem enthusiastische Lehrerin für Französisch, aber auch für Europäische Geschichte. Mlle. Vailland hebt ein rotes Fähnchen mit dem Logo des Lycées hoch über ihren Kopf.

»Mir nach!«, ruft sie.

Wir trotten hinter ihr her. Jay schließt zu mir auf.

»Hey, Partner. Bevor du hier warst«, erzählt er mir, »hat Mlle. Vailland gesagt, dass sie uns erst mal die ganzen berühmten Sachen zeigt, ehe wir dann an unseren Projekten arbeiten.«

»Oh«, sage ich. »Cool.«

»Schon aufgeregt wegen der Party heute Abend?«, fragt er.

Ich ziehe das Haargummi aus meinem Pferdeschwanz und schüttle meine Haare. »Weiß ich nicht so genau«, sage ich. »Seltsam, oder?«

Jay kichert. »Ach Quatsch. Partys sind für den Gastgeber immer der Megastress. Aber ich bin sicher, dass es ganz toll wird. Ich habe jedenfalls vor, mich zu amüsieren. Aber sorg bitte dafür, dass ich nicht meine letzte Metro verpasse – ich lebe nicht in deinem Viertel.«

Die Pariser Metro fährt nur bis Mitternacht. Denkt Jay wirklich, dass so spät noch Leute bei mir sein werden?

»Schau mal da«, sagt Jay. Er zeigt mit dem Kopf auf eine Menschentraube vor einem Gemälde. Es ist die *Mona Lisa*. Samtbänder halten die Touristen fern. Der Raum ist bereits jetzt gedrängt voll mit Leuten, die das wahrscheinlich berühmteste Gemälder der Welt fotografieren.

»Oh mein Gott!«, rufe ich aus. »Die ist ja total winzig!« Ich starre auf ihr verstohlenes kleines Lächeln und frage mich, was wohl ihr Geheimnis ist.

»Los, komm«, sagt Jay und steuert auf die vorderen Reihen

der Menge zu. »Lass uns all diese verrückten Leute fotografieren.«

Jay hat eine leicht ramponierte alte Digitalkamera dabei. Er macht ein paar Großaufnahmen von den Touristen, die die *Mona Lisa* mit offenem Mund angaffen. Die Kinder, die neben ihren Eltern stehen, sehen dagegen gelangweilt und müde aus. Als Mlle. Vailland uns einen Vortrag über da Vinci hält, zeigt mir Jay die Bilder als eine kleine Diashow. Sie sind urkomisch. Er hat sogar einen Jungen dabei fotografiert, wie er in der Nase bohrt und den Rotz dann an der Jacke seiner kleinen Schwester abwischt. Ich lache mich halb tot. Wir schaukeln uns beide derartig hoch, dass Jay nur eine witzige Grimasse ziehen muss, und schon weiß ich genau, welches Foto er meint.

Mme. Cuchon sieht wütend in unsere Richtung, was uns aber nur noch mehr anstachelt.

Endlich, nachdem ich auf Zehenspitzen stehe, damit ich die berühmten Werke, über die Mlle. Vailland redet, besser sehen kann – die *Venus von Milo* und *Nike von Samothrake* –, erlaubt uns Mme. Cuchon, dass wir uns trennen dürfen, um an unseren Projekten zu arbeiten.

Am Infostand im Foyer erfahren wir, dass wir in den zweiten Stock hoch müssen, in dem der Großteil der zugänglichen Ingres-Sammlung zu sehen ist. Im Labyrinth der Ausstellungsräume nimmt Jay mich an die Hand. Ich ziehe die Augenbrauen hoch, lasse aber nicht los.

Es gibt einen ganzen Raum voller Ingres-Bilder. Die Wände hier sind pastellgrün angestrichen. Durch die Oberlichter fällt Tageslicht auf die Porträts, was die Farben schimmern lässt. Ich weiß nicht, ob es an dem hellen Licht liegt, aber plötzlich fühle ich mich ganz schwach und klapprig, so als müsste ich meinen Kopf zwischen die Knie nehmen.

»PJ!«, sagt Jay, hält mich fest und hilft mir zu einer Holzbank in der Mitte des Ausstellungsraums. »Alles in Ordnung?«

Ich schweige eine Weile. »So, das ist also der Louvre, ja?«

»Ähm«, sagt Jay mit besorgter Stirnfalte. »Ich suche wohl besser Mme. Cuchon.«

»Nein, bitte nicht«, sage ich. »Lass uns … hier nur kurz sitzen. Und die Bilder anschauen.«

»Okay.« Jay wickelt mir den Schal vom Hals. »Ist dir nicht heiß? Kein Wunder, dass du fast ohnmächtig geworden bist.«

»Wir sind wirklich da«, sage ich, falte meinen Schal zusammen und lege ihn mir in den Schoß. »Das ist der Louvre. Ich kann irgendwie gar nicht fassen, dass ich wirklich in Paris bin. In echt. Um mich herum sind lauter Gemälde, die Ingres gemalt hat, die da Vinci gemalt hat. Im selben Gebäude, in dem ich mich gerade befinde, hängen auch Rembrandts. Ich hätte nie gedacht, dass ich irgendwann wirklich hier sein würde.«

Jay nickt. »Ich weiß, was du meinst. Es fühlt sich surreal an, oder?«

»Ja«, sage ich. Als ich wieder aufstehe, fühle ich mich schon nicht mehr ganz so wacklig. Ich gehe zu einem von Ingres' Akten hinüber, *Le Grand Odalisque*. Der pfirsichweiche Rücken des Models beschreibt eine exakte Kurve, biegt sich gerade so viel, um seitlich ihre Brust zu enthüllen, ohne dass es dem Bild einen voyeuristischen Anstrich verleiht. »Sie ist wunderschön. Porträts mag ich sowieso am liebsten. Ich betrachte für mein Leben gern den Ausdruck auf den Gesichtern der Personen, die Körperhaltung der Modelle.

»Bereit, dich an die Arbeit zu machen?«, fragt Jay.

Ich ziehe meinen Skizzenblock aus dem Rucksack.

»Auf jeden Fall«, sage ich. Seite an Seite sitzen wir mehrere

Stunden lang auf der Bank und schreiben alles auf, was uns zu Ingres einfällt. Ich fülle meinen halben Block.

Als ich vom Louvre nach Hause komme, versuche ich, die Wohnung partysicher zu machen, um mich gegen unvorhersehbare Disaster zu wappnen. Das stellt sich allerdings als gar nicht so einfach heraus, angesichts von Marquets' extrem kostspieligen Haushaltswaren und Kunstobjekten. Ich sollte das Ganze absagen. Aber wenn ich aussteige, riskiere ich, dass alle argwöhnisch werden. Und Alex und Zack wären supersauer auf mich. Ich will unsere ersten zarten Freundschaftsbande nicht schon im Keim ersticken.

Als ich gerade innerlich mit mir selbst debattiere, ob ich die Porzellanvitrinen abschließen oder sie besser leer räumen und das ganze Geschirr sicher unter meinem Bett verwahren soll, klingelt es an der Tür.

»Zack! Du bist früh dran.« Ich führe ihn ins Apartment. »Wo ist deine bessere Hälfte?«

»Ach, du meinst Alex?«, fragt Zack, während er staunend das luxuriöse Apartment der Marquets begutachtet. »Alex ist noch bei sich zu Hause und macht sich fertig. Ich habe eine kleine Verschnaufpause von ihr gebraucht, deshalb dachte ich, ich schaue mal, ob du vielleicht Hilfe bei den Vorbereitungen brauchen kannst.« Er pfeift durch die Zähne. »Das ist sensationell hier. Ich hatte ja keine Ahnung. Allerdings ...« Zack marschiert ins Wohnzimmer und dreht sich um die eigene Achse. »Darf ich ein paar Dinge verändern?«, fragt er schließlich. »Also, ich meine, können wir einige Möbel verschieben? Vom redaktionellen Standpunkt her gefällt mir nicht, wie hier mit dem Raum umgegangen wird.«

Vom redaktionellen Standpunkt her? »Klar«, stimme ich zu.

Zack öffnet ein Bier und trinkt es in einem Zug aus. »Bier bringt immer meine kreativen Säfte zum Fließen.«

»Was immer hilft.«

Als Zack und ich das dunkelrote Samtsofa im französischen Empirestil vor das Fenster schieben, erzählt er mir auch, dass Jay vielleicht erst ein bisschen später kommt.

»Aber er kommt auf jeden Fall«, versichert mir Zack, obwohl ich überhaupt gar nicht beunruhigt war. Ehrlich, im Augenblick wäre jeder Gast weniger für mich eine Erleichterung.

»Oh, PJ«, sagt Zack, als er auf die Porträts über dem Kamin aufmerksam wird. »Ich weiß ja, dass die französischen Adligen ihre Vorfahren lieben und so, aber dieser Mann da ist schlicht und einfach abstoßend. Können wir ihn für die Party abdecken? Oder noch besser: ihn irgendwo hinbringen, wo man ihn nicht sieht?«

»Fass das Porträt ja nicht an, Zack«, sage ich warnend. Mme. Marquet geht mit dem Bild so um, als wäre es ein verlorenes Relikt der Arche Noah, sie betrachtet es immer mit einer fast schon religiösen Ehrfurcht. Sie wischt sogar eigenhändig Staub, weil sie Angst hat, dass Sonia vielleicht irgendetwas kaputt macht. »Egal, was du tust, aber halte dich von diesem Porträt fern.«

»Ist ja gut, ist ja gut, der alte Knacker kann bleiben«, sagt Zack und dreht sich vom Kamin weg. Mir entgeht nicht, dass er bereits sein zweites Bier in der Hand hält. »Wie findest du eigentlich Jay? Interessiert mich.«

»Jay?«, sage ich. »Wir arbeiten zusammen am Louvre-Projekt, aber ansonsten kenne ich ihn eigentlich gar nicht. Er wirkt ziemlich nett.« Ich wende mich von den gerahmten Fotos ab, die ich gerade in die Kommode lege, und sehe Zack direkt an. »Warum fragst du?«

Zack wird rot und sieht so aus, als hätte ich ihn bei irgendetwas ertappt. »Ach, nur so«, sagt er schnell, aber er kann ein kleines Lächeln nicht verbergen. »Ich geh mal in die Küche und sehe da nach dem Rechten.«

Hat Zack mitbekommen, wie Jay heute im Louvre meine Hand genommen hat? Waren er und Alex vielleicht gerade in dem Ingres-Raum, als ich fast ohnmächtig geworden wäre und Jay mir den Schal abgenommen hat?

Irgendwie ist das Ganze seltsam – nicht nur, dass Zack die gesamten Möbel im Wohnzimmer verschoben hat, »um einen besseren Flow zu schaffen« (Zacks Worte, nicht meine), sondern dass er überhaupt hier ist. Seit wann braucht er eine kleine »Verschnaufpause« von der glamourösen Alex? Wer's glaubt, wird selig.

Kann es sein, dass Zack versucht, mich mit Jay zu verkuppeln?, denke ich, als es an der Tür klingelt. In meinen Ohren hat die Glocke einen unheilvollen Klang.

»PJ! Da kommen Gäste!«, ruft Zack aus der Diele und schiebt Olivia auf mich zu. Sie ist von einer Gruppe älterer Jugendlicher umringt, die ich noch nie gesehen habe.

»Livvy!« Es sieht Olivia gar nicht ähnlich, Gäste mitzubringen, ohne mich zu fragen, vor allem, da ich ja noch gestern Abend mit ihr am Telefon über die Party geredet habe. Sie beugt sich mit einer entschuldigenden Miene zu mir, um mich zu umarmen.

»Thomas ist mein Gastbruder«, erklärt sie und deutet in Richtung eines großen dünnen Jungen mit Cordblazer. »Das sind seine Freunde, Kommilitonen aus der Sorbonne. Tut mir leid, dass ich es dir nicht erzählt habe! Ich hoffe, du hast nichts dagegen.«

Alle diese Freunde fassen mich an, um mir einen *bise* zu geben – den vertrauten französischen Kuss auf die Wange –, ohne sich aber wirklich meinen Namen merken zu können. Olivia kichert. »Wir haben schon ein bisschen was getrunken, ehe wir hergekommen sind.«

»Wirklich?«, frage ich überrascht. Olivia ist eine solche Gesundheitsfanatikerin, dass sie normalerweise keinen Tropfen anrührt. Heute Abend öffnet sie aber gleich das erste Bier, sogar noch ehe sie ihre Jacke ausgezogen hat.

»Na ja, ich hatte nur einen Drink. Ich bin innerlich so unruhig, weil ich die ganze Zeit bloß zu Hause sitze und darauf warte, dass mein Knöchel heilt«, klagt sie. »Stimmt's nicht, Thomas?«

»*Oui, oui, mademoiselle*«, sagt Thomas im Scherzton. »Der Arzt hat *Kir Royale* verschrieben. Also soll die Mademoiselle das auch haben!«

Olivia findet Thomas' Witz und Verstand offenbar absolut einmalig. »Thomas ist nämlich Medizinstudent. Verstehst du?«

»M-hm, ja«, sage ich.

»Hey.« Olivia beugt sich näher zu mir und flüstert: »Bevor ich es vergesse – meine Gastmutter hat heute über deine Gasteltern gesprochen! Mit ein paar Freunden, die zum Tee bei ihr waren.«

»Ach echt?«, frage ich und werde ein bisschen blass bei der Erwähnung der Marquets.

»Alle Frauen finden M. Marquet total gut aussehend«, lacht sie. »Du hättest sie mal hören sollen – sie haben sich gar nicht eingekriegt!«

Ich rümpfe die Nase. M. Marquet ist ein alter Mann, über fünfzig. »Jedenfalls war er früher als eingefleischter Junggeselle bekannt, bis ihn Mme. Marquet sich vor ein paar Jahren geangelt hat. Es gibt wohl Gerüchte, dass er zu der Zeit, als sie ihn geheiratet hat, praktisch das gesamte Familienvermögen in Monte Carlo verspielt hat! Aber jetzt, als Magistrat der Dordogne, hält sie ihn an der kurzen Leine.«

Es fühlt sich irgendwie komisch an zuzuhören, wie Olivia über die Marquets redet. Ich habe das paranoide Gefühl, als würden sie das vielleicht hören können. »Ach, das ist doch nur Tratsch«, sage ich. »Die Marquets sind stinkreich. Sieht man doch, oder?« Ich zeige mit ausladender Geste auf den Wohlstand rings um uns herum.

Olivia sieht verlegen aus, so als wollte sie eigentlich gar nicht tratschen, konnte aber einfach nicht an sich halten. »Klar, bestimmt«, sagt sie. »Sie sind sehr nett zu dir, nicht?«

Ich nicke. »Natürlich. Ich werde mich mal um die anderen kümmern, die gerade reingekommen sind.« Ich lasse sie mit ihren älteren Freunden allein, nicht sicher, wie ich damit umgehen soll, was sie mir erzählt hat. Brauchen die Marquets wirklich dringend Geld? Das lässt das Zugticket, das sie mir gekauft haben, nur in einem umso glänzenderen Licht erscheinen.

Zack lässt gerade noch mehr Gäste herein, er benimmt sich, als wäre er der eigentliche Gastgeber, bietet Getränke an und zeigt allen, wo es zum Balkon geht, auf dem man rauchen kann.

Zack drückt mir eine Bierflasche in die Hand und gibt mir betrunken einen *bise*. »PJ! Kopf hoch, meine Liebe«, lallt er mir ins Ohr. »Jay kommt bestimmt gleich.«

Ohne eine Antwort zu geben, trinke ich mein Bier auf ex und bemerke mit Unbehagen, dass die Party sich in nur wenigen Minuten von einem kleinen Treffen zu einer lauten Hausparty entwickelt hat, mitsamt Beer-Pong-Spiel, das auf dem antiken Esstisch aus Kirschholz vorbereitet wird. »Nein!« Schnell stürze ich hin, um das zu unterbinden, während ich im Geiste schon die großen verkrusteten Bierflecken vor mir sehe, die sich durch den dreihundert Jahre alten Lack fressen. Dabei werde ich aber von Alex abgefangen, die mit einem braunen Satinhosenanzug und ihren roten Stöckelschuhen aufgebrezelt ist. Das Neckholder-Top ist so tief ausgeschnitten, dass man ziemlich viel von ihrem Dekolleté sieht und sogar eine leise Andeutung ihres braunen Spitzen-BHs.

»Geile Party, Schatz«, beglückwünscht sie mich. »Hier drin ist es wie im Nachtklub Bungalow 8. Ich bin so stolz auf dich. Unser kleines Mädchen wird so schnell erwachsen!« Sie kneift mich in die Wange. »Ist George schon da?«

»Hab ihn noch nicht gesehen.«

»Ach, schade. Wo er wohl ist?« Alex weicht aus, als Zack ihr von seinem Standort neben dem Kühlschrank, wo er sich gerade mit Sara-Louise unterhält, ein Bier zuwirft. Zum Glück fängt sie es auf, bevor es zu Boden kracht. »Na – ich hab dir ja gesagt, dass die Party gut wird. Du siehst, deine Sorgen waren völlig unbegründet. Und das von dem Mädchen, das damals in Le Marais die Bullen abgeschüttelt hat. Du bist ein Profi, PJ. Ich hab mir gleich gedacht, dass das ein Kinderspiel für dich wird«, erzählt mir Alex, während sie versucht, mit einem Feuerzeug das Bier aufzumachen.

»Gib mal her«, sage ich und öffne das Bier mit einem Flaschenöffner, der als Schlüsselanhänger in meiner Tasche steckt. Auf dem Flaschenöffner steht »Harvard« – Dave hat ihn mal aus Gag Annabel geschenkt. Keiner von beiden wird es nämlich je nach Harvard schaffen, selbst wenn sie es versuchen würden. Sie sind beide Schulabbrecher. Den Schlüsselanhänger habe ich zusammen mit *Madame Bovary* im Rucksack mit nach Paris genommen.

Ich denke darüber nach, was Alex eben gesagt hat, während wir so dastehen, Bier trinken und die Menge beobachten. Damals wirkte Alex so angepisst über das, was ich zu den Cops gesagt habe, um sie loszuwerden. Sie hat sich nie bei mir dafür bedankt, dass ich ihr die Haut gerettet habe. Ich glaube, ich freue mich schon ein kleines bisschen, dass ihr doch bewusst ist, dass sie erledigt gewesen wäre, wenn ich nicht gehandelt hätte.

»Hattest du keine Zeit, dich umzuziehen?«, fragt mich Alex und mustert meine Jeans und die Wolljacke, die ich beide heute schon im Louvre anhatte.

Was soll's. Alex hat sich seit ihren ersten Tagen im Lycée eben doch kein Stück verändert. Sie ist und bleibt eine gehässige Zicke. Gerade schlendert sie davon, auf der Suche nach Zack, der aus unserem Blickfeld verschwunden ist.

Schon bald ist das Apartment der Marquets brechend voll mit lauter Leuten, von denen ich die meisten noch nie gesehen habe. George und Drew sind auch gekommen, sie spielen im Esszimmer gerade mit Patty und Tina ein Trinkspiel. Bestimmt dauert es nicht lang, bis Alex über sie stolpert.

Ich gehe ins Gästeklo in der Diele, um meine Gedanken zu ordnen. Ich spritze mir kaltes Wasser ins Gesicht, sodass ich mir mein weißes T-Shirt vorne nass mache. Ich trage nie Make-up. Aber heute Abend wünschte ich, ich hätte welches. Meine Augen sind tief in die Höhlen eingesunken. Mir wird bewusst, dass ich den ganzen Tag nichts gegessen habe. Das kann man mir ansehen.

Meine Mom hat mir immer geraten, auf Drei einzuatmen und auf Sechs auszuatmen, und das Ganze zehn Mal hintereinander. Ganz egal, was ist, hinterher fühle man sich auf jeden Fall besser, hat sie behauptet. Ob diese Methode ihr wohl gerade im Moment Erleichterung verschafft? Bei mir funktioniert es jedenfalls nicht so richtig.

Als ich aus der Toilette komme, renne ich geradewegs in

eine lange Schlange wartender Partygäste. Die Mädchen schauen mich wütend an, weil ich so lange gebraucht habe.

»Das ist *meine* Party«, fahre ich sie an. »Und *mein* Haus. Ich kann so lange brauchen, wie ich will.«

»Ärztliche Verordnung!«, höre ich Olivias Gastbruder über die dynamische Musik der Pop-Punk-Platte hinweg sagen, die einer seiner Freunde auf dem alten Plattenspieler der Marquets aufgelegt hat. »Ich muss dich überall hintragen, egal, wohin du willst!«

Ich gehe ins Wohnzimmer zurück und entdecke Thomas, der seine Cordjacke beiseitegeworfen hat und Olivia huckepack im Wohnzimmer herumträgt. Das Porträt über dem Kaminsims starrt mit größtem Missfallen auf das Partytreiben.

»Lass uns mehr Bier holen!«, ruft sie strahlend. »Trag mich zum Kühlschrank!«

»Nein, Olivia!«, rufe ich, als ich erahne, was gleich passieren wird.

Olivia streift mit dem ausgestreckten Fuß die riesengroße antike Vase auf dem Beistelltischchen, das Zack und ich aus Sicherheitsgründen extra weggeschoben haben, sodass diese umkippt und sich die Scherben auf dem ganzen Marmorboden verteilen.

»Oh nein, das gibt's nicht. Das war doch nicht etwa eine Ming-Vase, oder?«, sagt Alex entsetzt und auf ihrem Gesicht zeigt sich ausnahmsweise mal ein schockierter Ausdruck, der der Situation angemessen ist. »Oh Gott, PJ.«

Total betrunken purzeln Thomas und Olivia zu Boden, beide sind kaum zu einem klaren Gedanken fähig. »Olivia!«, schreie ich. »Sieh nur, was du angerichtet hast!«

»Oh, PJ«, lallt Olivia leise. »Es tut mir so leid … Ich habe mich von Thomas tragen lassen, weil mein Fuß so wehgetan hat … Hast du mich nicht getragen, Thomas?« Sie kichert, zieht sich auf die Knie und krabbelt hysterisch lachend zu Thomas. Er streckt die Arme nach ihr aus und zieht sie auf sich drauf.

Und was ist mit Vince?, frage ich mich kurz, als ich die Einzelstücke der Vase in einer Papiertüte sammle und in die Küche bringe.

In dem ganzen Irrsinn muss irgendwann Jay gekommen sein. Er folgt mir besorgt in die Küche.

»Ich habe jetzt keine Zeit, mich zu unterhalten«, sage ich, ohne ihn anzusehen. »Olivia und so ein Typ von der Uni haben gerade diese Vase kaputt gemacht. Alex glaubt, dass sie total teuer ist.«

»Ja, ich weiß schon«, sagt er. »Ich dachte nur, ich könnte dir vielleicht beim Saubermachen helfen …«

»Ich bin so dumm«, sage ich bitter und lege die größeren Scherben der zerbrochenen Vase nebeneinander auf den Küchentisch. »Ich dachte, ich könnte die Vase vielleicht wieder zusammensetzen, aber das ist hoffnungslos. Ich habe es schon immer gehasst, Puzzle zusammenzusetzen.«

»Also, ich mag Puzzle eigentlich ganz gern«, bemerkt Jay und betrachtet die Stücke. »Aber sie sind natürlich nicht alle gleich befriedigend.«

Jay nimmt mir die Kehrschaufel aus der Hand und hält sie für mich, damit ich die kleineren Scherben in den Küchenabfall fegen kann.

»Hör mal, PJ«, sagt Jay freundlich. »Nur weil du die Vase kaputt gemacht hast, heißt das nicht, dass du eine Party gegeben hast. Du könntest es sogar … du könntest es der Hausangestellten in die Schuhe schieben. Bei so einem Apartment gibt es sicher eine Haushälterin, hab ich recht?«

»Was?«, bringe ich erstickt hervor. »Das ist nicht dein Ernst, oder? Für wen hältst du mich?«

Jay lacht leise in sich hinein. Nicht zum ersten Mal fällt mir auf, was er für ein nettes Lächeln hat. »Meine Mom arbeitet als Putzfrau. Du solltest mal sehen, was sie alles auf ihre Kappe nehmen muss. Das ist nervig, gehört aber nun mal zum Job dazu. Mach dir nichts draus! Ich bin mir sicher, deine Gasteltern können sich eine neue leisten. Keiner würde es dir übel nehmen, wenn du eine kleine Notlüge erzählst, um dich selbst zu schützen.«

Jay hat recht. Die Vase – ob Ming-Vase oder nicht – war ein Unfall. Ich würde es niemals Sonia in die Schuhe schieben, aber die Marquets müssen ja auch nicht unbedingt herausbekommen, dass hier eine Party stattgefunden hat. Sie müssen auch nicht erfahren, dass Olivia mit einem Mal – völlig untypisch für sie – übermutig wurde und die Vase umgeworfen hat, als sie von einem älteren Typen verführt wurde, der nicht ihr Freund ist. Ich könnte so tun, als hätte ich sie selbst umgeworfen, als ich sie mir an einem ruhigen Wochenendabend mal aus der Nähe anschauen wollte.

Keiner würde es dir übel nehmen, wenn du eine kleine Notlüge erzählst …

Mit Tränen in den Augen schaue ich Jay an. Er ist so süß, so entspannt. Ob er mich wohl mag, ob Zack mit seiner Anspielung recht hat? Wird es in diesem Jahr irgendeinen Punkt geben, an dem ich über all die Dinge in meinem Kopf hinwegkomme und erforschen kann, ob ich ihn auch mag oder nicht?

Ich stelle mir vor, wie er sich mit mir zu einem Date verabredet, vielleicht hierherkommt, um mit mir an dem Louvre-Projekt zu arbeiten, statt mich in der Bibliothek im Lycée zu treffen. Vor meinem inneren Auge spazieren wir den Boulevard de Courcelles entlang, wo sich das Laub bereits orange, gelb und rot färbt; wir kommen am Parc Monceau vorbei, wo die Schulkinder in ihren karierten Uniformen auf den Statuen herumklettern. Ich habe meinen leuchtend grünen Hut auf – den, den mir meine Mutter letzten Winter aus selbst geschorener und gesponnener Wolle gestrickt hat. Jay trägt seine Wollmütze von North Face und wir haben beide unsere Converse-Turnschuhe an. Mit unserer ähnlichen Größe, seinem dunklen Teint und meiner hellen Haut und den blonden Haaren würden wir ein süßes Pärchen abgeben. In meiner Fantasie frage ich ihn, wie es für ihn war, in Guatemala aufzuwachsen, bevor er in die USA gezogen und dort in den Kindergarten gekommen ist, und ich kann ihm alles über meine Eltern und Annabel erzählen und wie das Unheil seinen Anfang genommen hat. Und er würde mich nicht verachten und trotz allem noch etwas mit mir zu tun haben wollen.

Ich öffne den Mund, schließe ihn aber gleich wieder. Es geht einfach nicht.

»Ich muss los«, sage ich, schnappe mir die Papiertüte, in die ich die größeren Scherben der teuren Vase gelegt habe, und öffne die Terrassentür, damit ich sie draußen in den größeren Müllcontainer werfen kann, in den ich auch die Bierflaschen entsorgt habe, damit sie nicht die Wohnung vollstinken.

»PJ, warte! Was wolltest du gerade sagen?« Jay folgt mir auf die Terrasse hinaus. »Was immer in dir vorgeht, was immer zu deinem Schwächeanfall im Louvre geführt hat – du kannst es mir ruhig sagen! Ich verspreche dir, nicht über dich zu urteilen!«

Die Verlockung, jemandem mein Herz auszuschütten, ist zu groß, als dass ich sie beiseiteschieben könnte. Langsam atme ich aus und suche in seinen Augen nach einem Hinweis, dass es wirklich das Richtige ist.

»Jay«, setze ich an. »Es fällt mir so schwer, das zu sagen …«

»Nein, warte. Noch nicht«, sagt Jay. »Ich glaube, wir haben hier draußen Gesellschaft.«

»Oh mein Gott.« Ich traue meinen Augen nicht.

# 15 · OLIVIA

## *Die einen betrügen, die anderen stehlen*

Nachdem wir hingefallen sind, krabble ich zu Thomas hinüber. Das kurze schwarze Kleid mit Flügelärmeln, das ich mit Alex im H&M gekauft habe, rutscht gefährlich hoch. Darunter trage ich durchsichtige schwarze Ballettstrumpfhosen. Das erweist sich jetzt als weise Voraussicht, wenn man bedenkt, dass Thomas mich den ganzen Abend wie einen Invaliden herumgetragen hat, damit ich mich nicht noch mal am Fuß verletze.

Die anderen auf der Party wirken überrascht, dass ich Thomas dabei habe, aber ich erkläre ihnen immer und immer wieder, dass er *nicht* mein Freund ist – sondern der Sohn meiner Gastmutter. Wir *müssen* Zeit miteinander verbringen – quasi eine Verpflichtung, wenn es nach Mme. Cuchon geht!

»*Viens ici*«, knurrt er mir zu. »Komm hierher! Dürfen wir für einige Zeit auf die Terrasse laufen?«

Ich pruste los. Ich weiß, dass ich betrunken sein muss, denn normalerweise würde ich nie über die mangelnden Sprachkenntnisse eines anderen lachen. Es ist aber einfach zu komisch, Thomas zuzuhören, dem intellektuellen, tollen Medizinstudenten und dem Augapfel meiner Gastmutter, wie er Englisch redet.

»*Quoi?*«, sagt Thomas und versucht, verärgert dreinzublicken. »Machst du dich gerade lustig über mich?«

»Thomas!«, tue ich ganz erstaunt. »Das würde ich doch nie machen!«

»Kann ich dich dann also auf die Terrasse bringen oder nein?«

Er hebt mich vom dicken Perserteppich hoch und nimmt mich wieder huckepack.

»*Mais oui*«, sage ich. Thomas schiebt die Terrassentüren auf. Er rückt einen verschnörkelten schmiedeeisernen Gartenstuhl so hin, dass er in Richtung Place de Ternes unterhalb von uns zeigt, und setzt mich behutsam hinein. Dann hockt er sich auf den Steinboden vor mich.

Ich schaue über das Geländer nach unten und erblicke eine Gruppe Feiernder, wahrscheinlich Mitte Zwanzig, die direkt auf dem Kreisverkehr ihre Sektgläser heben. Sie scheinen so ausgelassen zu sein, dass sie es nicht mal erwarten können, in eine Bar zu kommen.

»Das liebe ich so an Paris«, sage ich. Autos hupen, als sie an der Gruppe vorbeifahren. »Alle leben im Hier und Jetzt. Nicht alles konzentriert sich auf die Zukunft.«

Thomas hört mir schweigend zu.

»Ich finde es toll, dass alle andauernd feiern wollen!« Ich beobachte, wie einer der Männer vor seinen Freunden ein Rad schlägt. Die Frauen aus der Gruppe jubeln und verlangen nach einer Zugabe.

Zumindest fühlt es sich für mich in Paris so an. Bevor ich hierherkam, hatte ich irgendwie nie das Gefühl, dass es viel zu feiern gibt. Auch wenn ich im Augenblick Tausende von Meilen von meiner Familie und meinem Freund getrennt bin, ich gerade kein Ballett machen kann, ich meinen Fuß nicht nur einmal, sondern gleich zwei Mal verletzt habe, und bei einer Frau wohne, die höchstens dann eine positive Bemerkung über mich fallen lässt, wenn ich gerade nicht dabei bin – und doch fühle ich mich in Paris leicht und beschwingt. Einfach so, ohne irgendeinen bestimmten Grund.

»Warum bist du überhaupt nach Paris gekommen, Olivia?«

»Weißt du«, sage ich, halte mich mit den Armen an dem Geländer fest und lehne mich zurück. »Um in der Opéra zu tanzen!«

»Ballettschulen gibt es doch überall auf der Welt«, bemerkt Thomas. »Warum also gerade Paris? Warum nicht Moskau? New York? Oder gar Los Angeles?«

»Na ja«, sage ich. »Willst du's wirklich wissen?«

»Ich hätte nicht gefragt, wenn ich es nicht wissen wollen würde.«

»Madame Brigitte war der Auslöser, dass ich nach Paris gekommen bin«, erkläre ich. »Mme. Brigitte betreibt die Ballettschule oberhalb von San Diego. Sie ist irre – eine ganz zarte, kleine Frau, die früher beim American Ballet Theatre in New York getanzt hat. Sie ist in Paris aufgewachsen, in einem Nachtklub, der in den Sechzigern ihrem Vater gehörte. Alle dachten, dass sie zu wild sei, um eine professionelle Ballerina zu werden, aber sie hat jedes Mal, wenn sie tanzte, die Bühne zum Leuchten gebracht. Nachdem sie lange beim American Ballet Theatre war, hat sie alle ziemlich geschockt, als sie Hals über Kopf mit einem Filmmusik-Komponisten, den sie engagiert hatten, damit er die Musik zu einer Aufführung komponiert, nach Kalifornien gegangen ist. Die beiden waren so verliebt, aber eines Tages, als es heftig regnete, war sein Auto das erste in einem Auffahrunfall von achtzehn Wagen auf der Interstate 405 in der Nähe von Long Beach. Mme. Brigitte zog nach San Diego, zusammen mit dem Vater des Komponisten, der ein bisschen wie Stevie Wonder ist. Er ist blind, spielt aber wunderschön Klavier. Mme. Brigitte und ihr Schwiegervater haben das Geld, das sie vom Komponisten geerbt hatten, benutzt, um eine Tanzschule zu eröffnen.«

Ich hielt inne, um Luft zu holen. Peinlich, wie viel ich gerade geredet habe.

»Hat die Akademie einen guten Ruf?«, fragt Thomas mich und trinkt seinen Rotwein. So dicht, wie er sich zu mir rüberbeugt, gibt er mir das Gefühl, als sei das das faszinierendste Thema der ganzen Welt.

»Oh nein«, lache ich. »Darum bin ich ja hergekommen. Meine Mom wollte, dass ich in ein etablierteres Programm wechsle. Sie glaubt, dass ich so leichter ein Stipendium bekomme. Ich dachte, ich würde es nicht aushalten, meine Familie alleinzulassen und bei jemand anderem Ballettunterricht zu nehmen. Aber meine Mom ließ nicht locker. Sie war der absoluten Überzeugung, dass es das Beste für mich sei, im Hinblick auf meine Zukunft. Und irgendwann dachte ich: Okay, wenn ich schon nicht bei Mme. Brigitte bleiben kann, dann will ich wenigstens in ihrer Stadt sein.«

Mir wird bewusst, wie sehr Paris mich schon bezaubert und in seinen Bann geschlagen hat. Selbst wenn ich mich manchmal nach meiner Familie und Vince sehne, habe ich meine Entscheidung hierherzukommen, schon lange nicht mehr angezweifelt. Meine Mom hatte recht. Es war das Beste, was ich im Hinblick auf meine Zukunft machen konnte, egal wie sehr es mich auch schmerzt, so weit von Kalifornien entfernt zu sein. Ich lerne so ungeheuer viel!

»Olivia«, flüstert Thomas leise. »*Tu es si belle ce soir.*« Wie ein kleiner Junge legt er seinen Kopf auf meinen Schoß. Sein gelocktes Haar sieht im Schein des Windlichts auf der Terrasse golden aus. Wieder verschlägt es mir die Sprache, wie jung und unschuldig Thomas wirkt, gleichzeitig aber auch ganz weise. Dafür, dass er so klug, so motiviert und ehrgeizig beim Studium ist, ist Thomas erstaunlich ausgelassen und fröhlich. Er schließt die Augen. Seine Wimpern sind lang und dunkel.

»Findest du?«, frage ich nervös. Er findet mich heute Abend wirklich schön?

»*Tu es toujours si belle*«, sagt Thomas sanft. »Du bist immer hinreißend.«

Während seine Augen noch immer geschlossen sind, beuge ich mich zu seinem weichen Gesicht hinunter. Irgendetwas zieht meine Lippen zur zarten Haut seiner Wange, seiner Stirn, seiner Nasenspitze hin. Bei jedem sanften, kleinen Kuss entweicht ein leiser, gieriger Laut aus Thomas' Kehle.

Fast bin ich bei seinem Mund angelangt, der vom Cabernet Sauvignon, den er getrunken hat, während er mich überall herumgetragen hat, rot befleckt ist. Ich öffne meine Lippen nur ein ganz kleines bisschen und atme aus. Da bewegt sich Thomas. Er hebt den Kopf, setzt sich auf und auf einmal weiß ich, dass er mich küssen will. Es liegt so eine Spannung in der Luft, dass ich nicht möchte, dass dieser Augenblick je endet.

Dann, endlich, küssen wir uns. Er kniet vor mir, auf derselben Höhe wie ich im Gartenstuhl, und wir küssen und küssen und küssen uns. Meine Angst über das, was da gerade geschieht, lässt mich körperlich ganz starr werden und etwas Abstand zu ihm halten, bis ich es irgendwann einfach nicht mehr aushalte. Schon bald kann ich meine Hände nicht mehr von ihm lassen. Ich klammere mich an seinen schmalen Körper, fahre mit den Fingerspitzen durch sein seidenes Haar und hinten seinen Nacken hinab.

Das ist jetzt keine Alberei mehr. »Ich sollte nicht hier sein«, murmle ich, auch wenn ich mich nicht wirklich erinnern kann, wieso.

Aber dann fällt es mir wieder ein. Oh Gott, was habe ich getan?

Ich reiße mich von Thomas los.

Ich sehe wieder vor mir, wie Vince und ich nebeneinander in seinem Bett im UCLA-Studentenwohnheim liegen und einander versprechen, dass wir uns so lange füreinander aufheben, bis ich wieder aus Paris zurück bin. Dabei haben wir nicht nur Sex gemeint – sondern *alles.*

Ich weiche Thomas' Blick aus. Ich kann ihn einfach nicht ansehen. Thomas nimmt mein Gesicht in seine Hände,

»Was ist los? *Qu'est ce qui c'est passé?*« Schamtränen laufen mir über die Wangen.

»Olivia!« Ich höre, wie sich mit einem Quietschen die Schiebetür zur Küche der Marquets öffnet. Erstarrt steht PJ vor uns. Jay ist direkt hinter ihr, aber als er mich in Thomas' Armen sieht, reißt er die Augen auf und geht wieder hinein.

»Olivia!«, wiederholt PJ. »Es – es tut mir leid … Was ist mit Vince?«

»PJ!« Ich ringe nach Luft.

»Wer ist Vince?«, fragt Thomas und lässt mich los. »*Qu'est ce que tu racontes?* Was erzählst du da?«

Fröstelnd in meinem ärmellosen Kleid, stelle ich mich schnell neben PJ. »Sag bitte niemandem, was du gesehen hast. Versprichst du mir das?«

PJ nickt mir zu. »Ja klar.« Sie kann Thomas ebenfalls nicht ansehen.

»Wer ist Vince?«, fragt Thomas wieder, noch immer verwirrt, aber langsam auch zunehmend beunruhigter.

»*Vince est mon petit ami*«, erkläre ich Thomas schlicht und schäme mich so, dass ich in hemmungsloses Schluchzen ausbrechen könnte. »Mein Freund in Kalifornien. Wir sind seit zwei Jahren zusammen.«

»Oh«, sagt Thomas. »Dann sammle ich wohl besser meine Kumpels ein und gehe. Danke, dass du's mir erzählt hast.«

Er läuft an mir vorbei. Ich will ihn aufhalten, um ihm alles zu erklären, aber er schüttelt mich nur ab.

Es ist auch egal. Ich wüsste sowieso nicht, wie ich es erklären sollte. Noch nie habe ich so wenig weitergewusst wie jetzt.

PJ stellt die Spülwanne ab. »Lass uns kurz noch hier draußen bleiben. Bis wir uns wieder ein bisschen geordnet haben.«

Wir stehen nebeneinander und schauen über den Balkon in die klare Nacht hinaus.

»Ich kann nicht glauben, dass ich echt gedacht habe, durch die Party würde alles besser werden«, sagt PJ traurig. »Was für eine Katastrophe.«

Niedergeschlagen nicke ich. Ein Stück die Straße hinunter können wir ein paar der Partygäste heimgehen sehen. Ich erkenne die texanischen Zwillinge, in ihren Jeans und den gleichen karierten Kapitänsjacken und schwarzen Baskenmützen. Dicht auf ihren Fersen sind George und Drew, ihr lautes Gekicher ist in dem sonst so stillen gut betuchten 17. Arrondissement deutlich zu hören.

»Dafür wirst du in der Hölle schmoren, du dreckige Bestie! Du Scheißkerl!«

Ein heftiger, böser Schrei ertönt vom Balkon neben uns – dem Balkon, der zum Schlafzimmer der Marquets gehört. Es ist ein Schrei, wie er nur von einer betrogenen Frau kommen kann, deren Wut von übermäßigem Alkoholkonsum angeheizt wird.

Alex ist aus dem leeren Schlafzimmer aufgetaucht und ruft George schlimme Schimpfnamen hinterher, während er die Straße hinuntergeht. Man kann sie kaum verstehen, weil

Alex ziemlich lallt und sich gleichzeitig heisere Schluchzer ihrer Kehle entringen. In der einen Hand hält sie eine große fast leere Flasche Whiskey und in der anderen – wie könnte es auch anders sein – eine brennende Zigarette, mit der Alex herumfuchtelt, als wäre sie von einem Dämon besessen.

Als ich Alex zuletzt gesehen habe, trug sie stolz einen verführerisch engen braunen Hosenanzug zur Schau, aber jetzt hat sie etwas anderes an. Ihre Füße sind nackt und an ihrem schlanken, weiblichen Körper hängt ein mit silbernen Pailletten besetztes ärmelloses Kleid mit einem bauschigen Chiffonrock unten dran. Die Armlöcher im Oberteil sind groß genug, dass man darunter ihren trägerlosen Spitzen-BH sehen kann. Ihr hängt eine lange Perlenkette um den Hals und sie hüpft wütend auf und ab. »Du schmieriges Arschloch! Du Loser! Du Scheusal!«

Mit einem erneuten Zornesschrei schleudert Alex die Whiskeyflasche über das Geländer, sodass diese unten auf dem Place de Ternes in lauter Scherben zerspringt.

»Alex! Da unten sind Leute!«, krächze ich. Die Freundesclique, die ich gesehen habe, beobachtet nun Alex und lacht sich tot.

Als Alex das Kristallglas nimmt und auch das hinunterwirft, kommen PJ und ich mit einem Schlag wieder zur Besinnung und schreien sie an, dass sie sofort aufhören soll.

Wir rasen durch die Menschenmenge, die sich noch im Wohnzimmer der Marquets aufhält und sich nun langsam auf die Terrasse und in das Schlafzimmer drängt, um sich Alex' dramatischen Wutausbruch mitanzusehen.

»Lasst sie in Ruhe!«, rufe ich laut, als die ersten Zwischenrufe ertönen. Aber Alex steht schon zu sehr neben sich, um zu bemerken, dass sie Publikum hat und dass George sie gar nicht mehr hören kann. Er ist schon lange fort.

PJ drängt Alex ins Schlafzimmer zurück und auf das Doppelbett der Marquets, setzt sich rittlings auf ihren zuckenden Körper und hält ihre Arme fest. Ich knalle die Balkontüren zu.

»Er ist mit dieser Hexe weggegangen! Mit dieser Nutte!«, kreischt Alex. »Mit diesem hässlichen texanischen Dreckstück … dieser billigen Dorfmatratze …«

Die Maskara zerläuft auf Alex' fleckigem Gesicht. Ich schnappe mir ein paar Papiertaschentücher und putze ihr die laufende Nase, betupfe ihre stark umrandeten Augen. Aber es bringt nichts. Sie sieht noch immer völlig derangiert aus.

»Sag Zack, er soll alle nach Hause schicken«, befiehlt PJ. »Wir müssen sie hier rausschaffen, ehe sie noch alles vollkotzt. Am besten rufen wir ihr ein Taxi und bringen sie heim.«

»Ohne ihn gehe ich aber nicht nach Hause!«, schreit Alex.

»Oh doch, das wirst du, Alex, du wirst jetzt sofort nach Hause gehen«, sagt PJ, während sie sie loslässt und mir in die Arme drückt. Gemeinsam schieben wir sie durch die Menge der letzten Partygäste und aus der Eingangstür, gehen die Treppe hinunter und behalten sie die ganze Zeit gut im Auge, um zu sehen, ob ein Stöhnen von ihr anzeigt, dass sie sich gleich übergibt. Nach meiner bisherigen Erfahrung kann Alex allerdings Alkohol meistens drinbehalten.

PJ und ich setzen Alex in ein Taxi. Ich muss mich auf sie draufhocken, damit sie Ruhe gibt. PJ befummelt das Stoffbüschel, das unter mir herausschaut.

»Das gehört Mme. Marquet!«, stößt PJ ungläubig hervor. »Alex, wie *konntest* du nur? Willst du mich etwa in Schwierigkeiten bringen? Hasst du mich wirklich so sehr?«

Mit ihrer Weisheit am Ende bricht PJ in Tränen aus. »Ich kann es einfach nicht fassen, Alex! Du bist so egoistisch …

du bist so total verdreht ...« Vor Zorn zittert sie so sehr am ganzen Körper, dass sie nicht weiterreden kann.

»Das ist ein Alexander McQueen«, nuschelt Alex hinter mir. »Und es gehört jetzt *mir*.«

Mir entgeht nicht, dass PJ dem Drang widersteht, mich von Alex runterzuziehen und sie ins hübsche verschmierte Gesicht zu schlagen.

»Ich wusste, dass du hinter deiner Fassade ein fieses Miststück bist, Alex, das wusste ich!«, faucht PJ. »Das muss man sich mal vorstellen, da klaust du einfach ein Kleid –«

»PJ«, bitte ich sie leise, aus Angst, dass die beiden noch aufeinander losgehen. Der Taxifahrer fürchtet offenbar dasselbe – dauernd sieht er mich mit einer Mischung aus Entsetzen und größter Neugierde im Rückspiegel an. »Erlaub ihr, es wenigstens heute Nacht zu behalten. Sie wird es dir morgen früh zurückbringen – wenn nötig, wird sie auch für die Schnellreinigung aufkommen. Aber jetzt lass ihr bitte den Spaß. Okay? Bitte, PJ?«

»Na gut.« PJ schließt die Taxitür.

Ich rutsche von Alex' Schoß hinunter und schiebe sie in eine halb aufrechte Position. »So, Alex, und jetzt schlaf«, sage ich beruhigend und lasse sie ihren Kopf an meine Schulter lehnen.

»Ich kann einfach nicht glauben, dass George mich betrogen hat. Er hat alles kaputt gemacht, was wir hatten«, sagt Alex mit Schluckauf und beginnt, leise zu weinen. »Einen anderen zu betrügen ist einfach total falsch und gemein. Es ruiniert *Leben*. Mein Leben wurde davon gleich *zwei Mal* ruiniert ...« Ich streichle ihr über die zerzausten Haare.

Alex ist zwar gerade in Kampfeslaune, aber sie hat recht. Thomas war ein Fehler. Jemand anders zu betrügen, ist wirklich nicht richtig.

Ich stelle mir vor, wie Vince an diesem Nachmittag in der UCLA Football spielt, wie er mit seinen neuen Freunden zusammen ist, aber früher geht, um mich anzurufen, bevor ich ins Bett gehe. Ich denke an Vinces Gesicht, seine Augen, in die ich schon so oft geblickt habe.

Am liebsten würde ich im Erdboden versinken, so sehr schäme ich mich für das, was ich getan habe.

# 16 · ZACK

## *Genug ist genug*

»Was machst du gerade?«, brummt Alex am Morgen nach PJs Party viel zu früh ins Telefon. »Hast du Lust, brunchen zu gehen? Ich könnte was zu trinken gebrauchen.«

»Bist du dir sicher?«, frage ich. »Ich erinnere mich noch ziemlich genau daran, dass du die Party einer gewissen Miss Penelope Jane lahmgelegt hast, nachdem du gestern Nacht ein paar Drinks zu viel gekippt hast. Die Leute werden über die gestrige Nacht reden, bis sie graue Haare und Krampfadern haben. Das muss ich dir lassen.«

»Ach, sei still. Hey, weißt du was? Ich habe gerade erfahren, dass meine Mom gar nicht zur Modewoche kommt. Sie hat mir eine SMS geschickt.«

»Oh, Alex«, sage ich voller Mitgefühl. Ich weiß, dass sie sich auf die bevorstehende Ankunft von CAB in Paris gefreut hat, so wie Teenies früher sehnsüchtig auf die Beatles gewartet haben, mit Schaum vor dem Mund. »Ist das denn okay für dich?«

»Aber natürlich! Sie kommt jetzt stattdessen an Weihnachten. Sie wird mich nach Strich und Faden verwöhnen. Also: Le Pain Quotidien?«

»So ist es«, sage ich trotz meines Katers. Ich schlucke ein paar Aspirin und nehme einen großen Schluck aus der Trinkflasche, die ich in der Nacht zuvor neben meine Hosen geworfen habe. »Bis gleich.«

Mein Zimmer war früher mal die Bedienstetenkammer, zu der Zeit, als das Apartment, in dem meine Gastfamilie lebt, gebaut worden ist. Mir gefällt es. Es ist nur spärlich ausgestattet, mit hell gestreifter Tapete und einer schlichten weißen Tagesdecke auf dem Bett. Das Zimmer geht direkt von der Küche ab. Das bedeutet, dass ich mich durch die Küche und die Eingangsdiele aus der Wohnung rausschleichen kann, ohne dass ich am Wohnzimmer oder den Schlafräumen der anderen vorbeikomme – das reduziert die Zusammentreffen mit der Familie.

Dabei ist es nicht so, dass ich meine Gastfamilie nicht mag. Sie sind schon ganz süß. Aber es gibt nicht viel über sie zu sagen. Das sind nur Romy und Jacques und ihre beiden Kinder, die zehnjährige Mireille sowie der zwölfjährige Paul, der eine ungesunde, von gegenseitiger Abhängigkeit geprägte Beziehung mit der ältlichen Katze der Familie zu haben scheint. Die heißt übrigens seltsamerweise Kevin. (Nachdem ich mich darüber mehrere Wochen lang gewundert habe, habe ich schließlich gefragt, wie es zu diesem Namen kam. So habe ich herausgefunden, dass Romy ein ziemlicher Fan von *Kevin – Allein zu Haus* war, als sie sich die Katze direkt nach ihrem Uni-Abschluss zugelegt hat. Na, hab ich's nicht gesagt? Meine Gastfamilie ist so uninteressant, dass ich mich kaum überwinden kann, gelegentlich auch nur ein kleines Schwätzchen mit ihnen zu halten.)

Ich habe mich mit meiner Gastfamilie so arrangiert, dass sie mir erlauben, ihnen soweit wie möglich aus dem Weg zu gehen. Dafür mache ich im Gegenzug jeden Abend nach dem Essen ihre Küche sauber, bis sie glänzt. Ab und zu bohnere ich sogar den Boden.

Ich treffe Alex im Le Pain Quotidien in Le Marais. Als ich sie durch das volle Lokal hinweg erblicke, sehe ich, dass Alex trotz der Eskapaden der gestrigen Nacht so schick und aus dem Ei gepellt ist wie immer. Wenn man bedenkt, wie betrunken sie war, als ich sie gestern noch gesehen habe, habe ich eigentlich fast schon erwartet, dass sie noch immer das Alexander-McQueen-Kleid trägt, das sie sich aus Mme. Marquets Boudoir gemopst hat. Aber trotz ihres Katers hat sie ihre *eigenen* Klamotten an. Ihr Gesicht ist hinter einer dunklen Sonnenbrille versteckt und ihr gewelltes Haar locker mit einer Schildpattspange zurückgesteckt, während große, glänzende goldene Kreolen an ihren Ohren baumeln. Als sie zur Begrüßung aufsteht, sehe ich, dass sie eine schwarze Jerseytunika mit Glockenärmeln über einer eng geschnittenen schwarzen Steghose anhat. Dazu trägt sie die roten Stöckelschuhe, die sie so liebt. Im Grunde wirkt Alex so, als wäre sie einem Film über Leute entsprungen, die viel zu dramatisch und attraktiv sind, als dass sie noch in der Highschool sein können.

Alex ist ungeduldig, neurotisch und kann auch ziemlich grausam sein, aber sie hat etwas Königliches, und das weiß sie auch. Man muss sich nur ansehen, wie nachdenklich und missmutig sie durchs Lokal schaut. Wie könnte ihr jemand widerstehen?

Ich bin total aufgekratzt und freue mich schon auf den besten Part einer wilden Nacht: die Obduktion danach. Ein guter Kater gibt mir immer das Gefühl, meine Jugend auszuleben. Auch wenn ich noch Jungfrau bin, ohne Aussicht auf baldige Änderung.

Ich hebe den Café au lait, den sie mir bestellt hat, als würde ich auf die gestrige ausgelassene Party anstoßen.

»Diese trashigen texanischen Miststücke«, macht Alex den Anfang. »Die sind echt so was von schlimm. Und so primitiv.«

»Und ihre identischen Baskenmützen! Also wirklich!«, setze ich eins drauf.

»Ach, einfach alles – ihre Kleidung, ihre Haare, ihre Stimmen … das ist alles so Mittelamerika«, schimpft Alex. »Nichts für ungut.«

»Kein Problem«, sage ich achselzuckend. Ich komme zwar aus Memphis, aber das sieht man mir nicht an. Zumindest hoffe ich das. Typen aus M-Stadt tragen keine Kaschmirschals oder enge Jeans wie ich. Auch keine spitzen Segelschuhe aus altem Kalbsleder, die sie auf dem Flohmarkt von St. Ouen in Paris gefunden haben. Sie tragen Sporthemden und Cowboyhüte und andere gruselige Sachen.

»Verschone mich«, sagt Alex. »Wenn es das ist, was George will, dann waren wir weiß Gott nicht füreinander bestimmt.«

»Absolut«, pflichte ich ihr bei.

Wir bestellen uns Quiche Lorraine und eine Obst-und-Käse-Platte. Alex kippt die säuerliche Bloody Mary zwischen langen, nachdenklichen Zügen an ihrer Zigarette hinunter. Ich bin wie ausgehungert, aber Alex rührt ihr Essen nicht an.

»Nur«, sagt Alex mit einem gequälten Seufzen, »dass ich nicht glaube, dass er das wirklich will.«

»Keine Sorge«, tröste ich sie. »Bald fahren wir ja alle zusammen nach Lyon. Dann hast du das gesamte Wochenende über Zeit, um George zurückzuerorbern. Du schaffst das.«

»Ja, ich schaffe das, oder?«, sagt Alex, schon wieder etwas munterer.

Also, *wenn* das jemand kann, dann Alex Nguyen.

Am Freitagnachmittag schaue ich nervös den Gang im Zug auf und ab, dann wieder auf meine Uhr. 13:59 Uhr und Jay ist immer noch nicht hier. Unser Zug nach Lyon fährt genau um 14 Uhr ab. Wo steckt er bloß?

»Wartet!«, höre ich da jemanden rufen. Die Stimme hallt von dem gewölbten Dach des Gare de Lyon wider. Mit einem Ruckeln lösen sich die Bremsen unter uns und langsam rollen wir aus dem Bahnhof hinaus. »Haltet den Zug an!«, brüllt die Stimme.

»Schaut mal, es ist Jay!«, quietscht Olivia und deutet aus dem Fenster. Erfreut winkt sie Jay zu, der neben uns hersprintet, einen Seesack auf der Schulter.

Die Schüler aus dem Lycée springen alle von ihren Sitzen auf und quetschen sich an unser Fenster, um mitzubekommen, ob Jay uns einholen und an Bord springen kann. Ich entriegle das Fenster und schiebe es so weit nach unten, wie es geht.

»Du schaffst es, Kumpel!«, brüllt Drew aus dem geöffneten Fenster und rempelt aus Versehen Alex an, als er sich über sie beugt. Als ihr Gesicht unter seiner Achsel eingekeilt ist, macht sie ein lautes Würgegeräusch.

»Drew, verzieh dich!«, sagt sie angeekelt. »Du riechst nach Curry.«

»Stimmt«, sagt George, zu niemand Speziellem. »Wir waren mittags indisch essen.«

»Er riecht so, als hätte er drin gebadet«, sagt Alex naserümpfend. »Oder als hätte er überhaupt nicht gebadet.«

Aber Drew ignoriert beide. »Los, schneller, Kumpel!«

Der Zug beschleunigt seine Fahrt. Der Schaffner, dem das Ganze gar nicht gefällt, steht in der geöffneten Zugtür. Allerdings ist ihm anscheinend klar geworden, dass Jay nicht locker lassen wird, und so tritt er zur Seite, damit Jay reinspringen kann. Mme. Cuchon sieht so aus, als sei sie einem Herzinfarkt nahe. Das ganze »Programme Americaine« hält gemeinschaftlich den Atem an. Gespannt warten wir, ob er es schafft.

Ganz plötzlich wird die Tür zum Zugabteil aufgerissen, und Jay steht vor uns, schweißnass und mit einem breiten, triumphierenden Grinsen im Gesicht.

Wir Amerikaner brechen in lauten Applaus aus. Die texanischen Zwillinge, die schon seit der Grundschule Cheerleader sind, stimmen sogar einen Sprechgesang an, bei dem viel geklatscht und irgendein unverständlicher Text gesprochen wird.

Jay stößt mehrmals seine Faust in die Luft. »Gib alles!«, ruft er.

»Oh – mein – Gott«, sprudelt es aus Alex heraus. »Habt ihr das gesehen?«

»Das kommt ganz sicher auf meine Liste der Top-Ten-Augenblicke hier in Paris«, sagt Olivia und zieht ein kleines Notizbuch aus ihrer Tasche, das sie seit Kurzem mit sich herumträgt und in das sie alles reinschreibt, was sie an Paris so liebt.

Augenblicke *in Paris?* Das wird einer der Top-Ten-Augenblicke meines *gesamten Lebens*. So was Cooles habe ich ja noch nie gesehen. Jay ist gerade vom Klassen-Nobody zum Klassen-Held aufgestiegen.

Langsam erholt sich Mme. Cuchon wieder, aber durch Jays Eskapade scheint sie ungefähr um zehn Jahre gealtert zu sein. Mit harten Mienen stehen Mlle. Vaillant und sie auf und blicken uns finster an, bis wir uns beruhigen.

Als Jay den Gang entlanggeht und dabei die dargebotenen Hände abklatscht und Glückwünsche für seinen hammermäßigen Auftritt entgegennimmt, sagt ihm Mme. Cuchon, dass der Platz neben mir der letzte ist, den sie für den Ausflug reserviert hat. Ich setze mich aufrechter hin und danke meinem Glücksstern.

»Hey, Mann!«, sagt Jay, wirft seinen Seesack auf die Gepäckablage über meinem Kopf und lässt sich neben mich fallen. An den Seiten seines Gesichts, exakt dort, wo seine Koteletten enden, ist er noch immer verschwitzt. Genau wie an der Oberlippe. Jay wischt sich mit dem Ärmel seines Minnesota-Vikings-Sweatshirt den Schweiß weg.

»Wow. Hey, Mann. Das war ziemlich krass. Wie geht's, wie steht's? Freust du dich schon auf Lyon? Könnte spaßig werden«, frage ich Jay nervös.

Alex blickt mich über das klebrige Tischchen zwischen uns hinweg fragend an. Auf den meisten Schulausflügen haben sie und ich uns eine strikt coole, nicht-zubegeisternde Haltung zugelegt, außer natürlich, es hat was mit Jean-Luc Godard zu tun. Lyon ist die zweitgrößte Stadt in Frankreich und Mlle. Vaillant zufolge voller außergewöhnlicher Kostbarkeiten und geradezu tragisch unterbewertet. Mit dem Hochgeschwindigkeitszug liegt Lyon ungefähr zwei Fahrstunden südöstlich von Paris entfernt. Aber laut Alex, die schon mehrmals dort war und ein paar alte Freunde ihrer Mom besucht hat, ist dieser Wochenendausflug nichts, weswegen man aus dem Häuschen geraten müsste.

Aber der Gedanke, den ganzen Weg nach Lyon neben Jay zu sitzen? Das ist meiner Meinung nach absolut etwas, weswegen man begeistert sein kann.

»Klar«, sagt Jay mit einem breiten Lächeln. »Ich bin echt froh, dass ich es geschafft habe. Sah kurz mal ziemlich brenzlig aus.«

»Du kannst echt ganz schön schnell laufen«, antworte ich und zucke dann zusammen. Hallo, wer bin ich – ein Superfan???

»Ha! Du solltest mich mal beim Fußballtraining bei den Laufübungen sehen. Läufst du selbst auch?«

Ich ziehe eine Grimasse. »Nein, nur wenn man mich jagt.«

Jay lacht laut. »Der war gut. Nein, Mann, ich bin echt ganz

heiß darauf, das Wochenende mal aus Paris rauszukommen. Ich freue mich schon seit Langem auf Lyon.«

»Magst du Paris denn nicht?«

»Nein, nein«, sagt Jay. »Doch. Aber habe ich dir noch gar nicht von meiner Gastfamilie erzählt?«

Ich schüttle den Kopf.

»Na schön, lass es mich so ausdrücken: Ich wohne sowohl im wörtlichen als auch im übertragenen Sinne genau am anderen Ende des Spektrums der meisten Schüler aus dem Lycée. Schon mal was von Montreuil gehört?«

Wieder schüttle ich den Kopf.

Jay beugt sich vor und zieht eine Pariser Metro-Karte aus seiner Gesäßtasche. Er deutet auf einen Bahnhof namens Porte de Montreuil, am östlichen Rand des spinnenartigen Netzes der Pariser Metro-Linien. Mit einem Finger fährt er dann die Linien nach, die er jeden Tag nehmen muss, um ins Lycée zu gelangen: drei Haltestellen auf der limonengrünen Linie Nummer 9 bis zur Nation-Station, dann umsteigen in die kobaltblaue Linie Nummer 2, die in einem Halbkreis um den nördlichen Rand der Stadt fährt, durch Belleville und entlang des unteren Rands von Montmartre und hinüber nach Ternes und dem Parc Monceau, wo das Lycée liegt, ebenso wie die elegante Unterkunft von PJ, Olivia, George, Drew und den texanischen Zwillinge, um nur ein paar zu nennen.

»Und Alex und ich dachten schon, *wir* hätten es hart erwischt!«, bemerke ich und zeige ihm, welche Route wir fahren müssen. Es erscheint lang, die 6er von der Cambronne aus zu nehmen und dann für nur wenige Haltestellen in die 2er umzusteigen. Aber ich mag die Pendelstrecke, die Alex und ich jeden Morgen fahren. Wir trinken dabei Take-away-Kaffee aus dem kleinen Laden unter den Metro-Gleisen und lächeln uns immer kurz zu, wenn wir rechts den Eiffelturm an uns vorbeisausen sehen.

Jay streift mich mit seinem Finger, als er die U-Bahn-Karte wieder zusammenfaltet. Ich atme scharf ein und rutsche auf meinem Stuhl herum. Ich halte es fast nicht aus, so lange ganz nah neben ihm zu sitzen. Könnte es sein, dass er mich gerade absichtlich berührt hat?

»Es ist nicht so hart, wie es vielleicht gerade geklungen hat«, sagt Jay gut gelaunt. »Sammy wohnt auch dort.« Jay nickt in Richtung eines Schülers, mit dem ich noch kein einziges Wort gewechselt habe. Ein Typ, den ich bisher für einen zu großen Langweiler gehalten habe, als dass ich mich mit ihm abgeben würde. »Wir hatten da draußen schon viel Spaß, haben in der Spielhalle Videospiele mit ein paar einheimischen Jugendlichen gespielt.«

»Ach wirklich?« Jay hat französische Freunde? Was könnte noch cooler sein? Alex und ich stecken dagegen in unserer kleinen Dreierclique mit Olivia fest, und das auch nur, wenn sie Zeit hat, mal was mit uns zu machen. Meistens treffen nur Alex und ich uns, hängen faul herum und quatschen auf Englisch miteinander, wie gern wir einen Freund hätten. Mit uns hat bis jetzt noch kein junger Franzose gesprochen. Warum auch?

»Ja, wir haben ein paar coole Typen kennengelernt«, erzählt Jay. »Die Nachbarschaft da ist gar nicht so anders als die Nachbarschaften in den Staaten.«

Ich muss verbergen, wie beeindruckt ich bin. Jay ist so selbstsicher. Wenn man mir seine Unterkunft zugeteilt hätte, hätte ich wahrscheinlich losgeflennt und meine Mom angerufen, damit sie was unternimmt. Ich möchte nicht weltfremd und behütet erscheinen, wenn ich sage, dass ich noch nie jemanden wie ihn kennengelernt habe – er hatte wahrscheinlich eine viel härtere Kindheit als ich in Germantown, Tennessee. Und falls Jay auch schwul ist … Man muss sich nur vorstellen, wie schlimm es für ihn gewesen sein muss aufzuwachsen, während sie von Stadt zu Stadt gezogen sind, weil seine Eltern auf der Suche nach Arbeit waren. Jay hat uns in einem Referat in Französisch erzählt, dass seine Eltern aus Guatemala stammen, und sie schon überall gewohnt haben: Texas, Chicago, Arizona und jetzt Minneapolis. Er musste schon ein paarmal in seinem Leben wieder ganz von vorne anfangen. Vielleicht ist das der Grund, warum er sich noch nicht geoutet hat – er hatte noch nie jemanden, dem er so weit vertrauen konnte, dass er es ihm als Erstem sagt.

»Üble Sache wegen PJ, hm?«, bemerkt Jay.

»Was ist mit PJ?«, frage ich verdutzt. Ich bin zu abgelenkt von Jays gut aussehendem Gesicht, um zu verstehen, was er meint.

»Ach so! Du meinst, dass sie nicht mitfahren darf?«

»Ja, genau«, sagt Jay. »Das ist ein bisschen wie das letzte Bonbon vor dem Final Comp.«

Jay hat recht. Wenn wir zurückkommen, haben wir nur noch zwei Wochen, um für den Test zu lernen, das Louvre-Kunstprojekt fertigzustellen und dann während der Ferienpause getrennte Wege zu gehen.

»Ist echt total blöd, dass sie das hier verpasst«, stimme ich zu. Ich spüre ein klitzekleines bisschen Reue, als ich daran denke, dass Alex und ich PJ zu der Party gedrängt haben. Aber schließlich war es ja nicht so, als hätte sie es nicht selbst gewollt. Eigentlich sollte sie uns sogar dankbar sein. Seit dieser Party hat sie weit mehr Freunde als vorher.

Es ist so wohltuend, mal mit jemandem wie Jay zusammen zu sein, nachdem ich das ganze Halbjahr mit Alex' unberechenbaren Launen und Olivias besessenen Ängsten und

Blockaden zu tun hatte. »Du solltest mal kommen und dann machen wir was zusammen«, bietet er mir auf einmal an und sieht mich mit einer offenen, freundlichen Miene an, die auf gar keinen Fall etwas anderes sein kann als ehrliches Interesse daran, mich zu sehen und mit mir Zeit zu verbringen.

Ich schaue zu Alex hinüber, die mit ihren gigantischen Kopfhörern eingeschlafen ist. Ihre Ausgabe von *Paris Match* liegt auf dem Tisch zwischen ihr und mir – ihr Französisch ist nicht gut genug, als dass sie eine ganze Ausgabe bewältigen könnte. Ich hebe die Illustrierte auf und versuche, ganz lässig auszusehen, während mir in Wirklichkeit schwindlig ist vor Freude über Jays Einladung.

»Klar«, antworte ich so cool, wie ich nur kann. »Klingt gut.«

Am Samstagmorgen weckt uns Mlle. Vailland früh auf und marschiert mit uns zum gecharterten Bus, um die Sehenswürdigkeit von Lyon abzufahren.

Die anderen Typen – das heißt die Heteros, also alle anderen außer mir und ganz, ganz vielleicht auch Jay – beklagen das Paradoxon, das Mlle. Vailland darstellt: Sie ist blond, hat einen ziemlichen Vorbau und kleidet sich so, als würde sie in einem Pigalle-Nachtklub arbeiten – und doch wirkt sie total unattraktiv und sogar, wie einige finden, abstoßend, durch ihre schrille, nasale Jammerstimme, mit der sie ihre Unterrichtsstunden abhält.

»Mein Schwanz schrumpelt immer sofort, sobald sie ihr Sprechorgan einschaltet«, bemerkt George gegenüber Drew, laut genug, dass es die gesamte hintere Hälfte im Tourbus mitbekommt. Alex verzieht das Gesicht.

Mlle. Vailland, die Georges abwertenden Kommentar nicht gehört hat, spricht vorne weiter. »Die Kathedrale St.

Jean-Baptiste-de-Lyon ist der Sitz des Erzbischofs von Lyon«, erzählt sie ihren gelangweilten, undankbaren Zuhörern. »Sie ist ein wunderbares Beispiel für die französische Gotik ...«

Wir steigen aus dem Bus und machen die obligatorischen Fotos von der Kirche. Wieder muss ich an PJ denken. Sie würde sich den Bau jetzt wahrscheinlich Zentimeter für Zentimeter ansehen und eine absolut detailgenaue Zeichnung davon in ihrem Skizzenblock anfertigen, statt sie zu fotografieren. PJ hat von uns allen im »Programme Americaine« die größte künstlerische Begabung. Seit meinem Gespräch gestern mit Jay habe ich ein ganz schlechtes Gewissen wegen ihr und Mitleid. Bestimmt fühlt sie sich im Moment ziemlich allein und ausgeschlossen.

Als Mlle. Vailland mit der Besichtigung der Kathedrale fertig ist, dürfen wir noch eine Weile auf eigene Faust herumlaufen. Olivia, die ihren Fuß noch immer nicht richtig belasten kann, nachdem sie nach ihrem Unfall zu schnell wieder versucht hat zu tanzen, setzt sich auf eine Kirchenbank und betet lauter »Ave Marias«, als müsse sie für etwas echt *Schwerwiegendes* Buße tun.

Alex und ich verdrehen die Augen. Das war ja klar, dass Olivia katholisch ist – ihre ganzen Schuldgefühle und das Pflichtbewusstsein mussten ja von irgendwoher kommen.

Auf dem Gebiet kenne ich mich aus. All die Jahre in der Christ's-Message-Baptist-Kirche sind nicht spurlos an mir vorübergegangen.

Alex hat schon seit dem Beginn des Ausflugs nach Lyon ausgesprochen schlechte Laune. Als wir gestern Abend frierend draußen vor dem italienischen Lokal, in dem wir mit der ganzen Klasse gegessen haben, in der Kälte standen, weil sie rauchen wollte, habe ich sie auf den schwarzen Mantel angesprochen, den sie anhatte. »Was ist denn eigentlich mit dem roten Dior-Mantel passiert?«, fragte ich sie. Als Alex den Mantel damals entdeckt hatte, hatte sie so selig ausgesehen. Also, entweder war, als Alex ihn holen wollte, das letzte Stück verkauft, oder sie konnte die Probleme mit ihrer Kreditkarte doch nicht klären.

»Ach, ich bin irgendwann zu dem Schluss gekommen, dass er spießig ist«, fuhr sie mich an. »Die Farbe war so – sie hat mich einfach *älter* gemacht. Der Mantel wäre vielleicht eher was für meine Mutter.«

Sie drückte ihre Zigarette mit ihren braunen Reitstiefeln aus – die sie nun schon die ganze Woche trägt. Das ist ziemlich ungewöhnlich für sie. Normalerweise wechselt Alex andauernd ihre Kleidung. Dann stolzierte Alex ins Restaurant zurück und vermied es dabei, George anzusehen, der es sich mit den Zwillingen und Drew an einem Ecktisch gemütlich gemacht hatte und lachend zuhörte, wie Drew den Beat eines französischen Techno-Pop-Songs trommelte, auf den alle Mädchen aus dem Programm im Moment total abfahren.

Jetzt gerade, im Geschenkeladen der Kathedrale, hebt Alex einen dunkelroten Rosenkranz hoch, der aus echten Rosen gefertigt ist, so wie früher, und zeigt ihn mir. »Den sollten wir Livvy mitbringen«, sagt sie mit einem Kichern. »Dafür, dass sie eine so gute Katholikin ist.«

Ich schaue auf das Preisetikett. Der Rosenkranz kostet fünfundvierzig Euro.

»Ha!«, sage ich. »Für einen Gag ist der aber zu teuer.«

Alex lächelt, ohne mich anzusehen. »Hmm«, sagt sie. »Da hast du wohl recht. Dann wollen wir mal unsere kleine Nonne in Ausbildung suchen, bevor sie noch Hals über Kopf in ein einsames Kloster in den Bergen flieht.«

Wir finden Olivia an einem Altar in einer Nische rechts

vom Hauptschiff. Sie zündet gerade eine Kerze an und betet inbrünstig mit geschlossenen Augen.

»Schau mal, Liv.« Alex reißt Olivia aus ihrem Gebet. »Wir haben ein Geschenk für dich!« Alex greift in ihre Tasche und gibt Olivia den dunkelroten Rosenkranz.

Lächelnd lässt Olivia die schweren Perlen durch ihre Finger gleiten.

»Oh, Alex!«, sagt sie gerührt. »Der ist wunderschön. Er sieht genauso aus wie der, den meine Oma mir geschenkt hat, bevor sie letzten Sommer gestorben ist. Ich habe gerade erst neulich gedacht, dass ich ihn hätte nach Paris mitnehmen sollen. Wie süß von dir.«

»Na ja, irgendwie hatte ich das Gefühl, dass du in den letzten Tagen mehr mit Gott geredet hast als mit deinen besten Freunden«, scherzt Alex freundlich und umarmt Olivia. »Mme. Cuchon ruft übrigens schon. Ich unterbreche deine Zwiesprache mit dem Göttlichen ja nur ungern, aber der Bus fährt gleich ab, Schwester.«

Die beiden Mädchen wollen zum Rest der Gruppe eilen, die bereits durch die massiven Holztüren der Kathedrale hinausströmt. Aber ich halte Alex zurück. »Alex, was zum Teufel soll das?«, frage ich ernst. »Jetzt klaust du schon religiöse Utensilien?«

Aber klar. Wahrscheinlich stehlen reiche Mädchen wie Alex alle für ihr Leben gern. Sie ist eben immer auf der Suche nach dem Nervenkitzel, und im Augenblick war nichts anderes verfügbar.

»Ach, jetzt sei doch nicht albern«, knurrt sie mich böse an und stößt meine Hand weg, mit der ich sie festhalte. »Oder bist du eifersüchtig, dass ich nichts für *dich* besorgt habe?«

Unwillig, mich zu versöhnen, lasse ich sie vor mir hergehen.

Als Nächstes bringt uns Mme. Cuchon ins Centre d'Histoire de la Résistance, wo anhand der Exponate die Geschichte des französischen Widerstands während der Besetzung durch die Nazis im Zweiten Weltkrieg erzählt wird. Als wir später aus dem Museum rauskommen und uns auf den Weg zu McDonald's machen, sind alle ganz still. Ein paar Mädchen, einschließlich Olivia, wischen sich noch immer Tränen aus den Augen, als wir uns an der Bestelltheke anstellen.

»Du bist dran«, drängt Alex Olivia, die sich nicht entscheiden kann, was sie nehmen soll.

»Ähmmm«, sagt sie unschlüssig. »Ich habe eigentlich gar nicht so viel Hunger.«

»Liv!«, seufzt Alex verzweifelt. »Nun mach schon! Du hältst hier den ganzen Betrieb auf.«

Verlegen wirft Olivia einen Blick hinter sich. »Oh, tut mir leid«, sagt sie. »*Je voudrais un jus d'orange, s'il vous plaît.*«

»Herrgott, ist das alles, was du nimmst, einen Orangensaft?«, fragt Alex. »Wirst du jetzt durch deine Ballettschule zusätzlich zu all deinen anderen Neurosen auch noch magersüchtig?«

»Alex!«, sage ich scharf. »Hör auf! Was soll denn das?«

Aber Alex antwortet mir nicht. Sie gibt dem Kassierer nuschelnd ihre Bestellung durch, der sie aber nicht versteht. Anders als sonst bittet mich Alex diesmal nicht um Hilfe, sondern zeigt nur auf eines der Value-Menu-Bilder auf dem Plakat. »Ich hasse McDonald's«, murmelt sie. »Wer hatte eigentlich die geniale Idee hierherzukommen?«

Ich bestelle ein Chicken Sandwich und gebe sehr genaue Anweisungen, dass sie die Mayonnaise nicht auf das Sandwich klatschen, sondern daneben platzieren sollen. Die übergroße Liebe der Franzosen zu Mayonnaise werde ich wohl nie ganz nachvollziehen können.

»Zack, hier drüben!« Jay winkt mich zu sich, nachdem ich mein Tablett bekommen habe. Bei ihm am Tisch sitzen auch Sammy und ein Typ namens Cory. Als ich mich neben Jay fallen lasse, spüre ich, wie ich mich körperlich entspanne. Ich hatte wirklich keine große Lust, heute Nachmittag beim Essen mit einer mürrischen Alex zusammenzusitzen.

»Zack«, ruft Alex da scharf von der anderen Seite des Raums herüber, wo sie ihre Pommes einzeln aufpickt. »Wir sitzen hier!«

Mit einem gezwungenen eingefrorenen Lächeln sehe ich sie an und schüttle den Kopf. Lass mich in Ruhe, Alex. Wenigstens für ein paar Stündchen. Nur dieses eine Mal.

Alex' Augen weiten sich angesichts des Affronts, dass man sie nicht weiter beachtet. Olivia, die Alex' Launen fürchtet, beobachtet sie gebannt, als diese zu unserem Tisch eilt.

»Zack, bist du taub? Wir sitzen da drüben«, sagt Alex und deutet auf Olivia, die unseren Blicken ausweicht. Olivia sieht bedrückt aus, vom aufwühlenden Museumsbesuch ist ihr Gesicht noch immer ganz verschwollen.

»Ich dachte, ich sitze heute mal hier bei den Jungs, Alex«, sage ich ohne besondere Betonung. Jay sieht uns verwirrt an. Eigentlich dürfte das wirklich keine große Sache sein. Aber bei Alex ist natürlich *alles* eine große Sache.

»Ach so, na klar.« Alex lacht rau und zieht mich unsanft vom Sitz hoch. »Entschuldigt uns bitte für eine Sekunde, Jungs«, sagt sie zu Jay und den anderen.

»Aha, ich verstehe«, faucht sie mich an, als wir zwei, drei Meter von ihnen entfernt stehen. »Die Jungs wollen also heute ausnahmsweise mal mit dir spielen.«

»Alex! Nicht so laut!« Ich blicke nach hinten, um zu sehen, ob die anderen sie gehört haben. Ich würde *sterben*, wenn das der Fall wäre. Echt.

Verwundert schaut uns Jay vom Tisch her an. »Dein Essen wird ja ganz kalt, Mann!«, ruft er mir zu. »Du isst es besser bald, ehe ich mich noch erbarme. Die französischen Portionen sind nämlich immer viel zu klein. Ich könnte drei Value Menus verdrücken.«

»Ja, da sagst du was«, bestätigt George, der zusammen mit Patty, Tina und Drew an einem Tisch sitzt, genau wie beim gestrigen Abendessen. Alex blickt erst Jay an und dann George, der seinen Burger mampft und sie gar nicht beachtet.

Olivia steht auf, um ihren Orangensaftbecher wegzuwerfen. »Was ist hier eigentlich los? Warum esst ihr nicht? Mme. Cuchon möchte los. Ihr solltet euch beeilen.«

»Ach, wir haben nur ein paar Problemchen mit den Jungs«, sagt Alex, noch immer mit gesenkter Stimme, aber nicht so leise, wie mir lieb wäre. Ich schaue zu Jay hinüber. Es kann keinen Zweifel geben, dass er mitbekommen hat, was sie gerade gesagt hat.

»Jungs wie Jay wissen nicht, wie man mit Jungs wie dir spielt, Zack«, flüstert Alex in bitterem Ton, die Lippen dicht an meinem Ohr. »Jay hätte gar keine Ahnung, was er mit einem Jungen wie dir anstellen soll. Du bist nicht sein Typ, Schätzchen. Das warst du noch nie.«

# 17 · ALEX

## *Quasselstrippe*

Als wir am Ankunftstag abends in Lyon mit der ganzen Klasse in einem Lokal essen waren, hat sich George zu Patty gesetzt. Hinterher ist Patty dann aber ziemlich schnell ins Bett gegangen, während George noch aufblieb und mit Drew und ein paar anderen Jungs in der Lounge Karten spielte. Ich habe extra die ganze Zeit in seiner Nähe in der Ecke herumgesessen und geraucht, während Olivia mir die nassen Haare geflochten hat, damit sie sich heute Morgen beim Aufwachen locken. Aber George hat nicht zu mir herübergeschaut, kein einziges Mal.

Als wir von der Basilika Notre Dame de Fourvière zurückkommen, wo wir uns heute Vormittag viel zu lang aufgehalten haben (ganz im Ernst: Warum müssen wir hier in Lyon Notre Dame besichtigen, wo wir doch bereits in Paris einen ganzen Tag in der Notre Dame waren? Und die war viel schöner), gehe ich sofort in den ersten Stock der staatlichen Jugendherberge hoch zu den Schlafsälen. Dort sind wir an diesem Wochenende alle untergebracht. Während ich mich umziehe und in meine superkurzen Trainingsshorts sowie den eng geschnittenen Kapuzenpulli mit Reißverschluss schlüpfe, beobachte ich die anderen Mädchen, die auch meinem Schlafsaal zugeteilt sind, darunter leider auch diese grauenhafte Patty.

Die Nacht bei PJs Party habe ich George verziehen – die

Nacht, in der er mich stehen gelassen hat und mit Patty weggegangen ist. Und ich kann auch verstehen, wenn er jetzt meint, dass er Patty nicht gut in aller Öffentlichkeit die kalte Schulter zeigen kann. Ein Mädchen wie Patty würde postwendend schluchzend nach Texas zurückkehren, wenn George ihr vor aller Augen einen Korb geben würde, kurz nachdem sie ihn so offen angegraben hat. Ich kenne George – er ist nur nett zu ihr, damit sie nicht zusammenklappt und ihre Schullaufbahn gefährdet, weil sie das Programm abbricht. Dafür lässt er *mich* zappeln. Das ist nicht gerade fair, aber dieses Wochenende ist für uns beide die große Chance: die Chance, reinen Tisch zu machen und Patty – und natürlich auch alle anderen Mädchen – unwiderruflich als Variablen aus dieser Gleichung zu entfernen.

Der heutige Abend steht uns zur freien Verfügung. Das heißt im Klartext, dass uns Mme. Cuchon die Wahl gelassen hat, ob wir mit ihr Voltaire auf der Uni-Bühne ansehen wollen, was sich die gute Olivia natürlich nicht zweimal sagen ließ, oder unter den wachsamen Augen von Mlle. Vailland in der Jugendherberge bleiben möchten – wie verheißungsvoll!

Also echt: Patty kann mir nicht das Wasser reichen! Sie trägt *Perlen*ohrringe. Und zwar keine dieser schönen, erlesenen Perlen, sondern solche, wie man sie vielleicht beim Schwur in einer Studentinnenverbindung trägt oder bei irgendeinem anderen furchtbaren texanischen Ritual. Und Laufschuhe von New Balance. Die lassen sie doch gleich viel älter erscheinen! Solange man jung ist, sollte man sich auch jugendlich und frisch kleiden und nicht wie irgendeine dahergelaufene Vorort-Sekretärin.

Viele der Mädchen in meinem Schlafsaal haben sich auf ihre Betten gelegt und gehen den *Cosmopolitan*-Psychotest des Monats durch.

»Mach doch mit, Alex«, sagt Sara-Louise einladend. Ich beuge mich vor, damit sie mir hilft, meinen Pony festzustecken. Die Haarklammern dafür drücke ich ihr in die Hand.

»Ja, Alex«, sagt Mary prustend. »Ich würde echt gern wissen, welche Stellung du bevorzugst!« Sie zeigt auf die Illustrationen beim Psychotest.

»Sehr lustig, Mary«, sage ich trocken. »Ich würde ja wirklich liebend gern bleiben, aber leider kann ich nicht. Ich muss nach unten und mich dort um ein paar Dinge kümmern.«

Und das ist nicht mal gelogen: Es könnte wirklich lustig sein zuzuhören, wie die Punk-Rockerin Mary versucht, die Südstaatenschönheit Sara-Louise davon zu überzeugen, wie toll Iron Maiden ist. Oder zuzusehen, wie Sara-Louise sich abmüht, die abstehenden Haare von Mary mit ihrer riesigen Flasche Haarspray zu glätten. Aber im Moment habe ich keine Zeit für alberne Spielchen.

Patty kneift die Augen zusammen.

»Bis später«, rufe ich munter und verlasse auf schnellstem Wege das Zimmer.

Bevor ich wieder nach unten gehe, wandere ich eine Weile in den dunklen Gängen der Jugendherberge herum. Da es fast schon Winter ist und zu dieser Jahreszeit nur wenige Rucksacktouristen und junge Schulklassen in Frankreich reisen, sind die Schlafsäle nicht mal halb voll.

Von unten höre ich George lachen. Die Jungs trinken heimlich Jägermeister – ich habe die große Flasche gesehen, die sie mitgebracht haben. Schon bald wird George betrunken und sexgeil sein, und ich glaube, einen leeren Raum entdeckt zu haben. Der ist wohl nur aus Versehen von der Putzfrau offen gelassen worden. Wenn die Zeit reif ist, kann ich mit ihm dort hingehen.

Ich muss nur dafür sorgen, dass er nicht zu viel trinkt, denke ich im Stillen, während ich das Türschloss mit einer meiner Haarklammern präpariere, damit ich später auch sicher wieder reinkomme. Alles, was es braucht, ist eine Wiederholung der Nacht bei Sara-Louise.

Ich habe PJ das Alexander-McQueen-Kleid zurückgegeben, genau wie ich es Olivia versprechen musste, auch wenn *ich* es ja eigentlich behalten wollte. Als ich es jedoch am darauffolgenden Tag, nachdem ich es aus der Reinigung abgeholt hatte, noch mal anprobierte, musste ich mir eingestehen, dass es doch zu groß für mich war.

Als ich es bei PJ ablieferte, ging sie mit mir zusammen ins Schlafzimmer der Marquets, damit sie das Kleid an seinen angestammten Platz zwischen all den Smokings, wallenden Abendkleidern und Etuikleidern aus Satin zurückhängen konnte.

»Hallihallo!«, sagte ich bewundernd. »Was für eine Abendgarderobe! Besser als die von meiner Mom!« Ich sah die vollen Fächer mit den edlen Stoffen in den prächtigen Farben durch.

»Echt?«, fragte PJ.

»Nein, natürlich nicht«, entgegnete ich mit beißendem Spott. »Also bitte! Meine Mom arbeitet schließlich für die *Luxe*. Wenn man ihren begehbaren Kleiderschrank betritt, ist das so, als würde man im Bergdorf Goodman in der Fifth Avenue stehen, nur noch viel, viel toller.«

Ich faltete einen dunkelgrünen Pullover aus Seide-Kaschmir-Gemisch von Tehen auseinander und hielt ihn vor mich hin. Der sah so aus, als würde er mir wahnsinnig gut stehen.

»Alex, bitte!«, bremste mich PJ. »Es reicht!«

»Jetzt mach mal halblang.« Immer dieser Vorwurfston, also echt! »Es war doch nur *einmal ein* Kleid!«

In diesem Augenblick klingelte das altmodische Telefon am Bett der Marquets.

»Oh Gott, das sind sie wahrscheinlich«, stöhnte PJ. »Ich bin gleich wieder da. Sei bitte ganz still, sie sollen nicht mitbekommen, dass jemand hier ist.« Sie sauste zum läutenden Telefon. »Und nimm ja nichts weg!«

»Mach ich schon nicht«, sagte ich feixend. »Wie oft muss ich dir das noch sagen?« Ich wollte nur schnell die Yves-St. Laurent-Sandalen anprobieren, die ich auf dem Schuhregal erspäht hatte.

Als ich nach ihnen griff, blieb eine Sandale mit dem Riemchen an einer Einkaufstüte hängen, die jemand hinter das Regal gestopft hatte. »Na na na«, sagte ich leise vor mich hin, während ich mir halb den Kopf verrenkte, um in die Tüte zu spähen, die voll mit Seidendessous von La Perla war. »Nein, wie skandalös!«

Mme. Marquet scheint eine Schwäche für Negligés aller Arten und Farben zu haben, alle mit dazu passenden Tangas – oder vielleicht hat ja auch M. Marquet diese Schwäche. PJs Gastmutter ist anscheinend ziemlich gewieft! Sie muss sich hier einen Vorrat für die ganze Saison angelegt haben. Sicher würde sie es gar nicht merken, wenn ich mir ein oder zwei mitnahm. Da waren über 20 Garnituren drin, alle noch mit dem Preisschildchen dran! Und Gott weiß, dass *ich* mir keine neue sexy Unterwäsche leisten kann. Jedenfalls nicht mehr.

Also steckte ich zwei Negligés – von den vielen, vielen in der Einkaufstüte – in meine große Tragetasche, zusammen mit den dazu passenden Tangas.

»Alex?«, sagte PJ, als sie zurück in den begehbaren Kleiderschrank kam. »Alles in Ordnung? Es war so ruhig, dass ich schon dachte, der Anblick der vielen Kleider wäre vielleicht zu viel für dich geworden und du seist umgekippt.«

»Nein, mir geht's gut«, antwortete ich und schwang mir die Tragetasche über die Schulter. »Aber jetzt mache ich mich besser auf den Weg. Danke für dein Verständnis wegen des Kleids.«

Auf dem Nachhauseweg knabberte ich an meinen Nagelhäutchen und ruinierte mir dadurch schon wieder meine Maniküre. Die ganze Zeit musste ich daran denken, wie sauer PJ sein würde, wenn sie es je herausfinden sollte. Aber dann fiel mir die Ming-Vase wieder ein und ich war beruhigt: Wenn ich sie daran erinnerte, würde sie bestimmt all meine Geheimnisse hüten.

Inzwischen schlafen sicher alle schon. So leise wie möglich klettere ich aus meinem Stockbett und schlüpfe im Dunkeln aus meinem Thermo-Shirt und den -Shorts. Als ich auch meinen weißen Baumwollschlüpfer ausziehe, stehe ich einen köstlichen Moment lang fröstelnd in der kalten Luft, ehe ich mir das weiße Seidennegligé über den Kopf ziehe. Auch der Tanga sitzt wie angegossen.

Mit der Schlüsselkarte, die ich Zack heute Vormittag bei der Bustour aus der Geldbörse stiebitzt habe, schleiche ich mich leise in den Schlafsaal der Jungs. Dort gehe ich auf dem kalten Linoleumboden auf Zehenspitzen von Bett zu Bett, um herauszufinden, in welchem George liegt.

Ah, wie gut: Er schläft unten. Ich blicke im Mondlicht auf ihn hinunter. So eingemummelt in seinem Schlafsack sieht er fast aus wie ein Kind.

Alex, hat meine Mom einmal zu mir gesagt, es gibt nichts Besseres als den Anfang einer Beziehung – da ist alles noch so vielversprechend, man ist voller Hoffnung und Erwartungen, nimmt nur das Beste von dem anderen an und kennt noch keine verletzten Gefühle oder Wut. Wenn du Glück hast, setzte sie hinzu, dann ist es das, woran du dich erinnerst, wenn es vorbei ist. In meinem Inneren führe ich einen kleinen Dialog mit ihr – mit meiner Mom, die, wie alle immer sagen, genau wie Juliette Binoche aussieht. Wenn du Glück hast, entgegne ich ihr im Geiste, wenn du es geschickt anstellst, ist es nie vorbei.

Ich entferne die Klammern aus meinen Haaren – ich hatte sie zurückgesteckt – und schüttle sie aus, damit sie voll und verwegen aussehen. Dann ziehe ich ganz langsam den Reißverschluss von Georges Schlafsack auf, nur gerade so viel, dass ich zu ihm hineinschlüpfen kann, aber dass ihm nicht kalt wird oder er vorzeitig aufwacht.

Ich drücke meinen Körper gegen seinen, greife hinunter und hoffe, dass ich diesen Teil von ihm als Erstes aufwecken kann. Er stöhnt ein bisschen, regt sich und wacht auf.

In seinen Augen spiegeln sich Angst und Überraschung, aber ich halte ihm schnell den Mund zu, ehe er mich auffliegen lassen kann. Resolut lege ich mir den Finger an die Lippen. Er reibt seinen Körper an meinem, während ihm mehr und mehr zu Bewusstsin kommt, was gerade geschieht.

»Träume ich?«, flüstert er. »Wenn ja, dann ist das der beste Traum, den ich je hatte.«

Weniger als einen Zentimeter von seinem Ohr entfernt flüstere ich ihm leise zu: »Ich kenne einen Ort, wo wir hinkönnen.«

George lächelt befangen und nickt mit hochgezogenen Augenbrauen. Ich wusste doch, dass das eine gute Idee war! Ich wusste es!

Vorsichtig ziehe ich ihn aus dem Bett und führe ihn zur

Tür. »Du wartest hier eine halbe Minute«, weise ich ihn an. »Dann kommst du hinter mir her. Die fünfte Tür auf der linken Seite. Sie ist offen.« Ich schlüpfe in den stockdunklen Gang hinaus und schleiche auf Zehenspitzen zu dem leeren Raum, den ich gefunden habe, als ich mich vorhin ein bisschen in der Jugendherberge umgesehen habe.

Schlagartig flackert das grelle Neonlicht im Gang auf. Bitte lass George nicht hier sein!

Oh Gott. Fast wünschte ich mir jetzt, katholisch zu sein, so wie Olivia, dann wüsste ich, zu welchem Heiligen ich beten könnte. Zu dem Heiligen halbnackter Mädchen, die sich mit dem heißesten Typen aus dem Lycée in einen leeren Raum schleichen wollen. Gott wird mir bestimmt vergeben.

Na ja, Gott vielleicht schon, aber nicht meine Anstandsdamen – jedenfalls nicht, wenn sie George sehen, eins und eins zusammenzählen und draufkommen, was ich vorhatte. Ich drehe mich um. Ich habe das Gefühl, dass mir alles zwischen den Fingern zerrinnt. Gerade eben noch ist mir George zur Schlafsaaltür gefolgt und alles schien so perfekt …

George steht nirgends hinter mir. Er hat also meine Anweisung befolgt zu warten. Braver Junge.

»Alex!«, fährt mich Mme. Cuchon aus einer Tür an. Ihre roten Haare sind offen, ohne den üblichen Nackenknoten, und stehen ihr wirr vom Kopf ab.

Mlle. Vailland, die hinter der Tür eines anderen Mädchenschlafsaals hervorschaut, sieht genauso wütend aus wie Mme. Cuchon. »*Qu'est-ce que tu fais?* Was machst du da?«, fragt sie, während sie sich einen Pullover überzieht.

Der Krach im Gang lockt nun auch die Jungs aus ihrem Schlafsaal, und eilig versuche ich, mich in mein Zimmer zu retten. Aber ich bin nicht schnell genug. Die Jungs scharen sich im Flur und johlen anerkennend, genau wie gestern, als

Jay wie durch ein Wunder auf den fahrenden Zug aufspringen konnte.

Ich fange Zacks Blick auf. Eigentlich müsste er seine helle Freude an dem Ganzen haben, wenn man bedenkt, wie ich ihn heute behandelt habe, aber er sieht so aus, als wolle er nichts lieber als zurück ins Bett.

»Hübsche Bäckchen«, ruft mir Drew spöttisch hinterher. Schnell bedecke ich meinen Hintern mit den Händen und versuche, meine entblößten Pobacken zu verbergen, als ich an Mme. Cuchon vorbei in meinen Schlafsaal renne.

»Ich musste nur mal aufs Klo«, sage ich zu Mme. Cuchon. »Ich habe keine Ahnung, was die ganze Aufregung hier soll.«

»Geh schlafen, Alex«, seufzt Mme. Cuchon müde. »Und vergiss bitte beim nächsten Mal nicht, deinen Bademantel mitzubringen, wenn du bei einem Klassenausflug mitten in der Nacht aufstehen musst.«

Beim Frühstück empfangen mich sowohl Rufe und Pfiffe als auch die finsteren Mienen von Patty und ihrer hässlichen Zwillingsschwester. (Kapiert? Sie sind eineiige Zwillinge, also sind sie natürlich beide hässlich. Witzig, was?)

Ich blicke im Speisesaal der Jugendherberge in die Runde. Soll ich mich lieber verbeugen oder schnellstens Deckung suchen? Natürlich keine Deckung: Ich gehe hoch erhobenen Hauptes hinein.

Als George mich gestern Nacht gesehen hat, war er so erfreut! Da ist er ja. Endlich habe ich ihn in der Menge erspäht: Er sitzt mit Drew ganz hinten im Speisesaal und isst Cornflakes. Die Daumen in meine Gürtelschlaufen gehakt, marschiere ich unverzagt zu ihnen hinüber.

George und Drew waren anscheinend schon früh wach. Gerade reden sie über die Fußball-Tabellen, die sie sich heute

Morgen auf ESPN.com angeschaut haben. Tja, gibt es ein tolleres Thema?

»George«, unterbreche ich ihn. »Freust du dich auch schon auf Le Corbusier?«

»Auf was?« George und Drew sehen mich beide verständnislos an.

»*Sainte-Marie de la Tourette*«, rufe ich ihnen in Erinnerung und akzentuiere genüsslich jedes einzelne Wort, um zu zeigen, wie gern ich französisch spreche. »Das Kloster, in das wir heute Vormittag fahren?« Eigentlich freue ich mich gar nicht so sehr auf den Ausflug in die Umgebung von Lyon, aber George soll ruhig merken, dass ich die französische Kultur sehr ernst nehme – schließlich habe ich französisches Blut in mir!

»Ach ja, das Schweigekloster«, sagt George, dem es offenbar wieder eingefallen ist. »Glaubst du, du kommst damit zurecht?«

Anscheinend müssen in dem Kloster, das wir heute besichtigen, die dort lebenden Mönche ein Schweigegelübde ablegen.

»Auf gar keinen Fall«, antwortet Drew an meiner Stelle, trommelt leise mit den Fingern auf dem Tablett herum und schaukelt dabei auf seinem Stuhl vor und zurück. »Ich wette um zehn Euro, dass sie im Kloster nicht mal zehn Minuten lang die Klappe halten kann.«

Gereizt blicke ich Drew an. »Die Wette gilt«, sage ich impulsiv. Es ist echt ungeheuerlich, was Drew von mir hält! Ich bin vielleicht *kontaktfreudig* und natürlich auch wahnsinnig *interessant*. Da ist es doch nicht verwunderlich, dass ich eine Menge zu sagen habe!

Drew hört mit seinem Getrommel auf und schüttelt meine Hand, um die Wette zu besiegeln. »Du musst schweigen, sobald wir angekommen sind, und dann die ganze Besichtigung hindurch, bis wir wieder in den Bus steigen. Deine Erfolgschancen sind gleich null, Quasselstrippe.«

»Das werden wir ja sehen«, sage ich. Einer Herausforderung konnte ich noch nie widerstehen.

»Pater Marie-Alain Couterier hat Le Corbusier 1956 gebeten, dieses Kloster mit Kreuzgang zu entwerfen.« Mlle. Vaillands Geschwafel wird mithilfe des Lautsprechersystems im Bus verstärkt, während wir über die bewaldeten Hügel nach Eveux-sur-Abresle unweit von Lyon fahren, wo La Tourette liegt. »Le Corbusier hat weltweit viele namhafte Gebäude erbaut, unter anderem das UN-Hauptquartier in New York. Das Kloster ist ein schönes Beispiel für die spätmoderne Architektur. Seht es euch genau an, *mes étudiants*. Ich sage euch, es ist ein Meisterwerk.«

Als wir höher hinaufkommen, sehe ich einen tristen Betonbau, der mich eher an eine alte Williamsburg-Fabrik erinnert als an eine heilige Stätte. Das Kloster ist mir ziemlich egal, aber mir gefällt die Vorstellung, dass George und Drew die ganze Besichtigung über in meiner Nähe bleiben, um zu überprüfen, ob ich auch ja nicht rede. Mit etwas Glück können George und ich uns mal kurz davonstehlen ...

Dagegen gefällt mir gar nicht, wie Drew hinten gegen meinen Sitz trommelt. Aber ich kann ihm leider nicht sagen, dass er aufhören soll. Im Moment darf ich ja nicht reden.

Wie erwartet, weicht mir Drew nicht von der Seite und wird von George, der uns amüsiert beobachtet, angefeuert. Um mich zu einer Antwort zu verleiten, stellt mir Drew den ganzen Vormittag lang dämliche Fragen.

»Aber über all das hier weißt du sicher sowieso nichts, oder Alex? Ich meine, du hattest ja bisher, bevor du nach Paris gekommen bist, ziemlich wenig Berührung mit der französischen Kultur«, ärgert mich Drew nach dem endlosen Vortrag von Mlle. Vailland über die Rolle der katholischen Kirche im französischen Alltag. »Hast du nicht gesagt, du würdest gern mehr über die französische Lebensart wissen?«

Drew weiß natürlich ganz genau, dass ich eine Kennerin und Liebhaberin der französischen Lebensart bin und dass von allen aus dem Programm ja wohl ich diejenige bin, die schon den meisten Kontakt mit Franzosen hatte. Na ja, abgesehen vielleicht von Cory aus Denver, der französische Eltern hat – *beide* Elternteile sind Franzosen –, die mit ihm in den Staaten leben. Trotzdem bin ich hier im »Programme Americaine« die Expertin für französische Kultur.

Natürlich lasse ich mich nicht in die Falle locken, selbst als er das Kloster beleidigend »Saint Marie des Tourette-Syndroms« nennt. Was für ein Blödmann!

Die hier lebenden Mönche dürfen anscheinend tatsächlich nicht reden, aber von allen Besuchern heute bin ich offenbar die Einzige, die ein Schweigegelübde abgelegt hat.

Wie sich ziemlich schnell herausstellt, gibt es allerdings eine Schwierigkeit: Wie soll ich mich mit George zurückziehen, ohne verbal damit rauszurücken, dass er mir folgen soll?

Endlich erlaubt uns Mme. Cuchon, dass wir uns eine Weile alleine umschauen dürfen, aber wir sollen nichts anstellen. Als sie Letzteres sagt, blickt sie mich an.

Ich lasse meine Hand in Georges gleiten und ziehe ihn auf eine Baumgruppe in der Nähe der Klosterkirche zu. Hinter dem kleinen Betonklotz, der die Kirche darstellen soll, mache ich schweigend den Reißverschluss meiner Jacke auf und öffne die obersten Knöpfe meines schmal geschnittenen karierten Cowboyhemdes. Dann lege ich den Kopf zur Seite und fordere ihn mit meinem verführerischsten Blick auf, näher zu kommen. Tief drinnen zittere ich.

»Oh, Al«, lacht George. »Du bist echt ein Original.«

Er stöhnt ein bisschen, als ich seine Hand nehme und auf meinen Halbschalen-BH lege. Gerade als er mich küssen will, kommt Drew um die Kirche herum und lacht sich tot, weil er uns ja quasi in flagranti auf einem Kirchhof erwischt hat.

»Alex hat wieder zugeschlagen!«, ruft Drew fröhlich. »Sie kann es echt nicht lassen! Von allen Mädchen im Lycée de Monceau ist sie diejenige, die mit Abstand am härtesten arbeitet!«

Schnell mache ich die obersten Hemdknöpfe wieder zu und stampfe wütend an ihm vorbei. »Du bist so ein Arschloch, Drew.« Ich spucke die Worte mehr aus, als dass ich sie sage. Warum muss das ausgerechnet immer dann passieren, wenn ich gerade Fortschritte mit George mache? Warum zerstören alle immer das Einzige, was mich hier in Paris wirklich glücklich machen würde?

»Ha!«, ruft Drew mir hinterher. »Du schuldest mir zehn Euro. Ich wusste, dass du es nicht den ganzen Vormittag aushalten würdest.«

»Du hasst mich.« Das ist keine Frage, sondern eine Feststellung. Zack hat die letzten vierundzwanzig Stunden kein Wort mit mir gesprochen. Er muss mich wirklich und wahrhaftig abgrundtief hassen. Er verschränkt die Arme und starrt geradeaus auf die leeren Gleise, während wir im Bahnhof von Lyon auf den TGV nach Paris warten.

»Das ist nicht dein Ernst, oder?«, frage ich. »Du schweigst mich wirklich nur an? Nach allem, was wir gemeinsam durchgemacht haben?«

Statt einer Antwort kehrt mir Zack den Rücken zu.

»Na schön«, sage ich. »Dann entschuldige ich mich eben bei deinem Rücken. Es tut mir sehr, sehr, sehr leid, dass ich mich bei McDonald's gestern so blöd verhalten habe. Ich könnte mich dafür ohrfeigen.«

Keine Reaktion.

»Ach komm schon, Zack! Lass uns dort weitermachen, wo wir aufgehört haben. Ich hasse es, mit dir Streit zu haben«, bettle ich. Aber Zack wippt nur gereizt mit seinem Fuß auf und ab. Er wirkt unruhig, kurz vor dem Platzen. Gleich wird er etwas sagen.

Und ich soll recht behalten.

»Du verstehst es nicht, Alex, oder? Du hast mich gekränkt, du hast mich runtergemacht –« Er blickt sich um, um sicherzugehen, dass keiner ihn hören kann. »Wieso glaubst du eigentlich, dass du so mit mir reden kannst? Und das auch noch vor dem Jungen, den ich mag? Wie würdest du es finden, wenn ich das umgekehrt bei dir machen würde?«

»Drew macht das den ganzen Tag«, verteidige ich mich.

Vor Wut weiten sich Zacks Nasenlöcher.

»Okay, okay!«, sage ich. »Ich nehme das zurück.«

»Alex«, flüstert Zack. »Jay hätte dich hören können, als du über mich und ihn geredet hast. Vielleicht weiß er jetzt, dass ich schwul bin. Vielleicht wissen es sogar schon alle. Kannst du auch nur annähernd begreifen, wie viel Angst mir das macht? Möglicherweise hassen mich jetzt ein paar bloß aus diesem Grund. Oder sie würden mich am liebsten verprügeln. Und dabei habe ich noch nicht mal alle richtig kennengelernt. Die Einzige, die ich wirklich näher kenne, bist du, und im Moment weiß ich nicht, ob ich dich überhaupt noch kennen will.«

Mir treten die Tränen in die Augen. »Bitte sag das nicht«, flehe ich. »Bitte sag das nicht. Wir sind doch so ein fabelhaftes Team, du und ich. Niemand hier kann deine Stelle bei mir einnehmen. Ich könnte es nicht ertragen, wenn du mir nicht verzeihst.«

Aber warum sollte er? Auch wenn es kein böser Wille war – ich habe nun mal das Einzige getan, was ich Zack damals abends am Place de l'Odéon versprochen habe, nicht zu tun. Ich habe sein Geheimnis nicht bewahrt.

Ich umarme ihn mitsamt seinem Rucksack. »Es tut mir so leid, Zack. Bitte, bitte verzeih mir. Ich würde alles dafür geben.«

»Du hast mich behandelt, als wäre ich dein Schoßhündchen, Alex«, sagt Zack und schüttelt mich ab. »Lass mich in Ruhe.«

»Aber Zack.« Meine Stimme klingt schrill. »Jay hat mich doch gar nicht gehört! Niemand hat das.«

In diesem Augenblick fährt mit einer mehr als einstündigen Verspätung bebend der TGV in den Bahnhof ein.

»Das ist egal«, sagt Zack und tritt näher an den Zug heran. »Was zählt, ist, dass er es hätte hören können, und das hättest du niemals wiedergutmachen können.«

Bevor wir in den Zug steigen, tippt mir George auf die Schulter.

»Ja?«, sage ich und sehe ihn mit einer hochgezogenen Augenbraue an. Die Kränkung und die Scham, die ich heute seinetwegen erlebt habe, sitzen tief. Ich will nur noch in den Zug einsteigen, beruhigende Musik über meinen iPod hören und schlafen.

George drückt mir eine Packung Gauloises und ein Gratis-Streichholzbriefchen aus dem Laden, wo er die Zigaretten gekauft hat, in die Hand. »Für all die Zigaretten, die ich bis jetzt bei dir geschnorrt habe!«, erklärt George, als ich ihn fragend anschaue. »Ich wollte nicht, dass du denkst, ich würde nicht meinen Beitrag leisten für unser kleines Arrangement.« Er drückt mir einen freundschaftlichen Kuss auf die Stirn. »Na, wer sagt's denn? Sieht so aus, als könnten wir endlich einsteigen. Bis später, Al.«

Wir betreten den Zug, alle abgeklärter und reifer als zu dem Zeitpunkt, als wir am Freitag in Paris an Bord gegangen sind. George setzt sich Patty und Tina gegenüber, die identische neue Opa-Strickjacken mit Ellbogenschonern tragen.

Die Sache ist die: Ich kann diese Zigaretten wirklich gut gebrauchen! Zigaretten machen nämlich einen der vielen Kosten-Posten aus, die mein Konto im Augenblick so schnell leer räumen. George hat mir also nicht nur etwas geschenkt – es war auch noch etwas, was ich wirklich gut gebrauchen kann!

Olivia lässt sich neben mich fallen. Sie war noch am Bahnhof am Internetstand, um ihre E-Mails zu checken, und ist hinterhergekommen.

»Alex!«, verkündet sie atemlos und umarmt mich aufgekratzt. »Gerade ist etwas Irres passiert! Ich habe meine E-Mails gecheckt – erinnerst du dich an den Tag, als ich trotz meiner Verletzung getanzt habe? Obwohl ich es eigentlich noch nicht durfte? Da war ein Talentscout vom Paris Underground Ballet Theatre da, du weißt schon, die Kompanie vom linken Seine-Ufer, von der du mir erzählt hast. Deine Mom hat sie sich während der Frühjahrsmodenwoche letztes Jahr angesehen.«

Ich kann ihr nicht wirklich folgen. »Ja, und? Was ist passiert?«

»Die Agentin der Tanztruppe – die, die an dem Tag, als ich getanzt habe, obwohl ich es nicht sollte, in meine Klasse gekommen ist – sie hat mir gemailt! Sie wollen mich für die Truppe! Sie wollen mich dafür *bezahlen*, dass ich tanze! Und ich habe nicht mal gewusst, dass jemand zuschaut, der uns begutachtet, weil ich damals ja zu spät gekommen bin, und dabei bin ich *nie* zu spät! Die Agentin wollte wissen, warum ich nach dem Vortanzen so schnell verschwunden bin!«

»Oh, Olivia!« Ich gratuliere ihr. »Das ist ja der Wahnsinn!« Ich freue mich wirklich für sie.

»Ja, nicht?«, kichert sie, dann zögert sie. »Um genau zu sein, habe ich zwei E-Mails bekommen. Eine von der Agentin und eine von meiner Mom.«

»Was hat deine Mom geschrieben?«, frage ich erschrocken. Bitte keine Briefbombe.

»Na ja, irgendwie sind es gute und schlechte Nachrichten zugleich«, sagt Olivia. »Sie – meine ganze Familie – kommt zu Weihnachten zu mir zu Besuch.«

»Wirklich?«, frage ich. »Ich dachte, du wolltest heimfahren, nach Kalifornien.«

»Ja, dachte ich ja auch«, sagt Olivia und starrt ins Leere. »Und das wollte ich auch. Ich habe das Gefühl, schon eine Ewigkeit nicht mehr mit Vince geredet zu haben, so richtig. Ich habe mich so gefreut, mich mal wieder leibhaftig mit ihm zu unterhalten.«

Darüber sinniere ich kurz nach, dann frisiere ich mit den Händen ihren Pony. »Livvy, denk jetzt nicht an Vince. Du bist gerade von einer wichtigen Tanzkompanie engagiert worden! Das ist unglaublich! Meine Mom wird sich so für dich freuen!« Das heißt, falls sie je auf meine Anrufe reagieren sollte ...

»Ja, es ist unglaublich, oder?«, sagt Olivia und lächelt jetzt wieder. »Lass uns Zack suchen. Ich will's ihm auch gleich erzählen!«

»Nein, geh du mal allein«, entgegne ich. Ich will ihr nicht eingestehen, dass Zack und ich noch immer Stress haben. Sie würde sich deswegen nur zu viele Sorgen machen und es würde ihren großen Augenblick überschatten. »Ich halte dir den Platz frei.«

Ich klopfe mir mit der Gauloises-Packung gegen den Handballen. Die bedeuten doch etwas, denke ich, hoffnungsfroh und kribbelig. Die müssen etwas bedeuten.

# 18 · PJ

## *Eine zweite Chance*

»Es tut mir sehr leid, dass ich Sie darauf aufmerksam machen musste«, entschuldigte sich Mme. Cuchon, als sie M. und Mme. Marquet letzte Woche in ihr Büro bat. Es war der Montagmorgen nach der Party. »Ich fürchte, dass Sie mit den Freiheiten, die Sie ihr gelassen haben, wohl ein bisschen zu großzügig waren. Penelope ist von ihren Eltern anscheinend eine strengere Hand gewöhnt, als sie sie hier bisher in Frankreich hatte.«

Oh, Lady, wenn Sie wüssten, welche »strenge Hand« ich von meinen Eltern gewohnt bin.

Mme. Cuchon fuhr fort: »Ich denke, eine faire Konsequenz für Penelopes Verhalten wäre, sie am kommenden Wochenende nicht nach Lyon mitfahren zu lassen.«

»Nein!«, sage ich laut. Plötzlich bin ich den Tränen nahe. »Da wollte ich so gern mit!« Und das stimmt. Ich wollte die *traboules* sehen, von denen Mary mir erzählt hat – die schmalen, überdachten Gänge, die im Mittelalter von Handeltreibenden und Geschäftsleuten benutzt wurden und dann im Zweiten Weltkrieg von der französischen Résistance. Die *traboules* gehören zu den Dingen, deretwegen man unbedingt nach Lyon fahren muss. Man muss sie sich vor Ort ansehen. Es reicht nicht, einfach ein Buch aufzuschlagen und das Gefühl zu haben, dass man die Geschichte kennt.

»Mädchen mit Penelopes Aussehen machen immer Probleme, oder? *N'est-ce pas?*«, bemerkte Mme. Marquet an Mme. Cuchon gewandt, die daraufhin unbehaglich den Blick abwendete.

»Von jetzt an werden wir besser auf Penelope aufpassen«, sagte M. Marquet großmütig. Er schien erleichtert, dass das Treffen fast vorüber war. Kurz sah er mich direkt an und ich war schockiert, darin vor allem ehrliche Zuneigung zu erkennen und nicht Abscheu. Weder die zerbrochene Vase noch das Kleid, das sich Alex für ihre Szene auf dem Balkon ausgeborgt hatte, war den Marquets aufgefallen.

Nein, natürlich nicht – es war Mme. Cuchon gewesen, mit ihrer unheimlichen Fähigkeit, alles aufzudecken. Sie hatte ein Zettelchen, das zwischen den texanischen Zwillingen hin- und hersauste, abgefangen, wo es – neben vielen anderen blödsinnigen Themen – darum ging, »wie süß es von George und Drew war, dass sie uns nach der wilden Feier bei PJ noch nach Hause begleitet haben«.

»Penelope«, sagte Mme. Marquet und lächelte mich zögernd an, als ich an jenem Nachmittag nach der Sportstunde ins Apartment kam. »Wir hätten gern, dass du am Wochenende mit uns zu unserem Château kommst, da du ja jetzt nicht mit nach Lyon fährst. Wir würden dich nur ungern wieder allein zu Hause lassen.«

Unsicher lächelte ich zurück. »Wirklich?«, fragte ich erstaunt. »Sie sind nicht wütend, dass ich Sie angelogen habe? Und bei Ihnen zu Hause eine Party gegeben habe? *Vous n'allez pas vous mettre en colère?*«

M. Marquet schüttelte den Kopf. »*Non*«, sagte er. »Du bist nicht in Schwierigkeiten, nur weil du gelogen hast. Uns ist es einfach sehr wichtig, dass zu Hause kein Unfriede herrscht. Auch wenn das manchmal heißt, dass wir unsere Gefühle für uns behalten und aus nichts ein Drama machen.«

Ich verstehe. Von dieser elterlichen Philosophie habe ich zwar noch nie gehört, aber da ich keine Probleme mit den Marquets wollte – egal wann und wie –, nickte ich energisch. »Vielen Dank. Ich werde Sie nicht enttäuschen.«

»Vergessen wir einfach, dass das Ganze überhaupt geschehen ist«, sagte Mme. Marquet.

Aha. Das muss die französische Art sein, bestimmte Dinge zu lösen. Und *wenn* jemand gern die Gelegenheit beim Schopfe ergreift, unangenehme Dinge hinter sich zu lassen, dann ja wohl ich.

Als ich mich an diesem Abend bettfertig gemacht habe, versuchte ich, mit mir selbst so zu reden, wie es die Marquets mit mir getan hatten. Dinge hinter sich lassen ... Dramen vermeiden ... Genau das hatte ich getan, als ich Vermont verlassen hatte und nach Paris gekommen war, oder nicht?

Nein, falsch. Es ist eine Sache, sich selbst zu vergeben, dass man eine Party in einem Apartment gefeiert hat, in dem man für ein Jahr zu Gast ist. Aber seine eigene Familie im Stich zu lassen, wie ich es getan habe?

Ich denke an die nebligen Wiesen hinter dem Château, an die schöne französische Landschaft. Eins weiß ich jedenfalls sicher: Ich bin ungeheuer erleichtert, eine zweite Chance zu bekommen.

Am darauffolgenden Samstag bietet mir M. Marquet nach dem Frühstück an, mich endlich auf einen Ausritt mitzunehmen. Er hilft mir, ein dunkelbraunes Pferd zu satteln, schnallt alles fest und bindet mir den Riemen des samtbezogenen Reithelms unter dem Kinn fest.

»Wie heißt denn das Pferd?«, frage ich und streichle mit den Fingerrücken über seine weiche, pelzige Nase.

»*Vanille*«, entgegnet M. Marquet und lacht. Ich lache mit.

Das Fell des Pferdes ist so dunkel, dass es fast schon schwarz ist.

M. Marquet galoppiert vorneweg. Ich weiß kaum, was ich tue, aber Vanille orientiert sich an M. Marquets Pferd. Ich halte nur starr meine Zügel fest.

»*Regarde!* Schau dir das an!«, ruft M. Marquet und zeigt auf die Landschaft. Sie ist atemberaubend, wie aus einem Märchen. Wir reiten an Bäumen entlang, unterhalb derer die Stadt Périgueux liegt. Durch eine Schlucht schlängelt sich ein Fluss, über den schmale, enge Brücken führen, die auf Französisch *ponts* heißen. Der Himmel ist heute grau und leichter Nieselregen liegt in der Luft, aber es droht kein richtiger Regen oder Schnee.

»*C'est magnifique!*«, rufe ich ihm zu. »Großartig!« Er lächelt mich an. Anscheinend hat er mir wirklich verziehen.

Als wir ins Haus zurückkommen, begrüßt uns Mme. Marquet schon an der Tür zur Garderobe. »Mir war nicht klar, dass du mit Penelope ausgeritten bist«, sagt sie verärgert zu M. Marquet. »Heute Nachmittag findet die Treibjagd mit den Lafontants statt. Hast du das etwa vergessen?«

»Adele«, M. Marquet geht zu seiner Frau und legt die Arme um sie. »Du weißt doch, wie gern ich reite. Für die Treibjagd heute Nachmittag werde ich nicht zu müde sein!«

Eine Sache, der reiche Europäer anscheinend ziemlich gerne frönen, ist die Fuchsjagd, gemeinsam mit reichen Freunden, und dann gibt es anschließend ein gigantisches Abendessen mit den verschiedensten Fleischsorten. Von dieser Sitte hat uns Alex erzählt und Olivia, die Vegetarierin ist, hat sich total geekelt. Anschließend berichtete uns Zack, dass sein Dad ihn jedes Frühjahr gezwungen hat, mit seinen Onkel und Cousins auf die Jagd zu gehen, und dass sie immer alle beten müssen, bevor sie irgendetwas töten.

»*Tu me rends folle* – du machst mich rasend«, sagt Mme. Marquet leise. »Es ist noch so viel vorzubereiten, bevor wir die Lafontants treffen. Jetzt werde ich nicht mit dir mitkommen können.«

»Aber ist nicht genau dafür Marie da?«, fragt M. Marquet. Mme. Marquet blickt ihn wütend an, dann schaut sie zu mir, als wäre ihr erst jetzt klargeworden, dass ich ja die ganze Zeit dabeistehe.

»Penelope«, sagt sie. »Das Treffen heute Abend ist nur für Erwachsene.«

M. Marquet sieht verlegen aus. »Adele, du willst nicht, dass Penelope mit dabei ist?«

»Nein! Dieses Abendessen ist viel zu wichtig!«, sagt sie.

»Kein Problem«, beteure ich M. Marquet. Dann wende ich mich an Mme. Marquet. »Ich würde Ihnen sehr gern bei den Vorbereitungen helfen. Was brauchen Sie denn?«

»Nun«, antwortet Mme. Marquet wohlwollend, »wenn es dir wirklich nichts ausmacht.« Sie führt mich in die Küche. »Geh einfach Marie zur Hand, was immer nötig ist.« Sie deutet auf den Tisch, auf dem bereits Berge von Obst, Gemüse und Kartoffeln stehen. Über dem Spülbecken hängt eine Rinderhaxe, die man noch säubern und klein schneiden muss.

Natürlich möchte ich, dass die Marquets mich als hilfsbereit und nützlich empfinden und nicht als Bürde. Verdammt, wenn sie mich bitten würden, ihr Château von oben bis unten zu putzen, würde ich auch das tun, und zwar mit einem Lächeln auf den Lippen. Schließlich bin ich dafür verantwortlich, dass ihre Vase kaputtgegangen ist.

»*Merci, chérie*«, sagt M. Marquet und berührt mit seiner faltigen Hand meine Wange. »Adele, komm, ziehen wir uns für die Jagd um. Hat Marie meine neue Reithose gewaschen?«

Er führt sie aus der Küche. Sie sehen beide nicht so aus, als ob sie sich hier wohlfühlten.

Marie gibt mir die Aufgabe, das Rindfleisch in kleine Stücke zu schneiden, für das *boeuf bourguignon* – das ist ein herzhafter, leckerer Eintopf aus Rindfleisch und Gemüse, der mit geschälten, mit Butter und Petersilie bestreuten gekochten Kartoffeln serviert wird. Die Vorbereitung ist anstrengend und eine ziemliche Drecksarbeit: Schon bald ist mein T-Shirt mit lauter Spritzern vom Fleischsaft besudelt. Die Würfel, die ich geschnitten habe, sind in Form und Größe ungleichmäßig.

»Ist das so in Ordnung?«, frage ich Marie. Sie nickt.

»Na, da hast du ja zwei feine Gasteltern«, sagt sie leise auf Französisch. »Ich werde wenigstens für diese Arbeit bezahlt. Aber dich lassen sie hier schuften, als wärst du ihre Sklavin.«

Ich tue so, als hätte ich das nicht gehört, auch wenn mir der Gedanke selbst schon gekommen ist, während ich das Rindfleisch von den Knochen gelöst habe.

Den ganzen Nachmittag werkeln wir in der heißen Küche. Wir kochen, putzen und schälen Gemüse, backen Brot und Nusskuchen. Als Marie schließlich nichts mehr für mich zu tun hat, sehe ich aus wie durch den Fleischwolf gedreht.

In der alten Badewanne, die ein Stückchen den Gang runter hinter meinem Zimmer liegt, nehme ich ein Bad. Über eine Stunde lang weiche ich in dem dampfenden Wasser ein. Nachdem ich wieder ganz sauber und rein bin, alle Gemüsereste unter den Fingernägeln entfernt und alle Gerüche aus den Haaren gespült habe, wickle ich mich in ein großes Handtuch, lege mich auf mein Himmelbett und mache mich daran, Annabels alte Ausgabe von *Madame Bovary* zu lesen, die ich nun schon seit ihrer Flucht mit mir herumtrage. Anders als meine Schwester bin ich allerdings noch nie ein sonderlicher Bücherwurm gewesen. Ich kann einfach nicht lange still sitzen.

Von unten höre ich, wie ein Auto vorfährt und Marie die Lafontants hereinlässt.

Auch wenn ich nicht zum Abendessen eingeladen bin, möchte ich gern etwas ordentlicher als sonst aussehen, wenn ich nach unten gehe, um selbst zu essen. Marie hat mir nämlich etwas im Ofen warm gestellt. Sie selbst muss am Büffet bedienen, ehe sie dann in das kleine Verwalterhäuschen auf der anderen Seite der Wiese vom Haupthaus geht, das sie zusammen mit ihrem Mann bewohnt. Ich werde in der Küche essen.

Ich kämme mir das lange Haar und schüttle es dann, sodass es mir wie ein glänzender gelber Fächer über die Schultern fällt. Ich habe diesmal einen meiner hübscheren Pullover mitgenommen, eine schlichte schwarze Wolljacke, die ich über meiner weißen Hemdbluse, die ich ordentlich in die Hose gesteckt habe, zuknöpfe. Außerdem ziehe ich meine saubersten Jeans mit den wenigsten Löchern an.

Die Lafontants und die Marquets trinken im Esszimmer Wein, was mir merkwürdig vorkommt. Ob es Mme. Marquet wohl zu peinlich war, die Gäste im Wohnzimmer zu bewirten, da es in keinem so guten Zustand ist wie die anderen Räume des Hauses? Wann hatten die Marquets hier überhaupt zum letzten Mal Besuch? An der Esszimmertür husche ich schnell vorbei, damit sie mich nicht bemerken.

Draußen rascheln die Bäume im herbstlichen Wind und klopfen mit den Ästen an die Küchenfenster. Marie ist eine fantastische Köchin. Jeder Bissen vom *boeuf bourguignon* ist absolut köstlich, auch wenn es schade ist, ein so mollig wärmendes Essen ganz alleine zu sich zu nehmen.

Ich denke an meinen Ausritt heute Morgen und wie glücklich ich mich schätzen kann, dass die Marquets in Bezug auf die Party so nachsichtig reagiert haben. Eine Sache, die ich an meinem Leben in Vermont vermisse, ist, in der freien Natur zu sein und in den Wäldern hinter unserem Haus herumzustromern. Hier im Château ist es ein bisschen so wie dort, nur noch schöner.

Wie es Dave wohl geht? In Vermont bedeckt jetzt wahrscheinlich jeden Morgen, wenn er aufwacht, Frost das Gras. Bestimmt fühlt er sich einsam und fragt sich, wo Annabel steckt. Nun kann er auch nicht mehr in das Haus meiner Eltern. Als ihm schließlich klar wurde, dass auch ich nicht weiß, wo sie ist, und mir klar wurde, dass sich an der Situation meiner Eltern in absehbarer Zeit nichts ändern wird – sie sitzen noch immer in U-Haft und ich muss noch immer die Marquets dazu bringen, dass sie mich über die Winterferien zu sich einladen, damit ich nicht nach Vermont zurückmuss –, ist unser Kontakt eingeschlafen. Mein Drang, mit ihm zu reden, entsprang meiner damaligen Verzweiflung – geblieben sind Grauen und Schrecken. Ich nehme an, wenn es neue Hiobsbotschaften gibt, wird er mir mailen. Auch wenn ich nicht sicher bin, ob ich noch mehr schlechte Neuigkeiten aushalten könnte.

Das benutzte Geschirr wasche ich in der Spüle ab, reibe es dann mit einem alten Küchentuch trocken und stelle es wieder in den Schrank zurück. Aus dem Esszimmer höre ich fröhliches Gelächter: M. Lafontant und M. Marquet freuen sich über ihren Erfolg bei der Jagd.

»Hättet ihr gern mehr Wein?«, höre ich Mme. Marquet fragen. »Dazu muss ich in den Keller und neuen holen. Marie hat leider nicht genug für das Abendessen hingestellt.«

»Ich komme mit«, bietet Mme. Lafontant an. Ich höre, wie die beiden die Stühle zurückschieben und ihre Schuhe über den Boden klackern, als sie in Richtung Küche gehen, hinter der sich die Stufen zu der Weinsammlung der Marquets befinden. Eilig verstecke ich mich neben dem Porzellanschrank in einer dunklen Ecke, hinter all dem Geschirr, das die Marquets wohl schon seit vielen Jahrhunderten verwenden. Jedes einzelne Stück ist mit ihren Initialen versehen. Zwischen der Küche und mir hängt nur ein Vorhang, und als Mme. Marquet und Mme. Lafontant sie durchqueren, kann ich ihre leise Unterhaltung verstehen.

»Wo ist denn *l'americaine?*«, fragt Mme. Lafontant Mme. Marquet. »Ich dachte, sie sei mit Ihnen übers Wochenende in die Dordogne gefahren?«

»Ah ja, Penelope«, antwortet Mme. Marquet. »Sie ist oben. Ich habe sie gebeten, dass sie sich heute Abend rar macht. Die Männer würden sich sonst nur zum Affen machen, um sie zu beeindrucken, wenn sie mit uns essen würde.«

Mme. Lafontant lacht. »Wie halten Sie das nur aus? So ein junges, hübsches Ding in nächster Nähe zu Ihrem Ehemann? Macht ihn das denn nicht ganz wild?«

Wie ekelhaft! M. Marquet ist ein alter Mann!

»Ach, es ist ein Trauerspiel«, gesteht Mme. Marquet. »Aber er weiß, dass er sie nicht anrühren darf. Außerdem verleiht es ihm bei der Wählergemeinde den Anstrich eines gütigen Familienvaters. Er nimmt amerikanische Gören bei sich auf, damit sie die wunderbare französische Kultur kennenlernen. Darüber hinaus fördert es auch sein Image als Wegbereiter des interkulturellen Dialogs und Austauschs! Die Bewohner der Dordogne sind so hinter Touristendollars her, dass sie den Amerikanern sogar die Hintern küssen würden.«

»Glauben Sie wirklich, dass es das wert ist?«, fragt Mme. Lafontant, als die beiden die Stufen in den Weinkeller hinuntersteigen.

»Wenn es meinem Mann hilft, mehr Stimmen zu bekommen, würde ich sogar Carla Bruni bei uns wohnen lassen«, scherzt Mme. Marquet. »Und ich nehme an, es würde helfen!«

Ich krieche hinter dem Vorhang hervor und stelle mich oben auf die Stufen, um weiterzulauschen. Bislang habe ich nicht verstanden, warum die Marquets sich im Lycée gemeldet hatten und einen amerikanischen Schüler bei sich aufnehmen wollten. Aber jetzt ist mir klar, dass es M. Marquet ein familienfreundlicheres Image verleihen soll!

»Und wie läuft es so mit ihr?«, erkundigt sich Mme. Lafontant.

»Ach«, sagt Mme. Marquet. »Sie kann eigentlich tun und lassen, was sie will.«

Als ich höre, wie sie wieder die Treppe heraufkommen, laufe ich blitzschnell aus der Küche und in mein Zimmer hinauf.

Das Gute an der Sache ist: Vermutlich dürfte es nicht allzu schwer sein zu bewirken, dass ich über die Winterferien hier bleiben kann.

# DEZEMBER

# 19 · ZACK

## *Allez! Allez! – Auf, auf!*

Im Geschichtsunterricht sitze ich direkt hinter Jay. Wir wiederholen den Lernstoff, weil der Final Comp ja nun in zwei Wochen stattfindet. Jay ist mir ganz nahe. Ich bräuchte nur die Hand auszustrecken, um ihm über seinen schönen braunen Nacken zu streichen.

Aber das würde ich natürlich *nie* tun!

Es sei denn … es sei denn, ich *wüsste*, dass es ihn nicht total erschreckt hat, was Alex bei McDonald's in Lyon ausgeplaudert hat. Aber um das ganz sicher zu wissen, müsste ich aus meiner Deckung kommen und ihn fragen.

Und das würde ich *nie* tun!

Ob Jay Angst hat, dass sein Stipendium vielleicht nicht verlängert wird? Also, ich wäre jedenfalls total fertig, wenn er die geforderten 90 Prozent nicht schafft. So viel ist sicher.

Wenn ich ihn jetzt so ansehe, wie er sich über sein französisches Geschichtsbuch beugt und sich Stichpunkte zu Mlle. Vaillands ausschweifendem Vortrag über Louis XIV und das *Ancien Régime* macht, kann ich fast verstehen, warum Alex es besser fände, wenn ich meine Gefühle für ihn offen zeigen würde. Nicht zu wissen, was Jay von mir hält, ist eine schreckliche Qual.

Als Alex nach ihrer dramatischen Szene im McDonald's in Lyon abgerauscht ist, um eine zu rauchen, bin ich zurück an den Tisch gegangen, um den Rest meines inzwischen kalt gewordenen Sandwiches und meiner labbrigen Pommes zu essen. Als ich mich hingesetzt habe, hat mir Jay mitfühlend auf den Rücken geklopft und mich gefragt, ob alles okay sei. Wollte er mir damit etwa sagen, dass er verstand? Hatte er – oh Gott – gehört, was Alex gesagt hatte, und versuchte mir nun mitzuteilen, dass das in Ordnung sei?

Seit wir von dem Ausflug wieder zurück sind, zerbreche ich mir nun schon den Kopf über diesen Augenblick, Jays herzliches Klopfen auf meine Wolljacke, die aufrichtige Anteilnahme in seiner Stimme. Wenn ich nur herausfinden könnte, was er gemeint hat. Wenn ich nur wüsste, ob ich Chancen bei ihm habe oder nicht.

Nein, es ist zu riskant. Es nicht zu wissen ist besser, als die schreckliche Wahrheit zu erfahren, falls sich herausstellen sollte, dass Jay hetero ist. Oder noch schimmer: dass er schwul ist, aber meine Gefühle nicht erwidert. Denn dann würde es an mir persönlich liegen – dem dämlichen, ungelenken Jungen aus Memphis.

*Du bist doch nicht dämlich!*, schreibt mir Pierson noch am selben Abend, als wir chatten. *Du bist ein Rockstar. Du bist MEGACOOL! Hehe. Das sagt Hannes immer. MEGACOOL. LOL.*

*Sag das JAY, nicht mir*, schreibe ich zurück.

*Warum sagst DU das nicht Jay?*, entgegnet Pierson. *Warum sagst Du ihm nicht, dass Du ihn magst? Liste ihm all Deine tollen Qualitäten auf. Sag ihm, dass er in der ganzen Stadt keinen Besseren findet. Und dann wirst Du sehen, was er sagt …*

*Leichter gesagt als getan*, erwidere ich schlecht gelaunt. *Jetzt, wo Du mit Hannes im siebten Himmel schwebst, vergisst Du, wie schwer es ist, jemanden anzusprechen. Auf jemanden zuzugehen.*

*Vielleicht ist ER ja auch schüchtern. Vielleicht musst Du den ersten Schritt machen, weil er ihn nie machen wird.* Ich sehe Piersons grinsenden Avatar an und verdrehe die Augen. Aber ich weiß, dass er recht hat.

Auch wenn es mich tief verletzt hat, was in Lyon passiert ist, kann ich Alex irgendwie nicht lange böse sein. Das lässt sie gar nicht zu.

»Alex, ich hab dir doch gesagt, dass ich ein bisschen Abstand brauche«, sage ich eines Nachmittags in Sport, um sie abzuwimmeln. Mme. Cuchon hatte Wind davon bekommen, dass wir bisher im ersten Halbjahr nicht im Sportunterricht gewesen sind, und uns praktisch erpresst, dass wir durch den Final Comp durchfallen würden, wenn wir nicht wenigstens an der Fitness-Bewertung am Ende des Halbjahres teilnehmen.

Mary und Sara-Louise stoppen unsere Zeit und schreiben unsere Punkte für die Grundübungen wie Liegestütze, Klimmzüge und Sit-ups auf. Im Moment kann ich Alex nicht wirklich aus dem Weg gehen, da sie gerade auf der Matte neben mir liegt. Stöhnend macht sie die Sit-ups.

»Hast du nicht langsam genug Abstand? Vermisst du mich denn gar nicht?«, fragt Alex. »Also, ich vermisse dich jedenfalls.«

»Es ist ja noch nicht mal eine Woche her, seit ich dir das gesagt habe«, rufe ich ihr in Erinnerung.

Die Stoppuhr piepst. »Aus!«, ruft Sara-Louise. Mit ihrem Südstaatenakzent klingt das ziemlich lustig.

Alex rollt sich zu mir herum. »So, und jetzt hör endlich mit dem Quatsch auf, Zack«, fordert sie. Sie stützt sich auf ihre Ellbogen und schaut mich ernst an. »Das wird langsam albern.«

Ich drehe mich wieder auf den Bauch und beginne mit den Liegestützen. »Ich muss mich nicht mit dir abgeben.«

»Aber Zack! Bald ist mein Geburtstag! Ich werde siebzehn«, jammert sie. »Ich wollte, dass du dich mit mir schickmachst und den ganzen Abend Stevie Nicks für mich singst. *Just like the white-winged dove, ooh, ooh, ooooh*«, trällert sie tuntig. Sie weiß, dass das einer meiner Lieblingssongs ist. »Weil ich *at the edge of seventeen* bin.«

»Ach soooo, na dann«, entgegne ich bissig. »Tja, bald schon nicht mehr.«

»Du meine Güte!«, ruft Sara-Louise genervt. »Jetzt habe ich aber genug, ihr zwei. Ich weiß ja nicht, was Alex dir getan hat, Zack, aber ihr zwei schenkt euch sicher gegenseitig nichts, oder? Also hör auf rumzuzicken und komm drüber weg!«

Sara-Louise hat sich mit den Händen in den Hüften vor mir aufgebaut. Neben PJ ist sie das größte Mädchen in der Klasse, aber ungefähr neun oder zehn Kilo schwerer. Von unten gesehen, wirkt sie durchaus bedrohlich. »Ihr werdet jetzt tun, was mein Bruder und ich immer machen, wenn wir irgendwas klären müssen: Beinhakeln!«

»Genial!«, bestätigt Mary. »Gute Idee. Na los!«

»Ja!«, sagt Alex. »Gehen wir's an. Ich werde mit dir darum beinhakeln, dass du mir verzeihst.«

Nicht zum ersten Mal bin ich baff über die Ironie des Schicksals: Da bin ich umringt von drei Mädchen, die gerne ringen und hakeln, aber ich würde lieber nackt die Champs-Élysée entlanglaufen, mit nichts an, außer Alex' roten Christian-Louboutin-Schuhen.

»Iih«, sage ich. »Na gut. Aber wenn ich dich fertigmache, lässt du mich dann in Ruhe?«

Wir legen uns Seite an Seite, vom Kopf bis zu den Zehenspitzen. Zusammen mit Mary und Sara-Louise zählen wir im

Chor: »Eins, zwei, drei!« und bringen dabei die Beine in Angriffsposition. Auf »drei« verhakeln wir unsere Beine ineinander und versuchen, den anderen mit einer Rolle rückwärts auf den Bauch zu drehen.

Oje, verdammt. Alex hat Bärenkräfte. Sie braucht nur drei Sekunden, um mich herumzuwirbeln.

»Drei Runden!«, protestiere ich. Aber es gelingt ihr auch beim zweiten Mal.

»Gib dich geschlagen, mein Freund«, sagt sie, springt auf und umarmt mich. »Wir sind wieder Freunde! Freust du dich nicht?«

Ich erwidere ihre Umarmung. »Doch, irgendwie schon.«

Alex wollte ihren Geburtstag bei einem Abendessen im trendigsten Restaurant von Paris feiern, in dem man fast nie einen Platz bekommt: im L'Atelier am *Rive Gauche*. Aber da Alex, wie wir ja wissen, immer kriegt, was sie will, sitzen wir jetzt also hier und warten auf geeisten Oktopus und Kürbisschaum. Von den lächerlich kleinen Portionen wird man bestimmt nicht satt. Zumindest nehme ich das an, wenn man Alex' Beschreibungen über ähnliche Restaurants in New York Glauben schenkt.

Alex kriegt immer alles, was sie will – außer, dass George an ihrem siebzehnten Geburtstag dabei ist. Als Alex ihn am Anfang der Woche endlich auch eingeladen hat, war seine Antwort nur: »Mal sehen.« Als sie ihm heute Nachmittag eine SMS geschrieben hat, um sich zu vergewissern, dass er auch wirklich kommen wird, hat er nur kurz und knapp zurückgeschrieben: *Kann nicht kommen. Viel Spaß!* Ich dachte ja, Alex würde in Tränen ausbrechen, aber sie hat es ziemlich gefasst aufgenommen.

Ich betrachte sie über den Tisch hinweg. »Du siehst atemberaubend aus«, sage ich. Abgesehen von George fehlt von ihren Freunden nur PJ, aber ehrlich gesagt, denke ich, dass Alex darüber sogar ein bisschen erleichtert ist. Auch wenn Alex eigentlich weiß, dass es keinen Grund gibt, PJ nicht zu mögen, glaube ich dennoch nicht, dass sie sich überwinden kann, mit jemandem befreundet zu sein, der einfach so unglaublich schön ist.

Dicht um den Tisch herum sitzen Olivia, Sara-Louise, Mary und ich. Ich hatte viel zu viel Angst, Alex zu bitten, auch Jay einzuladen – zu viel Angst, er könne Nein sagen, und genauso viel Angst, er könne Ja sagen.

Alex hat allen Mädchen (und mir!) gesagt, dass wir an ihrem Geburtstag Schwarz tragen sollen, damit niemand im Restaurant denkt, dass wir noch in der Schule sind. Alex hat ein hochgeschlossenes Spitzenteil und dazu schwarze Wildleder-Stiefeletten an. Die Haare sind wie bei einem Jahrhundertwende-Gibson-Girl ganz oben auf ihrem Kopf hochgesteckt. Nur ein paar Ringellöckchen fallen ihr romantisch um das schöne Gesicht.

»Vielen Dank«, flüstert mir Alex ins Ohr. »Ich hoffe, du amüsierst dich heute gut! Das schulde ich dir, nach dem, was ich in Lyon getan habe.«

»Danke, Alex«, sage ich und meine es auch so.

Der Kellner schenkt uns einen teuren, leckeren Merlot ein. »Sag ihm, dass wir alle das *prix fixe* nehmen«, sagt Alex zu mir. Doch der Kellner, der offenbar an reiche Mädchen mit schlechtem Französisch gewöhnt ist, versteht sie sofort. Das heißt, ich brauche also nicht wie sonst für sie zu übersetzen.

Ich hebe mein Glas. »Auf das Geburtstagskind!«

»Und auf Olivia, weil sie mit dem Paris Underground Ballet Theatre durchbrennt!«, fällt mir Alex ins Wort. Ihre Augen sind feucht vor Rührung. »Auf das Beinhakeln!«

»Auf neue Freunde«, sagt Sara-Louise und drückt Mary die Hand.

»Auf neue Herausforderungen«, fügt Olivia mit einem breiten Lächeln hinzu. Ihr Fuß ist endlich geheilt und sie hat sich für diese Gelegenheit mit neuen hochhackigen Lacklederpumps, mit ihrem schwarzen kurzen Faltenrock und einer Strumpfhose schickgemacht. Ihre Haare sind zu einer Banane zurückgesteckt. So erwachsen sah sie bisher noch nie aus.

»Auf neue Orte«, sagt Mary und zeigt mit einer ausholenden Geste auf die fremde Stadt, die wir in unser Herz geschlossen haben. Alex hat ihr heute die Totenkopf-Kette geschenkt, die sie sich mal bei Colette gekauft hat, wohl einfach aus einer großzügigen Laune heraus oder weil man bei Mary immer eine Zigarette schnorren kann und Alex in letzter Zeit meistens keine hat.

»Darauf, dass wir alle unsere Ziele erreichen«, sage ich, weil mir nichts Besseres einfällt. Ich denke an den Final Comp und auch an Jay.

»Ich würde mal sagen«, stimmt Alex mir herzlich zu, »damit starten wir jetzt *gleich.*« Als wollte sie ihren letzten Punkt unterstreichen, zwinkert sie den Kellnern, die unser Essen servieren, vielsagend zu.

»Jemand aus der Runde hier findet Sie schnuckelig«, sagt sie zu einem von ihnen. »Sie sollten uns Ihre Telefonnummer geben.« Als der Kellner zurückkommt, drückt er Alex unauffällig einen Zettel mit seinem Namen und seiner Nummer in die Hand.

»Ist ihm klar, dass du mich damit meintest?«, frage ich schnaubend.

»Natürlich«, sagt Alex, aber dann ist sie sich plötzlich doch nicht mehr so sicher.

Glücklich machen wir uns alle über einen weiteren hoffnungslos neumodischen Gang her, diesmal eine mikroskopisch kleine Suppenschüssel mit Hühnerravioli und Crème fraîche, die aber erst am Tisch in jede Schüssel gegeben wird. Das ist die wahrscheinlich köstlichste Suppe, die ich je gegessen habe. Danach kommt ein Ministück *Filet Mignon,* das auf einem Bett aus Rucola und Paprika angerichtet ist, beträufelt mit einer würzigen Soße mit Orange und Knoblauch, zwei Dinge, die ich niemals auf ein- und demselben Teller vermutet hätte. Als ich an die Rechnung denke, lache ich leise in mich hinein. Wie gut, dass CAB so großherzig mit der schwarzen American Express ist!

Der nächste Kellner, der kommt, um die Teller und die Überreste unseres Brotkorbs abzuräumen, ist ein heißer Südasiate mit schimmernd weißen Zähnen und der Angewohnheit, seine linke Hand frech in die Hüfte zu stemmen, sodass an seiner sexuellen Orientierung kein Zweifel besteht.

»Das ist Zack«, sagt Alex auf einmal und unterbricht damit das Gespräch der anderen an unserem Tisch. Der Blick des Kellners begegnet meinem, bis ich erröte.

»Ich bin Rajiv«, sagt der Kellner langsam und lächelt dann sinnlich. »Wenn Sie möchten, können Sie gern alle noch nach Barschluss bleiben.«

Wir blicken uns grinsend an. Rajiv bringt den krönenden Abschluss des Geburtstagsessens: eine fluffige Zitronensahnetorte mit Himbeerfüllung und Vanillecreme sowie Zitronen-Thymian-Sorbet. Ich zünde ein Streichholz aus dem Zündholzbriefchen an, das im Aschenbecher auf dem Tisch liegt, und halte es Alex so hin, dass sie es ausblasen kann.

»Wünsch dir was!«, fordert Sara-Louise sie auf.

»Ich wünsche mir, dass ihr alle noch bleibt und mit mir und diesen Kellnern heute Nacht versackt!«, sagt sie.

Sara-Louise, Mary und Olivia sagen ab, aber ich bin schon überredet. Wir küssen und umarmen uns alle und wünschen Alex noch mal alles Gute zum Geburtstag.

»Ich freue mich so, dass ihr euch wieder versöhnt habt«, sagt Sara-Louise zu mir.

»Kommt gut nach Hause!« Ich begleite die Mädchen nach draußen, wo sie sich ein Taxi nehmen, und laufe dann eilig wieder hinein. L'Atelier schließt gleich. Es ist fast Mitternacht.

Während die Kellner abdecken, singen sie französische Pop-Songs aus dem Radio mit. Alex, die an der Bar Wein trinkt, klatscht im Takt.

»Alkohol!«, ruft sie. »*Prenons des verres!* Hoch die Tassen!«

Rajiv kommt mit einer Flasche Grand Marnier und ein paar kleinen türkischen Aprikosen zu uns. »Probiert mal«, sagt er und zeigt uns, was er meint: Er füllt die Schnapsgläschen mit dem Likör und legt dann die Aprikosen hinein. »Und jetzt essen«, befiehlt er und wir beißen genießerisch in die süßen alkoholgetränkten Aprikosen.

Die Kellner gießen uns alle möglichen kreativen Drinks ein, stellen die Musik lauter und tanzen um unsere Barstühle herum. Immer, wenn einer von ihnen in Alex' Nähe kommt, küsst sie ihn auf die Wange. Rajiv zieht mich auf die Beine und wiegt die Hüften in einer verführerischen Art und Weise, die ich nicht nachahmen kann. Ich lasse mich zurück auf den Barhocker fallen. Um mich herum dreht sich alles ein bisschen.

Rajivs Chef, der Oberkellner, kommt mit unserer Rechnung. Ungläubig starren Alex und ich darauf. Sie schuldet L'Atelier zweitausend Euro! Allein der Wein hat die Hälfte gekostet.

Ich muss mal ganz dringend an die frische Luft.

Suchend bahne ich mir einen Weg von der Bar durch das leere dunkle Restaurant bis zur Tür. Als ich den kunstvoll verzierten Türgriff hinunterdrücke, bewegt sich nichts. Was soll das?

Ich versuche es noch mal. Aber die Tür bleibt zu.

Ich muss hier unbedingt raus! Der viele Alkohol, das schwere Essen … Das steigt mir alles zu Kopf. Ich fühle mich aber weniger betrunken als schwindelig.

Schnell laufe ich zu Alex zurück, die einen hochroten Kopf hat, weil sie von Rajiv in einer improvisierten Ballroom-Tanznummer herumgewirbelt wird. »Alex, Süße«, sage ich, als ich auf sie zustürme. »Du musst die Rechnung bezahlen, damit sie die Tür aufschließen. Ich bin total k. o. Lass uns nach Hause gehen.«

Alex beißt sich auf die Lippe. »Das ist es ja. Ich … ich habe meine Kreditkarte vergessen.«

»Was?«, flüstere ich. »Du hast sie nicht dabei? Wie sollen wir denn dann zahlen? Wir kommen hier nicht raus! Die Türen sind abgeschlossen.«

Ich habe echt keine Lust, hier als eine Art Unterpfand zu warten, während Alex heimgeht und ihre Kreditkarte holt. Wie kann sie nur die Amex vergessen haben?

Ich schaue zu Rajiv hinüber. Jetzt, da mein Rausch nachgelassen hat, sehe ich, dass sein Gesicht doch schon recht faltig ist. Er ist alt, wahrscheinlich geht er schon auf die dreißig zu. Als er meinem Blick begegnet, lächelt er schmierig und aalglatt.

»Oder …« Ich schaue durch die Küche in den dahinter liegenden Lagerraum. Die Regale biegen sich fast durch unter Kartoffel- und Knoblauchsäcken, Salzpackungen und Mineralwasser. Alex liest meine Gedanken.

»Los!«, ruft sie so laut wie ein Pistolenschuss und gibt

damit das Startsignal für das Wettrennen. Als wir durch den Lagerraum laufen und uns mit dem ganzen Gewicht gegen die schwere Hintertür fallen lassen, kullern wir fast in die Gasse raus. Die Abfallberge zu beiden Seiten türmen sich höher als wir.

»Los!«, ruft Alex wieder und wir rennen weiter. Erst als wir die Kirche St. Germain de Prés erreicht haben, halten wir an.

»Was haben wir getan?«, frage ich schnaufend. Hier draußen, in der kühlen Nachtluft, kommt mir das Restaurant plötzlich ganz weit weg vor. Ich schlage mir eine Hand vor den Mund, als ich an Rajiv und seine wiegenden Hüften denke; an den süßen Geschmack und das leichte Brennen im Mund, als ich mir die getränkte Aprikose an die Lippen geführt habe; an die gigantische Summe auf der Rechnung, die wir nicht bezahlt haben. Was habe ich mir bloß dabei gedacht, als ich einfach aus dem Lagerraum gestürmt bin?

Alex hält einen vorbeigehenden Mann auf der Straße an. »Darf ich mir von Ihnen eine Zigarette schnorren?«, fragt sie mit ihrem geballten Amerikanerin-in-Paris-Charme. Der Mann schenkt ihr eine Zigarette und gibt ihr Feuer.

»Tja, Zack, ich glaube, das nennt man gemeinhin Zechprellerei«, antwortet Alex lässig.

»Alex.«

Sie lächelt erwartungsvoll. »Ja, was ist, Schätzchen?«

»Deine Mom hat dir den Geldhahn zugedreht, oder?«

Sie lacht. »Was redest du denn da?«

»Komm, gib's zu, Alex.«

Alex entgleisen die Gesichtszüge. »Nein, Dummerchen. Ich habe die Amex wirklich zu Hause vergessen. Ich habe sogar mein ganzes Portemonnaie vergessen. Ich hatte also auch meine Bankkarte nicht dabei. Das war ziemlich blöd von mir.« Ihr Lachen klingt erzwungen.

»Und was war mit dem Mantel? Wie kommt es, dass du ihn nie abgeholt hast? Und warum trägst du in der Schule immer das braune Sweatshirt?«

»Weil es mir eben gefällt«, erklärt sie mir, ohne mich dabei anzusehen. »Es hat den Boho-Schick. Es entspricht dem ›High-low‹-Stil.«

»Und die Zigaretten?«, bohre ich weiter. »Wie kommt es, dass du seit Neuestem nur noch schnorrst? Bei Mary? Und bei diesem Typen gerade eben? Und du rauchst auch insgesamt viel weniger als früher.«

Sie nimmt einen langen Zug. »Aber *du* wolltest doch, dass ich nicht mehr so viel rauche. Ich folge nur deinem Rat.«

»Alex! Warum kannst du mir nicht einfach die Wahrheit sagen?«

Alex wirft ihre Zigarette in den Rinnstein und lacht plötzlich hysterisch los. Ich lache ebenfalls, auch wenn ich nicht genau sagen kann, warum.

»Weißt du was, Zack? Du hast recht!« Sie hält sich den Bauch vor Lachen. »Es stimmt: Meine verrückte Mutter hat mir wirklich die Kreditkarte gesperrt. Und auf mein Bankkonto hat sie seit über einem Monat kein Geld mehr überwiesen! Das war mein Geheimnis, Schätzchen, aber du hast mich erwischt. Herzlichen Glückwunsch!«

»Und du hast uns trotzdem zum Essen eingeladen?«, frage ich ungläubig. »Wie wolltest du denn zahlen?«

Sie zuckt mit den Schultern und lacht wieder los.

»Oh mein Gott.« Ich kann nicht anders: Das ist einfach zu abgefahren, als dass ich sauer sein kann. Prustend ziehe ich sie in ein Taxi, das ich von meinem Geld bezahle.

# 20 · OLIVIA

## *Übergepäck*

Ich habe der pedantischen, biederen Opéra-Schule Lebewohl gesagt und heute Nachmittag meine erste Probe beim Paris Underground Ballet Theatre gehabt. Die Kompanie ist im Keller eines heruntergekommenen Gebäudes in der Nähe des Place d'Italie untergebracht und die Tänzer und Tänzerinnen dort sind so verrückt angezogen, wie ich es im Ballett noch nie gesehen habe. Einer der Männer trägt sogar ein Tutu! Und anders als die Primaballerinas, mit denen ich in der Opéra getanzt habe, hat kein einziges Mädchen ein langärmeliges Trikot an. Die meisten tragen überhaupt keine Trikots – nur ihre Sport-BHs und Strumpfhosen.

Der Choreograf, der für das heutige Training zuständig ist, hat einen silbernen Lidstrich und einen Irokesenschnitt. Als er die Hebefigur zeigt, die er am Ende der Kombination möchte, schnappt er sich mich und hebt mich hoch in die Luft. Dabei fasst er mir resolut in den Schritt. Auch wenn die Berührung überhaupt nichts Erotisches an sich hat, laufe ich knallrot an, bis hinunter zum Halsausschnitt meines neuen schwarzen Lycra-Tanzkleids.

»*Bien fait* – gut gemacht«, sagt der Choreograf, als er mich wieder absetzt. »Tolle Haltung. Denk nur dran, mit dem hinteren Bein eine klare Arabesque zu bilden. Wirklich schöne Arme.«

Durch sein Lob schwebe ich geadezu nach Hause.

In letzter Zeit ist Thomas wieder ziemlich oft im Apartment, um auf die Klausuren am Semesterende zu lernen, aber bisher war ich immer genau dann, wenn er da war, in der Schule. Hoffentlich ist er jetzt noch da! Eilig stürme ich durch die Wohnungstür, um ihm von meinen tollen Neuigkeiten zu berichten.

Aber Thomas ist schon weg – er ist zum Übernachten wieder in das Studentenwohnheim zurückgefahren. Erst jetzt wird mir bewusst, dass ich so schnell nach Hause gelaufen bin, um ihm zu erzählen, wie toll meine neue Kompanie ist. Ich bin nicht zur nächstbesten Telefonzelle gestürmt, um Vince oder meine Eltern anzurufen, sondern ich wollte es Thomas erzählen.

Um ehrlich zu sein, habe ich meinen Eltern und Vince noch gar nichts von dem Paris Underground Ballet Theatre gesagt. Aber lange werde ich es nicht mehr hinauszögern können.

Am Samstagmorgen bin ich schon vor dem Weckerklingeln wach. Ich habe so ein komisches Gefühl im Bauch. Während ich noch im Bett liege, frage ich mich, wie ich es überhaupt aushalten soll, dass meine Familie für zwei ganze Wochen nach Paris kommt. Wenn wir am Freitag den Final Comp geschrieben haben, ist das Schulhalbjahr zu Ende, und in der darauffolgenden Woche werden wir alle, mitsamt Brian, hier in Paris Weihnachten feiern. Mme. Rouille, die mit Thomas über die Feiertage in die Alpen fährt, hat mir sogar erlaubt, dass wir die Bescherung in ihrer Wohnung machen können, unter dem Weihnachtsbaum, den ein Dekorateur in ihrem Auftrag aufgestellt hat, während ich in Lyon war.

Ich liebe meine Familie. Ich habe sie vermisst. Warum graut es mir dann so davor, sie zu sehen?

Ich denke an den Mann mit dem Irokesenschnitt, Henri, und daran, dass ich meinen Unterricht in der Opéra-Schule abgebrochen habe, ohne es meiner Mom zu sagen! Da haben wir's: Es ist das erste Mal in meinem ganzen Leben, dass ich den Wünschen meiner Mutter zuwiderhandle.

Als die Sonne langsam in das Fenster des kleinen Zimmerchens scheint, stehe ich auf und mache mich fertig, um sie vom Charles-de-Gaulle-Flughafen abzuholen. Ich überlege mir sehr genau, was ich anziehe, weil ich ihnen aus irgendeinem Grund beweisen möchte, dass ich eleganter sein kann als nur mit meinen Jeans und Pumas. Ich nehme die schwarze Flatfront-Hose aus Wollstoff heraus, die ich bei Zara gekauft habe, die mit den weiten Beinen und der seitlichen Knöpfung im Seemannstil. Dazu ziehe ich einen cremefarbenen Pullover aus Angora-Wolle-Gemisch an, den ich bei Le Bon Marché gefunden habe. Ich föhne meine Haare und glätte sie sorgfältig. Ob meiner Mom wohl auffallen wird, wie sehr man meinen dunklen Ansatz sieht und wie schlimm meine Spitzen gespalten sind?

Vor einer Weile waren Alex und Zack mit mir in der berühmten Galeries Lafayette und haben mir die Nylon-Longchamp-Taschen mit den braunen Ledergriffen gezeigt. Ich habe mir, sehr zu Alex' Begeisterung, eine leuchtend gelbgrüne Tasche ausgesucht. Sie hat ziemlich viel Geld gekostet, aber wenn sie mir über der Schulter hängt, fühle ich mich einfach so *französisch*.

Letzte Woche war ich dann noch mal allein dort, in der Schuhabteilung, und habe alles durchgesehen, ehe ich mich für ein Paar schlichter schwarzer Stiefel mit einer schmalen abgerundeten Spitze entschieden habe. Mit dem Mantel, den Handschuhen, die ich mir bei H&M gekauft habe, und dem Chenille-Schal fühle ich mich wie ein ganz anderer Mensch als noch zu dem Zeitpunkt, als mich meine Familie zum letzten Mal gesehen hat.

Natürlich ist es blödsinnig, sich über die Kleidung zu definieren, vor allem da ich ja mein halbes Leben in verschwitzten Trikots und Leggings zugebracht habe, aber in dieser Aufmachung fühle ich mich mehr wie eine junge Pariserin oder, noch besser, wie eine Studentin der Sorbonne. Und aus irgendeinem Grund ist mir das heute wichtig.

Ich hänge mir die Kette mit dem »O«-Anhänger von Tiffany um, die mir meine Mom letztes Jahr zu Weihnachten geschenkt hat. Ja, so gefalle ich mir.

In der Metro, die langsam durch Paris zum Gare du Nord zuckelt, bin ich heute Morgen fast allein. Beim Umsteigen zahle ich den Zuschlag für den RER zum Flughafen. Langsam werde ich nun doch aufgeregt. Ein Mann in einem Geschäftsanzug und einem Koffer auf Rollen starrt mich von der anderen Seite des langen Gangs an. Als ich nach unten schaue, merke ich, dass ich im wahrsten Sinne des Wortes die Hände ringe.

Als Erstes sehe ich meine Mom.

Lange Haare mit aufgehellten Strähnchen, vom Friseur in San Diego, bei dem ich früher auch immer gewesen bin. Sie trägt ein rosa Sweatshirt mit Kapuze und geöffnetem Reißverschluss, darunter ein grünes Tank-Top mit Spaghettiträgern zu Seven-Jeans und Lammfellstiefeln – fast so, als wäre sie ein Teenie. Typisch Mom.

Dad zieht sie verschlafen durch den vollen Flughafen hinter sich her. An der anderen Hand hält er Brian so fest, als könnten die vielen Franzosen ringsherum ihn jeden Augenblick entführen. Dad hat eine Jeans und eine Sportjacke an – er wirkt nicht ganz wie ein zu groß geratener MTV-Fan wie

Mom. Allerdings trägt er keine Socken in seinen Sneakers, so als hätte er mit zwanzig Grad gerechnet, wenn er aus dem Flugzeug steigt, und nicht mit fünf.

Brian hat seinen kleinen Rucksack und ein Kissen dabei und blickt starr vor sich auf den Boden. Als ich sein sommersprossiges Gesicht und seine roten Wuschelhaare sehe, versetzt es mir sofort einen Stich. Er muss ganz außer sich sein, von dem Flugzeug und dem belebten Terminal und dem Überschwang der Emotionen bei Mom und Dad und mir, und doch hält er sich ganz tapfer. Vorsichtshalber laufe ich nicht auf ihn zu – das wäre dann wohl der Tropfen auf den heißen Stein –, aber ich muss mich ziemlich zurückhalten, um ihn nicht zu umarmen. Wie konnte ich es ihm nur antun herzukommen? Und wie schafft er es bloß, sich so zusammenzureißen? Aber wenn ich eins sicher weiß, dann, dass man bei Brian eben nie so genau weiß.

Als meine Mom mich entdeckt, zieht sie mich mit einem Aufschrei ganz eng an sich. Ich drücke sie ebenfalls ganz fest, während die Menschenmengen links und rechts an uns vorbeiströmen. Oh Gott, wie ich Mom – wie ich alle – vermisst habe!

»Lass dich mal ansehen, du Hübsche«, sagt Mom nach einer Weile und hält mich auf Armeslänge entfernt. Plötzlich schaut sie ganz kritisch, als sie meinen dunklen Haaransatz sieht, und kaut hektisch auf ihrem Kaugummi herum.

»Oh, Livvy, deine Haare«, sagt sie missbiligend. »Na, um die kümmern wir uns, während ich hier bin.«

Mein Dad umarmt mich ebenfalls strahlend, dann führt er Brian liebevoll in meine Richtung, damit ich ihn umarmen kann, ohne dass er ausrastet. Berührt zu werden, mag er nämlich gar nicht, ganz besonders nicht ohne Vorwarnung.

Auf einmal fange ich an, wie ein Wasserfall zu reden – ich

erkläre ihnen, wie wir ins Hotel kommen, wie eisig kalt es draußen ist … Doch dann sehe ich plötzlich jemanden neben meinem Dad.

»Livvy, wir haben dir eine Überraschung mitgebracht!«, verkündet meine Mom mit fröhlicher hoher Stimme. Mein Herz setzt einen Schlag lang aus.

Neben meinem Dad steht *Vince* und lacht, wie lange es gedauert hat, bis ich ihn bemerkt habe.

Sofort heule ich los. Ich fühle mich auf einmal so schwach, dass ich kein Wort mehr herausbringe, nur Laute.

»Schau nur, wie glücklich sie ist!«, ruft meine Mom meinem Dad zu. Dann beugt sie sich zu Brian vor. »Schau, Süßer, sieh dir Livvy an. Sie ist *glücklich*.«

»Vince?«, sage ich. Ich bringe den Namen kaum heraus.

Vince steht in einer weiten Jeans im Hip-Hop-Stil und einem gelben Bruins-Sweatshirt vor mir. Durch den langen Flug hat er am Kinn sexy Stoppeln und er trägt seine Brille. Bestimmt hat die trockene Luft im Flugzeug seine Augen gereizt und er hat die Kontaktlinsen rausgenommen. Sein vertrautes Eau de Cologne – *Polo* von Ralph Lauren – füllt den Raum zwischen uns. Ich habe eines seiner getragenen T-Shirts mit nach Paris genommen, aber irgendwann um Halloween herum ist der Geruch im Stoff verflogen.

Ich kann nicht fassen, dass er wirklich hier ist. Das muss eine Halluzination sein! Vince ist in der UCLA. Ich habe gestern Abend noch mit ihm telefoniert. Und da hat er nichts davon gesagt, dass er gleich in ein Flugzeug steigt … er wollte mit seinen Kumpels Basketball spielen. Und doch ist er jetzt hier, direkt vor mir, und lächelt sein ureigenes eigenartiges Jungenlächeln.

»Hey, Baby«, sagt Vince und seine Augen färben sich nun auch rötlich. »Schön, dich zu sehen.« Er spricht leise.

Ich vergrabe mein Gesicht an seiner Brust und schmiege mich an sein Sweatshirt. Erst jetzt merke ich, wie sehr ich ihn vermisst habe. Aber es mischen sich noch andere Gefühle hinein – Schuldgefühle, weil ich Thomas geküsst habe, und dann noch etwas anderes, was ich noch nicht benennen kann. Irgendwie habe ich das Gefühl zu schwimmen und nicht schnell genug an die Oberfläche zu kommen, um Luft zu holen.

»Gott sei Dank, bist du hier«, spreche ich in seine Jacke. »Ich glaube, ich hätte keinen einzigen Tag mehr überlebt, ohne dich zu sehen.«

Du weißt nicht, was ich uns vielleicht angetan hätte, wenn du nicht gekommen wärst.

Ich kann es kaum erwarten, meiner Familie und Vince *mein* Paris zu zeigen. Mein Dad hat ein Zimmer im Hilton Hotel ganz in der Nähe vom Arc de Triomphe gebucht, und nachdem meine Mom lange genug auf der Champs-Élysées herumspaziert ist, möchte ich ihnen *Cambronne* zeigen, die Gegend südlich vom Eiffelturm, in der Alex und Zack wohnen. Bestimmt werden sie auch ganz begeistert sein, wie hübsch Paris' Straßen fernab der Touristenströme sind, ohne dass einem dauernd irgendwelche Straßenverkäufer kitschige gerahmte Fotos anzudrehen versuchen oder fragen, ob sie eine Karikatur von einem anfertigen können, zum »Schnäppchenpreis« von nur zehn Euro. Unterhalb der überirdisch verlaufenden Metro-Station von Cambronne liegt ein nicht überdachter Obstmarkt, auf dem es die leckersten Äpfel der ganzen Welt gibt, und auf der anderen Straßenseite befindet sich eine *Chocolaterie*, die Alex, Zack und ich so lieben. Bestimmt freuen sie sich auch, die französische Schwesternstatue der Freiheitsstatue im 15. Arrondissement zu sehen.

Ich habe mich damals darüber jedenfalls sehr gefreut. Die Statue wirkt dort wie ein Fremdkörper, so als stünde sie am falschen Ort, auch wenn jeder weiß, dass die Statue in New York ursprünglich ein Geschenk der Franzosen war.

»Aber Schätzchen, ich will doch nicht zur Freiheitsstatue. Die habe ich schon gesehen, als wir damals in New York waren, um uns bei den dortigen Tanzschulen umzuschauen. Ich möchte zum Eiffelturm«, entgegnet meine Mom, als ich meinen Vorschlag anbringe.

Fein, aber *ich* habe den Eiffelturm schon gesehen. Das sage ich natürlich nicht laut. Und *ich* hatte auch nie die Chance, die andere Freiheitsstatue zu sehen. Ich musste ja immer für die vielen Auditions trainieren, denke ich nicht ohne Bitterkeit. Unsere Fahrt nach New York, als ich in der achten Klasse war, entpuppte sich als wahre Katastrophe: Nach einer extrem harten Woche, in der ich überall vorgetanzt hatte, kam meine Mom zu dem Schluss, sie könne es nicht verkraften, wenn ich in meinen jungen Jahren so weit entfernt wohne.

Und schließlich ist der Eiffelturm eigentlich auch gar nichts Besonderes. Nur ein hoher Berg aus gebogenem Metall, den die Pariser anfangs, als er vor einer Million Jahren für die Weltausstellung gebaut wurde, furchtbar hässlich fanden.

Aber für meine Mom *ist* er etwas Besonderes. Sie knipst Hunderte Fotos – Vince und Livvy vor dem Eiffelturm, Mom und Dad vor dem Eiffelturm, Livvy und Brian vor dem Eiffelturm und so weiter und so fort. Ich habe ein ganz schlechtes Gewissen, dass ich so einen Widerwillen habe zu tun, was sie gerne möchte. Meine Mom verlebt hier offenbar eine schöne Zeit, und fairerweise muss ich zugeben, dass es seit dem damaligen Ausflug nach New York ihr erster Urlaub ist.

Nachdem uns Brians Kreischen oben auf dem Eiffelturm den Rest gegeben hat, treffe ich mit meinen Eltern eine Vereinbarung: Vince und ich kümmern uns um Brian und machen mit ihm Sachen, die mehr nach seinem Geschmack sind, wie zum Beispiel lange spazieren zu gehen oder dick eingemummelt an ruhigen Stellen am Seine-Ufer Baguette zu essen, während meine Eltern auf eigene Faust losziehen und Paris erkunden können.

Brian kann einfach nicht mit den Menschenmassen umgehen, die sich eine Woche vor Weihnachten an Orten wie dem Louvre oder Les Halles ballen, und um die Wahrheit zu sagen, ich eigentlich auch nicht.

»Bist du dir auch sicher, dass es dir nichts ausmacht?«, vergewissere ich mich bei Vince.

»Ich möchte nur bei dir sein«, flüstert er und nimmt mich in die Arme.

Meine Eltern schauen sich jetzt also dankbar und voller Tatendrang allein Paris an. Jeden Abend im Hotel zeigen sie uns auf ihrer Digitalkamera eine Diashow von all den Plätzen, an denen sie gewesen sind. Ich dränge sie, dass sie Paris zu Fuß durchstreifen, sich Zeit lassen und die Wunder der Stadt langsam erkunden, aber an ihren Bildern erkennt man, dass sie sich mit einem wahren Heißhunger auf Paris stürzen. Meine Mom geht ihren Besuch in Paris mit derselben akribischen Organisation an, die sie auch Brians Sondererziehung, meinem Tanzen und dem Stipendium der UCLA entgegenbringt. Ihr Lonely-Planet-Reiseführer ist sorgfältig mit Post-Its versehen, und alle Orte, die sie unbedingt sehen will, sind farbig markiert: das Musée d'Orsay, Notre Dame, Moulin Rouge (aber natürlich nicht, um die erotische Revue zu sehen, sondern nur, um die Windmühle obendrauf zu fotografieren) und all die weiteren Touristenattraktionen.

Das Lycée handhabt den Final Comp ähnlich, wie es bei Thomas an der Sorbonne läuft. Diese Woche haben wir keinen Unterricht, sondern lernfrei. Ich muss sagen, dass ich nicht so viel gelernt habe, wie ich eigentlich gekonnt hätte, sogar schon vor der Ankunft von meiner Familie und Vince. Seit dem Angebot vom Paris Underground Ballet Theatre bin ich irgendwie nicht mehr so aufgeregt wegen des Tests. Die unterrichtsfreie Zeit diese Woche fülle ich damit aus, dass ich jeden Tag etwas mit Vince und Brian unternehme. Abends treffen wir uns dann mit meinen Eltern zum Essen. Meiner Mom erzähle ich, dass ich täglich um drei Tanzunterricht habe, aber in Wirklichkeit fahre ich mit der Metro-Linie 7 zum Place D'Italie und tanze mir die Seele aus dem Leib, um Henris anstrengende neue Trainingsabläufe zu lernen.

Vince ist zu höflich und mag Brian zu sehr, um laut zu äußern, dass er sich wünschte, wir könnten allein sein, aber ich kann es spüren. Natürlich wäre es romantischer, aber gleichzeitig gefällt es mir, dass Brian da ist. Manchmal wünschte ich mir sogar, dass Brian und ich allein sein könnten – ohne Vince. Brian kann ganz toll zuhören und er versteht eindeutig mehr, als die meisten Leute ihm zutrauen. Es gibt so viel, was ich ihm gern erzählen würde.

»Was möchtest du heute machen?«, fragt mich Vince am Mittwochmorgen, als ich ins Hotel komme. Meine Eltern sind schon losgegangen.

»Mir egal«, antworte ich. »Es ist ja nicht so, als würden wir wirklich irgendwas machen. Jeder Tag läuft gleich ab.« Das klingt bitterer, als ich wollte. Aber ich habe irgendwie keine Lust, einen weiteren ruhigen Tag mit Brian und Vince zu verbringen, in den wohlhabenderen Arrondissements herumzuspazieren und ab und zu Pause zu machen, um einen Kaffee zu trinken, etwas zu essen oder aufs Klo zu gehen.

»Livvy«, sagt Vince leise, damit Brian ihn nicht hören kann, »*du* hast doch vorgeschlagen, dass wir was mit Brian unternehmen. Du meintest sogar, das sei dir fast lieber.«

»Ich weiß«, knurre ich.

Etwas mit Brian zu machen, ist ja auch gar nicht das Problem. Das Problem ist Vince. Immer habe ich das Gefühl, als würden wir alles, was wir einander zu sagen haben, ganz schnell loswerden, meistens noch vor dem Mittagessen. Danach ist jeder Augenblick quälend, auch wenn oder gerade weil wir versuchen, es uns schön zu machen. Wenn wir in ein Museum gehen könnten, hätten wir dadurch vielleicht etwas Gesprächsstoff.

Wir verlassen das Hotel am Vormittag, nachdem wir Brian von französischen Zeichentrickfilmen losgeeist haben. Genau wie an allen anderen Vormittagen zuvor suchen wir uns erst mal eine Bäckerei, um zu frühstücken. Diese hier ist voll mit Einheimischen, die genüsslich buttrige Croissants essen, Kaffee trinken und Zeitung lesen. Weil es ein stürmischer Wintertag ist, bleiben die Leute wahrscheinlich länger im Warmen als sonst. Wir haben Glück, dass wir überhaupt noch einen Tisch ergattern.

»Livvy!«, ruft Vince, nachdem wir bestellt haben. »Du trinkst Kaffee?«

Ohne groß nachzudenken, habe ich mir einen Café Crème bestellt.

Ich vermisse das Café Dumont. Da bin ich schon seit Ewigkeiten nicht mehr gewesen. Ich sehne mich auch nach der lebhaften Art von Alex' mit ihren gewagten Ideen und nach Zacks trockenem Humor. Ich vermisse PJs schiefes Lächeln und ihr umgängliches Wesen. Nie ist sie wirklich neugierig und doch wendet sie jedem, mit dem sie Zeit verbringt, ihre ganze Aufmerksamkeit zu.

»Ach so, ja«, sage ich, ohne genau zu wissen, warum ich ihn mir überhaupt bestellt habe. »Ich will eben gern mal Kaffee trinken. Alex, Zack und PJ trinken immer Kaffee. Da wollte ich es wohl auch einfach ausprobieren.«

»Er wird dir nicht schmecken«, sagt Vince. »Glaub mir.«

»Woher willst du das wissen?«, sage ich, plötzlich abwehrend. »Nur weil du keinen Kaffee magst, werde ich ihn auch nicht mögen?«

»Holla, Livvy, beruhige dich«, sagt Vince.

Schweigend sitzen wir da. Die Kellnerin bringt unser Essen und die Getränke. Vince hat recht. Der Schaum oben auf dem Café Crème schmeckt zwar gut, aber der Kaffee darunter ist eklig. Ich schütte Massen an Zucker hinein und nehme einen großen Schluck, damit Vince nicht merkt, dass er recht hat.

»Kannst du nicht mal mit ein paar deiner neuen Freunde etwas ausmachen?«, drängt mich Vince. »Es wäre schön, sie kennenzulernen.«

»Oh«, sage ich zögernd. »Sie sind gerade alle ziemlich im Stress wegen des Final Comp.« Auch wenn ich weiß, dass Alex und Zack ganz aus dem Häuschen wären, sich Vince anschauen zu können, nachdem sie so lange nur von ihm gehört haben, würde Brians Verfassung sie sicher verstören, egal wie sehr sie sich auch bemühen würden. Ich möchte nicht riskieren, dass wir uns alle unbehaglich fühlen.

Als Vince meine Freunde im Lycée erwähnt, schweifen meine Gedanken unwillkürlich zu ihnen ab. Ob Alex George wohl wieder für sich gewinnen konnte? Wenn nicht, müsste ich mir Sorgen um sie machen. Auch an den armen Zack denke ich und frage mich, weswegen er in letzter Zeit so bedrückt war.

»Hey«, sagt Vince nach einer Weile. »Es ist cool, wenn du

Kaffee trinken willst. Das macht schließlich fast die ganze Welt. Es ist mir nur aufgefallen, weil es eine Veränderung an dir ist.«

Brian kaut an seinem Blätterteigteilchen. Ich weiß, dass ihm die Spannung zwischen Vince und mir nicht verborgen bleibt. Ganz plötzlich fühle ich mich ziemlich schlecht.

»Hey, Bri«, sage ich zu ihm. »Wie ist dein Frühstück?«

Es vergeht eine Weile, ehe er antwortet. »Gut.«

»Schön. Willst du heute am Fluss spazieren gehen und dir die Boote ansehen?«

»Ja.«

»Klingt toll.« Ich schaue Vince an.

»Es tut mir leid, Schatz«, sage ich und nehme seine Hand in meine. »Ich bin nur gestresst wegen des Final Comp.«

»Kein Problem«, entgegnet Vince. »Wir machen uns heute einen schönen Tag. Wie ist dein Café Crème?«

»Widerlich«, lache ich.

»Dachte ich mir«, entgegnet er. »Ich kenne dich eben einfach zu gut.«

Als endlich Freitag ist, freue ich mich sogar auf den Test und auf die Schule. Vom Schlafmangel und Übermaß an Koffein sind alle ein wenig überdreht. Wir überlegen, ob das Gerücht stimmt, dass man wirklich zurück nach Hause muss, wenn man den Test nicht besteht. Eine flirrende Spannung liegt in der Luft, als wir an den Schließfächern darauf warten, dass die Schulglocke klingelt und Mme. Cuchon uns das Klassenzimmer aufschließt.

»Viel Glück«, sage ich zu Alex und umarme sie. »Das schaffst du schon.«

»Oh, ich weiß«, sagt Alex. »Schließlich spreche ich schon Französisch, seit –«

»Seit du ein Baby warst?«, vollendet Zack den wohlbekannten Satz. »Verhau das ja nicht, Alex.«

»Verhau *du*'s nicht«, entgegnet Alex voll Spott. »Ich muss mal für kleine Mädchen. Bis später.«

»Im Ernst, Livvy, sie hat keinen Strich gelernt«, vertraut mir Zack mit gesenktem Kopf an. »Was, wenn sie durchfällt?«

»Das wird sie schon nicht«, beruhige ich ihn. »Es ist süß, dass du dir Sorgen machst, aber Alex kommt immer durch.« Ich bin überraschend zuversichtlich. Gestern Abend nach der Probe hat mir Henri erzählt, dass ich für eine Hauptrolle in einer Frühjahrs-Tanzproduktion im Rennen bin. Das offizielle Vortanzen findet zwar erst nach Neujahr statt, aber er habe mich bereits im Kopf.

»Muss ganz schön seltsam sein, dass deine Eltern hier sind«, bemerkt PJ, als wir im Gänsemarsch in unser Klassenzimmer strömen, »und Vince erst.« Dabei sieht mich PJ nicht an. Dass und wie sie Vinces Namen erwähnt, hat in meinen Ohren etwas Vorwurfsvolles.

»Nein, das ist gar nicht seltsam, sondern toll«, antworte ich ihr. »Alle, die ich auf der ganzen Welt am liebsten habe, sind im Moment in Paris – was sollte daran seltsam sein?«

Als Mme. Cuchon den Test austeilt, wird mir zum ersten Mal bewusst, dass ich eigentlich gar nichts über PJs Beziehung zu ihrer Familie weiß. Ich weiß ja nicht mal, ob sie Geschwister hat.

Merkwürdig. Selbst Alex, die ja gern ein bisschen großtut und sich nicht immer in die Karten blicken lässt, hat uns von den Problemen mit ihrer Mutter erzählt. Und von ihrem Vater, für den sie den Spitznamen »der Unsichtbare« hat. So wenig, wie wir über PJs Leben daheim in Vermont wissen, könnte sie genauso gut eine Waise sein.

Am Abend treffe ich, wieder mit der Hose von Zara bekleidet, diesmal in Kombination mit einem grauen Rollkragenpullover, meine Eltern in ihrem Hotel, wo wir zur Feier des Tages schön essen wollen. Der Final Comp liegt hinter mir, und ich glaube, jetzt bin ich endlich so weit, ihnen vom »Underground« zu erzählen, wie die Truppe von allen abgekürzt genannt wird.

In dem dämmrig beleuchteten Restaurant schäme ich mich für all die anderen Amerikaner, die Hamburger und Pommes mit extra viel Ketchup bestellen und mehr Eiswürfel für ihre Wassergläser nachfordern. Auch wenn ich manchmal selbst extra viel Ketchup bestelle.

»Oh, Livvy«, sagt meine Mom glücklich mit geröteten Wangen. »Du musst das hier alles so toll finden!«

»Stimmt!«, sage ich munter. »Allerdings.«

Das ist der perfekte Zeitpunkt, um damit herauszurücken, der perfekte Zeitpunkt, um ihnen erst meine tolle Neuigkeit zu erzählen und danach dazu überzuleiten, dass ich noch länger hierbleiben werde, so lange, wie mich die Tanztruppe haben will. Also nicht nur bis Juni, sondern den ganzen Sommer über, und bis ich zu alt oder zu gebrechlich bin, um noch zu tanzen. So sehr liebe ich Paris! So sehnlichst wünsche ich mir hierzubleiben. Genau das werde ich ihnen jetzt sagen.

»Es ist so schön, hier bei dir zu sein«, sprudelt es da aus meiner Mom hervor. Innerlich verdrehe ich die Augen, denn wir haben uns seit ihrer Ankunft ja kaum gesehen. Andererseits weiß ich natürlich, wie viel ihr das alles hier bedeutet. Sie kann nur so selten ihren Bedürfnissen und Wünschen nachgeben. Ganz besonders, seit ich nach Paris gegangen bin, denke ich mit aufsteigenden Schuldgefühlen.

Los, komm schon, sag's, dränge ich mich selbst, ohne

Vince ins Gesicht schauen zu können. Meine Mom wird zwar enttäuscht sein, ja, aber auch stolz auf mich und meine Tanzkunst. Sie wird es genießen, ihren Freunden und den anderen Eltern in Brians Schule von ihrer talentierten Tochter, der Ballerina in Paris, zu erzählen. Vince dagegen wird es viel härter treffen. Jahrelang wartet er auf seine Freundin, die nie zur UCLA kommt.

Doch bevor ich etwas sagen kann, bricht meine Mom plötzlich in Tränen aus. Mein Dad schaut verzweifelt zu ihr, dann wieder zu mir. »Wir möchten, dass du glücklich bist –«, setzt er an.

»Oh, Livvy, mein Baby«, sagt meine Mom und nimmt mich in die Arme.

»Was ist denn los?«, frage ich mit lauter Stimme und blicke erschrocken zu Brian hinüber. Ist jemand krank? Stimmt irgendetwas mit Brian nicht? Oder mit Mom? Oder mit mir, und ich weiß es nur noch nicht?

Die Stimme meiner Mom ist brüchig. »Wir möchten, dass du nach Hause kommst.«

Ich blicke in die Runde, dann wieder zu meiner Mom. »Was?«

Sie schlägt sich die Hände vors Gesicht. »Livvy, ohne dich ist es einfach so schrecklich. Brian verweigert sich zunehmend, seit du weg bist – seine Lehrer glauben, dass er ohne dich furchtbar deprimiert ist.«

Ich denke daran, wie glücklich Brian den klebrigen Zitronenzucker von seinem Crêpe geleckt hat, als er mit Vince und mir im Jardin de Tuileries herumspaziert ist. »Mir kommt er aber ganz zufrieden vor«, protestiere ich. Im Augenblick summt er und starrt auf seinen Teller hinunter.

»Ja, weil er hier bei dir ist«, schaltet sich nun plötzlich auch Vince ein.

»Hör auf, über Brian so zu sprechen, als wäre er nicht da!«, fahre ich Vince an. »Und woher willst du das überhaupt wissen? Du bist doch die meiste Zeit in Los Angeles!«

»Es stimmt aber«, bekräftigt meine Mom traurig und wischt sich mit der weißen Serviette über das verschmierte Make-up. »Es geht uns nicht gut zu Hause, Schätzchen, so ohne dich.«

In diesem Moment strömt die ganze Energie aus meinem Körper hinaus, wie bei einem Luftballon, dem die Luft entweicht. Ein bisschen so, wie wenn ich beim Ballett von der Spitze wieder auf den ganzen Fuß trete und nach beendetem Tanztraining aus dem Studio gehe. *Die Show ist vorbei*, klackern meine Schuhe dann unbeholfen, während mein Körper sich von der Anstrengung erholt.

Nun passiert das Gleiche mit Paris, der Tanztruppe, meinen neuen Freunden – die Show ist vorbei. Zeit, nach Hause zu gehen.

Es war wirklich nur eine Show, denke ich mit Bedauern. Das war nie mein richtiges Leben. Ich habe nie hierhergehört, sosehr ich es mir auch gewünscht habe.

»In Ordnung«, sage ich schließlich, weigere mich aber, einen von ihnen anzusehen, bis auf Brian. »Ich komme am Ende des Halbjahres mit euch nach Hause.«

Wieso habe ich überhaupt den Aufwand betrieben, nach Paris zu kommen? Warum lassen sie mich die Liebe zu etwas entdecken, denke ich mit einem dicken Kloß im Hals, wenn sie es mir dann doch wieder wegnehmen?

»Ich sage es besser meinen Freunden«, verkünde ich und lege meine Serviette auf den Tisch. »Sie werden alle sehr traurig sein.« Dabei will ich eigentlich nur zurück in Mme. Rouilles Apartment und ein bisschen allein sein. Aber meine Mom soll ruhig mitbekommen, dass es noch andere Menschen in meinem Leben gibt, neben denen, die gerade an diesem Tisch sitzen.

»Livvy, warte!«, ruft meine Mom.

»Lass sie«, rät ihr mein Vater. »Lass sie eine Nacht drüber schlafen.«

# 21 · PJ

## *Zu viele Schöne auf dem Ball*

Nach dem Final Comp gehe ich erschöpft und mit schweren Beinen zum Bahnhof. Mir kommt es so vor, als würde der Zug mit halsbrecherischer Geschwindigkeit Richtung Bordeaux, dann nach Périgueux fahren. In beiden Zügen hole ich mir mehrere Tassen mit schlechtem Kaffee aus dem Bistrowagen, damit ich wach bleibe, mich konzentrieren kann und bei meiner Ankunft auch ja alles richtig mache.

Als M. Marquet mich abholt, bemühe ich mich, ihn so dankbar und freundlich wie möglich anzulächeln. »Vielen Dank, dass Sie mich abholen. Und dass ich wieder ins Château kommen darf. Ich bin so gerne hier.«

»Morgen reiten wir aus«, bietet er mir an. »Gleich nach dem Frühstück. Vanille hat dich vermisst!«

Doch was ich neulich so geheimnisvoll und charmant an dem alten Haus fand, kommt mir nun schlichtweg gruselig vor. Die ganze Nacht wälze ich mich unruhig im Bett herum, schrecke bei jedem Knarren der Holzdielen über meinem Kopf auf und höre Stimmen, obwohl eigentlich alle schlafen müssten.

Am Samstagabend, gerade als es draußen vor den Fenstern zu dämmern beginnt, klopft Mme. Marquet leise an meine Tür. Bei dem Geräusch zucke ich zusammen. Mir graut davor, sie hereinzulassen. Dabei müsste ich eigentlich dringend mit ihr über die Ferien sprechen. Mme. Cuchon hat uns direkt vor dem Test noch mal daran erinnert, dass alle, die über die freien Tage in Paris bleiben, dafür sorgen müssen, dass die Gasteltern sie anrufen und die offizielle Verantwortung für diese zusätzliche Zeitspanne vor dem zweiten Halbjahr übernehmen.

»Penelope.« Mme. Marquet rauscht mit mehreren Satin-, Seiden- und Taftkleidern in den verschiedensten Farben ins Gästezimmer. »Hättest du Lust, heute Abend mit uns zum Jagdball zu kommen? Die Gastgeber – du erinnerst dich doch noch an die Lafontants – haben eine Tochter in deinem Alter und sie würden sich freuen, wenn du mitkommst, um ihr Gesellschaft zu leisten, wenn du nichts dagegen hast.« Sie breitet ein glänzend goldenes schulterfreies Etuikleid mit Empire-Taille aus. »Vielleicht passt dir ja dieses Lanvin-Kleid. Ich habe es letztes Jahr zu Neujahr getragen. M. Marquet meinte, dass mir die Farbe so gut stand.«

Auf Mme. Marquets Drängen hin schlüpfe ich aus meinem T-Shirt und in das Kleid. Erst danach ziehe ich meine Kordhose aus. Ich schaue mich im Spiegel an. Am Bustier sitzt es perfekt, dann wird es zur Taille und Hüfte hin schmaler. Der schimmernd goldene Stoff passt gut zu meinen nackten Schultern. Derartig figurbetonte Kleidung trage ich so selten, dass ich mich selbst kaum wiedererkenne. Probehalber drehe ich mit der Hand meine langen Haare ein, als würde ich sie hochstecken. Ob ich Mme. Marquet mal fragen kann, ob sie mich frisiert?

»*Mon dieu*«, sagt Mme. Marquet, als sie mich in dem Lanvin sieht. »Mein Gott, in diesem Kleid wirst du einen öffentlichen Skandal auslösen. Nein, du kannst dieses alte Oscar de la Renta tragen.«

Ich wende mich von ihr ab, als ich mich umziehe und in ein langes blaues Ballkleid aus Taft schlüpfe. Das sitzt schon wesentlich schlechter. Unten ist es ungefähr zehn Zentimeter zu kurz und die Abnäher wurden für einen sehr viel üppigeren Körper als meinen entworfen. Sogar ich sehe, dass dieses Kleid – trotz des kostbaren Stoffs und der feinen Stickerei – vollkommen unmodisch ist. Es wirkt wie ein Kostüm aus Disneyland; oder aus einem Fernsehbericht über die Kleider von Prinzessin Diana.

»*Très belle!*«, sagt Mme. Marquet, obwohl das Kleid schlecht sitzt. »Sehr hübsch – das ist schon viel passender.«

»Sie finden wirklich, dass es in Ordnung ist?«, frage ich zweifelnd.

»*Oui!*«, bekräftigt sie. Sie klingt so überzeugt, dass ich schließlich denke, das Kleid sei vielleicht wirklich nicht so schlecht. Es war jedenfalls ganz offensichtlich sehr teuer, der Stoff fühlt sich ziemlich gut auf meiner Haut an. Und natürlich weiß Mme. Marquet viel besser als ich, was man zu so einer Veranstaltung trägt.

»*Ma princesse*«, sagt sie, als sie aus dem Zimmer geht, um sich fertig zu machen. Dass ich ihr gefalle, gibt mir so ein gutes Gefühl, dass ich mich selbst umarmen könnte.

»Mme. Marquet?«, frage ich. Das wäre ein guter Zeitpunkt, um sie zu bitten, Mme. Cuchon anzurufen. Aber sie ist bereits weg.

Wie sich herausstellt, ist die Tochter der Lafontants, Aimée, gar nicht wirklich in meinem Alter. Sie ist vierzehn und hat mehrere Freunde bei sich. Überall, wo ich hinsehe, sind nur ältere Menschen, Ehepaare in förmlicher Abendgarderobe, oder jüngere, entweder Teenies in Partykleidern und glänzenden Mary Janes aus Lackleder oder ganz kleine Mädchen in Taftkleidchen, die die kleinen Jungs in ihren Shorts und Kniestrümpfen jagen. In meinem Alter ist niemand da.

Sobald wir im Herrenhaus der Lafontants eintreffen, das sogar noch größer ist als das Château, kümmert sich Mme. Marquet in bisher noch nie da gewesener Weise um mein Wohlergehen. Stolz stellt sie mich all ihren Freunden vor.

»*Oh, là là*«, sagen die Frauen alle ganz aufgeregt. »*Très, très belle.*«

Glamouröse Menschen, erstklassiges Essen, schöne Lüster, ein echter Ballsaal direkt hier in der Lafontants-Villa – in diesem Ambiente kann ich nicht anders als zu strahlen.

»Na, amüsierst du dich?« Unbemerkt hat sich M. Marguet neben mich gestellt. Er reicht mir ein Glas Champagner. Glücklich nicke ich.

»Oh ja! Es ist so unwirklich. Ich amüsiere mich prächtig.« Ich probiere einen kleinen Schluck Champagner. Sonst mag ich Alkohol eigentlich gar nicht besonders, aber das hier schmeckt himmlisch, gleichzeitig bitter und süß. Die sprudelnde Flüssigkeit rinnt so mühelos meine Kehle hinunter, dass meine Champagnerflöte innerhalb weniger Minuten leer ist.

»Nimm dir noch einen«, sagt M. Marqet und hebt zwei weitere Kelche vom Tablett eines vorbeigehenden Kellners. »Und schau dich hier ruhig ein bisschen um. Es ist herrlich!«

Da winkt eine Frau in einem zweiteiligen perlenbesetzten schwarzen Kleid M. Marquet zu. »Na, dann weiterhin viel Spaß, *chérie!*«, sagt M. Marquet in einem so leichten Ton, dass ich merke, dass er schon betrunken ist, aber auf eine nette Art. »Ach ja, *chérie*, eins wollte ich dir noch sagen: Diese Farbe steht dir ganz ausgezeichnet!«

Ich kichere. Ein Rundgang scheint mir wirklich eine gute Idee zu sein. Bestimmt bin ich bald ebenfalls betrunken – ich sollte mich also etwas bewegen.

Bisher war ich erst einmal betrunken, und zwar auf der

Verlobungsfeier von Dave und Annabel. Das war, bevor Annabel zu dem Schluss kam, dass sie auch Dave nicht trauen kann. Zwar hätte es so nicht laufen müssen, aber als Annabel wegging, kannte sie noch nicht die ganze Geschichte.

Als ich in dem kleinen Palast herumlaufe, entdecke ich, dass die Lafontants zu den ältesten und etabliertesten Familien der französischen Aristokratie gehören. Überall hängt ihr mittelalterliches Wappen, um stolz zu demonstrieren, wie weit zurück der Stammbaum der Familie reicht. Als ich mich in einen kerzenerleuchteten Gang schleiche, mit alten gewebten Wandteppichen auf der einen Seite und riesigen eisengerahmten Fenstern auf der anderen, habe ich das Gefühl, in ein Märchen geraten zu sein. Dazu passt auch wie das i-Tüpfelchen mein großes, bauschiges blaues Kleid und meine – wenn auch vielleicht etwas unfachmännisch – hochgesteckten Haare. Im Fenster betrachte ich mein eigenes Spiegelbild. Es ist egal, dass das Kleid nicht perfekt sitzt oder dass sich aus meiner unordentlichen Hochsteckfrisur Strähnchen gelöst haben. Ich sehe so aus, als gehörte ich in ein Märchen. Und wenn sie nicht gestorben sind ... Fast glaube ich schon, dass hier in Frankreich alles gut enden wird.

Auch einige der anderen Gäste – insgesamt müssen es mehr als tausend sein – schlendern im Château herum, als wären sie hier zu Hause. Deshalb komme ich mir dabei auch nicht komisch vor. Als mir einfällt, dass es hier vielleicht eine alte Bibliothek gibt, spähe ich in die kleinen Zimmer hinein, die den Flur säumen. Ein paar wirken wie Büros, mit imposanten Schreibtischen und einer dicken Staubschicht auf allen Papieren, während andere eher Antiquitäten-Lagern ähneln. In einem entdecke ich sogar eine Rüstung. Schade, dass Annabel jetzt nicht hier ist. Oder Olivia oder Sara-Louise oder auch Mary – irgendjemand, mit dem ich gemeinsam diesen zauberhaften Ort erkunden könnte. Im Moment würde ich sogar mit Alex vorliebnehmen – wie neidisch sie sein wird, wenn ich ihr erzähle, in welcher Gesellschaft ich mich an diesem Wochenende getummelt habe!

Ein Stück weiter den Gang hinunter sehe ich eine angelehnte Tür. Der Schein von Feuer und Schatten fällt in den Flur. Als ich Stimmen höre, werde ich neugierig. Warum werde ich bei reichen Franzosen nur immer dazu verleitet, durch ihre Häuser zu streifen, als wäre ich auf der Suche nach einem verborgenen Schatz?

Ich schiebe die Tür auf.

Auf einem großen Bankettisch liegt bäuchlings ausgestreckt Mme. Lafontant. Ihr schwarzer Satinrock ist bis zur Taille hochgeschoben und ihre bleichen Hüften und Oberschenkel sehen im Kontrast zu dem schwarzen Strumpfhaltergürtel und den Seidenstrümpfen geradezu hellweiß aus. Geschockt stelle ich fest, dass M. Marquet bei ihr ist. Er knetet mit seinen altersfleckigen Händen ihre Brüste, die aus dem hinuntergeschobenen Mieder rausschauen. M. Marquet stößt ein lautes Stöhnen aus. Es klingt so schrecklich, dass ich es am liebsten sofort vergessen würde.

Ich versuche, mich so leise wie möglich rauszuschleichen, aber in meiner Eile stoße ich gegen den Türrahmen. »Mist!«, entfährt es mir laut. Es tut ziemlich weh. Als ich den Gang entlang in Richtung Ballsaal laufe, bemühe ich mich, nicht loszuheulen. Die Schleppe dieses blöden blauen Kleids ist so lang, dass ich dauernd stolpere und dadurch nicht schnell vorwärts komme.

»Penelope!«, ruft M. Marquet hinter mir her und holt mich mühelos ein. Er stopft sein Smokinghemd in die schwarze Hose zurück. Noch immer umweht ihn der Parfümduft von Mme. Lafontant. Dazu kommt ein anderer starker Geruch, der mich fast würgen lässt. M. Marquet ist mir zu nah, ich fühle mich bedrängt.

»Was machen Sie da?«, schleudere ich ihm entgegen. »Ist Mme. Lafontant nicht eine enge Freundin von Mme. Marquet?«

»Ah«, sagt M. Marquet. »Ihr Amerikaner seid so schrecklich empfindlich. Keine Aufregung, Penelope! Es ist nichts Schlimmes passiert. In Frankreich ist eine Ehe sehr viel offener als bei euch. Affären werden akzeptiert; es ist nicht ungewöhnlich ...«

Ich hebe den schweren Saum meines Kleides an und entferne mich rasch von ihm. Von seiner Whiskeyfahne ist mir halb schlecht, und als ich daran denke, wie nett Mme. Marquet vorhin zu mir war, wie sie mich »ma princesse« genannt hat, gehört meine Loyalität ihr. Als ich wieder in den Ballsaal komme, kann ich ihr nicht in die Augen schauen. Bei der Erinnerung daran, was ich gesehen habe, würde ich mich sonst vielleicht übergeben oder losheulen. Ich lege mir die Hand auf die Stirn und versuche, das Bild, das ich permanent vor meinem inneren Auge sehe, zu verdrängen.

»Penelope!« Mme. Marquet eilt zu mir. »Ist dir nicht gut?«

Was wäre, wenn? Würden Sie dann den Krankenwagen rufen? Oder würden Sie sich klammheimlich mit mir aus der Hintertür schleichen und jemanden verständigen, der Sie nicht in Verlegenheit bringen würde?

Ich atme auf Drei ein und auf Sechs wieder aus, genau wie meine Mom es mir immer geraten hat. »Mir ist ... nicht gut, um ehrlich zu sein.« Wieder atme ich tief durch. »M. Marquet – ich habe ihn gerade – Mme. Lafontant – auf dem Tisch –«

»Mein Mann hat Mme. Lafontant auf einem Tisch gebumst?«, fragt Mme. Marquet mit einem sanften Lächeln. »Sagt wer?«

Ich!, will ich antworten, aber irgendetwas an ihrem Ton verrät mir, dass sie darüber nicht diskutiert.

»Das ist ein hässliches Gerücht, das von eifersüchtigen, dummen Mädchen in die Welt gesetzt wurde«, verkündet Mme. Marquet in endgültigem Ton. »Von dummen Mächen, die nicht zu der guten Gesellschaft in diesem Ballsaal gehören. Geh und such unseren Chauffeur. Es wird Zeit, dass du nach Hause kommst. Sieh dich nur mal an!«

»Aber Mme. Marquet ...« Das ist alles schrecklich schiefgelaufen. Als ich an mir hinunterschaue, sehe ich mit Schrecken, dass vorne durch mein Kleid rotes Blut sickert. Ich muss mir ein Knie aufgeschlagen haben, als ich gegen die Tür geknallt bin. »Oh Gott«, sage ich erstickt.

»Und, Penelope?«, fährt Mme. Marquet fort und hält mich am Unterarm fest. »Denk ja nicht, dass ich nicht von deinen Problemen in den USA weiß. Du bist auf unsere Großzügigkeit angewiesen. Ich weiß alles über die Lügen, die du erzählt hast, die Dinge, die du uns, die du Mme. Cuchon verschwiegen hast.«

Ich blicke sie mit offenem Mund starr an. Panik steigt in mir auf. »Sie wollen, dass ich eine Art Tochter für Sie spiele, damit M. Marquet bei seinen französischen Wählern als Familienmensch dasteht. Was ist mit den Lügen, die *Sie* erzählen? Den Dingen, die Sie mir verschwiegen haben?«

»Sei still! Halte sofort den Mund, du dumme, unwissende *vache*«, sagt Mme. Marquet. »Du Flittchen, du Schlampe.« Sie ist betrunken und nuschelt. Schwankend schiebt mich Mme. Marquet zur Haustür raus, vorbei an den Caterern und Bediensteten und Butlern und der langen Schlange von Dienern und Chauffeuren draußen, die darauf warten, dass ihre Fahrgäste herauskommen. »Ich habe dir doch gesagt: Es ist Zeit, dass du nach Hause kommst!«

»Wie können Sie nur so grausam sein?«, frage ich. Ich kann es einfach nicht fassen.

Als unser Chauffeur Mme. Marquet erblickt, fährt er sofort mit dem Auto vor. »Los! Geh schon!«, sagt Mme. Marquet. »Du findest also, ich bin grausam? Du findest, ich bin grausam? Dabei weißt du rein gar nichts über wirkliche Grausamkeit, du Hure. Und jetzt ab mit dir.«

Ich versuche einzusteigen, aber sie lässt mein Kleid einfach nicht los. Als ich sie unsanft abschüttle, zerreißt das Kleid hinten, sodass es lose an mir herunterhängt. Der Chauffeur schaut zur Seite, als er mir die Tür aufhält. Er ist der einzige Zeuge und er würde seine Stelle verlieren, wenn er für mich einträte.

Als wir wegfahren, sehe ich noch, wie Mme. Marquet ein hellblaues Stoffstück fest in den Händen hält und in der Kieszufahrt auf die Knie sackt.

# 22 · ALEX

## *Das richtige Mädchen für ihn*

Ich weiß echt nicht, wie Olivia es aushält, dass ihre Eltern im Hilton wohnen. Das ist einfach so stillos und … *amerikanisch*. Es ist nicht ihre Schuld, aber manchmal ist Olivia einfach so wahnsinnig unbeholfen.

»Aha, und wo wohnt die werte Madame Caroline in Paris?«, setzt Zack mir entgegen, als wir am Montagnachmittag die Treppenstufen der Ternes-Metro-Station hochsteigen. Wir sind auf dem Weg zum Lycée, aber nur für ein paar Stunden. Mme. Cuchon wollte uns vor den Weihachtsferien noch mal kurz sehen, wahrscheinlich, um uns einen Vortrag darüber zu halten, dass wir uns in der Zeit, in der wir nicht unter ihrer direkten Aufsicht stehen, anständig benehmen und keinen Ärger machen.

Zack weiß, wie aufgeregt ich bin, dass meine Mom endlich zu Besuch kommt. Ich kann es kaum erwarten, sie allen vorzustellen! Seit der Sache mit der Kreditkarte ist sie so distanziert. Sie ist nicht zur Modewoche gekommen und hat mir auch fast keine E-Mails oder SMS mehr geschrieben. Sie muss echt sauer sein! Ich hoffe, dass nun bald alles vergeben und vergessen ist, und sie mir wieder das Kreditlimit gewährt.

»Meine Mom steigt wie immer im de Crillon ab«, antworte ich ihm beschwingt. »Du musst unbedingt mal abends zum Essen vorbeikommen.«

»Das ist nicht dein Ernst«, sagt Zack und pfeift durch die

Zähne. »Am Place de la Concorde? Ihr macht aber auch echt keine halben Sachen, oder?«

»Nein«, sage ich und zünde mir schnell eine Zigarette an, die ich noch auf dem Fußweg zum Lycée rauchen kann. Meine Mom hat jedenfalls keine halbe Sache gemacht, als sie mir die Amex gesperrt hat, so viel steht fest.

Wundersamerweise haben wir vor der Schule nicht nur Zeit zu rauchen, sondern auch noch in unsere Postfächer zu sehen. Das letzte Mal, bevor wir in die Ferien gehen.

»Wie immer nichts«, sagt Zack mit einem Stöhnen, dann zieht er los, um Olivia zu suchen. Ich beiße mir auf die Lippe, als ich sehe, wie er Jay und den anderen Jungs aus dem Weg geht. Die sitzen gerade auf dem Sofa im Computerlabor und warten auf die Zwillinge und ein paar andere Mädchen, die zwanghaft an zu Hause denken und mit wahrer Hingabe ihre Mails und Facebook-Einträge checken. Das habe ich ihm wirklich vermasselt, denke ich zerknirscht.

»Zack!«, rufe ich überrascht. »Schau mal!« Aber Zack ist schon außer Hörweite. Da liegt ein Päckchen in meinem Postfach! Das ist das Tollste, was einem Schüler aus dem »Programme Americaine« zu Beginn eines Schultages überhaupt passieren kann. Ein Schüler, der ein Päckchen bekommen hat, steht den ganzen Tag lang im Mittelpunkt der Aufmerksamkeit, und alle sind neugierig, welche amerikanischen Süßigkeiten drin sind und ob derjenige etwas davon abgibt. Katie aus Ohio bekommt von ihrer Mutter immer Ingwerkekse, die aber schon am Ende der ersten Unterrichtsstunde aufgegessen sind. Georges Mom hat ihm die *Bourne*-Trilogie geschickt, was dazu geführt hat, dass alle anderen sofort E-Mails nach Hause geschrieben haben, mit der Bitte, ihnen ihre beliebtesten Filme auf DVD zu schicken. Mary bestellt sich bei amazon.fr immer Bücher auf Englisch. Nachdem sie das Päckchen in Empfang genommen hat, liest sie den restlichen Tag meistens heimlich eine britische Ausgabe von *Das Leben ist anderswo* von Milan Kundera oder *Hundert Jahre Einsamkeit* von Gabriel Garcia Marquez.

Ich persönlich habe noch nie ein Päckchen bekommen und ich bin fest entschlossen, das bis zuletzt auszukosten! Ich ziehe Jay vom Sofa weg. »Jay!«, juchze ich. »Du musst mir helfen, das Päckchen aufzumachen, das ich von meiner Mom aus New York bekommen habe!«

Mehrere Mitschüler umringen uns, als Jay sein Schweizer Taschenmesser herauszieht und sich abmüht, die dicke Schicht Klebeband durchzuschneiden. Sie brennen sicher alle darauf zu erfahren, was meine Mom mir schickt. Ich meine, meine Mom ist ja quasi ein Star. CAB arbeitet für die *Luxe!* Und ich bin die einzige New Yorkerin im Programm. *Mein* Päckchen wird der absolute Wahnsinn!

»Hoffentlich ist es Schokolade von Jacques Torres«, sagt Sara-Louise aufgeregt. »Mein Daddy hat mir neulich, als er kurz in New York war, welche besorgt. In die schokoüberzogenen Macadamianüsse könnte ich mich echt reinsetzen!«

»Kommt es von Barneys?«, fragt ein anderes Mädchen, Elena aus Chicago, die zu viel *Gossip Girl* liest, aufgeregt.

Jay hat das Päckchen erfolgreich geöffnet. »Danke!«, sage ich atemlos. Ich greife in den Karton hinein und ertaste ... ein Stofftier. Ich nehme es heraus und zeige es herum.

»Meine Mom weiß, dass ich Seehundjunge liebe«, sprudelt es aus mir heraus, obwohl ich bis zum heutigen Tage noch niemals etwas Derartiges geäußert habe. »Hier ist noch ein Brief.«

Das ist es, denke ich. Meine Mom hat einen Scheck in den Brief eingelegt. In dem Brief steht, dass alles vergeben und vergessen ist, und sie versteht, dass man in Paris natürlich viel mehr zum Leben braucht als in New York. Und dass sie mir nicht nur den Scheck schickt, damit ich ein bisschen Bargeld habe, bis sie selbst herkommt, sondern dass auch die Kreditkarte nicht mehr gesperrt ist.

Ich öffne Umschlag und Brief ganz vorsichtig, um den Scheck nicht zu zerreißen. Französische Banken stellen sich in dieser Hinsicht manchmal ziemlich pingelig an. Ich möchte keinen Ärger, wenn ich ihn in Bargeld umtausche.

Doch da ist kein Scheck. Es ist nur ein Brief auf dem normalen Briefpapier mit ihrem Monogramm, das meine Mom benutzt, solange ich denken kann. CAB.

*Meine liebste Alex,*
*Du wirst Dich so freuen! Ich habe eine Möglichkeit aufgetan, wie Du Deine astronomischen Schulden begleichen kannst. Meine gute Freundin Margerite – Du erinnerst dich, damals in Lyon? – hat eine Freundin aus Schulzeiten, die genau wie Du im 15. Arrondissement wohnt. Madame Sanxay – 1555 234 23. Ruf sie gleich an. Der Seehund ist für ihre süßen Kleinen!*

*Liebe Grüße*
*CAB*

Obwohl ich alles nur noch verschwommen sehe und kaum verstehe, was ich da gerade gelesen habe, lächle ich alle um mich herum an. »Meine Mom ist nicht der Ingwerkeks-Typ«, sage ich. Dann mache ich mich, den Seehund in den Armen, auf die Suche nach Zack. Als ich ihn finde, zeige ich ihm nur wortlos den Brief und heule los.

Zack schiebt mich eilig in den Gang hinaus.

»Hey, hey«, tröstet er mich. »Worum geht's denn? Ich verstehe nicht ganz. Wie meint sie das?«

»Aber schau dir doch nur an, was sie geschrieben hat!« Ich

deute auf *Liebe Grüße, CAB*. »Sie nennt sich nicht mal Mom! Sie schreibt nicht mal, dass sie mich lieb hat oder dass ich ihr fehle!«

Im Gang stößt Olivia zu uns. »Was ist denn los? Alex, warum weinst du?«

Ich wische mir über die Augen. »Ach, nur so.«

»Du musst es mir nicht sagen«, entgegnet sie. »Aber ich muss euch etwas erzählen.«

Als Olivia uns berichtet, dass sie am 26. Dezember mit ihren Eltern nach Hause fliegt, kann sie ihre eigenen Tränen nicht zurückhalten. »Ich habe euch nie erzählt, wie schwer es für meine Familie ist, dass ich hier bin. Sie brauchen mich zu Hause. Vince braucht mich auch.«

»Ich brauche dich!«, heule ich. »Bitte geh nicht!«

»Du wirst schon klarkommen«, sagt Olivia schniefend. »Ihr habt doch euch.«

Zack nimmt uns beide in die Arme und vergräbt sein Gesicht in meinen Haaren. Ich glaube, er weint auch.

Zurück in meiner Gastfamilie, rufe ich Mme. Sanxay aus meinem Zimmer an, wo ich ungestört bin und mich niemand hören kann. Irgendein mauliges Kind geht ans Telefon.

»*Je cherche Mme. Sanxay*«, sage ich mit meiner freundlichsten Stimme.

»*Quoi?*«

»Hol deine Mutter«, befehle ich ihm auf Englisch. Das Kind lässt den Hörer fallen und schreit nach Mme. Sanxay. Ich zucke zusammen.

»Bonjour, Alex!«, begrüßt mich Mme. Sanxay. Dann beginnt sie, mir in rasantem Französisch den Nachmittagsjob zu erklären. Ich verstehe kein einziges Wort.

»Sorry«, unterbreche ich sie, vergessend, wie sehr die Franzosen schlechte Manieren hassen. »Können Sie auch Englisch?«

Mme. Sanxay schweigt kurz. »Ihre Mutter hat mir gesagt, dass Sie französisch sprechen.«

»Ja, das stimmt schon«, entgegne ich. »Aber nicht jetzt. War ein langer Tag. Also, worum geht's?«

»Können Sie am Donnerstag herkommen? Ich weiß, das ist Heiligabend, aber ich würde Ihnen die Kinder gern vorstellen, bevor wir nach Mallorca fliegen.«

»Welche Kinder?«

»Meine Kinder! Die, auf die Sie aufpassen werden.« Sie lacht verwirrt. »Hat Ihnen Ihre Mutter das gar nicht erzählt?«

»Nein«, sage ich, nun ebenfalls verwirrt.

»Jeden Tag von drei bis sechs«, fährt sie fort. »Sie kommen nach der Schule her. Ich sehne mich so danach, mal wieder ein paar Stunden für mich zu haben.«

Ich kann es nicht fassen. Wie betäubt verabschiede ich mich von Mme. Sanxay mit den Worten: »Bis morgen!«

Niemals, kein einziges Mal in meinem ganzen Leben, hat meine Mom etwas so Grausames getan!

Ich wähle ihre Nummer, auch wenn ich weiß, dass mich der Anruf von meinem BlackBerry ein Vermögen kosten wird. Noch etwas, worüber meine Mom sich aufregen wird.

»MOM!?!«, spreche ich kreischend auf ihre Mailbox. »Was denkst du dir eigentlich dabei? Das kannst du mir doch nicht antun! Du kannst mir doch nicht einfach, ohne mich zu fragen, einen Job besorgen! Ich kann Kinder nicht leiden. Wie soll ich das durchstehen?«

Da wirft mich die Mailbox raus. Ich starre auf das Handy in meiner Hand.

Mir wird innerlich ganz kalt. Sie behandelt mich echt so was von ungerecht!

Wieder rufe ich an. Diesmal geht sie ran.

»Ja, Alex?«, antwortet meine Mom.

»Ich hasse dich. Wirklich. Du bist eine *schreckliche* Mutter«, sage ich ruhig und lege auf.

Wenige Stunden später schreibe ich meiner Mom auf meinem BlackBerry.

*Mom, Du brauchst Dir gar nicht die Mühe zu machen, über Weihnachten nach Frankreich zu kommen. Ich hatte mich zwar total gefreut, Dich meinem neuen Freund George vorzustellen, aber ich möchte ihn nicht der grausamen Situation aussetzen, mit Dir im selben Raum zu sein. Mein Weihnachten wird schöner, wenn Du in New York bleibst.*

Sie hat es nicht anders gewollt! Mit ihren Unverschämtheiten fordert sie es ja geradezu heraus. Alles, was ich in dieser unbarmherzigen Welt noch habe, ist George. Und ihn werde ich bekommen. Das steht unwiderruflich fest.

* * *

Bevor meine Mom für die *Luxe* gearbeitet hat, war sie gleich im Anschluss ans College als junge Mode-Presseagentin tätig und für die Pariser Modeschauen zuständig. Ihre beste Freundin in Paris war ein Model namens Margerite, die jetzt in Lyon lebt. Bis vor ungefähr drei Monaten war Margerites Bruder mit Mme. Sanxay verheiratet, und natürlich ist er noch immer der Vater der Sanxay-Kinder. M. Sanxay werde ich heute aber nicht treffen, weil er mit der Frau, wegen der er Mme. Sanxay verlassen hat, in Südfrankreich weilt.

Tja, liebe Grüße an meinen Dad, denke ich. Mein Dad besitzt nämlich in St. Tropez ein Haus am Strand. Die Riviera scheint der Ort zu sein, an dem sich alle nutzlosen Ehemänner tummeln, die ihre Frauen betrogen haben.

Mme. Sanxay führt mich ins Wohnzimmer. Der Teppich ist elegant und weich, aber überall liegt buntes Plastikspielzeug auf dem Boden herum. Zwei kreischende Kinder – der Junge ist etwas kleiner als das Mädchen – raufen vor dem plärrenden Fernseher. Auf einer Seite des Raums steht ein Laufstall mit einem Baby, das hilflos weint. Ich bleibe in der Tür stehen. Auf keinen Fall gehe ich näher heran.

»*Les enfants!*«, fährt Mme. Sanxay ihre Kinder scharf an. »*Silence!* – Ruhe jetzt, Kinder!«

Alle drei Kinder halten einen kurzen Augenblick inne und schauen sie an, dann geht aber gleich wieder das laute Geheule los. Entsetzt zucke ich zuammen.

Mme. Sanxay hebt das Baby aus dem Laufstall. »*Je te présente Charles*«, sagt sie zu mir und hält mir den kleinen zappelnden Charles hin, damit ich ihn an mich nehme. Schnell schüttle ich den Kopf. »*Non, merci* – nein danke«, sage ich so höflich wie möglich. Wie alle Babys riecht es nach Babypuder, ein Geruch, bei dem ich kotzen könnte. Ich würge.

»Lass uns in die Küche gehen, ja?« Mme. Sanxay führt mich zu einem unaufgeräumten Tisch, auf dem alte geöffnete Werbebriefe und französische Zeitungen herumliegen. Ähnlich wie meine Gasteltern und meine Freunde in New York wohnt Mme. Sanxay in einem ziemlich großzügig geschnittenen Apartment, dessen Miete und Pflege wahrscheinlich ein kleines Vermögen kostet. Auch wenn es im Moment nicht sehr gepflegt wirkt.

»Entschuldige bitte das Chaos. Es ist nicht so einfach, hier Ordnung zu halten. Deshalb war ich ja auch so begeistert, als deine Mutter mich letzte Woche angerufen und mir deine Hilfe angeboten hat. Mein Kindermädchen hat ihre Arbeitserlaubnis verloren und musste zurück nach Venezuela. Alexandra, du bist wirklich ein Geschenk des Himmels.« Sie lächelt mich lange an, zu lange. Ich wende meinen Blick ab.

»Ich weiß, dass du viel zu tun hast«, fährt sie fort und setzt das Baby von der einen Hüfte auf die andere. Charles verzieht das Gesicht und drückt die Lippen aufeinander. Zu meinem Schrecken knöpft Mme. Sanxay daraufhin die obersten Knöpfe ihrer Bluse auf und hakt eines der großen Körbchen ihres Still-BHs auf, sodass eine große, von Adern durchzogene Brust zum Vorschein kommt. Sofort dockt das Baby an und saugt kräftig.

»Charles kriegt zwar auch schon Brei, aber die Muttermilch mag er immer noch am liebsten«, erklärt mir Mme. Sanxay und schaut die kleine Bestie zärtlich an. Ich muss die Lippen zusammenpressen, um mich nicht zu übergeben.

»Eigentlich wollte ich dir ein paar Informationen zusammenstellen, Notfallnummern, vielleicht eine Liste, was die Kinder gern machen und essen, aber ich hatte nicht die Zeit dazu. Wenn du wiederkommst, verspreche ich, dass alles organisierter ist! Alexandra«, fährt sie fort und greift nach der Handtasche, die auf dem Stuhl neben mir liegt. Von ihrer Geldbörse tropft irgendeine Flüssigkeit. Aber sie bemerkt es gar nicht. »Ich bin dir ja so dankbar. Hier ist schon mal etwas Geld für etwaige Ausgaben – Windeln, Metro-Tickets –, wenn du im nächsten Monat auf *les enfants* aufpasst. Das kannst du ja solange auf dein Konto legen. Und ich würde dir auch gern einen Vorschuss geben, als Ausdruck meiner Freude, dass du in den kommenden Monaten für mich arbeitest. Es war *niemand* in Paris aufzutreiben, der die Zeit, die ich brauche, aufwenden konnte, vor allem für das Geld, das ich zahlen kann.« Mme. Sanxay zieht ein dickes Geldbündel heraus und drückt es mir in die Hand. Zum ersten Mal, seit ich dieses dreckige, furchtbare Apartment betreten habe, lächle ich.

»Dann bis bald, *chérie*«, sagt sie zu mir.

Schnell springe ich die Stufen bis zur Straße hinunter. Nichts wie weg von hier! Die sieht mich *niemals* wieder. Was für ein Elendsloch! Wie heißt es in diesem alten Song doch gleich?

Ach ja: *Take the money and run.*

Ich nehme also das Geld (es ist eine ziemlicher Batzen) und renne geradewegs zu *Le Maurice*, einem kleinen Boutique-Hotel auf der Rue de Tivoli, wo ich mir immer sehnlichst gewünscht habe unterzukommen, wenn ich mit meiner Mom in Paris war. Aber meine Mom fand, dass das Le Maurice nichts für Mütter mit ihren Töchtern sei, sondern für *Liebende*. Und genau das führt mich heute, an Heiligabend, hierher.

Ein paar gut verteilte Fünfzig-Euro-Scheinchen öffnen mir unverzüglich Tür und Tor zu dem luxuriösen Spa-Bereich des Le Maurice, obwohl die Empfangsdame gesagt hat, sie seien auf Monate ausgebucht. Als ich splitterfasernackt auf dem Enthaarungstisch liege, rupft und zupft Clothilde, die geschickte Kosmetikerin, an meinem ganzen Körper herum, bis er seidig weich und glatt ist. Als sie fertig ist, gehe ich zur Dampfsauna, dann zum Peeling. Als ich schließlich in die Junior Suite im obersten Stockwerk komme, für die ich bar bezahlt habe, ist meine Haut so rosig und weich wie die Seidendecke auf dem breiten Himmelbett.

Gerade als die Nagelspezialistin Nicole sich an meine Pediküre macht, antwortet George auf meine SMS, die ich ihm zuvor geschrieben habe. *Komme sehr gern vorbei*, steht da. *Es gibt etwas, das ich dir sagen möchte.*

Unwillkürlich wackle ich aufgeregt mit den Zehen, auch wenn ich damit den Nagellack ruiniere und Nicole noch mal von Neuem anfangen muss, wodurch wertvolle Verschönerungszeit vergeudet wird. Die heutige Nacht wird *perfekt*. Ich juchze lachend und lasse vor meinem geistigen Auge Revue passieren, was George und ich in unserer Zeit in Paris seit September schon alles erlebt haben. Unfassbar, dass es über zwei Monate her ist, seit wir uns auf Sara-Louises Party das erste Mal geküsst haben!

Klar, wir hatten unsere Aufs und Abs. Kurzzeitig kommt mir verschwommen das Bild hoch, wie ich ihn von PJs Balkon aus angeschrien habe. Nein, das war nicht schön. Schnell denke ich daran, wie hocherfreut George mich angesehen hat, als ich in Lyon in seinen Schlafsack geschlüpft bin.

Nicole lässt die Kellner herein, die eine Flasche Dom Pérignon, zwei Champagnerkelche aus Kristallglas und eine große Schüssel mit saftigen roten Erdbeeren hereinbringen und hübsch anrichten. Da ich meine Hände wegen der frischen Maniküre noch nicht bewegen darf, gibt Nicole ihnen etwas Geld aus meiner Tragetasche und verlässt dann den Raum.

Heute Vormittag habe ich meiner Cousine Emily geschrieben und ihr stolz von meinen Erfolgen berichtet. Ich hätte nie gedacht, dass ich so bald über Jeremy hinweg sein würde, aber so ist es. Was für einen Stellenwert haben schon alte Herzensbrecher, wenn ich an meine Zukunft mit George denke? Was macht es da, dass meine Mom das leider nicht mit eigenen Augen sehen wird? Oder dass die ersten Monate unserer Liebesbeziehung im Geheimen verliefen? So ist George nun mal – überraschend schüchtern, wenn es um die Liebe geht.

Aber heute Abend wird er nicht schüchtern sein, wenn er mich sieht, denke ich kichernd, als ich das La-Perla-Set anziehe, das ich mir aus dem Schrank von PJs Gastmuter stiebitzt habe. Das cremfarbene Seidenhemdchen berührt gerade mal meinen Hintern und der dazu passende dünne Tanga blitzt verführerisch durch. Vorne lässt der Ausschnitt tief blicken. Ich könnte tanzen, als ich mich im Spiegel selbst ansehe.

Wenige Minuten später klopft es leise an der Tür. Er ist da. Plötzlich fühle ich mich wie eine Schauspielerin bei einer Premiere. Ich kenne meinen Text, weiß aber trotzdem nicht, wie er ankommen wird. Ich atme tief ein, dann öffne ich langsam und diskret die Tür.

»Oh, Al«, sagt George und lächelt, als er mich so sieht. »Das wäre doch nicht nötig gewesen.«

»Nein?«, entgegne ich kokett. »Soll ich mir lieber was anziehen?« Aber ich bleibe natürlich stehen, wohlwissend, dass es das Letzte ist, was er will.

»Das alles ist für mich?«, fragt George, als er den Champagner, die Erdbeeren und die Kerzen wahrnimmt, die Nicole für mich angezündet hat, während meine Nägel trockneten.

Ich schiebe ihn sanft zum Bett. »Ja«, sage ich. »Und diesmal besteht nicht die Gefahr, dass wir unterbrochen werden.«

Zuerst küsst er meine Brust. Seine Lippen sind weich. Während er mir den einen Träger meines Negligés von der Schulter schiebt, bewegt er seinen Mund meinen Arm hinauf und hinab und über meinen Hals und meinen Nacken. Stöhnend streift er dann auch den anderen Träger hinunter, sodass meine Brüste geradewegs aus dem Hemd in seinen Mund fallen.

Ich kann mich nicht dagegen wehren – ich begehre ihn so sehr, dass ich fast weinen könnte. Als er sein Hemd und seine Khakihose auszieht, bin ich überwältigt, wie intensiv sich heute Abend alles anfühlt. George ist wundervoll, klar, und ich war von Anfang an verrückt nach ihm. Aber heute ist da noch etwas anderes, etwas, das ich vorher noch nie gespürt habe. Ich fühle mich gleichermaßen verletzlich wie draufgängerisch, ängstlich wie selbstsicher. Bei jeder seiner Berührungen wächst mein Verlangen. Schon bald bin ich ganz nackt, liege völlig entblößt neben ihm in seinen karierten Boxershorts im Bett. Ich kann sehen, wie sehr er mich will, und ich weiß, dass er weiß, wie sehr auch ich ihn will.

»Warte«, sage ich. Auf einmal habe ich das Bedürfnis, dass er laut ausspricht, was ich bereits weiß. »Bevor du … bevor wir …«

»Was?«, fragt George, der noch immer meinen Hals küsst.

»Lass uns etwas Champagner trinken«, sage ich und beuge mich hinüber, um den Korken knallen zu lassen. Als ich einschenke, muss ich kichern, weil George mich vom Brustbein bis hinunter zum Bauch küsst. »Hier.« Lachend reiche ich ihm ein Glas. »Probier mal.«

George trinkt einen Schluck. »Unglaublich«, sagt er. »Du bist unglaublich.«

Ich lächle selig. »Genau darüber würde ich gern sprechen«, sage ich und versuche, ihn zu mir hochzuziehen, sodass wir auf Augenhöhe sind. »Ich würde gern darüber reden, was du mir gegenüber fühlst.«

»Ich fühle mich gerade großartig, was dich angeht«, sagt George. »Und ich glaube, das wird sich von Minute zu Minute sogar noch steigern …«

Ich schlucke schwer. »Aber bevor wir es tun, muss ich wissen, dass das hier was Richtiges ist. Dass das ganze Drama zwischen uns vorbei ist.«

George hört auf, mich zu liebkosen und starrt mich an.

»Alex«, sagt er und trinkt einen großen Schluck Champagner. »Ich bin heute Abend hergekommen, weil ich mich gern ernst mit dir unterhalten würde.«

»Ja?«, frage ich mit höherer Stimme als sonst, so glücklich bin ich. Das ist einfach zu schön, um wahr zu sein!

»Ich meine, für mich haben sich schon immer viele Mädchen interessiert«, sagt George und blickt einen Moment lang aus dem Fenster. »Ich flirte gern. So bin ich einfach. In diesem Programm ist das nicht anders. Ich schlafe gern mit sexy Mädchen, genau wie die meisten anderen Männer auch.« George rückt ein Stückchen von mir ab, und durch den Abstand zwischen uns dringt nun kühle Luft an meine Haut. Ich fröstle.

»Gut«, entgegne ich, obwohl ich ihm nicht ganz folgen kann.

»Ich meine, mit dir ging es immer nur um das Eine«, sagt er. »Ich muss zugeben, dass ich schon, seit ich dich das erste Mal gesehen habe, mit dir ins Bett möchte.« Ich kichere geschmeichelt. »Aber jetzt muss ich dir sagen, dass ich etwas anderes will. Und ich glaube, ich habe es gefunden. Ich hätte nie gedacht, dass ich mich mal in ein Mädchen so richtig verlieben würde und mit ihr das ganze Programm durchziehen möchte, aber so ist es.«

Meine Augen weiten sich. Das könnte ja gar nicht besser laufen, selbst wenn ich den Text dazu eigenhändig geschrieben hätte. Er liebt mich. Ich wusste es!

»Du willst etwas Tiefergehendes als nur Sex?«, frage ich wissend.

»Ja«, antwortet George. »Die alte Geschichte, ganz egal welchen Schnickschack ein Mädchen wie du aufbietest. Bei dir und mir geht es nur um Sex. Es wird nie etwas *Richtiges*.«

Moment mal …

»Genau darum bin ich auch heute Abend hergekommen, Al.« George setzt sich auf. »Ich wollte dir sagen, dass ich, glaube ich, in Patty verliebt bin, und deswegen muss diese Sache zwischen dir und mir ein Ende haben.«

»Was!!«, rufe ich entgeistert. »Machst du Witze?«

George schüttelt den Kopf.

»Was redest du da, George? Vor zehn Sekunden konntest du es gar nicht erwarten, mich zu poppen, und jetzt erzählst du mir, dass du Patty liebst? Patty, diese Langweilerin? Eine *Jungfrau?*«

Unwillkürlich muss George lachen. »Ich weiß – ich kann es ja selbst nicht erklären! Wenn ich in ihrer Nähe bin, wird mir irgendwie bewusst ... wird mir bewusst, dass das Leben aus mehr besteht als nur aus Sex und heißen Mädchen. Auch wenn«, sagt er reumütig, »ich sagen muss, dass ihr Aussehen womöglich schon etwas damit zu tun hat, was ich für sie empfinde. Sie ist echt ziemlich heiß.«

Ich denke an Patty mit ihrem Cheerleader-Pony und den gefärbten blonden Haaren, die sie sich für die Schule mit einer roten Schleife zusammenbindet. An ihre grelle Kapitänsjacke mit dem Hahnentrittmuster und ihr billiges enges Polyester-Oberteil. Ich blicke George an, plötzlich unsicher, ob ich überhaupt auf demselben Planeten weile wie er, ob das wirklich noch mein Leben ist oder ob man mich in eine andere Relität versetzt hat, wo texanische Schlampen Frauen wie mich – weltgewandte, kultivierte, charmante Frauen – bei Männern wie George ausstechen können.

»Und warum«, rufe ich zornig, »hast du dann angefangen, mich auszuziehen? Warum warst du kurz davor, mit mir aufs Ganze zu gehen? Weil sie dich nicht ranlässt? Oder weil du dachtest, mich hättest du sicher in der Tasche?«

Darüber grübelt George kurz nach. »Na ja, ich dachte wohl, dass ich damit einen Schlusstrich ziehen könnte. Als ich hergekommen bin, wollte ich dir das alles sagen und dann wieder gehen, aber als ich dich in dem sexy Nachthemd gesehen habe und du so gut geduftet hast, dachte ich wohl, wir könnten ja noch eine heiße Nacht miteinander verbringen und danach getrennte Wege gehen.«

»Getrennte Wege?«, wiederhole ich dumpf. Ich kann nicht mal mehr so wütend sein, wie ich gern wäre, um ihn zu strafen. Meine Hände zittern so, dass ich Champagner über meinen Arm und die Seidendecke verschütte. »Wie soll ich dir denn aus dem Weg gehen? Wir sind bis Juni zusammen in Paris!« Und außerdem *will* ich es einfach nicht!

George nimmt mir das Glas aus der Hand und stellt es auf das Nachttischchen. »Ich hole dir am besten mal was zum Anziehen«, sagt er und wendet sich ab. Diese Geste, die Art, wie er es plötzlich nicht mehr ertragen kann, meinen nackten Körper anzusehen, den er gerade noch so zärtlich berührt hat, bricht mir stärker das Herz als seine verletzenden Worte. Mich ekelt vor ihm. Nur weil ich es bin, die hier ist, und nicht Patty, will er von hier weg.

George reicht mir den Morgenrock, ohne mir in die Augen zu sehen, dann zieht er sich schweigend an.

»Tut mir leid, Al«, sagt er im Weggehen leise. »Ich habe Mist gebaut. Aber ich möchte einfach mehr als nur das.« Mit einem resoluten Klicken fällt die Tür ins Schloss. Ich schaue auf die Standuhr aus Mahagoni in der Ecke der Suite. Erst acht Uhr. Ich hatte gedacht, dass wir hier bis mindestens zwei Uhr sind, vielleicht sogar die ganze Nacht, wenn wir Ärger mit unseren jeweiligen Gastfamilien riskiert hätten. Das wäre es wert gewesen – allein schon, um zusammen den Sonnenaufgang zu erleben und sich vor der Schule Frühstück aufs Zimmer zu bestellen.

Im großen Badezimmer der Suite zünde ich mir eine Zigarette an und setze mich auf den Rand der Badewanne mit Whirlpool. Ein paar Schlucke Champagner, direkt aus der Flasche, heben meine Laune aber leider nicht – im Gegenteil.

Sieh dich an, höre ich meine Mutter im Geiste sagen, als wäre sie hier. Aber natürlich ist sie es nicht – und das ist ja genau der Punkt.

Niemand ist hier. Niemand liebt mich.

Mehr als tausend Euro habe ich in diesen Raum und in die Spa-Behandlungen gesteckt, um für George schön zu sein. Ich habe das ganze Geld, das ich noch auf meinem Konto hatte, plus das Geld, das mir Madame Sanxay gestern gegeben hat, ausgegeben. Es gibt keine Möglichkeit, es ihr zurückzugeben, es sei denn, meine Mom schickt mir morgen einen Scheck – und das wäre nun *wirklich* ein Weihnachtswunder. Selbst die Kleider, die ich trage – wenn man sie überhaupt so nennen will und kann –, sind nicht meine. Die Dessous, die auf dem Boden liegen, habe ich gestohlen und der Bademantel ist Eigentum des Hotels.

Ich öffne das Badfenster, sodass der Zigarettenrauch abziehen kann und kalter Wind hereinweht. Im Mondschein sehe ich, dass es begonnen hat zu schneien. Es ist der erste richtige Winterschnee, gerade noch rechtzeitig zu Weihnachten.

Irgendwo da draußen ist George und schreibt Patty in Texas eine SMS.

Noch weiter entfernt klimpert Jeremy auf seiner Gitarre und schreibt Songs über die Liebe und Liebeskummer. Aber keines handelt von mir.

# 23 · OLIVIA

## *Bittersüß*

»Wir dachten, dass ihr vielleicht gern mal allein wärt«, sagt meine Mom an Heiligabend zu Vince und mir. »Was haltet ihr davon, wenn wir es uns mit Brian gemütlich machen, und ihr zwei geht zusammen essen und ins Kino? Wir geben euch Geld dafür. Viel Spaß!«

»Danke, Mom!«, sage ich in begeistertem Ton. Dabei hätte ich viel lieber nur mit Brian den ganzen Abend ferngesehen. Es stimmt, Vince und ich waren die ganze Zeit kein einziges Mal allein, aber aus irgendeinem Grund ist Brian als Puffer zwischen uns für mich eher beruhigend als unangenehm.

»Na endlich!«, seufzt Vince zufrieden, als er mich auf dem Bahnsteig der Opéra-Station von hinten umarmt. »Seit ich hier bin, habe ich das Bedürfnis, dich zu umarmen und nie mehr loszulassen.«

Die Pariser sind bekannt für ihre Toleranz, wenn Paare in aller Öffentlichkeit ihre Gefühle zeigen, aber ich bin trotzdem befangen. »Vince!«, sage ich mit hoher Stimme und winde mich in seiner Umarmung. »Nicht hier!«

Aber Vince lässt nicht los. »Sollen die Franzosen doch denken, was sie wollen. Ich drehe schon seit Wochen fast durch.« Er schmiegt sich ganz eng an mich. Normalerweise wäre ich rot geworden, ganz geschmeichelt und stolz darauf, dass er mich so begehrt, ohne dass ich überhaupt irgendetwas mache. »Du bist so schön«, flüstert er mir leise ins Ohr.

Zum Glück kommt da die U-Bahn der Linie 7. Wir wollen zum Odéon, einem der vielen Orte, die Thomas mir empfohlen hat. Dort soll man in Paris gut ausgehen können. Alex und Zack fahren manchmal auch dorthin, sitzen in den Rive-Gauche-Bars, in denen sie überhaupt bedient werden, und beobachten all die interessanten Rive-Gauche-Menschen, die vorbeigehen. Aber ich habe dort bis jetzt nur die St. Germain des Prés besichtigt.

Vince und ich müssen in der Châtelet-Station umsteigen und suchen den richtigen Anschluss. Vince lacht, als wir nicht die U-Bahn in Richtung Odéon finden, aber ich bin eher genervt. Mit seinem UCLA-Baseballkäppi und seinen hellweißen Air Jordans sieht er ziemlich idiotisch aus. Ist das wirklich noch derselbe Junge, den ich von der Tribüne in der Turnhalle aus angehimmelt habe; der herumlief, dribbelte, Pässe zuspielte und alle Cheerleader durchdrehen ließ? Was ist seitdem passiert?

Beim Abendessen versuche ich runterzukommen. Natürlich ist Vince noch derselbe Junge, in den ich die ganze Zeit verliebt war – witzig, in fast allen Bereichen entspannt, nur in einigen Punkten leistungs- und wettbewerbsorientiert. Er lässt mich von Paris erzählen, Sachen, die ich ihm im Beisein meiner Eltern und Brian nicht hätte erzählen können. Er hört genau zu (er konnte schon immer gut zuhören, das muss ich ihm lassen), lacht an den richtigen Stellen und sagt mir mehr als einmal, wie schön ich aussehe, auch wenn mein Haaransatz wieder aufgehellt werden müsste und ich meine kalifornische Bräune verloren habe.

»Das wirst du alles ziemlich vermissen, hm, Liv?«, fragt Vince und nimmt meine Hand in seine, die rau und schwielig ist vom Basketballspielen.

»Ja«, sage ich traurig und denke an die Tanzkompanie, an Alex und Zack, an Mme. Rouilles Pudel, an Mme. Rouille selbst. Thomas – nein, an Thomas kann ich nicht denken. Das wäre zu viel.

Ich winke dem Kellner, um zu bezahlen. »Was hältst du davon, wenn wir das Kino auslassen und gleich ins Bett gehen?«, frage ich, niedergeschlagen und erschöpft von meinen Gedanken an all das, was ich hier in Paris zurücklasse.

»Klar«, sagt Vince erfreut.

»Ich meine, in unsere jeweiligen Betten«, erkläre ich. »Ich muss mal wieder richtig ausschlafen.«

»Klar, Baby«, sagt Vince mit einem teilnahmsvollen Lächeln, aber es gelingt ihm nicht, seine Enttäuschung zu verbergen.

Nachdem ich ihn beim Hilton abgesetzt habe, gehe ich allein die Avenue de Wagram entlang. Die eisige Luft tut mir gut.

Das war eine der Sachen, vor der ich die größte Angst hatte, ehe ich hergekommen bin. Es klingt vielleicht albern, ist aber wahr: Ich habe mir damals den Kopf zerbrochen, wie das Wetter hier wohl sein würde, ob ich es aushalten könnte. In San Diego regnet es manchmal und es gab auch schon Tage, an denen ich mit Sweatshirt zur Schule gehen musste. Aber ich habe noch nie einen Mantel besessen. Ich musste Alex mitnehmen, um meine Kapitänsjacke zu finden, weil ich nicht genau wusste, wonach ich überhaupt suchen sollte. Aber jetzt, da es Winter ist und zu Weihnachten Schnee vorhergesagt wurde, merke ich, dass ich sogar Gefallen daran finde. Es fühlt sich irgendwie belebend an und bringt einen in Schwung.

Ob es wohl mit Vince das Gleiche ist? Ähnelt meine Angst, Vince zu verlieren, meiner Angst vor kaltem Wetter? Vielleicht fühlt es sich, wenn es erst mal so weit ist, ja überhaupt nicht mehr an, als wäre es eine große Sache?

»Olivia!«, begrüßt Thomas mich in der Tür zum Apartment. Die kleinen Pudel bellen zu seinen Füßen. Er ist barfuß, sein Hemd ist aus der Hose gerutscht und seine lockigen Haare sind ein bisschen verstrubbelt und wuschelig. Auf seine unnachahmlich süße Art schiebt er seine Brille die Nase hoch. »Ich hatte gehofft, dich zu sehen noch. *Ça va?*«

»Mir geht es gut«, sage ich ruhig, auch wenn mein Herz klopft. Das letzte Mal, als ich Thomas gesehen habe, steckte meine Zunge in seinem Hals und ich wollte, dass es nie aufhört. »Was machst du denn zu Hause?«

»Ich habe meine Seminararbeit schon fertig und abgegeben, sodass ich sie nicht in den Semesterferien schreiben muss«, erklärt er. »*Maman* ist auf einer Party. Ich wollte gerade ausgehen, um zu feiern. Hast du Lust mitzukommen?«

»Musst du morgen nicht früh aufstehen, um deinen Zug zu erwischen?«, frage ich.

»Olivia.« Thomas grinst. »Es ist doch nur ein Getränk. Und es ist Heiligabend.«

»Na gut«, stimme ich zu, ohne auch nur meinen Mantel auszuziehen. »Dann mal los.«

»Und? Was ist in deinem Leben so alles passiert, seit ich dich zuletzt gesehen habe?«, fragt Thomas, als er mir im nahen Pub *La Belle Chambre* die Tür aufhält. Wir setzen uns an einen kleinen, aber feinen Tisch im hinteren Bereich.

Thomas ist so lieb und freundlich. Ich kann nicht glauben, dass er mit mir noch etwas trinken gehen will, obwohl ich ihn so in die Irre geleitet habe.

»Na ja«, sage ich. Ich weiß nicht, wo ich anfangen soll. »Erinnerst du dich noch an den Tag, als du in die Opéra-

Schule kamst und ich getanzt habe, obwohl ich eigentlich nicht sollte?«

»Ja«, sagt Thomas und schiebt sich die Haare aus der Stirn. »Das werde ich nie vergessen.«

»Da war ein Talentscout vom Paris Underground Ballet Theatre da. Ich bin zu spät gekommen, deshalb wusste ich nicht, dass unsere Klasse eine Art Vortanzen hatte. Vor ein paar Wochen haben sie mir dann eine E-Mail geschrieben und mich gefragt, ob ich bei ihnen mitmachen möchte.« Das sprudelt alles nur so aus mir heraus und ich merke, wie stolz ich noch immer bin, dass ich das geschafft habe. »Ich gehöre jetzt seit zwei Wochen zu der Kompanie. Es ist total toll!«

»Olivia, *c'est formidable* – das ist ja fantastisch!«, ruft Thomas. Er legt einen Arm um mich und klopft mit der anderen Hand auf den Tisch. »*Félicitations!* Gratulation!« Er sieht ziemlich beeindruckt aus.

»Danke!«, sage ich bescheiden. Noch kann und will ich ihm nicht erklären, dass ich ihr Angebot gar nicht annehmen kann. Zuvor möchte ich noch ein paar Minuten seine Bewunderung genießen.

Thomas bestellt sich einen Whiskey, aber ich möchte nur Mineralwasser. Ich wollte heute Abend nichts trinken. Ich wollte nur mit jemandem zusammen sein, der sich mit mir über das Underground freut. Als wir anstoßen, lege ich den Kopf in den Nacken und kippe das Sprudelwasser hinunter, als wäre es irgendetwas Hochprozentiges. Thomas leert seinen Whiskey und lacht.

»Noch eins?«, fragt er neckend und lacht wieder.

»Sehr komisch«, entgegne ich. »Morgen steht uns ein großer Tag bevor, meiner Familie und mir.« Ich erwähne nicht, dass auch Vince in der Stadt ist. »Und wie du weißt, vertrage ich nicht gerade viel Alkohol.«

Thomas lacht. »Stimmt.« Der Kellner bringt Thomas seinen zweiten Whiskey, den er genauso schnell austrinkt wie den ersten, dann wischt er sich mit dem Handrücken über den Mund. Ist er auch so nervös wie ich?

Ich lache halb, halb seufze ich. »Ja.« Mir fällt ein, wie es sich angefühlt hat, mit ihm bei PJ herumzualbern. Sogar schon bevor wir uns geküsst haben, war es eine der schönsten und lustigsten Nächte meines Lebens. Und mit dem Küssen ...

»Wirklich, Olivia, das sind tolle Nachrichten«, sagt Thomas in verändertem Ton. »Das ist echt eine große Leistung. Deine Familie muss so stolz sein.«

»Hmm«, weiche ich unverbindlich aus.

»Ich habe noch nie jemanden gesehen, der so tanzt«, sagt Thomas. »Ich habe noch nie jemanden gesehen, der so *ist*. Damals konnte ich dich nur anstarren. Du warst – du *bist* – atemberaubend.«

Thomas blickt mir lange in die Augen. »Olivia«, sagt er dann leise.

»Du hast ziemlich viel getrunken«, sage ich. »Wir sollten zurückgehen. Es ist schon spät.«

Beim Hinausgehen legt Thomas zwanzig Euro auf die Bar. Als wir mit dem Aufzug ins Apartment hinauffahren, bedanke ich mich bei ihm. Thomas nickt. »Jeder Zeit wieder.«

Mehr bringe ich nicht heraus, ich habe einen Kloß im Hals. Da ist so viel zwischen uns, aber was kann ich schon sagen? Ich habe Angst, deinen Namen zu sagen, weil mich deine bloß Existenz so verletzlich macht. Ich kann nicht bei dir sein; ich kann nicht mal in deiner Stadt bleiben. Meine Familie ist mein Leben.

Ja, so ist es.

Als Thomas die Hand nach der Klinke ausstreckt, stolpert

er betrunken und fällt gegen die Tür. Das sieht lustig aus. Ohne es zu wollen, lache ich plötzlich laut los. Thomas sieht mich mit rotem Gesicht an, dann prustet er ebenfalls los, halb verlegen.

»Du Spinner«, sage ich und sperre die Tür auf. »Du bist ja betrunken!«

Thomas lacht. »*Oh, mademoiselle,* das tut mir aber leid. Bitte vergeben Sie mir all die Whiskeys, die ich trank auf Ihren neuen Ruhm! Nicht alle sind so diszipliniert wie Sie«, scherzt er.

Ich wickle mir den Schal vom Hals und schlage damit nach ihm.

»Ruhe!«, sage ich grinsend. Da schnappt er sich das andere Ende vom Schal und zieht es zu sich her, ein bisschen wie beim Tauziehen. Ich falle ihm entgegen, bis wir dicht voreinander stehen.

»Olivia.« Wieder spricht er meinen Namen so aus, dass ich dahinschmelze, und das Nächste, was ich mitbekomme, ist, dass wir uns küssen, sogar noch leidenschaftlicher als auf dem Balkon auf PJs Party. Und wir fummeln gegenseitig an unserer Kleidung herum, während wir stolpernd zu dem kleinen Zimmerchen gehen, das in gewissem Sinne meins ist, in gewissem Sinne seins.

»Du bist … so wunderschön …«, sagt Thomas zu mir, als er mir mein Kleid und meine Strumpfhose auszieht. Obwohl Vince vorhin mehrfach die gleichen Worte gesagt hat, hatten sie bei ihm doch nie diesen Klang.

Ich kann nicht antworten. Ich knöpfe nur langsam sein Hemd auf, sodass seine glatte Brust zum Vorschein kommt. Es kommt mir wie ein Traum vor, als wir auf das Bett fallen – sein Bett, mein Bett.

Auch als es vorbei ist, können wir nicht voneinander lassen. Alles an ihm begeistert mich einfach so. Ich lache laut auf. »Wow«, sage ich, weil mir einfach nichts Besseres einfällt. Als ich so neben ihm liege, fühle ich mich wie ein ganz neuer Mensch, so als würde ich, wenn ich aufstehe und das Licht anmache, auch verändert aussehen. Es ist absolut unmöglich, dass dies gerade eben geschehen ist, und ich wieder zu meinem alten Ich werde.

»*Tu m'étonnes*«, sagt Thomas. »Du erstaunst mich wirklich. So etwas habe ich noch nie gefühlt.« Er hat noch immer die Arme um mich gelegt. Ich hätte nie gedacht, dass ich das mit ihm erleben würde und nicht mit Vince, aber es fühlt sich absolut richtig an. Ich habe mich in diesem Herbst von Vince entliebt. Wie konnte das nur geschehen, ohne dass ich es bemerkt habe?

Ich höre auf zu lachen und werde ganz ernst. »Ich muss dir etwas sagen«, gestehe ich ihm endlich. »Ich muss aus Paris weg. Ich gehe zum Ende des Halbjahres zurück nach Kalifornien.« Ich zeige auf die Koffer, die bereits halb gepackt auf dem Boden liegen. »Ich komme nicht nach Paris zurück. Ich werde die Stelle bei der Tanztruppe nicht annehmen.«

»*Quoi?*«, fragt Thomas. »Warum nicht?«

»Meine Familie braucht mich«, antworte ich. »Ich muss zurück.«

»*Willst* du denn zurück nach Kalifornien?«

Ich schüttle den Kopf und gebe damit das erste Mal vor mir selbst zu, dass ich das absolut nicht will.

»Aber du gehst trotzdem?«

»Ja«, sage ich, auch wenn ich das Gefühl habe, kaum noch sprechen zu können.

»Du bist sehr tapfer, Olivia, dass du so eine Chance ausschlägst«, sagt Thomas und hält mich in seinen Armen.

»Tapfer? Nein, das denke ich nicht.« Ich wusste bisher nicht, dass es möglich ist, sich so glücklich und so durcheinander und so verletzlich zu fühlen, und das alles zur gleichen Zeit.

»Du bist tapfer, dass du dein Ego so bezwingst«, sagt Thomas und küsst mich zärtlich auf die Stirn. »Ist es erlaubt, dich etwas zu fragen?«

»Was denn?«

»Hat es was mit mir zu tun?«, sagt Thomas. »Läufst du vor mir weg? Davor, was wir füreinander empfinden?«

Lange sehe ich ihn nur an und denke darüber nach. Zu guter Letzt wickle ich mich in meinen rosaroten Bademantel und stehe auf, um mir ein Glas Wasser zu holen. Ich fülle einen Becher mit Leitungswasser, ohne das Licht einzuschalten, und trinke hastig. Im Dunkeln fließen endlich die Tränen, dort, wo Thomas sie nicht sehen kann. Denn dann wüsste er, dass er recht hat.

# 24 · PJ

## *Man kann nie wissen*

Die jährliche Heiligabend-Benefizgala vom L'Orchestre de Paris darf kein Mitglied der Pariser High Society verpassen. Mme. Marquet macht sich am 24. Dezember den gesamten Tag dafür zurecht, während M. Marquet ausgiebig in seinem Klub Squash spielt.

Am Nachmittag taucht Mme. Marquet mit einer dicken Schicht grüner Gesichtsmaske in der Küche auf, um sich eine Tasse Tee zu holen. Sie gießt einen Schuss Brandy hinein und sieht dabei nicht, wie ich reinkomme und mich hinsetze. Sie bemerkt mich erst, als sie sich umdreht, um wieder ins Schlafzimmer zurückzugehen.

»*Mon dieu!*«, ruft sie aus und presst sich schockiert eine ihrer dünnen, knochigen Hände gegen das entblößte Dekolleté. Sie trägt einen seidenen Schlafanzug und hat sich eine Bettdecke umgewickelt. Offenbar die unerlässliche Kleidung für so einen Tag, der ganz im Zeichen der Verschönerung steht. »Penelope! Hast du mir einen Schrecken eingejagt!«

»Tut mir leid«, entschuldige ich mich. »Wie geht es Ihnen?«

Doch Mme. Marquet ignoriert meine Frage und verlässt mit ihrem Tee die Küche in Richtung Schlafzimmer.

»Madame?«, frage ich und folge ihr. »Darf ich reinkommen?«

»Was ist denn, Penelope?«, entgegnet sie.

Ohne groß zu überlegen, setze ich mich auf ihr Bett und betrachte ihr Spiegelbild im Schminktisch. Sie beginnt, sich die grüne Creme mit einem weichen weißen Waschlappen und etwas Gesichtswasser abzunehmen. Sie ist sorgfältig darauf bedacht, dass ja keine Reste auf ihre Kleidung kommen.

»Ich wollte nur sagen, dass es mir leidtut, dass ich Sie am letzten Wochenende verstimmt habe«, sage ich schnell, ohne sie direkt anzusehen. »Ich wollte Sie nicht verärgern.«

Mme. Marquet stößt ein bissiges Lachen aus, das unglücklich klingt. »Ha! Du hast mich doch nicht verärgert, Kind. Das könntest du gar nicht.«

Verwirrt starre ich auf ihren blonden Hinterkopf. »Aber sie waren doch so sauer auf mich. Ich dachte, ich hätte sie gekränkt ...«

»Penelope, *arrête*«, unterbricht mich Mme. Marquet. »Du musst dich nicht bei mir einschleimen. Ich habe bereits bei Mme. Cuchon Bescheid gesagt, dass du über die Ferien bei uns bleiben kannst. Schließlich wäre es doch schade, dich jetzt zurückzuschicken – alle würden sich wundern, warum. Nein, nein«, sagt sie mit einem seltsamen Lächeln. »Wir fahren morgen früh in die Dordogne und feiern Weihnachten mit den Lafontants.«

»*Les Lafontants!*«, rufe ich aus. »Aber was ist mit ...«

»Das haben wir doch schon alles durch«, sagt Mme. Marquet ungeduldig. »*Tout le monde a ses secrets*. Jeder hat seine Geheimnisse – auch du, Penelope. Alle. Warum willst du unbedingt schlafende Hunde wecken?«

»Ich wollte Ihnen nur die Wahrheit sagen«, verteidige ich mich. Mir geht seitdem das groteske Bild nicht mehr aus dem Kopf, wie M. Marquet sich auf Mme. Marquets Freundin bewegt hat. »Ich dachte, Sie sollten das wissen. Schließlich müssen Sie nicht tatenlos daneben stehen ...«

Blitzschnell dreht sich Mme. Marquet zu mir um und durchbohrt mich fast mit ihren knallblauen Augen. »Möchtest du den Anfang machen, die Wahrheit zu erzählen?«

Sie geht zu ihrem begehbaren Schrank und reißt die schweren Türen auf, hinter denen sich ihre teure Kleidung verbirgt. »Zum Beispiel hierüber, Penelope! Erzähl die Wahrheit über die Dinge, die du mir gestohlen hast, über das Alexander-McQueen-Kleid, das du dir ›ausgeliehen‹ hast. Oder über die *Unterwäsche*, all die grauenhaften Dinge, die du mir entwendet hast!«

Abwehrend springe ich auf. »Unterwäsche? Wovon reden Sie?« Dann fällt mir ein, dass ich Alex neulich kurz im Schrank allein gelassen habe, und stöhne innerlich. Ich hätte es mir denken können.

»Spar dir das für Mme. Cuchon auf«, sagt Mme. Marquet kalt und böse. Ihr Gesicht ist wutverzerrt. Mir fällt auf, dass Mme. Marquet gar nicht *jolie-laide* ist, wie ich zuerst dachte. Sie ist einfach nur hässlich. »Wenn du wirklich willst, dass alle anfangen, die Wahrheit zu sagen, Penelope, landest du nämlich ganz schnell in ihrem Büro. Und von dort geht es auf direktem Wege zurück in die Vereinigten Staaten! Und ich weiß, dass du kein Zuhause hast, in das du zurückkannst.«

»Nein!«, rufe ich als Reaktion auf ihre Drohung, aber auch weil sie ihre schwere Silberbürste vom Schminktisch genommen hat und quer durch den Raum wirft. Nur um Haaresbreite verfehlt sie das gerahmte Foto irgendeines lange unter der Erde liegenden Verwandten der Marquets. Mit einem frustrierten Aufschrei nimmt sie ihren Tee und schleudert mir die Porzellantasse entgegen, sodass die heiße braune Flüssigkeit mein weißes Thermo-Shirt vollspritzt. Ich schreie, weil der heiße Tee meinen Bauch verbrüht.

»Was ist denn hier los?« M. Marquet stürmt, die grauen Haare noch feucht vom Duschen im Klub, in den Raum. »Was machst du mit meiner Frau?«, fragt er mich.

»*Rien!*«, verteidige ich mich. »Nichts! Ich habe Ihnen beiden *nichts* getan, gar nichts! Ich wollte doch nur, dass Sie mich mögen!« Dann renne ich aus ihrem Schlafzimmer.

Ich schließe mich die ganze Nacht über in meinem Zimmer ein. Sogar als ich höre, wie die Marquets zur Benefizgala aufbrechen, komme ich nicht heraus. Bis spät in die Nacht grüble ich trübsinnig über die Bedeutung von Lügen nach. Meine Eltern hatten ein Geheimnis und das hat meine Familie auseinandergerissen. Annabel war gut darin, Geheimnisse zu bewahren, gut darin, ihre Angst zu verbergen. Selbst Olivia, die ich für so lieb und rein gehalten habe, hat ein Geheimnis. Es ist wohl keiner so unschuldig, wie ich dachte.

Irgendwie haben die Marquets mein Geheimnis herausgefunden. Das war wahrscheinlich nicht weiter schwer – wenn man weiß, wo man suchen muss. Dabei habe ich mich so bemüht, es vor ihnen geheim zu halten, aus Angst, dass sie mich sonst nach Hause schicken. Aber das ist jetzt gar nicht das Problem. Das Problem ist weit schlimmer. Sie wollen mein Geheimnis als Druckmittel benutzen, um jeden Schritt von mir zu kontrollieren.

Auf meinem Bauch sieht man einen schuppigen roten Fleck, wo mich der Tee verbrannt hat. Während ich an der Haut herumzupfe, geht mir die Frage im Kopf herum, wie ich das alles wieder einrenken soll. Die Situation bei den Marquets war noch nie ideal, aber jetzt ist sie ein Albtraum.

Um kurz vor vier Uhr früh klopft es an der Tür. Das weckt mich aus dem leichten Schlaf, in den ich anscheinend irgendwann gefallen bin. Noch immer habe ich das vollgespritzte T-Shirt und meine Jeans an. Ich stehe auf, ziehe mir die Jacke meines Opas über und gehe zur Tür. Dort lehnt M. Marquet in seinem Smoking am Türrahmen.

»Darf ich?«, fragt er und macht Zeichen, ob er eintreten kann.

»*Oui*«, sage ich widerstrebend.

M. Marquet bedeutet mir, mich neben ihn auf mein Bett zu setzen, was ich auch tue. Mit einem schweren Seufzen lockert er seine Fliege und öffnet den Hemdkragen. »Ah«, sagt er erleichtert. »Gleich viel besser. – Penelope, *chérie*«, fährt er dann liebevoll fort. »Es war für dich bisher nicht einfach in Frankreich, oder?«

Ich seufze. »Nein«, gebe ich zu. »Das stimmt.«

»Aber warum hatten wir so einen schlechten Start?«, fragt er traurig. »Bieten Mme. Marquet und ich dir nicht ein gutes Zuhause? Bist du unzufrieden mit unserem Apartment? Mit dem Château?«

Ich schüttle den Kopf. »Oh nein, das Apartment, das Château – das ist alles ganz großartig«, antworte ich wahrheitsgemäß. »Ich bin sehr glücklich, hier zu sein.«

»Was ist es dann?«, fragt er sanft. »Dich hat aufgewühlt, was du gesehen hast? Hat es dich erschreckt?« Er streicht mir die langen Haare aus den Augen. Es fühlt sich zu intim an, um väterlich zu sein, aber ich will nicht unhöflich erscheinen. Und die Franzosen zeigen ihre Zuneigung nun mal anders.

M. Marquet spricht jetzt so leise, dass ich ihn fast nicht verstehe. Sein Gesicht ist ganz nah. Beim Sprechen streift sein Atem über meine Wangen und seine ergrauenden Haare kitzeln meine Stirn. Mit den Fingern streicht er mir ganz sanft über die Innenseite des Ellbogens.

»Meine Frau ist eine Meckerziege«, sagt er, noch immer

ganz leise. »Adele trinkt zu viel. Die Hälfte der Zeit bekommt sie sowieso nicht mit, was sie redet. Sie weiß von Mme. Lafontant; du hättest es ihr gar nicht zu sagen brauchen. Und sie weiß auch, was ich für dich empfinde …«

»*Quoi?*«, entgegne ich, nicht sicher, ob ich ihn richtig verstanden habe. Sein Geruch ist so intensiv, dass ich fast keine Luft bekomme. Dass er so nahe bei mir sitzt und spricht und atmet, erdrückt mich fast. Bei seinen Berührungen schüttelt es mich vor Ekel.

»Oh, Penelope«, haucht er heiser. »Oh, *mon dieu …*«

M. Marquet beugt sich zu mir und leckt ganz zart an meinem Ohrläppchen. Angeekelt verkrampfe ich mich.

»Was machen Sie denn da?«, frage ich und stoße ihn weg. »Das ist ja widerlich! Sie sind mein Gastvater!«

Bevor ich jedoch vom Bett aufspringen kann, umfasst er meine Taille mit der rechten Hand, lässt die linke zwischen meine Beine gleiten und versucht, seine Lippen auf meine zu legen.

»Penelope«, stöhnt er. »Kämpf nicht dagegen an. Lass es einfach zu.«

Ich nutze seine unbeholfene Betrunkenheit aus und schiebe ihn mit Gewalt von mir weg. Dann laufe ich in einem großen Bogen um ihn herum zur Tür.

»Raus hier!«, fauche ich. »Sie sind ein widerlicher, alter Mann! Sie sind ja krank!«

Weil ich ihn aus dem Gleichgewicht gebracht habe, kippt er aufs leere Bett, hat sich aber schnell wieder im Griff.

Noch ehe ich schreien kann, ist M. Marquet schon aufgesprungen und hält mich fest. Die Hände auf meinem Schlüsselbein, zischt er mir ins Ohr: »Du verstehst es einfach nicht, oder? So läuft das nun mal in Frankreich. Du prüde Amerikanerin.«

Mit diesen Worten lässt er mich los und schleudert mich so heftig gegen die Wand, dass mir kurzzeitig die Luft wegbleibt.

»Wenn du zu irgendjemandem auch nur ein Sterbenswörtchen sagst, sitzt du im nächsten Flieger nach Amerika«, sagt er leise, sein Gesicht ganz nahe an meinem. Ich schiebe ihn weg und er stolpert aus der Tür und ins Bad. Ich schlüpfe in meine Converse, die neben dem Bett stehen, und greife nach meinem Mantel, den ich über die Lehne des Schreibtischstuhls gehängt habe. Er fühlt sich wegen des Geldbeutels in der Tasche schwer an. Ehe ich aus der Tür stürme, schnappe ich mir noch schnell *Madame Bovary* vom Tisch.

Als ich den menschenleeren Place de Ternes erreiche, bin ich ganz außer Atem. Es ist so kalt, so still. Ich ziehe meinen Mantel enger um mich und verfluche den plötzlichen Kälteeinbruch, der von den meisten, die auf weiße Weihnachten hoffen, sehnlichst herbeigewünscht wurde.

Ich blicke nach Südwesten hinüber, zum beleuchteten Arc de Triomphe. Nur wenige Autos befahren den Kreisverkehr. Die Champs-Élysée in der Ferne sieht ebenfalls seltsam verlassen aus. Sogar die Restaurants und Bars sind geschlossen. Östlich von hier liegt der Parc de Monceau, aber auch sein hohes Eingangstor ist nachts verriegelt. Wo kann ich hin? Es ist Weihnachten. Die meisten aus meinem Programm sind über die Feiertage in die USA geflogen, wie zum Beispiel Sara-Louise und Mary, oder mit ihren Gastfamilien im Urlaub. Die, die in Paris geblieben sind, schlafen jetzt tief und fest.

Ich habe versucht, ganz allein klarzukommen, und versagt. Die Hautverbrennung, die Schürfwunde am Knie, die Erinnerung an das zerrissene Kleid, als mich Mme. Marquet vom Ball der Lafontants weggescheucht hat. An M. Marquets schleimige Zunge an meinem Ohr, an seine Hand, mit der er mich so brutal geschlagen hat, als er nicht bekam, was er wollte.

In Paris kann ich unmöglich bleiben.

Ich brauche Annabel; sie würde mir jetzt helfen, mich beschützen. Mir fehlen ihre Intelligenz und ihr Mut.

Ängstlich und verunsichert ziehe ich *Madame Bovary* aus der Tasche. Innen steckt die Bildpostkarte, die Jay mir im Louvre-Museumsshop gekauft hat. Es ist ein Selbstporträt von Jean Auguste Dominique Ingres. Ich drehe sie um und schreibe schnell eine kurze Nachricht darauf.

Ich kann nicht – ich werde nicht – zurückblicken, während ich den Boulevard de Clichy entlanglaufe. In den frühen Morgenstunden des ersten Weihnachtstages bin ich die Einzige auf der Straße – undenkbar für Paris bei Tag. Die Stadt ist ungewöhnlich ruhig. Nur meine Schritte hinterlassen Spuren im frisch gefallenen Schnee.

# 25 · ZACK

## *Gute Freunde sind selten*

Ich vergesse, meine Vorhänge zuzuziehen, als ich an Heiligabend schlafengehe. Am folgenden Morgen fällt heller Sonnenschein in mein Zimmer und ich kann sehen, dass eine dicke weiße Schneeschicht meine Straße vom St.-Lambert-Platz auf der einen Seite bis hin zur Rue de Lecourbe auf der anderen bedeckt.

Mireille und Paul sind absolute Leseratten. Anders als andere Kinder sind sie an Weihnachten nicht schon beim ersten Morgengrauen wach. Gestern Abend haben wir alle unsere Schuhe an den Kamin gestellt, damit *Père Noël* sie mit Geschenken und Süßigkeiten füllen kann. Romy und Jacques sind mit meinen Gastgeschwistern und mir in *La Messe de Minuit* gegangen. Erst um zwei, als bereits dicke Schneeflocken fielen, sind wir aus der Mitternachtsmette nach Hause gekommen. Romys Eltern und weitere Familienmitglieder haben uns zur *La Reveillon* besucht, einer gigantischen Heiligabend-Feier, die dauerte, bis das erste Licht über den Horizont kroch. Die ganze Familie wird wahrscheinlich bis zum frühen Nachmittag im Bett liegen.

Da ich nicht mehr einschlafen kann, stehe ich auf und gehe zum Fenster. Lange sehe ich auf den Schnee hinaus. Ich denke an Weihnachten, an meine Familie daheim und wie weit sie weg sind. Durch die Zeitverschiebung ist es dort noch früher als hier. Meine Mom wird sicher die ganze Nacht wach gewesen sein und Geschenke eingepackt haben. Mein kleiner Bruder Freddie und meine kleine Schwester Heather werden um fünf Uhr morgens zum Weihnachtsbaum rennen, aber mein Dad wird ihnen verbieten, die Geschenke auszupacken, bis Mom und er die Weihnachtsgeschichte aus der Bibel vom Anfang bis zum Ende vorgelesen und alle gemeinsam gebetet haben. Eines der Kinder wird die Geschenke zu schnell aufreißen oder versuchen, die Reihenfolge zu überspringen, mein Dad wird sie anschreien, dass sie langsamer machen und daran denken sollen, dass Gier eine Sünde ist. Wenn das dann alles vorbei und es Zeit für die Kirche ist, ist meine Mom so gestresst, dass sie alles Mögliche fallen lässt – die Pancake-Pfanne, den Krug Orangensaft –, und mein Dad ist so weit, dass er den ganzen Feiertag am liebsten vergessen und sich ein Spiel im Fernsehen anschauen möchte. Meine Tanten und Onkel und Cousins werden zum Brunchen zu uns rüberkommen und fragen, wie es mir in Paris geht. Meine Eltern werden antworten, dass es mir sehr gut geht. Dabei wissen sie eigentlich gar nicht genau, was sie darauf sagen sollen, denn welches Kind geht bitte schön mit sechzehn so weit von der Familie fort, um in Paris zu wohnen? Welches Kind kommt nicht über Weihnachten heim und wünscht sich – insgeheim – sogar, dass es überhaupt nie wieder zurückmuss?

Da fällt mir ein noch schlimmeres Szenario ein: dass die ganze Familie das schönste und spirituellste Weihnachten seit jeher verlebt, und zwar genau *weil* ich nicht da bin. Weil ich es mit meinen langen Haaren, meiner »spinnerten« Kleidung (wie mein Dad immer sagt) und meiner ablehnenden Haltung gegenüber der Baptisten-Kirche, der Bibel und allem anderen, was in Germantown zu Weihnachten dazugehört, nicht verderben kann. Vielleicht bekommen sie nun endlich, was sie wollen: die perfekte christliche Familie.

In der Zimmerecke rasselt der Heizkörper wirkungslos vor sich hin, so wie nun schon jeden Morgen seit dem Wintereinbruch. Es klingt fast wie Glockenläuten und erinnert mich daran, dass das Leben an mir vorbeizieht. Ich bin nach Paris gekommen, um mich selbst und die Liebe zu finden. Aber so wie es ausieht, ist alles, was ich gefunden habe, Einsamkeit.

Seit drei Wochen hat Pierson sich nun schon nicht mehr gemeldet. Er ist zu sehr mit seinem neuen Freund beschäftigt. Früher konnte ich manchmal an so ruhigen Vormittagen wie diesem stundenlang mit ihm in Amsterdam chatten. Wir haben uns über unsere Erfahrungen in Europa ausgetauscht. Aber das ist nun vorbei.

Der Brief aus dem Lycée kam gestern Morgen. Ich habe im Final Comp eine Zwei. Dass ich einiges nicht richtig beantwortet habe, schiebe ich darauf, dass ich so viel Zeit mit Alex verplempert habe. Wie oft sind wir im Jardin de Tuileries herumgeschlendert, abends etwas trinken gegangen, weil wir das hier dürfen, und haben uns französische Filme im Original ohne Untertitel angesehen, von denen wir dann den Großteil nicht verstanden haben, weil ich die Dialoge, die ich mitbekommen habe, Alex im Dunkeln erklären musste.

Hoffentlich hat Jay eine Eins im Test, damit sein Stipendium weiterläuft.

Ich werfe mich bäuchlings auf das Bett und gehe in meinem Handy die Kontaktliste durch. Vielleicht kann ich ja Olivia anrufen und ihr frohe Weihnachten wünschen. Aber bevor ich bei ihrem Namen angelangt bin, bleibe ich bei Jay hängen und schaue sehnsüchtig auf seine Nummer. Wenn ich doch nur mutiger wäre, dann würde ich ihn einfach anrufen!

»Hey, Jay«, würde ich ganz lässig sagen. »Hast du gehört, was Alex im McDonald's in Lyon Seltsames gesagt hat? Sie hat recht: Ich bin schwul. Und was noch wichtiger ist: Ich finde dich so toll, wie noch niemanden zuvor. Hast du Lust rüberzukommen?«

Ha.

Noch während ich auf das Display starre, beginnt das Handy zu vibrieren. Ein Anruf! Verwirrt sehe ich Jays Namen aufleuchten und überlege, ob ich ihn aus Versehen angerufen habe und nun wegdrücken soll. Aber nein! Er ruft *mich* an!

»Hey, Jay«, sage ich lässig – oder zumindest so lässig, wie es mir unter diesen Umständen möglich ist. »Was geht?«

»Zack!«, sagt er. »Oh Mann, bin ich froh, dass du da bist. Hör mal, ich muss mit dir reden. Kannst du in einer halben Stunde am Parc de Monceau sein?«

»Am Parc de Monceau?«, frage ich perplex. Weder Jay noch ich wohnen im 17. Arrondissement.

»Ich erklär's dir, wenn du da bist«, sagt Jay gehetzt. »Wir treffen uns an der Kolonnade.«

Rasch ziehe ich mich an, wobei ich meine Kleidung sorgfältig auswähle: ein hellblaues eng geschnittenes, geknöpftes Hemd und dazu eine locker sitzende True-Religion-Jeans mit einem breiten Gürtel im Militärmuster. Die Schiebermütze und meine lange Wolljacke werden mich warm halten, aber in letzter Minute schnappe ich mir noch den Kaschmirschal, den Alex mir in der Galeries Lafayette gekauft hat. Damals fand ich, dass er etwas zu schwul aussieht, um ihn in der Schule zu tragen, aber heute macht er sich richtig gut an meinem Hals.

Bei der Colonnade de Naumachie handelt es sich um einen Halbkreis bröckelnder Steinruinen rings um einen kleinen trüben Teich in der nordöstlichen Ecke des Parc de Monceau. Die Wasseroberfläche ist mit einer dicken Laubschicht bedeckt. Als ich dort hinkomme, läuft Jay bereits auf dem Weg, der an der Ruine entlangführt, unruhig hin und her. Er wirkt besorgt.

»Hey, Mann«, sage ich leichthin.

»Zack!« Zur Begrüßung schüttelt er mir die Hand, genau wie Heteros es immer tun. »Das klingt vielleicht seltsam, aber ich muss dir was erzählen.«

Mit angehaltenem Atem warte ich sehnsüchtig auf die Worte, die ich schon immer hören wollte: Ich bin auch schwul und ich liebe dich, Zack.

»Schau mal!« Jay drückt mir eine Postkarte mit dem Porträt eines jungen Mannes aus dem 19. Jahrhundert in die Hand. »Das ist Ingres! Die lag heute Morgen vor meiner Tür.«

Ich drehe die Postkarte um.

*Jay,*
*ich werde Dich nie vergessen.*

*Vielleicht werden wir uns irgendwann wiedersehen und dann kann ich Dir alles erklären.*

*Ich schreibe, wenn ich bereit bin gefunden zu werden.*

*Liebe Grüße,*

*PJ*

Jay hibbelt herum, er kann nicht stillhalten. »Siehst du das?«, fragt er. »Hast du gelesen, was sie schreibt?«

Ich verstehe nur Bahnhof.

»PJ läuft vor irgendetwas davon«, erklärt er. »Es muss etwas geschehen sein, dass sie plötzlich fliehen musste, aber sie konnte niemandem sagen, warum. Ich habe sie zu Hause angerufen, aber da ist keiner rangegangen.«

»Jay, immer mit der Ruhe«, sage ich. Noch habe ich lauter Fragezeichen im Kopf. »Steckt PJ in irgendwelchen Schwierigkeiten?«

»Das versuche ich dir ja gerade zu sagen!« Vor Anspannung schreit Jay fast. »Alles, was ich weiß, ist, dass ich, als ich heute Morgen aufgewacht bin und rausging, um die Zeitung zu holen, darunter diese Postkarte gefunden habe. PJ muss vorbeigekommen sein, während ich noch geschlafen habe. Das bedeutet doch was, Mann. Ich weiß zwar nicht, was, aber ich schwöre, ich werde es herausfinden.«

Wieder lese ich, was PJ geschrieben hat.

»Warte mal kurz«, sage ich. »Warum hast du mich angerufen?«

»Ich brauche deine Hilfe, Mann!«, sagt Jay zum wiederholten Male. »Du bist der einzig Vernünftige in dem ganzen Programm. Du kamst mir immer solide und verlässlich vor. Von den anderen Jungs nimmt das doch keiner ernst. Die werden nur alle denken, dass ich halt scharf auf PJ bin und durch meine Liebe zu ihr so geblendet, dass ich nicht klar denken kann. Aber das hier ist eine ernste Sache. Ich muss sie finden. Ich werde es mir nie verzeihen, wenn ich es nicht tue.«

»Aber Jay«, widerspreche ich. »Ich bin nicht ›solide und verlässlich‹. Du und ich, wir sind nicht mal *befreundet*. Ich meine, klar, irgendwie schon. Aber der Grund, warum ich … ich meine … ich *mag* dich. Ich bin nämlich schwul. Hast du das gar nicht gemerkt? Auf dem Ausflug nach Lyon oder danach?«

Zum ersten Mal, seit ich hierhergekommen bin, hält Jay reglos inne. »Was redest du da?«, sagt er, aber nicht böse, sondern wirklich verwirrt.

»Erinnerst du dich noch daran, wie ich mich in Lyon im

McDonald's zu euch gesetzt habe?«, erkläre ich ihm schnell. Mit jedem Wort fällt es mir schwerer weiterzusprechen. »Und wie Alex so sauer war? Hast du nicht gemerkt, dass sie eifersüchtig war, als sie rüberkam und mich wegzog und praktisch vor aller Augen runtergemacht hat?«

»Alex hat dich runtergemacht?«, sagt Jay. Er denkt kurz nach. »Ach so!« Anscheinend ist ihm jetzt alles klar geworden. Er wird ganz rot, als er eins und eins zusammenzählt. »Das habe ich wohl wirklich nicht gemerkt. Ich dachte, dass sie einfach nur nicht bei Sammy und Cory und mir sitzen wollte, weil wir für euch nicht cool genug sind.«

Wir verfallen beide in Schweigen.

Jays Unschuld, seine Herzensgüte, seine Naivität in Bezug auf sexuelle Orientierung oder auf Alex' Gemeinheiten, mit denen sie mich in Verlegenheit und wieder in Reih und Glied bringen wollte, erwärmt und zerreißt mir das Herz zur gleichen Zeit. Ich finde ihn jetzt sogar noch toller als sowieso schon und genau in diesem Augenblick sagt er mir ... dass er in PJ verliebt ist?

»Du magst PJ also?«

»Oh Mann«, sagt Jay zustimmend. Er schüttelt den Kopf, aber nicht um Nein zu sagen – sondern um zu zeigen, dass es keine Worte dafür gibt, wie sehr er sie mag.

»Und mag PJ dich denn auch?«

»Tja«, sagt Jay und deutet auf die Postkarte in meiner Hand. »Sie vertraut mir. Sie hat mir geschrieben. Das ist alles, was ich zum jetzigen Zeitpunkt weiß.«

»Morgen früh«, fährt Jay fort, »werde ich das ganze Stipendiatengeld, das auf meinem Konto ist, abheben. Ich habe gerade eben die Auszahlung für das kommende Semester bekommen. Damit werde ich versuchen, PJ zu finden.«

»Jay, nein! Sie hat ja nicht mal gesagt, wohin sie unterwegs ist! Wie willst du sie denn da finden? Wahrscheinlich ist sie einfach zurück nach Vermont gegangen.«

»Nein, das glaube ich nicht. Hat sie dir jemals etwas von ihrer Familie erzählt? Oder dass sie Heimweh hätte?«

»Nein«, gebe ich zu. »Aber wo sollte sie sonst hin?«

»Sie fährt nicht aus Frankreich raus. Irgendetwas hält sie hier, das spüre ich.« Jay kickt gegen den Schnee, der schon jetzt verdreckt ist und taut. »Du musst mir helfen, Zack. Egal, warum du mit mir befreundest bist, ich weiß, dass du ein guter Mensch bist. Mir ist es gleichgültig, ob du schwul bist oder nicht, so was kümmert mich nicht. Das darf doch kein Hinderungsgrund für eine Freundschaft sein. Bitte hilf mir, sie zu finden.«

Jay ist wild entschlossen, egal ob mit oder ohne mich – das ist deutlich zu sehen. Und so furchtbar es auch ist, ihm so nahe zu sein, und gleichzeitig zu wissen, dass meine schlimmsten Ängste sich bewahrheitet haben – dass Jay hetero ist und mich nie im selben Licht sehen wird wie ich ihn –, kann ich nicht widerstehen: Er braucht mich jetzt so sehr. Mein Herz verkrampft sich, meine Kehle schnürt sich zu bei dem Gedanken daran, dass Jay mich nicht als potenziellen Partner mag, dass er nie in dieser Form an mich gedacht hat. Was mich jedoch davon abhält, in den schlammigen eiskalten Teich vor mir zu springen ist, dass er mir aber auch nie ausgewichen ist. Dass ich schwul bin, ist für ihn gar keine große Sache. Ich hätte nie gedacht, dass ich es einem Typen erzählen könnte – einem Typen, der sportlich ist, auf fahrende Züge aufspringt und Videospiele spielt – und dass dieser Typ nicht mal mit der Wimper zuckt. Ich kann nur hoffen, dass alle anderen, denen ich es je erzählen werde, genauso cool darauf reagieren.

»Das ist doch albern«, sage ich schließlich. »Vielleicht weiß ja Olivia, was los ist. Sie wohnt ein Stück die Straße runter, lass uns zu ihr gehen und sie fragen. Bevor du noch irgendwas Verrücktes mit deinem Stipendiatengeld anstellst.«

»Wird sie denn nichts dagegen haben, wenn wir so früh an Weihnachen bei ihr reinschneien?«

»Nein«, sage ich. Und da bin ich mir wirklich ganz sicher. »Livvy wird helfen wollen.«

»Klasse! Dann mal los!«

Genau in diesem Augenblick bekomme ich eine SMS von Pierson.

*Frohe Weihnachten!*, steht da. *Schade, dass Du nicht hier bist!*

Während wir zu Olivia eilen, genieße ich plötzlich das Gefühl, dass Jay und ich etwas zusammen unternehmen, egal, was der Grund dafür ist.

*Man kann nie wissen,* schreibe ich an Pierson zurück, als wir bei der Ampel am Fußgängerübergang vor dem Parktor auf Grün warten. *Vielleicht im neuen Jahr.*

# 26 · OLIVIA

## *Joyeux Noël*

Zack stößt einen erschrockenen Schrei aus, als er am Weihnachtsmorgen meine Zimmertür aufreißt. Thomas und ich liegen noch immer aneinandergeschmiegt schlafend im Bett.

»Zack!«, rufe ich und ziehe mir die Decke bis zum Kinn hoch, während ich mich aufsetze und versuche, mich zu sammeln. Wo sind denn nur meine Klamotten? Thomas, der genauso geschockt ist wie ich, starrt Zack nur an.

Zack bedeckt die Augen und geht zurück in den Flur. »Oh mein Gott«, spricht er durch die Tür. »Es tut mir so leid. Elise hat mich reingelassen. Ich wusste ja nicht …«

Ich ziehe mir Thomas' Hemd und eine schwarze Tanz-Leggings an. Das Hemd geht mir bis zu den Knien. Ich werfe Thomas seine Boxershorts und seine Hose zu, und als wir beide halbwegs angezogen sind, lasse ich Zack wieder rein. »Pssst«, sage ich. »Weck Mme. Rouille nicht auf!«

»Ihr seid also … zusammen?«, fragt Zack, der uns noch immer nicht anblickt. Er wirkt wie ein verängstigter Junge. Ich schaue zu Thomas hinüber und dann wieder zu Zack.

»Ich muss gehen«, sagt Thomas und huscht schon aus dem Zimmer. »Ich dürfte eigentlich gar nicht hier sein.«

»Die Sache ist ziemlich kompliziert«, beantworte ich Zacks Frage. »Was machst du denn hier? Es ist acht Uhr morgens. Und dann auch noch am ersten Weihnachtstag!«

Ganz plötzlich überkommt mich eine unbestimmte Angst.

»Es ist was mit Alex«, rate ich. »Alex hat Probleme. Ich wusste, dass was nicht in Ordnung ist, als ich sie gestern angerufen habe. Wo ist sie?« Ich beginne, meine Lammfellstiefel anzuziehen und das Bett mit den Fingern glattzustreichen.

»Nein, nicht Alex«, erklärt mir Zack. »Es geht um PJ. Und Jay. Jay ist ... Jay ist nämlich gerade in deinem Wohnzimmer.«

»Was?« Ich erstarre. »Oh Gott. Ihr müsst hier sofort verschwinden. Mme. Rouille und Thomas müssen gleich zum Zug ... Und jeden Augenblick kann meine Familie hier eintreffen. Weiß Alex denn davon?«

Zack zuckt mit den Schultern. »Ich glaube nicht. Wieso sollte sie?«

Bei Alex weiß man nie so genau. Ich gehe mit Zack in Richtung Eingangstür.

»Jay, es tut mir wirklich leid, aber ich muss euch rauswerfen.«

»Aber Livvy, hilfst du uns denn nicht?«, fragt Zack.

Ich hole tief Luft. »Doch. Gebt mir nur ...« Ich schaue auf die Standuhr in der Eingangsdiele. »Gebt mir eine halbe Stunde. Wir treffen uns bei Alex!«

Genau in dem Moment, als die Jungs aus der Tür raus sind, klingelt es unten. Oh nein! Meine Eltern! Aber sie sind es gar nicht – es ist das Taxi für Mme. Rouille und Thomas.

»Olivia!«, begrüßt mich Mme. Rouille. »*Où est ta famille?*«

»Meine Familie ist auf dem Weg!«, antworte ich fröhlich. »Sie werden jede Minute hier sein!« Irgendwie bin ich ziemlich nervös. Schließlich trage ich nach wie vor das Hemd ihres Sohnes.

Aber sie merkt es gar nicht. »Elise ist hier, falls ihr heute oder morgen etwas braucht. Wirklich schade, dass du mich so bald verlässt. Wir waren ja gerade erst dabei, uns kennenzulernen. Du bist hier jederzeit willkommen. Schade auch, dass ich nun *ta famille* gar nicht treffe.«

»Ein andermal«, sage ich gehetzt und versuche, sie aus der Tür zu schieben. »Vielen Dank für alles!«

Thomas drückt mir auf jede Wange einen *bise*, verweilt aber länger, als es bei einem Abschiedsküsschen üblich ist. »Und?«, sagt er. »Es gibt hier in Frankreich noch immer so viel, was ich dir gern zeigen würde. Kommst du irgendwann wieder?«

»Wir bleiben in Kontakt«, sage ich eilig. Gott, woher soll ich das wissen? Die Erinnerung an die vergangene Nacht, daran, wie sich unsere Körper berührt haben, überflutet mich. Ich bekomme ganz weiche Knie. »Frohe Weihnachten!« Ich winke ihnen wie verrückt aus dem Fenster nach, bis das Taxi mit Thomas, der hinten rausschaut, außer Sichtweite ist. Wegen ihm mache ich mir keine Sorgen, nicht nach der gestrigen Nacht.

Schnell renne ich in mein Zimmer zurück, um mich für meine Eltern fertig zu machen. Ich lege mir die »O«-Kette um. Darüber wird sich meine Mutter freuen. Denn was ich zu sagen habe, wird ihr gar nicht gefallen.

Wieder klingelt es an der Tür, kaum dass ich in meine Jeans geschlüpft bin. Als ich aufmache, sehe ich vier strahlende Gesichter vor mir.

»Ich kann nicht mit euch zurück nach Hause«, platzt es aus mir heraus, bevor ich auch nur Hallo gesagt habe. »Ich möchte es nicht.« Ich trete zurück, um sie in die Wohnung zu lassen. Mein Dad und Brian tragen die roten Pullis, die sie sich hier gekauft haben (ihre mitgebrachten Sachen waren alle nicht warm genug), und meine Mom hat sich Rattenschwänzchen gemacht.

»Livvy, was meinst du damit?«, fragt mich mein Dad, als er

mich umarmt. Mir ist gar nicht aufgefallen, dass ich angefangen habe zu weinen, aber als ich mir über das Gesicht wische, ist alles tränennass.

»Man hat mir eine Stelle im Paris Underground Ballet Theatre angeboten. Ich tanze jetzt schon seit fast einem Monat dort«, erkläre ich ihnen. Meine Stimme klingt nun, da ich nicht mehr versuche, ihnen mit allem, was ich sage, zu gefallen, ganz anders. »Es ist eine ziemlich renommierte Kompanie. Experimentell, flippig. Mir gefällt es dort wahnsinnig gut.«

»Was?«, keuchen meine Eltern. Vince sieht mitgenommen aus.

»Ich werde das Angebot annehmen. Das ist die Erfüllung meiner Träume!«

»Aber Livvy«, protestiert meine Mom, »was wird dann aus der UCLA?«

»Und was ist mit mir?«, fragt Vince.

»Vielleicht gehe ich ja irgendwann später auf die UCLA«, antworte ich. »Aber ich habe mich entschieden – ich werde erst mal in Paris bleiben. Ich möchte hier tanzen.«

Ein Teil von mir hatte erwartet, dass sie mich von meiner Entscheidung abbringen würden, dass meine Familie und Vince, wenn sie hierherkämen, es letztlich doch noch schaffen würden, mich dazu zu überreden, morgen mit ihnen nach Kalifornien zu fliegen. Ein Teil von mir hatte das sogar gehofft. Schließlich wird das Ganze hier nicht einfach. Wenn mich das schlechte Gewissen nicht umbringt, dann vielleicht der strenge Probenplan beim Underground.

»Livvy, wann ist das denn passiert?«, fragt mich meine Mom. »Wie konntest du für eine Stelle vortanzen, ohne das vorher mit uns abzusprechen? Wie konntest du mir das nur antun?«

Da schreitet mein Dad ein. »Leslie, sie tut uns gar nichts an. Sie will sich nur ihren Traum erfüllen.«

»Aber ich dachte, es sei ihr Traum, zur UCLA zu gehen«, wendet meine Mom ein. Sie hält noch immer die vollen Taschen mit den bunt eingepackten Weihnachtsgeschenken in den Händen.

»Das *war* es ja auch«, entgegne ich. »Aber mein Traum hat sich verändert. Ich bin ein anderer Mensch als noch im September, als ich San Diego verlassen habe. Ich war verängstigt, aufgeregt und hatte viel Spaß, aber ich dachte nur an die UCLA. Doch als ich mir dann den Bänderriss zugezogen habe –«

»Du hattest einen Bänderriss?«, wiederholen meine beiden Eltern wie aus einem Munde. Ups, ich habe ganz vergessen, dass ich ihnen das gar nicht erzählt habe, damit sie sich nicht unnötig Sorgen machen.

»Ja, aber das ist jetzt alles besser«, fahre ich fort. »Als ich den Bänderriss hatte, dachte ich, meine Chance, auf die UCLA zu kommen, wäre gestorben. Ich habe sogar wieder getanzt, bevor ich es eigentlich durfte, weil ich unbedingt in Form bleiben wollte.«

»Oh, Livvy«, sagt meine Mutter vorwurfsvoll. »Aber du weißt doch, dass das nicht geht!«

»Weil ich das Fußgelenk zu schnell wieder belastet habe, wurde es noch schlimmer«, gebe ich zu. »Aber an dem Tag, an dem ich in die Klasse ging, war ein Talentscout vom Underground da. Das wusste ich damals gar nicht. An dem Tag habe ich so gut getanzt, weil ich mich so viele Wochen danach gesehnt hatte – ich hatte das Gefühl, als würde die pure Emotion aus mir herausströmen. Ich muss tanzen, um des Tanzens willen – und nicht als Mittel zum Zweck für etwas anderes. So gern ich vielleicht auch irgendwann Ärztin werden würde, aber ich weiß nicht, ob es das ist, was ich im Moment will.«

Mein Dad und meine Mom wechseln einen langen Blick, dann wenden sie sich wieder mir zu.

»Und was, wenn wir Nein gesagt hätten?«, fragt meine Mom mich. »Du bist schließlich noch nicht volljährig. Lebenswichtige Entscheidungen treffen noch immer wir.«

»Dann hätte ich mich euch wiedersetzen müssen«, erkläre ich ihnen. »Auch wenn ich das nie wollen würde. Kann ich dann also hier bleiben? Und ihr seid nicht sauer auf mich?«

»Natürlich nicht«, sagt mein Dad. »Das sind tolle Neuigkeiten. Ich freue mich so für dich!«

»Oh, Livvy, ich bin fast durchgedreht ohne dich«, gesteht meine Mom und umarmt mich. »Und ich möchte wirklich gern, dass du das College besuchst – deshalb haben wir ja auch deine Entscheidung unterstützt, dass du nach Paris gehst.« An dieser Stelle blickt sie zu meinem Dad, dann wieder zu mir.

Mein Dad hat Tränen in den Augen.

»Du bist die beste Tochter, die wir uns nur erträumen könnten«, sagt er mit brüchiger Stimme. »Wenn man jemanden wirklich liebt, muss man ihn gehen lassen können, wenn die Zeit gekommen ist. Du hast es verdient, Livvy. Du hast so hart gearbeitet.«

»Ich werde dich so vermissen, Livvy«, sagt meine Mom durch ihre Tränen.

Ich umarme beide. Am liebsten würde ich sie nie wieder loslassen. Hinter uns räuspert sich Vince.

Als Nächstes werfe ich mich in seine Arme und heule an seiner Brust. »Es tut mir so leid, Vince«, sage ich und meine es auch so.

Wortlos hält er mich lange fest.

»Könnt ihr dann also mein Ticket stornieren?«, frage ich schließlich.

»Natürlich«, sagt meine Mom und streicht mir übers Haar. »Sag uns einfach Bescheid, wenn unsere Superstar-Ballerina zu Besuch nach Hause kommen will. Leider haben wir uns jetzt gar nicht um deine Haare gekümmert! Vielleicht kannst du das ja tun, wenn du mal nach Hause kommst.«

»Ich habe überlegt, ob ich nicht wieder meine natürliche Haarfarbe annehme«, erkläre ich meiner Mom. »Ich weiß nicht, ob ich noch blond sein will.«

Das schockiert sie völlig. »So, Livvy, das reicht jetzt aber für einen Vormittag. Immer schön eins nach dem anderen.«

Mein Dad blickt sie an und verdreht die Augen. »Und? Wer möchte jetzt gern Geschenke auspacken?«

Ich führe sie ins Wohnzimmer und helfe ihnen, ihre Geschenke unter den Baum zu legen.

»Elise hat Kaffee und Tee für euch gemacht«, teile ich ihnen mit. »Es steht alles in der Küche. Ich sage ihr, dass sie uns alles bringt, ehe sie dann geht, um selbst zu feiern.«

Ich zögere. Ich hasse es, sie wieder zu enttäuschen, aber da ist noch PJ. Wenn sie mich wirklich braucht, will ich natürlich für sie da sein.

»Ich muss kurz noch mal los«, sage ich und sause schon zur Tür. »Aber macht erst Bescherung, wenn ich wieder da bin!«

* * *

Zack und Jay warten bereits vor Alex' Apartmentgebäude. Als ich hinkomme, wird mir bewusst, dass ich in der ganzen Aufregung der letzten Wochen meine Freunde lange nicht mehr wirklich gesehen habe. Ich merke, wie glücklich ich bin, hier zu sein, auch wenn die Umstände vielleicht seltsam sind. Ich brauche jetzt ihre Nähe ganz besonders, um mich rückzuversichern, dass alles gut ist und ich das Gefühl habe, Paris ist mein Zuhause.

»Was ist los?«, frage ich Zack und Jay, als wir die Treppe zu Alex' Unterkunft hochsteigen.

»PJ ist abgehauen«, sagt Zack, bevor Jay antworten kann. »Sie hat Paris verlassen, aber wir wissen nicht, wohin oder warum sie geflüchtet ist.«

Alex sieht hager und eingefallen aus, als sie die Tür aufmacht und mit uns in ihr Zimmer geht. Sie kauert sich auf den Fenstersims und ertrinkt fast in ihrem weiten Sweatshirt. Bestimmt saß sie so schon da, bevor wir geklingelt haben, rauchte beschallt von ihren edlen Bose-Kopfhörern, die ihr jetzt um den Hals hängen, und aschte aus dem Fenster. Bei Marithe gelten strenge Regeln, was das Rauchen in der Wohnung angeht – Alex weiß nur zu gut, dass das absolut tabu ist. Aber der Geruch, der im ganzen Zimmer hängt, verrät mir, dass Alex trotzdem schon den ganzen Vormittag hier drin geraucht hat.

Ich schnappe mir ihren iPod, um nachzusehen, was sie sich angehört hat.

»Edith Piaf? Himmel, Alex, was ist denn passiert?«

Mit den Kopfhörern, in Kombination mit dem viel zu großen Sweatshirt mit Kapuze, sieht sie ziemlich taff aus. Ihr Gesicht hat etwas Verhärmtes und Mitgenommenes, so als ob ihr in ihrem kurzen Leben bis jetzt schon so einiges untergekommen wäre. Es ist ganz untypisch für Alex, sich so gehen zu lassen.

»Tja, ich wünsche euch auch frohe Weihnachten«, sagt Alex feixend zu uns. »Nichts ist passiert. Ich fühle mich in letzter Zeit einfach nur ein bisschen krank.«

»Hier drin ist es ja auch saukalt«, kommentiert Jay, und mir wird bewusst, dass es, egal was mit Alex los ist, nicht sehr feinfühlig von uns war, Jay mitzubringen – sie kennt ihn ja kaum.

»Jay, es tut mir echt leid«, sage ich deshalb schnell, »aber könntest du uns mal kurz mit Alex allein lassen?«

»Klar«, sagt Jay sofort bereitwillig, obwohl ich weiß, dass er gern schnell zum Punkt gekommen wäre.

Zack lässt sich neben Alex fallen und schließt das offene Fenster hinter ihrem Rücken. »Willst du uns nicht sagen, was los ist?«

Alex zuckt mit den Schultern. »Nicht viel, wie ihr seht.«

Ich blicke mich im Raum um, ein Ort des Grauens. Ein furchtbarer Gestank nach verrottendem Essen dringt unter ihrem Bett hervor. Überall liegen Kleider verstreut herum, dazu leere Schachteln und Zigarettenpackungen, die in Richtung Papierkorb geworfen wurden, aber diesen nicht getroffen haben.

»Alex, ist alles in Ordnung?«, frage ich, als mir plötzlich klar wird, dass wir Alex anscheinend mitten in einer tiefen Depression angetroffen haben. Ihr Gesicht ist hager und ihr Blick von verborgenen Sorgen getrübt.

»Ja, mir geht es gut«, fährt sie mich an. »Aber was führt euch hierher, dass ihr meine tragische Unpässlichkeit stört?«

»Uns kannst du es doch sagen«, rede ich auf sie ein.

»Ist es wegen George?«, fragt Zack und dreht sanft ihr Gesicht zu sich. »Ist etwas passiert?«

»Ha!«, knurrt Alex. »Das hätte er wohl gern.«

»Oder ist es deswegen, weil deine Mom nicht nach Paris gekommen ist?«, frage ich.

»Nein! Ich habe ihr gesagt, dass sie nicht kommen soll. Ich hasse sie.«

Zack und ich wechseln einen Blick. Vielleicht ist es doch schlauer, später noch mal wiederzukommen, wenn es Alex etwas besser geht. Hinter dem Zeitschriftenstapel auf Alex' Nachtkästchen schaut ein Umschlag hervor. Der Absender ist ganz eindeutig das »Programme Americaine«. Das muss ihre Final-Comp-Note sein. Ist Alex wegen ihres Testergebnisses so niedergeschlagen? Oder ist es noch etwas Schlimmeres?

Jay klopft an die Tür. »Kann ich wieder reinkommen?«

»Ja«, ruft ihm Alex zu. »Kein Problem.«

Also kommt Jay wieder herein und wir fordern ihn auf, Alex die Postkarte zu zeigen, die er heute frühmorgens von PJ bekommen hat.

»Wir glauben, dass sie abgehauen ist, dass sie in irgendwelchen Schwierigkeiten steckt.«

Alex schnaubt. »Na klar. Das einzige Problem mit PJ ist, dass sie eine Idiotin ist«, sagt sie gehässig. »Habt ihr das nach dieser langen Zeit noch immer nicht begriffen?«

»Alex!«, schimpfe ich. »Wir machen uns wirklich Sorgen. Und sie ist *keine* Idiotin.«

»Alex«, wirft Jay ein. »Du kennst Frankreich besser als wir. Wenn wir irgendeine Chance haben wollen, PJ zu finden oder ihr zu helfen, was immer ihr zugestoßen ist, bist du unsere einzige Rettung. Du bist diejenige aus dem Programm, die das schaffen kann.«

»Warum sagst du das?«, fragt Alex, ein ganz kleines bisschen munterer.

»Na ja, du bist eben dieser Typ Frau«, antwortet Jay. »Ich kenne dich ja eigentlich gar nicht, aber das kann man ziemlich schnell sehen: Was immer Alex will, bekommt sie auch. Oder irre ich mich?«

Alx seufzt schwer und wiegt den Kopf in den Händen.

»Du irrst dich«, korrigiert sie ihn. »Aber das ist nicht so

wichtig. Du brauchst mich, also werde ich dir helfen. Ich sage das ja nur höchst ungern, aber wie ihr sehen könnt, habe ich sowieso nichts Besseres vor. Ist das nicht lustig? Da hatte ich so viele Pläne und keiner von ihnen hat so funktioniert, wie ich dachte.«

Jay umarmt erst Alex, dann Zack und danach mich. »Also gut!«, ruft er. »Ich wusste, dass ich auf euch zählen kann!«

»Dann packen wir es an«, sagt Alex entschlossen. »Ohne mich wäre sie gar nicht nach Paris gekommen. Also kann ich sie auch wieder zurückholen.«

»Was?«, fragen wir verwirrt.

»Das erkläre ich euch ein andermal«, winkt Alex ab. »Konzentrieren wir uns jetzt darauf, die verrückte alte PJ zu finden, wo immer sich das Mädchen auch herumtreibt. Wenigstens habe ich dann etwas zu tun, da ich meiner Mom blöderweise gesagt habe, sie soll nicht nach Paris kommen. Was habe ich mir nur dabei gedacht? Weihnachten ohne sie ist so *langweilig*.«

»Gott«, sagt Zack und schaut mich an. »Wenn du mir vor vier Monaten gesagt hättest, dass ich an Weihnachten in einem stinkenden Zimmer sitzen und Pläne schmieden würde, wie man ein Hippiemädchen aus Vermont zurück nach Paris bringt, hätte ich dir gesagt, du spinnst.«

»So ist Paris«, sagt Jay. »Man weiß hier nie, wie sich alles entwickelt.«

»Tja«, sagt Alex. »Hast du das nicht auch gelernt, Zack?«

»Ich werde dir sagen, was ich gelernt habe«, entgegnet Zack. »Ich habe gelernt, dass ein hübsches Mädchen, das so übel riecht wie du im Moment, Kummer hat. Warum gehst du nicht unter die Dusche? Es ist Weihnachten, Schätzchen. Tu's uns zuliebe.«

Alex funkelt Zack böse an. »Ich rieche wunderbar.«

»Na ja, also du riechst so, als hättest du in einer Zigarettenpackung gebadet.« Jays Miene ist ernst, aber seine Augen glitzern verräterisch.

»So, Leute«, sage ich. »Was macht ihr am Weihnachtsmorgen?«

»Meine Familie schläft noch«, antwortet Zack.

»Meine auch«, schließt sich Alex an.

»Meine ist erst ins Bett gegangen, als überall das Licht aus war«, stimmt Jay zu.

»Seltsame Tradition, was?«, sage ich. »Dass man am Heiligabend fast die Nacht durchmacht? Wollt ihr mit zu mir kommen und meine Eltern kennenlernen? Und Brian? Und Vince? Wir könnten Geschenke auspacken und Weihnachten so verleben, wie es in Amerika Sitte ist. Bevor die Sonne gleich wieder untergeht.« Paris liegt viel nördlicher als San Diego. Im Moment, an den kürzesten Tagen im Jahr, wird es bereits vor vier Uhr nachmittags dunkel. »Und dabei können wir uns überlegen, wie wir PJ finden.«

»Nein, dass ich das noch erlebe!«, kreischt Zack. »Endlich bekommen wir den Märchenprinzen zu Gesicht!« Doch da erinnert er sich an den heutigen Morgen und reißt die Augen auf. »Oh ja, Livvy. Ich möchte *auf jeden Fall* mit zu dir kommen. Ich bin ja so gespannt, Vince kennenzulernen!«

»Gibt es auch was zu essen?«, fragt Jay.

»Ja«, lache ich. »Elise hat Frühstück gemacht, bevor sie gegangen ist, um mit ihrer eigenen Familie zu feiern. Es ist jede Menge da! Hast du Lust mitzukommen?«

»Auf jeden Fall. Ich sterbe vor Hunger.«

Wir sehen alle zu Alex hinüber. »Deine eigene Familie ist da? Und dein Freund?«, fragt sie mich.

»Ja«, sage ich. »Auch wenn ich glaube, dass Vince gar nicht mehr mein Freund ist.«

Alex' Interesse ist geweckt. »Und wie ist deine Mom so?«

»Sie ist toll«, antworte ich aufrichtig, als ich daran denke, wie stolz sie war, als ich ihr endlich meine Neuigkeiten gestanden hatte. »Sie wird euch mögen. Vince auch.«

»Dann bin ich dabei«, sagt Alex. »Ich könnte heute ein bisschen Liebe und Zuwendung gebrauchen.«

»Ich glaube, das könnten wir alle«, sage ich, umarme sie und schiebe Alex in Richtung Dusche. »Wir warten in der Küche.«

Ich kann nicht anders – ich grinse Zack an. Wenn er mein Geheimnis in Bezug auf Thomas noch ein paar Tage für sich behalten kann, wenigstens bis meine Familie und Vince heimgefahren sind, kann ich auch das Geheimnis bewahren, das mir gerade langsam klar wird. Zack ist bis über beide Ohren in Jay verliebt.

Ich schüttle den Kopf. Ob es in Paris wohl immer so verrückt zugeht? Wird es sich hier immer so anfühlen wie in einem großen, außergewöhnlichen Ballett, in dem in jedem einzelnen Augenblick die unterschiedlichsten Emotionen im Wettstreit liegen?

Mein Lächeln erstirbt. Wir müssen PJ unbedingt finden. Auch sie könnte ein bisschen Liebe und Zuwendung gut gebrauchen, egal wie kitschig das jetzt klingen mag.

Sobald meine Eltern im Flieger sitzen, verspreche ich mir selbst, werden wir dafür sorgen, dass sie weiß, wie viel Unterstützung sie hier hat. Sie kann nicht weit gekommen sein. Oder?

# 27 · PJ

## *Die Flucht*

Olivia wäre sicher schnurstracks zu Mme. Cuchon gerannt, wenn ich mitten in der Nacht vor ihrer Tür gestanden hätte. Zack hätte, sobald die Sonne aufging, alles brühwarm weitererzählt, vielleicht sogar Mme. Cuchon selbst, und Alex … na ja, wir alle kennen Alex. Ob sie mich wirklich mit offenen Armen empfangen hätte?

Ich habe auch an Sara-Louise und Anouk gedacht, und an Mary. Nicht zum ersten Mal wünschte ich mir, dass ich mich mit ein paar französischen Schülern am Lycée angefreundet hätte. Vielleicht wäre einer von ihnen in der Lage gewesen, mein Geheimnis für sich zu behalten. Denn die amerikanischen Schüler werden irgendwann auspacken müssen, was sie über meinen Aufenthaltsort wissen; ihnen zuliebe habe ich mich entschieden, lieber nichts zu sagen.

Das Letzte, was ich wollte, war noch ein Skandal. Wenn ich irgendjemandem erzählt hätte, was M. Marquet getan, wie er sich verhalten hat, als ich mit ihm allein im Zimmer war, würde er vielleicht seine Drohung wahrmachen, mich wieder nach Vermont schicken zu lassen. Vielleicht würde es ja sogar in die Zeitungen kommen. Ein neu gewählter Magistrat mit einer ehrgeizigen Frau und hohen politischen Zielen … *L'Express* hätte seine Freude gehabt. Einmal aus Frankreich ausgestoßen, wohin sollte ich gehen? Nach Hause? Zu den Außenseitern, den Geächteten aus unserer Stadt? Das Mädchen mit der verschwundenen Schwester und den Eltern, die hinter Schloss und Riegel sitzen, das sich für immer in der Schande ihrer Familie suhlen muss?

*Pas de chance – no way!*

Mitten im Gare du Nord hängt eine riesengroße Anschlagtafel mit den Zügen, die heute fahren. Alle paar Minuten klackern die Zahlen und Buchstaben, wenn der Fahrplan aktualisiert wird. Der Bahnhof muss fünf Stockwerke hoch sein und ist nur gerade so weit überdacht, dass die Zuggleise und der Wartebereich vor Schnee und Regen geschützt sind. Hier drin ist es genauso kalt wie draußen. Tauben fliegen herum und ungefähr ein Dutzend Verkaufsbuden stehen verteilt in der Halle, verkaufen Baguettes und Zigaretten und Zeitschriften. Der Bahnhof wirkt so altmodisch wie aus einem Schwarz-Weiß-Film. So früh am Weihnachtsmorgen ist es hier wie ausgestorben.

Ich halte meinen Pass fest in den Händen. FLETCHER, PENELOPE JANE steht darauf. Innen sieht man ein lächelndes Porträtfoto. Als das Bild aufgenommen wurde, war es das erste Mal, dass ich überhaupt einen Pass benötigte. Mein Dad brachte mich mit seinem Truck zu Kinko's in Burlington und blätterte fünfzig Dollar für ein halbes Dutzend Bildersätze hin. Wir brauchten sie für den Pass, für das Visum und für den Schülerausweis des Lycées. Als wir heimkamen und alle Fotos meiner Mom zeigten, konnte sie sich nicht entscheiden, welches das schönste sei.

»Meine Mädchen sind die hübschesten der ganzen Stadt«, sagte mein Dad stolz. »Sie sehen genauso aus wie ihre Mom.« Da küsste ihn meine Mom auf die Wange und sah ihn verliebt an, wie so oft. Es war Frühling, bis zu den Sommerferien war es noch eine Weile hin. Annabel und Dave spielten wahrscheinlich wie immer auf der Veranda Gitarre. Wenn ich mich sehr konzentriere, kann ich noch immer hören, wie sie den alten Campingsong übten. Meine Mom und ich standen in der beengten Küche, wo Körbe mit Erdbeeren in der Spüle gewaschen werden sollten. Ich musste mir wegen nichts Sorgen machen. Im Herbst würde ich nach Frankreich gehen, ich hatte Eltern, die mich liebten und die einander liebten. Meine Schwester und ihr Freund, den ich schon mochte, seit wir alle Kinder waren, würden am 4. Juli heiraten. Mit Annabels Auszug würde ich dann ein eigenes Zimmer haben, ganz für mich allein.

Als meine Welt zusammenbrach, war ich wie betäubt, entsetzt und todunglücklich. Ich wollte nicht mehr nach Paris, nicht nach dem, was passiert war.

Mein Dad erklärte mir alles, nachdem Annabel geflohen war. »Ich hatte nur noch einen kleinen Geheimvorrat und dann wären wir frei gewesen und aus der ganzen Sache raus. Ich wollte die Medikamente doch nicht verkommen lassen. Die Menschen, denen wir sie verkaufen, brauchen sie. Einige von ihnen sterben sogar ohne, andere würden lange Zeit große Schmerzen haben. Warum sollen die Regierung und private Unternehmen so einen stolzen Profit aus einem grundlegenden Menschenrecht schlagen?«

»Du musst mir das nicht erklären, Dad«, sagte ich, versöhnlicher als meine Schwester. Darum war sie weggerannt: weil meine Eltern die verschreibungspflichtigen Arzneien weiterverkauft hatten, obwohl sie ihr gesagt hatten, dass sie aufhören würden, ehe ich es herausfand.

»Wir haben den Flug noch gar nicht gebucht«, sagte ich am Morgen vor meiner geplanten Ankunft in Paris zu ihnen. »Ihr braucht mich doch jetzt hier. Ich kann euch nicht allein lassen.«

»Geh nach Paris«, sagte mein Dad und gab mir einen Umschlag mit Bargeld. »Ich werde dir nie verzeihen, wenn du es nicht tust. Und was immer passiert, geh allen Problemen aus dem Weg.«

Ich hatte mich vorher nie gewundert, warum mein Dad nie mit einem Scheck bezahlte oder wieso meine Elten keine Kreditkarte hatten. Sie hatten immer Bares dabei und gaben es mir für Schulausflüge, für Bücher und Sonstiges. Auch die Bezahlung für das »Programme Americaine« ließen sie mich mit Western Union machen, in meinem eigenen Namen. Ich hatte nie darüber nachgedacht, wie sie für das Flugticket bezahlen würden. Bevor ich zum JFK-Flughafen in New York kam, war ich überhaupt noch nie auf einem Flughafen gewesen.

»Ihr auch«, sagte ich und fing an zu weinen.

Meine Mom brachte mich mit dem Truck zur Greyhound Station, wo ich in den Bus nach New York stieg. Dabei hielt sie die gesamte Zeit im Rückspiegel Ausschau nach Polizisten. Einerseits hätte ich sie am liebsten angeschrien, gleichzeitig wollte ich aber auch still neben ihr sitzen, ihre Hand halten und ihr sagen, dass alles gut würde. Dass auch dies vorübergehen würde.

»Meine kleinen Mädchen, nun sind sie groß und schon lange aus dem Haus«, flüsterte meine Mom.

»Das kommt davon«, wollte ich sagen, »wenn ihr unsere Sicherheit und unsere Freiheit aufs Spiel setzt.« Als ich schließlich von Paris aus mit Dave telefonierte, hatten die Polizisten die Haftbefehle bereits ausgestellt. Ich hatte es also gerade noch rechtzeitig aus Vermont rausgeschafft. Und die ganze Zeit ging mir im Kopf herum, was wohl geschehen wäre, welches Elend wir hätten vermeiden können, wenn ich nicht darauf bestanden hätte, dass sie anhalten, damit ich auf die Toilette konnte.

*Voie 8*. Mein Zug steht zum Einsteigen bereit.

Heute Morgen habe ich die freie Wahl zwischen vielen leeren Sitzen. So früh am 25. Dezember sind nicht viele Reisende unterwegs. Ich entscheide mich für einen Fensterplatz.

Auf meinem Schoß liegt *Madame Bovary*. Annabel hat dieses Buch geliebt und wollte, dass ich es noch vor Paris lese.

Ich blättere darin herum. Der Umschlag ist zerknickt und die Seiten fransen an den Rändern bereits aus. Was hat Annabel an diesem Buch nur gefunden?

Im hinteren Teil, ein ganzes Stück weiter, als ich bis jetzt im Buch gekommen bin, hat Annabel Notizen an den Rand geschrieben. Ich halte mit dem Blättern inne, als ich sehe, dass sie ein Wort umkringelt hat.

Ich blicke über die Schulter und vergewissere mich, dass mich keiner beobachtet oder sehen kann, was sie markiert hat: *Rouen*. Ich weiß nicht, wo Rouen liegt, aber ich wiederhole es im Geiste immer und immer wieder. Das wird mich auf Annabels Spur bringen.

Langsam zuckeln wir aus dem Bahnhof raus und an alten Zügen vorbei, die mit Graffiti bemalt sind. Auf einen Waggon wurden dicke, fette rote Buchstaben gesprüht:

A LA LIBERTE.

Mein Dank gebührt auf ewig den folgenden Menschen, die so viel zu *Beautiful Americans* beigetragen haben: meiner unglaublichen Agentin, Molly Friedrich, und ihren wunderbaren Mitarbeitern; Lexa Hillyer und Ben Schrank bei Razorbill, die beide unglaublich versiert und genial sind; Jane Smiley, Doug Wagner, Julia Dexter und Lindsey Pearlman dafür, dass sie das Buch in einem so frühen Stadium gelesen und mir einfühlsam und sensibel Feedback gegeben haben; Liz Berliant und Kirk Reed, die bei meinen Recherchen so geduldig blieben, als ich Charaktere entwickelte, die aus Orten kommen, an denen ich nie war; Phoebe Silag und Brian Lane, die großzügig ihr fachmännisches Wissen über alles Französische mit mir teilten, sowie Alison Rich und Gretchen Koss bei Doubleday und Spiegel & Grau, die mich tagsüber bei sich arbeiten ließen, während ich nachts an dem Roman schrieb. Außerdem gibt es bei Razorbill und Penguin viele weitere Mitarbeiter, mit denen ich ebenfalls gern zusammengearbeitet habe. Ich bin sehr glücklich, Teil dieses Imprints und Verlags zu sein. Ich freue mich schon darauf, Euch und Eure Leser besser kennenzulernen, wenn die Trilogie fortgesetzt wird.

Von Lucy Silag ebenfalls erschienen:
Beautiful Americans – Kopfüber in die Liebe
Beautiful Americans – Leben à la carte

**Silag, Lucy:**
Beautiful Americans – Paris, wir kommen
ISBN 978 3 522 50211 5

Aus dem Englischen übersetzt von Janka Panskus

Umschlaggestaltung: bürosüd°, München,
unter Verwendung von Bildern von Getty Images (Bildnr.: 84286735)
und Shutterstock
Innentypografie: Kadja Gericke
Schrift: ITC Giovanni, Didot, Snell Roundhand
Satz: KCS GmbH, Buchholz/Hamburg
Reproduktion: Medienfabrik, Stuttgart
Druck und Bindung: Friedrich Pustet, Regensburg
Titel der englischen Originalausgabe *Beautiful Americans*


7 6 5 4 3° 12 13 14 15